年華

杨明 ★ 著

SPM 南方传媒 | 广东人民出版社
·广州·

图书在版编目（CIP）数据

年华 / 杨明著. —广州：广东人民出版社，2023.10
ISBN978-7-218-16970-5

Ⅰ. ①年… Ⅱ. ①杨… Ⅲ. ①长篇小说—中国—当代 Ⅳ. ①I247.5

中国国家版本馆CIP数据核字（2023）第184071号

NIANHUA
年华

杨明 著

出 版 人：肖风华

责任编辑：周汉飞
责任技编：吴彦斌 周星奎
封面设计：弘毅麦田

出版发行：广东人民出版社
地 址：广东省广州市越秀区大沙头四马路10号（邮政编码：510199）
电 话：（020）85716809（总编室）
传 真：（020）83289585
网 址：http://www.gdpph.com
印 刷：北京建宏印刷有限公司
开 本：710mm × 1000mm 1/16
印 张：26 字 数：314千
版 次：2023年10月第1版
印 次：2023年10月第1次印刷
定 价：98.00元

如发现印装质量问题，影响阅读，请与出版社（020-85716849）联系调换。
售书热线：（020）87716172

主要人物关系谱

王拴娃——黑山村村民委员会主任

杜　凯（外号猪圈）——黑山村党支部副书记

老　赵——唐陵镇驻黑山村驻村第一书记、扶贫干部

杜志谦——黑山村党支部书记

吴德虎——黑山村小学老师、兼村会计、文书、妇女主任等多职

白　云——大学生村干部

秋丰收——黑山村村民委员会治保主任

范丽红——黑山村村民委员会妇女主任

文会计——黑山村会计

秋　枣——文会计媳妇

马　桩——杜四爷儿子、杜凯弟弟

拴娃母亲——黑山村村民

拴娃媳妇——黑山村村民

文二婆——黑山村村民

文老三——黑山村村民

杜四爷——杜凯父亲、杜志谦同父异母兄弟

杜四婆——杜四爷老婆、猪圈妈

老　头——画家、美院教授

学　生——美院学生若干名

张　文——唐陵镇党委书记

艾士光——唐陵镇镇长

康　宏——唐陵镇副镇长、镇长

院　长——黄陵镇卫生院

老　黄——唐陵镇派出所所长

平头小伙——唐陵镇派出所内勤

张一诺——唐陵镇政府面包车司机

雷劲松——黄陵镇政府工作人员

刘红涛——黄陵镇政府工作人员

白一民——县委书记

王少云——县委办公室主任

高山水——县扶贫办主任

苗一色——县城建局规划科科长

梁伟良——县林业局局长

王光明——县交通局局长

卫青松——高山水司机、施工队负责人

年凤应——市委书记

女经理——杜凯投资的月光酒店经理

胡志强——杜凯公司建筑队负责人

老道长——杜凯认识的修行师傅

毛连长——王拴娃祖父、国军连长、土匪

狼剩饭——王拴娃父亲

杜一枪——杜凯祖父、土匪毛连长保镖

秋日光——秋丰收祖父、毛连长外甥、土匪

秋石头——秋丰收父亲、大名秋年福，系文四婆小女儿所生

哑吧女——秋石头妻子、秋丰收母亲

吴　魁——吴德虎父亲、外号吴摆渡

吴婆娘——吴德虎母亲，姓任，康目然亲妹，吴摆渡老婆、地下党员，新中国成立后任县妇联干事

康目然——康宏父亲，民国县保安团团长、中共地下党员、新中国成立后任第一任县长、任干事亲哥

……

精彩内容实录

王拴娃打不过猪圈，只有在心中痛骂，盼望有天能骂出声来。没有这一天了。王拴娃对自己说。他感受到骨子里的怯懦，慢慢地勇气也没有了，但夜静时他心底有无数的呼唤，渴望是个了不起的人物，最低也要猪圈另眼瞧瞧。

杜四爷爱在烟叶上“做文章”，今儿将烟叶堆堆，明儿一一铺晾场畔，为的是有女人在身边转悠。谁家儿子结婚，第一个来洞房闹热闹的一定是杜四爷，嘴巴咂烟锅叭叭地响，目光在媳妇的屁股上转来转去的。媳妇是街上的女孩，几乎天天见面的，但杜四爷说：女孩有什么，结了婚就是女人了，就有看头了。

今年选举不能放空炮了。杜志谦嘿嘿笑说：没有人干。老李有些气了：选得下一个瓜子嘛。杜志谦仍笑着说：瓜子都没人干。老李指着门说：滚。

有时他嘿嘿自己一个人笑了，这个村是个舞台吗？有时他一惊，他对自己几斤几两早掂量来了，嘴上常说：要干这事是先人吃了屎了。但要放下，心不甘啊！怎样心就甘了呢？他不知道骑起摩托来回跑时，村民举手打招呼个个是笑脸吗？当然，也有当面骂的，他都是一笑，但心里如春雨般滋润。他怎么不知道那骂也是一种爱啊？

外面跑的时候多了，经见的多了，心中什么都缺，却溢满了感慨。

人啦！每日与仇恨为伴，那颗心要承受多大的磨难。

山里的夜晚是透亮的，即使黑乎乎的秋夜，也是透亮的。黎明很轻，像蝉翼，颤抖抖的。

冬尽了，桃花杏花都开了，阴处雪依旧僵着残骸。

夜间，残雪不减凛冽的气息，杏花冷得凝重了颜色。

拴娃母悻悻回到家，黑夜里一个人默默祈祷，她相信一种力量，什么东西也抗争不过这种力量，就是寻求内心的安宁。

池塘有水了，无事的人喜欢集在池塘边，谈天说地，就是缺少捶洗衣服的声音，如在过去这时已围满了洗衣服的妇女。逝去的一些东西在心底的一角发酵，滋生痒痒的野草，枯了荣了，荣了枯了，茂盛的时候，是池塘水满满的时候。

天似一条弯的河流，从头顶流过，几丝丝绿色点缀暗褐的沟体，似小时放羊躺在树下，叶子几片落在裸体上。

猪圈的思想里自己就是这座山了，但狼剩饭摧毁了他这种信念，他的面前始终有一堵无比高大的墙，那就是狼剩饭了。

冬季的窑洞涌动春意，范丽红一走进去，就没有离开的想法了，女人的心落在那儿了，就在那儿扎根了。

雪沙沙了一夜，范丽红听了一夜沙沙声，秋丰收均匀的呼吸一起一伏，她再一次明白自己身旁有男人了，恬静的甜美溢满胸脯，窗口飞舞的一粒雪在脸庞瞬间融化了，她情愿自己是粒雪，融化进秋丰收的身体里去。

深冬了，人们感觉这个冬季太安静了，世界犹如贴在墙上的一张图画。走在街上，犹同走在沟里的野草上，人们消失得似乎躲避在冬的另一面了。杜志谦佝偻得尤厉害了，脖子全缩进棉衣领口里，缩缩的背影衬托出黑山的孤寞。

这头母牛真是死了，但不是饿死的，是从沟坡坠落沟底摔死的，几个女婿来，花一中午的时间，把母牛分割成无数块，一块块扛上沟来的，在沟边支一架大黑锅煮了，走村串街卖了。杜志谦赶回村时已是黄昏，老伴留些牛肉在窑洞的方桌上，杜志谦流着泪摸了几块牛肉，但吃不下去。

芒种过了，山坡上的麦子打上了场，夜里丝丝的凉风从沟里爬起来，追着抚摸行人的每一处肌肤。

山里的黎明似乎来得更晚些，四周还是黑漆漆的，王拴娃已经蹲在自己的窑洞门前，母亲的鼾声比往日更响了，母亲一直有这样的鼾声，在窑洞四壁碰溅下，有一股浑厚的劲儿，不那么刺耳，但撞击心膜。妻子醒了，抱怨母亲的鼾声，如同要把窑洞抬举到半空，又落下，又抬起，整夜整夜地颠簸。王拴娃突然喜欢母亲的鼾声了，均匀地一扯一扯地，柔柔地如山顶上的白云，羊在坡地吃草，望一朵白云静静地在头顶，伸手可触似的，远处的村庄依稀可见，心胸随之大出了好些，可以容下一切那样，气息舒畅得人轻如浮云。

风里多了许多刺骨的气息，王拴娃出了头门，脚下的霜花的沙沙声，引起一街的犬吠，他在门口杏树下站定，望东方渐渐地白了，踏上了去山顶的小路，小路的草上落满了白霜，凉凉的，心有了寒的冬意。到了山顶，这种感觉浓烈得很，全身不由紧缩起来。

冬天快到了。王拴娃想。

王拴娃浑身被汗水浸透，风一吹，不由打个寒战，不由脖子缩起来，脑海顿时却清清爽爽了许多了，见老李鄙夷的目光看他，他提了提裤子，紧了紧裤带，跨了两步，走近老李。

王拴娃的目光来回在张文和王主任脸上扫视，这两个人肯定不一般的，比老李绝对高出好多。脸色白里透着亮，闪耀着一种光芒。王拴娃脑海里搜寻这是一种什么光亮呢？空荡荡的大脑幽幽的，什么也浮现不出来。还有那亮油油的头发，尽管两鬓有几丝白发，但那根根发丝有一股纸烟味道，猪圈回回回来，头发就这般的闪亮，一街婆娘说，看那头发，是城里人了。

他抬头往高处一望，天空海般蔚蓝。秋在这里没有了缠绵，透出冬的寒意，尤其是这几年，四季成了两季。夏一过，风一吹，显露出冬的模样。年一过，日出山，鸟虫开始啁啾，王拴娃觉得浑身如冰了，山里的风多，地面旋转而起，和着尘土，迎面而来了，他打起寒战，听见牙齿相撞击的声音。

黄昏，太阳光芒收敛的刹那，风忽地鼓起了劲，沙沙地在地面走起，四周的垂暮开始扯起了衣角，吴德虎扔掉烟蒂说：该回了。瞟了杜志谦一眼，步子缓慢向出迈了。

见到牛，是他心情最高兴的时候，还有牛粪，总有一种亲近和亲切，即使在路上，看到一摊牛粪，干的，他小心地拾起来，装在口袋里，刚拉出的，有办法拿回的，一定想办法带回家，没有办法解决的，用木棒将其拨弄到路边不显眼的地方，第二天再去拾。小时候，他和母亲住在沟里的烂窑里，冬天母亲带着他拾牛粪，冷天了点着牛粪，可以取暖，也可以烧热炕，牛粪就是温暖。这个信念一直陪伴他成长，年纪越大，信念越牢固。

这些年，没少巴结杜志谦，到头来一分钱的好处都没有捞到。在骨子里头，他瞧不起拴娃叔，可人家是村主任了，他不由羡慕得要死。每晚，和范丽红都要说一阵子这事。范丽红也有这样的心思，她经见的比秋丰收要多，时常鼓励秋丰收去掌握杜志谦的一些活动，尤其是财务情况，在其中寻找隙缝。但更多的是两人合计如何讨好杜志谦，在村两委会谋一个职务，当个官比民强，走在崖背上脚都是轻的。

放眼南望，以往他看到天际的高阔，大地的辽远，他感受到了一切的渺小，自己变得顶天立地。她俩一直没有发现他，下山了也没有看到他。在她俩走后，他坐在蒲团上，心怎么这么大，远方都能装进去。他忍不住将手伸向天空，一滴滴雨，犹如一颗颗星。他要翻越这座黑山，不是每日面对远方，而是每天背对远方，他不知道信念这样劲头十足。这个劲头的来源就是这个夜晚，煤油灯下的秋丰收和范丽红。

鸡叫了，狗也叫了，王拴娃喜欢听狗叫，尤其是夜里，有风雪更好，一阵狗吠，使睡意安稳和温馨，如一条柔和的枕头置于头下，一觉能睡死去。

那一次，猪圈在县城的酒楼请他，他融入于眼前的一切了，可以随心喝斥穿着儒雅的女服务员。饭后，习惯叼根牙签，在两嘴角来回地转换。猪圈常常赞叹他的适应能力，他也暗暗佩服自己，他有这样的蜕变，是这个夜晚吗？他在夜里站了好久，夜很清凉，额上时不时落下冰冷的水雾，摸摸两只手臂，有沁凉之感。母亲一定是睡着了，母亲在山顶可以览尽脚下的一切，包括远处的泔河水，母亲不喜欢远望吗？远方就在眼前啊，谁也听不出一个人心海翻滚，静下心来听，不是远方城市的灯火吗？你是人物了，母亲说的，他相信母亲这句话。

她却不知道是王拴娃还是老李，她需要将他俩其中的一个作为突破口，浸润自己的情感，但她还是强迫自己忍住了，但随着一声笑，她的情愫从躯体的每一处沁透出来，秋丰收极熟悉这种沁透，每次做爱达到高潮出的淋漓的宣泄，宣泄使他想起过年放的大炮，导火索嗞嗞地响，轰地一声，满地的纸片片。王拴娃被范丽红的笑感染了，心里痒痒的……

山里的夜晚没有过的美丽，天高且蓝盈盈的，幽静给一切披上淡淡妇人的思念和骚动，老李想在外面多待一会儿，王拴娃不由也望起了天，看到了一颗闪亮的星星，是两颗，一闪一闪的，他想，谁在注视着我呢？

山显得潮湿而饱满，几处的绿挂着雪花，风沁凉得很，阳光渐渐充足了，尽管太阳已在西山了。山顶一望，一切没有改变，但一切很是开阔。多少次在山顶,很少用欣赏的眼光看待眼前的风光。欣赏是一种心态。过去,王拴娃没有这样的境界,现在有了,尽管很模糊,但能感受那种气息。县城就在不远处,高楼、街道、车流、花伞,花伞下的女人,潮湿地气息迎面拂来,可这一切都在脚下。渴望城市、怎能不渴望城市呢?他突然冒出一个奇异的想法,张臂一跃立即就能融到远处的城市里去。

他拭去泪,泪又流出来,山里的人很少有眼泪的,眼泪似在身体的某一处储藏着,但一旦爆发了,泪花如雨。王拴娃任凭泪流,他不知道为什么流泪,泪自己奔流而出的。

立冬好些天了,远处北方的山陵一片青翠,与光秃秃的黑山相对峙,犹如一位妇人和一位壮汉在默默相望,土地在山下袒露原始的肌肤,犹如苏醒了的孩子,跳着激越的舞蹈。南方天地一抹的水色,那是泔河,几乎和天空连在一起,王拴娃眼里的山水在相互走近,瞬间组成一幅江南的画面,水绕着山流淌,山立在水中央,披件绿色的盛装。

王拴娃的几十年像是懵懂的孩子,随一个日子的来到,他的目光充满新奇,新奇是成熟的一种标尺,他的新奇和成熟,标志这片土地的苏醒。苏醒有时是一种阵痛,他现在很享受这种阵痛。

太阳闪耀出万道霞光,黑山一夜似乎走近了每个人,人们清楚地看到它的每一处裸露的健壮肌肤,山顶的庙宇愈是明亮了,似镶嵌大山头顶的珍珠。

谁知道王拴娃越过那片土地,趴在沟边,放声地哭。嚎了几声,翻个身平躺沟边,天如泉水浸过的石板,沟边地势低,阳光被挡在高涧之外,但能感受光芒的力量。石板泛着泉水的清光。王拴娃没有泪水了,泪水滚入沟底了，哪天有雷雨了，沟底就响滔滔的流水声，他的泪会流往哪里呢？不论去何方，经过灯火阑珊的地方。那是一定的，王拴娃想。他站起来，跃上高堑，大步向充满人声的土地走去。

王拴娃很喜欢坐车，车在夜里跑，特别是在黑山的弯道上，王拴娃的喜欢更是难以言表，但他不想说话，也不想睁开眼，四周的一切又似一片海水，他又似一只木筏，灯光引领他，向一片灯光滑翔。

王拴娃不再去想脚臭了，屎尿很臭，却能肥沃地。猪圈晚上领王拴娃洗澡时，王拴娃说到臭的事，猪圈轻轻一笑说：实在了，也就臭了。

王拴娃热爱一片灯火了，山顶能看见的一片灯火啊！王拴娃想问猪圈这个问题，他怕猪圈笑话。一片灯火里头，其实是一个无底的黑洞，王拴娃期盼去洞底探寻探寻，探寻什么呢？王拴娃不知道，老李几个离开棋牌室，要去洗澡了，王拴娃听见了他们走廊说话的声音，老李他们爱猪圈，爱往这里来，是这里有山顶的星光吗？

王拴娃还是高看猪圈的，翻个身，手机响了，猪圈叫去县城，王拴娃拒绝了，他好久没有在山顶坐了，坐在山顶，他实在多了，他期盼自己是一块石头，永远在山顶上。

……

目录

第一章　娃　你将是人物了　母亲说

天刚黑，母亲将王拴娃喊进窑洞里。

娃，明日你就是人物了。母亲说。

王拴娃看都没看母亲一眼，退了出来。

天完全黑了，媳妇点着了蜡灯，蜡灯是个铁罐头盒，里面盛满白红相间的蜡油，芯子细细的，是纳鞋底子用的粗线头。但光亮还可以，窑洞的四壁白晃晃的。王拴娃看见媳妇投在窑壁上的影子，似他站在沟边眼睛晃动远处游动的黑云，他不由装起了旱烟锅。

这里不满二十户的人家，家家都有盏自制的蜡灯，逢鬼节的日子，几个男人相约翻过山梁，去坟场，将未燃尽的蜡烛拿回来。院墙角砖垒起不大的窝，里面全是半截白的红的蜡烛，一年都燃烧不完呢。

王拴娃点着旱烟锅，滋滋地吸起来。

母亲能知道“人物”这个词了，王拴娃有一丝的纳闷。人物是什么啊？母亲在哪里听到的呢？他读过三年小学的，自己名字写出来遗笔掉点的，有时半天仍想不出来。不常写，也不常用。但他知道“人物”是不简单的人的称呼。但他却是这里学识最高的，一起长大的共三个娃，读书，要到山前的村中心去，来回二十多里地，几乎全是山路，遇见雨雪天，山路封了，他们只有待在家里。等路能行走了，回到学校，课程怎么也赶不上去。第三年，只有他一人上学了，但大多时间是在山上放羊。他喜爱山前开阔的天地和远处的灯火。一座黑山隔开两个世界。其实，他们是黑山村的第四村民小组。

坐于黑山上，眼前的一切小多了，只有那条出山的小路弯弯似扯不断的线，绕过村子，向前蜿蜒而去。多少年后，他知道了，路通往的是镇街道，满地的果子熟得红彤彤了，果商满眼看上，可惜车进不来，要每家用架子车送到山前去。

现在了，还有这样的村子。果商一口的外地音。

晚上，果商坚决不在村子住，受不了没电的罪，代办用三四盏矿灯照明他都不行。果商的脸似挂满霜的秋茄子，说：心闷出不了气。王拴娃他们都笑了。早晨空气多好啊！一口气能跑到山顶去。但果商待不住，灯火有时也照晕人的眼睛呢。

年年用架子车将果实往山前送，这个时节人人不由胆怯。杜猪圈却高兴得手舞足蹈，弯弯的山道也跟着他舞动。他是和王拴娃一起长大的，四婆怀他时，一晚急尿了，去猪圈尿，尿没出来，他“哇”的一声坠地了。于是“猪圈”便成了他的名字。

猪圈一日偷吃了杜四爷的旱烟，昏睡于半山坡一片果树地里。杜四爷发现后，用鞋底抽，被打破脸，他扯大声哭跑了。

一年半没有回来。杜四爷共四个儿女，两男两女，猪圈排位老三。前面两个女儿，王拴娃没有见过，听说嫁到很远的地方去了。

杜四爷说：少一个猪圈才正好哩！

杜四婆哭喊了两个月，人们再没有提起过猪圈了。一直怀想猪圈的是王拴娃，放羊的时候尤其想，每每这个时候，他俩在树下玩捉拿的游戏呢。猪圈回来是四年后的事情了。一街的人围着他，他变成活脱脱的洋娃娃了，那怒放的发型令王拴娃惊慕不已，真想用手摸摸。

小心把发型搞坏了，花一百元用吹风机吹的。猪圈看出王拴娃的心思，咧着嘴说。王拴娃睡不着了，他始终无法想象山外的世界，猪圈吸着有过滤嘴的纸烟，讲述自己经历的精彩。云白得耀眼，似乎从沟底窜起的一股泉水，上面还飘着一片小小的树叶。杏树叶子总那么小，泉眼那样一闪一闪。王拴娃见四周无人了，偷偷捡起焦黄的过滤嘴，吸吸，闻闻，总有一股绕魂的香味，他立即骚动不安起来。

山顶望见那条弯曲路，他想扑进去，游离进镇甚至更远的地方。比猪圈看到的地方要大要好，王拴娃想。但没过多长时间，王拴娃心中的丰碑顷刻倒塌了。又是猪圈，买辆机动三轮车开回来，屁股后冒出股股黑烟。车辆不贵，几乎家家能掏出的，主要是驾驶技术。猪圈天刚亮就发动三轮车，然后街上来回突突地跑。几条狗跟着汪汪地叫唤，猪、羊、鸡也跟着那突突声叫唤，没有歇的时候。

人们呢，站在街边或家门口，嘴张得好大，眼睛没有离开过猪圈和三轮车。太张狂了！王拴娃心里喊。他想到山上去，但腿迈不开，眼睛也离不开，愣愣地瞧着卷飞满天的烟尘。他坐在门前的石头上，摸出烟袋，却又装进去，满鼻子过滤嘴的烟味。

跑累了，猪圈将车停放在家门口，人们哗地围上去。

王拴娃不由得也跑上前去，站在车头旁，使劲瞧着这堆铁疙瘩。这时，杜四爷的长烟锅在车厢旁“邦邦”地敲响起来。正说着话的杜四爷爬上车厢，喊叫杜四婆拿来小凳。坐于车厢内，杜四爷重装一锅旱烟，滋滋吸起来，一吸两腮瘪进两眼窟窿，一吹，两腮鼓出两只水泡。

王拴娃想起沟里泉边的青蛙，没有原因，但他看见青蛙就不舒服。

小时，猪圈烧青蛙吃，他早早跑回家去，不愿看。猪圈常赞美青蛙腿上的肉好吃，他极力捂猪圈的嘴不让说，两人在山坡上滚一身的土。

杜四爷一吸一吹地吸着烟，王栓娃目光滚动无尽的山坡。滚打啊！男娃这样最美！杜四爷远远地高声喊着。太远，王拴娃看不见杜四爷的腮帮子。

也许是没有留意，王拴娃转身离开三轮车时想。

拴娃，狗日的也给你弄一辆啊！杜四爷在王拴娃身后大叫一声。“啊”字拖得很长，结束时，杜四爷似被什么东西噎住了喉咙。

晚上，王拴娃真有买辆三轮车的梦想。

果子成熟了，猪圈开着三轮车尤显得优越，每天的突突声拉直着男人女人的目光。王拴娃时时有哭的感觉，有时，泪不知不觉已流满两腮。十月的晚上，山里有些冷意了，王拴娃坐在门口的石头上，望月光洒清辉于大地。母亲叫他回到窑洞，蜡灯一跳一跳，土炕上堆放着一大把钱。

去买辆车吧。母亲说。王拴娃一愣，缓过神来说：我不会开。学呀。母亲说。王拴娃是这里第二个拥有机动三轮车的人。三轮车车身都是蓝色的，王拴娃心里很不舒服，应该和猪圈的车身颜色岔开。他怕什么就是什么，果不然有人认为猪圈的三轮车停在他家门口了。我买的！王拴娃将沟边的杏树蹬了几脚。

多少年了，王拴娃对母亲充满了难以言表的感激，超越了儿子对母亲的情怀，有一种敬畏在其中。是他站在山顶，片片白雾盛满深沟，在飘荡至地面的刹那，全是山岚般的霭彩了，他油然而生出的敬畏。

现在，母亲说他是人物了，他坠入雾里的同时，又期待一种什么东西的来临。

媳妇熄灭了蜡灯，黑夜完全占据了窑洞的一切，烟锅头也没有了光亮。山里人极其珍惜蜡灯的，用亮时才燃起它来。天刚黑，大多数已钻入土炕的被窝了。一对夫妇三四个孩子，和这不知有关系没？冬季也长了，觉早睡完了，两口子在被窝里能干什么呢？王拴娃又纳闷了，他和媳妇觉没少睡，可媳妇的肚子平得与山前的大地一样，他第一次走出深山，望见这远处近处的土地时，想到的是媳妇的肚子。

媳妇拉他入被窝，他没有动，他想坐到天亮去。

第二章　那一脸笑　是装出来的　恶心

太阳在山顶冒出花花了，每棵树木浑身流动着水里泡过般的绿色，空气清新得狗吠鸡鸣都显得清脆和悦耳。

王拴娃早早地立在院落里，以往的这个时候，他沿着山路去坡地，整理一棵棵果树。这是个有霜的早晨，脚底能感受到寒意的侵袭，王拴娃一口一口地吸着旱烟锅，静静地等自己变化为人物，从小到大，王拴娃对母亲的话一耳进另一耳出去，但说来也怪，他就信了这句话。

太阳一竿高了，他出门去，街上没有人影。以前还晃动年轻人的身影，现在没有了。为什么自己不会飞起来呢？王拴娃站在沟边，山道像一股泉水绕过山梁，流进空白的脑海里去了。坡地层层延伸开去，最高处脚下又是一条深沟，对面似乎崇山峻岭样子。王拴娃坐在沟边，小时候夏季的夜晚，是最热闹的时分，街上几棵树下几堆的人，每堆讨论的是山前的风光。哪堆有杜四爷哪堆笑声最浪，慢慢地几堆成为一堆了。杜四爷依然笑声最亮，他一直是这样笑声。太阳偏西了，王拴娃进了村子也是暮色了，杜四爷的笑声仍在村子上空飘荡。

杜四爷地位倏尔提升，无疑要归功于儿子猪圈了。不知为何，王拴娃连杜四爷也憎恶起来，尽管杜四爷笑着喊他，他都不理，觉得那一脸的笑是装出来的，恶心。

杜四爷往往要骂出一句：狗日的，连爷都不认了。

王拴娃猛地转过身，回敬一句：不要往爷位上去了，顶多叫你哥。杜四爷默默不作声了，在树干上磕烟锅里的烟灰，树上的鸟儿叽叽喳喳地，杜四爷仰起脸，骂道：胡叫唤屁呢。

这里不到二十户人家，很少和外界往来，更别说和外界迎妻嫁女了。过去，一般大的娃，只要姓不一样，一定的年龄，经两邻的撮合，摆几桌酒席，便是夫妻了。因此，辈分仅是一种称呼而已。王拴娃这边算叫杜四爷为爷，媳妇那边拐来拐去的算叫哥，辈分是很乱了，他们遵循“先叫后不改”的老话。于是，这里家家都是亲戚，但只和丈人一家亲，其余的属于邻里关系。兄弟们还较近一些，特别是有谁被别人欺负了，兄弟们挽起袖子抡起拳头一块上去了。走到任何地方都是一理，谁兄弟们多谁最霸道。

近十几年，不论男娃女娃都想法嫁出去了。谁爱留在这里啊！如果没有媳妇，王拴娃也许入赘山前谁家了。

王拴娃兄弟一个，这说起来是人们不解的奇迹了。杜四爷常给人们讲，拴娃父裤裆里那东西是他见过最长的“器物”了，年轻时，两人出门去外地，给人家打土坯子，天热，只穿件短裤，拴娃父还要露出小半截，一些人闻听到了，不信，跑过来看。从那天起，再热的天，拴娃父都是长裤了。结婚那晚，杜四爷几个人站在窗外听房。

拴娃父说：叫哥，给你剩半截。

拴娃母说：叫姐，你再补半截。

结果，拴娃妈叫了一夜的哥，这事在街上传扬了几年。人们不由想起拴娃的祖父，远近闻名的毛连长，毛连长是拴娃祖父的外号。

王拴娃祖籍县城西关村。

毛连长从小爱舞刀弄棒，十岁生日刚过，已是集市上人人畏惧的小混混了，有西瓜的时月，不管是否认识人家，总爱帮摊主卖西瓜，他图吃，他爱吃西瓜，卖出去两个，他吃过四个，摊主见了他，给两个西瓜打发他走开，他也知趣，坐在家门口，面前五六个西瓜，招朋引伴围坐着吃，也不去西瓜摊了。

家贫兄弟多，父母懒得一个个去管教，只要不饿死父母就很是高兴了。毛连长长到十八岁，县城四关大小的孩子都跟随他屁股后了。

抗日战争时期，一支部队路过县城，因天雨驻扎下来，毛连长看到士兵肩上的枪，尤其是长官腰间乌亮的短枪，涎水哗哗地流下，胸膛湿透了。他说过，那不是口水，是雨水。风一吹，斜着淋湿了他。

夜半，趁士兵睡熟，毛连长带三四位伙伴去偷枪。枪还没摸着，就被逮住，吊在房梁用皮鞭抽打。四个伙伴哭爹喊娘的，唯毛连长怎么打都一声不吭，这使长官对他有了好感。

这是个扛枪的料。长官说。

部队出发的前夜，四个伙伴被枪葬于城南的土壕里，毛连长被长官带走了。

亲戚将伙伴的尸体运回，埋于公坟里，人们还不知道毛连长的去向。那时狼多，一晚常听狼饥饿的叫声。于是，人们推测，毛连长的尸体一定是被狼吃掉了。父母坐在公坟边，哭了一夜，被邻里劝回了。那时天天有人死亡，人们对死亡近乎麻木，毛连长很快在人们的记忆里消失了。只是西瓜月里，门口不时闪出两个西瓜，母亲扯开嗓子哭几声。

十年过后，毛连长在黑山脚下当土匪头儿，人们才知道他活着。听说，他在部队混得好，作战勇敢不怕死，半年过去就提为排长，两年没到已是连长了。他多次有提升的机会,因脾气粗野,谁都敢顶撞,在连长的职位上多年混着,“毛连长”这个外号可能由此而来。

他将手下近五十人带出来当土匪,是不满营长的专横和傲慢。营长更看不惯他的不驯,战斗打响了,毛连长的部队被炮弹轰炸,退下阵来,毛连长的右臂挂了彩,血流得满身都是。营长呢,一手搂着女人,一手端着酒杯。

镇上的富人宅院里,营长的指挥部设在宅院的庭堂,家具样样极为考究,富人逃跑时没有带一件物品,堂间的猛虎图还挂在壁上。营长将猛虎图下的高方桌换成低方桌,座椅当然是矮的了,营长不喜欢坐,低方桌下铺成不宽的床铺。女人半仰躺于营长的臂弯,一只手在低方桌摸索来小吃,嗔嗔地塞进营长的嘴里,营长哈哈地乐着,不时呷一口烈酒。

毛连长刚推门进来,营长一酒杯砸过来,正中毛连长的鼻梁,毛连长捂住鼻子蹲下去,两眼的怒火将营长燃烧起来。营长坐正,女人躺进他的怀里,营长指着毛连长骂道:狗日的,打败了回来干什么?

营长手一扬,两边的士兵明白,拖起毛连长向门外走。

毛连长怒不可遏,顺手拔去士兵腰间的枪,甩开两士兵的手,对准营长的脑门就是几枪。女人尖叫一声,满身血点疯跑逃去了,两边的士兵忙着救营长,毛连长跑出庭堂,迎面撞上自己剩余的几十位手下,他的方向就是手下活命的方向。

白天藏匿,夜间急行。

一个月后,毛连长落脚于黑山下。

七十五年前的黑山,确是黑乎乎的一座山而已,脚下的沟壑尽是葱郁树木,翻过山去,弯曲的是一条河。河水仿佛是从天边流来,绕过黑山,向泾县地域流去,人们称之为泾河,泾河水流很急,时不时能听到水浪拍打山石的涛声。

王拴娃小时爬在山石上，探视过泾河的流水，已没有老人说的那样汹涌了，有雨的时候水流还可以，天晴了彻底是一条峡谷而已。阳光照得沟底的石头熠熠生辉，跟谁撒下的一片小圆镜似的。

人们说起泾河，脑海里早没有河水的样子了。

有山有水，地方就有了天堂的味。仅有山，只是立起了荒漠。山前沟里的泉水愈显得珍贵了，一年四季哗哗地流淌，冬季最寒冷的日子，泉水从石缝里出来，还冒着热气呢。

毛连长指着泉水对手下说：这水是专门为我流的。

在泉水的近旁先搭些草房，最后箍些窑洞住了下来，手里有了枪，世事就大了。这支队伍半年出去发展到二百多人，有人建议搬到山前去，找一块好地方，建一座像样的城堡。毛连长把建议者骂得狗血喷头。

离开这地方，一个字，死。毛连长常说这句话。

但他没有离开这地方，也死得很惨。

背后人们议论起，无不怪罪他那长在裤裆里的玩意太强悍，不知疲惫，和他睡过的女人都迷恋他，在方圆百里女人的谈论里，无不透着艳羡的神情，活灵活现。尤其是那些怀不上孕的女人，就一次，肚子呼呼地隆起了。他的女人多，儿女自然多，但儿女长成人的太少，大多半途夭折，或是被狼叼去。

拴娃父很幸运的，被狼叼着跑了百米，遗弃路边，后边追的人急抱他回去。脸上被狼咬了个洞，血汩汩地流，几个人在路上掬些细干土，敷在伤口处，他哭喊了三天，活下来了。从那天起，人们叫他“狼剩饭”。

毛连长能活下来的儿子，算来算去就是狼剩饭了。又有人说，毛连长在外面遗散的儿子不少，有些人一时能说上好多女人的名字，但那都是传说，谁也不敢真的说是。

狼剩饭被狼吓得似乎没有了魂了，每天坐在窑洞里念念有词，谁也听不懂他说什么，毛连长顾不上照顾他。杜一枪爱惹狼剩饭笑，但他怎么惹，狼剩饭始终不笑。杜一枪背过毛连长还打过狼剩饭呢。猪圈的祖父杜一枪是毛连长的警卫，他枪法准，想杀谁，只是一枪过去正中要害。

王拴娃小时最生恨的是猪圈的弹弓功夫。打鸟，打知了，一弹弓过去，空中就落下虫儿的尸体。他始终打不中。猪圈常嘲笑：狼都不吃，屁事干不了啊！王拴娃打不过猪圈，只有在心中痛骂，盼望有天能骂出声来。没有这一天了。王拴娃对自己说。他感受到骨子里的怯懦，慢慢地勇气也没有了，但夜静时他心底有无数的呼唤，渴望是个了不起的人物，最低也要猪圈另眼瞧瞧。

太阳异常夺目了，王拴娃不敢对视日光。一只蚂蚁急急地跑，王拴娃想踩，却收住了脚。说不定那是我呢。王拴娃在地上画一道路线，面对着沟壑。

第三章　九月　山下的村是潮湿的

突然听到街上杂乱的脚步声，王拴娃想出门看个究竟，门口碰见杜四爷，杜四爷身后紧跟三名年轻人，凭穿戴王拴娃感觉不是农民，应该是政府大门出来的干部。

王拴娃惊诧了，近几年这些人在这里出现，是没有过的事情，村干部一年半载也来不上一两回的。

高个子、戴墨镜的姓李，杜四爷恭敬地称他为老李。老李不停地嘟囔路的难走，亏得他摩托车技术高，不然几个急转弯怕是掉三条沟里去了。不该有这个地方。是老李在说吗？声音落在沟里了，一片树叶落在老李的身后，上面有毛毛虫在爬。喂鸡的好东西，王拴娃回头在院子找寻鸡影了。

你们在这里咋待得住呢？老李的墨镜里闪着杜四爷。

杜四爷吐一口烟说：没法，惯了。

王拴娃满脸是茫然地笑。

杜四爷说：开三轮车，将人们拉到村学校选举了。

谁给油钱？王拴娃说出口了，突然害怕了。但老李没有看他，而是望着沟上面没有过的天空的蔚蓝了。杜四爷呵呵笑了，多年了，只要动用三轮车，脑海想起的唯有这个问题，山道远，来回很费油。

老李说：就知道钱。王拴娃不知道老李看着他没有，老李屁股后的干部说：一辆车二十元。其实十元油费就够了。王拴娃看不出老李望着他没有，眼睛太黑太大。杜四爷推一把王拴娃说：发车，钱在我这里呢，回来立马给你。

街上一片三轮车的突突声。

王拴娃的三轮车排在第一位。

每次的突突声，王拴娃总不由想到猪圈。时光久了，现在家家拥有一辆三轮车，个个技术比猪圈那时要好得多，就连杜四爷一只手握着烟锅，一只手开着三轮车，一时去镇上，一时在果树的坡地，一时在街心给几个媳妇教开车，其中就有王拴娃的媳妇。媳妇也真学会了，他没在的时候，媳妇坐在三轮车上，头仰得好高，来回一股烟雾的突突。王拴娃很想臭骂媳妇，但他没有，只是默默地吸旱烟锅，对杜四爷的憎恶很自然转嫁到猪圈身上。

猪圈一日回来，却是一辆黑色的小轿车。杜四爷见妇女围着小轿车，端盆水出来，给儿子洗车。

咱这里尘土大，见跑车满是土。杜四爷一边擦车一边说。

王拴娃远远地看着，几次想摸地上的一块砖扔过去。转身往回走时，王拴娃突然产生一种想法，要到山前去。但他始终没有机会出去。慢慢地，出去的心思也淡了。

到了旱烟收获的季节了。

杜四爷是村子唯一每年在山间坡地种片旱烟的人，满街是淡淡的烟草味。说来也怪，烟草发出的味道里没有呛意，而是迷迷的香味，女人们尤其喜爱这味道。

杜四爷每天在场畔翻晾烟叶，三四个女人围在周遭。

王拴娃不喜欢杜四爷那双眼睛，和猪圈一模一样，总给人色迷迷的感觉。从那里射出的光有一股不可违抗的贪婪。

王拴娃偶然在树下听两个老人扯杜四爷，说那双眼睛是祖传的，杜一枪就是那样的眼睛，逃出他手的女人很少，杜一枪掳一女人回山，女人半年生出杜四爷。从时间上推算，杜四爷不是杜一枪的种，能有同样的眼睛，可能是几世神交的缘故。

杜四爷爱在烟叶上“做文章”，今儿将烟叶堆堆，明儿一一铺晾场畔，为的是有女人在身边转悠。谁家儿子结婚，第一个来洞房闹热闹的一定是杜四爷，嘴巴咂烟锅叭叭地响，目光在媳妇的屁股上转来转去的。媳妇是街上的女孩，几乎天天见面的，但杜四爷说：女孩有什么，结了婚就是女人了，就有看头了。有人当面骂杜四爷：一把年纪了，娃们叫你爷呢，咋好意思闹洞房？杜四爷嘴一咧，笑说：三天不论大小，再说爷爷孙子老弟兄。

王拴娃结婚的当晚，杜四爷来到洞房，非要新媳妇摸摸他的头顶，一个月前，他发现有些秃顶了，新媳妇一摸，那地方就能长出新的毛发。

闹洞房散场时，杜四爷在新媳妇屁股拧了一把，新媳妇尖声叫跳起来，王拴娃见杜四爷的眼光迸溅片片得意，他回头瞅媳妇，媳妇手捂屁股斜眼瞟杜四爷。

当晚，他用烟锅抽起了旱烟。

第二早上，媳妇喊屁股还疼，趴在炕头，他一瞧，骂起杜四爷的手重，媳妇屁股青了一大片。

他将气愤装在肚里，等晚上杜四爷来，可杜四爷没有来，杜四婆却来了，是来找母亲的。拴娃母几十年风雨过了，总是沉默不语，只和杜四婆聊天拉家常。

狼剩饭性欲极其旺盛的，怀王拴娃和坐月子期间，一天都不会放松自己的女人。拴娃母惧怕夜晚的来临，更惧怕狼剩饭近身。她将难以启齿的事情悄悄说给杜四婆，杜四婆羡慕得险些活不了。杜四爷看起来色眯眯的，其实，弄那事称不上个男人，用手抓啊掐啊的。杜四婆生起强烈的恶心。

两位妇人羞怯地合计一起了，杜四婆趁夜色潜入王拴娃家，躺在狼剩饭的炕头。

拴娃母在杜四爷身边睡了个安稳觉。

天还没亮，两人各自归自己的家。

自那以后，杜四婆迷痴狼剩饭的炕头了。

猪圈后杜四婆生出一个男娃，叫马桩，走路一看和狼剩饭一个架势。杜四爷望见马桩的背影，不免胡骂一通，若杜四婆在跟前，上去就是一脚。

马桩渐渐大了，不喜欢和猪圈耍，没事爱找王拴娃。

猪圈看见了，过来，拧起马桩的耳朵，将他骂回家去。

猪圈出外去了，将马桩也带出去，猪圈一年还回来几次，马桩几年了，没在村子见过面。

杜四爷在街上宣，马桩在外头混得很好，主要是经营果品运输，成立了车队。

王拴娃有时想问杜四爷，马桩的具体地方，可看见了杜四爷的眼神，转身只想逃跑，什么念头都消失了。但杜四爷看拴娃母的目光是柔和的，似有一股涌动的泪珠在眼眶内闪动。这是一天早上，杜四爷发现睡在身旁的女人是拴娃妈了，情形大不一样了。内心微妙变化，使杜四爷喜欢上了王拴娃一家人。

整个村子往日样的祥和与安静。

两位老女人走得更近了。

杜四婆对拴娃母满是感激,她们希望这秘密能保持一生。

两位男人相继知道真相了,他们将错就错几十年。

拴娃母唯独遗憾的是再没有生一儿半女的。

杜四爷已经在前几个娃的创造上耗费了全部的热情和精力。

拴娃母体会了山村夜的安逸和深邃,她的耳际猛然飘来自己炕头杜四婆痴迷的呻吟,她对杜四婆作为女人由衷地充满敬佩,两位女人犹如一个人般在村子里出没。

王拴娃习以为常了,可媳妇吹灭蜡灯,将他抱紧在被窝里,贴紧他耳朵轻声告诉一个发现,母亲快要成仙了。他不大信媳妇的话,第二天瞧见母亲后,有了一种道不明的感觉。于是,他决定跟随母亲一天。

九月,山脚下的村落是潮湿的,尤其是早晨,东方透亮的白色里流淌丝丝的水雾。拂上脸来,一片清凉的雨丝,绿草叶上一层白岑岑的霜花。身后的山格外的冷峻和异常,如伟岸的巨人。一群鸟儿飞过,声音清脆。王拴娃在坡地园子里,摘一个苹果,抹去上面的露水,狠劲地咬一口。苹果发出的脆音,和鸟鸣一样好听。

王栓娃藏匿窑洞里,从半掩的门缝里,盯母亲的窑洞,母亲的窑洞没有门,挂一条蛇皮袋做的帘子,门帘很陈旧了,上面稀疏落落,借助窑洞里的蜡灯,里面的一切可以看清,但拴娃妈很少点蜡灯,只听见窑洞里窸窸窣窣的打扫声。

这时,门外一阵干咳,是杜四婆的声音。

拴娃母掀帘而出,两位老女人相视一笑,一前一后沿曲曲的山道蜿蜒上山了。两个黑点渐渐融入山的黑色。

王拴娃在山脚下停歇约一个钟头，然后，沿母亲的足迹登上了山顶，小时常来。近几年，再没有上来过，山顶的风越发的强劲了，额头冒出的汗顷刻一片冰似的寒。但眼前的一幕使他的心揪成一块铁石，山顶不大的平坦处，厚厚的树皮铺就两个蒲团样子，几株绿草随风摇曳。每天都要望几眼山的，谁也看不到有这一小片地方呢？是摇曳的草挡住了眺望的目光吗？怎么连心都挡住了呢？

王拴娃屏气悄悄走到一块巨石背后，两位老女人端坐于蒲团上，目光远眺着天空，神情安详得似雨后的彩虹。微风吹来，母亲刘海的一绺头发扬起，杜四婆闭起眼睛，轻轻出了一口气。王拴娃惊骇了，一股冷气从脚底升起，嗖地蹿上头顶，他犹如掉进冰洞里。

两位老女人神情全神贯注于远方，全然注意不到石头背后的王拴娃。

太阳高升了，王拴娃悄悄转身下山了，快到山底的时候，两只兔子从草丛里窜出，他眼前一闪，母亲和杜四婆浑身发着白光，又一闪，两股白光飞跃到山顶去了，王拴娃的心念里对母亲满是敬畏了。

王拴娃驾驶三轮车，车厢里坐着四五个女人，女人叽叽喳喳地骂着杜四爷，是杜四爷催她们上车的，还有那个戴黑墨眼镜的老李。他把摩托让另一个干部骑了，他不放心自己的车技了。王拴娃有些得意了，脚给些力，突突突，车后一股青烟。

有干部呢，不敢骂了。一个女人说。

车厢安静多了。

三轮车翻过深沟，眼前开朗多了。村子与远处的河水齐整整地展现眼前，三轮车长出翅膀要飞翔的样子。给点刹车，杜四爷在后面的三轮车上喊。

王拴娃思想里仍然是母亲那句话。

母亲可能要说出空话了，一切渺渺茫茫的，没有丝毫的迹象能使内心踏实甚至愉悦。

第四章　就是　王拴娃　记准

村小学建在村子通往镇街的路旁，远远地，那里有一堆一堆的人影。校门口两棵大桐树下，一个人来回动着且喊叫着什么。

近了，看清那是村支书杜志谦，他当村支书二十几年了，瘦高个，秃头，脸尖瘦，一双眼睛如铜铃般大，瞳孔里始终飘浮着灰色模糊的浓雾。他比杜四爷大五六岁，但看上去苍老得多。

杜一枪冬季特意为毛连长提供野兔。

一场雪后，是捕获野兔的最佳时机。

杜一枪带三四人，两三只黄狗，搜寻野兔，山前的沟边是些窑洞，那时住户很少，现在站沟边低首南望，串沟全是窑洞了。沟是一条卧着的大黑狗，窑洞是脖子上一串铃铛。

这些年，有零星的住户搬迁至村小学的周围，初来的人不相信村子有七百多人的，他们看不到沟里，更看不到王拴娃这一组。

杜志谦的母亲很漂亮:圆脸,白如雪,听老人讲,人送外号“小白菜”。她是往南走七百多里路的那个村庄的女人,现在这个村庄是城中村,个个肥得流油。小白菜是家中唯一的女儿,对她的成长,父母倾注了全部心血。长到十六岁时,经本地很有名气的媒婆介绍,她嫁给十五里外的村子,家境还可以,拥有十来亩地,结婚不到半年就出了事。

说来也很怪的,漂亮女人的经历往往是离奇的,尤其是情感之路。说起来又似乎不奇怪了。

兄弟六个,丈夫排老大,性情憨厚,老二恰好和他相反,极其精明的样子,嘴也甜,是这个家庭的“润滑剂”和“外交家”。

小白菜第一次和老二目光相撞,心突突地狂跳了一夜,老二故意似的,总喜欢用眼逮她的目光。小白菜慌乱了。

久了,她慢慢地渴盼起老二的目光来,更渴盼心狂跳的体验。

夏收到了。男人在地里割麦子,女人在家做饭。小白菜多出一个任务,往地里送凉开水。老二掌握了她每天送水的时间,她每次去时,老二就在地头磨着镰刀刃,目光从远远的小路上一直迎她来到地头。

天很热,有些微风,老二的目光使小白菜一身的汗,她将凉开水的瓷盆正欲放下,老二站起,连忙从她手中接住,一双大手紧紧捂住她的双手,她的心又狂跳了,不敢看老二了。布谷鸟一声声叫着。老二稍松些力,她连忙抽回双手,丈夫及几个兄弟陆续往地头来了。

老二端起瓷盆,猛喝一阵,放下瓷盆,说:解馋啊!

她全身的血似乎全部涌上脸面了。往回走时,她始终感受到老二的目光在屁股后燃烧着。路似乎短了,一抬脚已经是家门口了,

酷夏到了,人们喜欢晚上在庭院里纳凉。

男人往往跑出村子,坐在田野,田野的风凉快。

小白菜坐在自己的门口,用扇子摇晃着热风,后半夜了,屋里仍是热

的。她不愿回屋，她等丈夫回来。年头买匹骡子，丈夫一定在饲养室为骡子赶着蚊虫。丈夫每晚都要待许久，要秋收秋播了，用骡子的时候到了。

有了骡子，不知要省多少事呢。

天黑实了，两耳尽是蚊子的嗡嗡声。

小白菜坐在房门口，突然闻到一股让自己心跳的气息，气息愈来愈浓，她完全痴迷在这浓浓的气息里，似化为跳跃不息的白浪，在霞光里感受无数的鱼儿跃出，再钻入水面。

这个夜晚这个短暂的享受，她刻骨铭心。

老二无穷的男人力量，将她的灵魂永恒地包藏于无限期盼的岩浆里。每个深沉的夜里，她侧耳在西窗下听老二渐近的脚步，然后，赤裸着在被子里激动得浑身战栗。耳边也没有了蚊蝇声了。

饲养室里，骡子喷着鼻息，老大蹲着一烟锅一烟锅地吸。袅袅的烟雾白霜似的落在路边的草叶上。秋过了，入冬的第一天，满天的大雪把村庄捂得严严实实。一支零乱的国民党部队开进了村子，三个一组挨门入户地搜索吃喝。

村子一片狗叫鸡飞声。

一顿吃喝之后，脱鞋解衣爬上热炕头呼呼睡起来。

人们探听明白了，他们去攻占延安，被解放军打得惨败，准备退回西安城，可在半道接到命令，不准撤退，原地待命。

村民私下以为，他们停几日便走了。可一星期过后，他们仍然没有走的迹象，富家还可以支撑，贫家不由叫苦连天了。他们对酒肉要求很高，全村的鸡、狗、猪、羊等牲畜眼看就要被吃光了。

他们吃上了瘾，一顿没有，就端起枪对准村人的头颅，枪栓哗哗地响，吓尿吓瘫的人一个接一个。最要命的是除了早饭，每顿饭都离不开酒，一喝就醉，醉了满院地追年轻女人，好多年轻女人遭了不少的罪。小白菜还好，家里来的三位军人都是上了年纪，醉了大哭大喊大骂几声，倒头呼哧呼哧地睡去了。

老二睁着圆眼，说：谁动你一下，我叫他死！她依在老二怀里不肯出来。老大默默地抚养着骡子，骡子很健壮，全身的毛发油溜溜充满力量。

这匹骡子啊！丢了家人的命，改变了小白菜的命运。

吃惯了大肉的官兵，吃起再精细的面粉还要骂娘打人。

一天，老兵去撒尿时看到了骡子，眼睛亮闪闪，恰巧碰见长官一户一户地检查（长官最大的官职是营长吧），向长官汇报了。长官立即拔出腰间的短枪，扑进饲养室，“呯、呯、呯”三枪，骡子死在饲养室的地下，血流了一地。

老大正在饲养室给骡圈垫干土。骡子倒了，他看到长官黑乎乎的枪口，眼睛充满了血色，小白菜想他一定是疯了，举起铁锨砸向长官。长官还没有反应过来，身后的警卫一枪射中了老大的脸部。

老大一声没吭地一头栽地。

小白菜看到窗口在激烈地抖了几抖，枪声已习惯了。但耳膜震裂了，她的心被一只手紧紧地揪住了，在炕头筛成一团了。眼前出现一团一团的血，父母的哭声使这团血迹不断地扩大，整个灵魂被占有了，她在炕上躺着一整天起不来。

晚上她焦急地等老二来，但老二没有来。

她又在炕头躺了一天，晚上老二还是没有来。死了吗？她问了自己一夜。

又是晚上，风呼呼地刮着，天地混沌如地面飞走的叶草，窗棂似万人在无情地拍打。小白菜在黑夜里眼睁得大大的，她彻底绝望了，对一切绝望了。

突然，房门被猛烈地撞击开，一股强劲的狂风涌进屋来，她惊叫一声，全身每根毛发竖得直直的，她听到老二异常的声音，快走。是老二的吗？小白菜被狂风旋转起来，不断地升腾，耳膜一次次被震裂。

风停了，太阳圆彤彤的。烧火做午饭的时候。小白菜眼前一座黑乎乎的山，回首一望，满眼的荒凉，她趴在老二的怀里放声哭了起来。老二杀了那个长官，他们不能回家了，将在无人烟的地方永远地住下去了。

其实，小白菜在黑山脚下度过人生最快乐的时光。没有镜子，她想自己一定胖了白了。她喜欢望蜿蜒而去的深沟了，但一个雪天再次使她人生发生了逆转，如山后的泾河，一拐弯，落入无底的黑暗之中。

中午，她做好饭，听见门外有脚步声，以为老二回来了，出窑洞，看到的是杜一枪手里冷冷的黑枪口，她愣在洞口。

杜一枪被小白菜的美貌惊得愣了几分钟，缓过神后，枪往腰间一插，将她推进屋里，掀向炕头，她迷迷糊糊地被扒个精光，迷迷糊糊地任杜一枪宣泄无限的精力。

杜一枪走后，她睡了两天。

老二以为她病了。

她说：没有，很困。窗口不是天空，是一片长满荒草的原野，几只兔子在跑，在跑。一时隐没在草丛里。她知道泪水模糊了兔子的身影。

雪消了，地面湿湿的，老二去邻家串门。嘴上喊邻家，一家离一家远着呢。几年来，陆续有几家人逃难到这里，他们不愿和外界来往了，或许是和外界结了仇，这里很好的，安稳、清静，坐在沟底开垦出的一片坡地里，眼前野鸡在飞，野兔在跑，心哗哗地流成一条恬静的河流，如同静飘的白云。如果拥有甜美的爱，作为女人，似乎一生别无他求了。

路面可以行走了，空气干冷干冷的，窑洞里却温暖如春，小白菜每日恐慌得不敢出窑洞，也不愿老二离开她。老二没有留心她，喜欢去拐个弯沟道里住着的男人那里，一起抽旱烟、说说话。

每次，小白菜泪花花地目送老二拐向邻家，脑海不由闪现出冷冷的黑枪，她定睛一看，杜一枪笑嘻嘻地站在她面前，抱起她，直奔炕头。

她又躺在炕头两天不想起来，说：我困得很。老二说：那就睡睡解解困。毛发黑黝黝的骡子飞奔而来，小白菜惊叫了，骡子穿过她的身子，跑远了。她一回头，骡子又奔她而来了。小白菜闭上眼睛，一个季节过去了。

开春了，迎春花满山坡地开，坡地的麦苗泛青了，绿油油的，杜一枪踩着麦苗，爬过坡地，径直来到小白菜的窑洞，他总是一句话不说，抱起小白菜，风火地干那事。

小白菜盼望一切赶快结束，她不反抗，极力地迎合。

杜一枪走了，她惶恐万分，恨不得把心掏出来，踩成一团稀泥。老二撞上了怎么办啊？老二那性格，一定会出事的。荒凉应该出没兔子，自己已经荒凉了，那些兔子怎么不跟随呢？

怕什么，什么就来了，谁也想不到会来得那么快。杜一枪还在她身上时，窑洞前响起老二的破骂声，她闭起眼睛，知道什么在等待着自己。洞口外，老二打趴在地下，满嘴的血，但还在骂。

杜一枪的两个随从还在打，一个说：不骂了，老子就不打了。杜一枪下了炕，枪提在手里，小白菜的心死了。杜一枪看一眼老二，笑了笑，走向山道。老二从地上爬起来，顺手摸起地上一块石头，扑向杜一枪，杜一枪手中的枪响了，子弹从老二两目间射进。

老二的尸体被塞进山角一个狼窝里。死亡跟着小白菜，她坐在沟边，坡地的麦子亮起了黄色。怎么不死呢？死和活一样艰难啊！怀孕了，她咬牙，活过来了。志谦这个名字是后来改的，小白菜想到的是兔子。老二不姓杜，小白菜嫌或是更怕孩子受人欺负，用上了杜一枪的姓，杜一枪是没人敢惹的。她又一次错了，几年后，再到后来，她与儿子没少受人的唾弃，她想改孩子的姓，临死都不知如何改了。

也许血脉是相通的，杜志谦和杜四爷很亲近，杜志谦对猪圈尤为喜爱，可能是他只有四个女娃的缘故，杜志谦嘴上是否认这一点的，说：猪圈会弄事，我就喜欢会弄事的娃。回到家，看见老婆，心里骂，一辈子都拉不出来硬屎。折出来，坐在门口杏树下，滋滋地吸一口旱烟。

杜志谦招呼四组的人进入学校，拉住杜四爷的衣襟去不远的桐树底下。王拴娃放慢脚步，想听他俩说什么。与猪圈有关系的事，他都想听。村子没年轻人了，有些五十几岁的人都出外了。王拴娃脸红了，他多想飞出去啊！他骂起了妻子，这里娶不上女人了，不出去由得了你吗？

拴娃，过来。杜四爷朝他喊。王栓娃过去了。

就拴娃年轻了。杜四爷说。其余都是老人了。

杜志谦一笑，没说什么，向学校走去，刚进校门，又急急地退回来，问：是叫王拴娃？

杜四爷指着王拴娃说：就是，王拴娃，记准。

陆续有人进了学校，杜四爷白了一眼王拴娃，喷一口浓烟，烟锅在桐树上一碰，烟灰涮涮落下来。王拴娃去踏闪着的火星，杜四爷说：看咱的山道像不像裤腰带。王拴娃没有吭声，是裤腰带好了，雨雪天，系在腰间，路始终是干的，不会被封住了。

第五章　康宏笑骂　狗比人多

王拴娃超出半数两票当选为黑山村村委会主任，副主任和委员的人选均票数未过半落选。王拴娃木桩似的立着，杜四爷吹他一脸烟雾，说：村上有一个年轻人也轮不到你。王拴娃一抹头顶，白白的鸟屎，天空找不见鸟的影子。

老李激动地取下黑墨镜，握住杜志谦的手不松，说：不易啊！老李来唐陵镇工作十三个年头了，一直包抓黑山村。前些年有税收任务时，吃尽了苦头，每年全镇排名倒数第一。领导也知道该村的情况，不太为难他，他几次向领导提出换村。领导笑说：就你了，换谁也不会胜你的。拉开抽屉扔一包好烟给他。老李认了。也许是习惯，老李喜欢曲折的山道了。后来几年里，老李轻松多了，村上没有多的事，又距镇远，主要任务是通知杜志谦来政府参加各种会议。今年又难受了，黑山村要脱贫啊！站在村口一望，老李心凉透了。年轻人飞得一片毛都没有留下。老李头疼了，得有健全的村班子，杜志谦满头白霜了。希望村委会的换届选举能推出一个有干劲的年轻人。平原那些村选举如战争一般，而黑山村静悄悄的，一个候选人都推选不出来。选民集中一起，选举办法讲得声都沙哑了，选票收集起来，统计时多一半废票，流动票箱出去，回来一张票也没发出去。抱流动票箱的工作人员，气气地说：没有一家门开着的。

镇街道饭店每天有新上任村主任摆席面宴请工作人员，老李每天去蹭饭蹭酒，新增派的人员当面骂黑山村，背后讥讽老李。老李惯了，一天还笑嘻嘻地样子：到我这年龄，啥都懂了。他心里清楚，黑山村不久会咚地平地一声雷。王拴娃与老李熟悉了，问怎么看得那么清？老李飞脚踢了王拴娃的屁股，说：没看太阳爬上房顶了。杜志谦被老李捎话带信请到政府办公室，翻来覆去地说：今年选举不能放空炮了。杜志谦嘿嘿笑说：没有人干。老李有些气了：选得下一个瓜子嘛。杜志谦仍笑着说：瓜子都没人干。老李指着门说：滚。

杜志谦猫起腰身，往出走时回头笑说：不要生气。老李在桌下摸了半天，摸出一只拖鞋来，狠狠砸去。拖鞋飞出房门。这只拖鞋在院子静静躺了几个月，老李想起它时，院子里却怎么也找不见。

晚上，包抓黑山村的副镇长康宏将老李叫去。乡镇工作一般是将全镇的所有村根据副职数相应划分几大片，一位副职包抓一个大片。根据村情，不同片包含村的数也不一样，有的是根据地理位置划分出来。康宏包抓的片是沿黑山一线下来的五个村，属黑山村最烂。

康宏对片的划分一直不满，认为是主要领导故意给他难堪，村情不好什么工作都落最后，慢慢地人们怀疑和看不起他的能力了。不过，主要领导也很少批评他。但他心里没有舒服过，黑山村要摘掉贫穷的帽子，这次选举尤为重要了。

两人面对面大口吐着烟雾。

康宏扔掉烟蒂，站起身说：还是和杜志谦谈。他去党委书记张文房间说明了情况，张文指示镇政府的面包车今晚拉他们去黑山村。康宏微微发黄的脸上有了一丝笑容。老李站在院子喊张一诺。面包车司机张一诺正在二楼玩扑克，有几个女的围观，你一句我一句还很热闹。几个女的陆续走了，张一诺兴致大减，却愁找不出离去的理由，听见老李的喊声，抽身旋风似的来到楼下。

全镇 17 个行政村，唯黑山村的通村路是土路，且这条土路很长，约 15 公里。驶入土路，也就进入了越来越陡的山坡地带。黑山犹如一道屏障，隔断了天的另一半去。

张一诺放慢了车速，车上下颠簸。老李呼呼地打起盹了，不要以为他睡着了，他大脑呼呼地转着圈呢。黑山村没有年轻人出来，依然会是老样子。他太了解杜志谦了。

康宏顺着车灯光望去，路面坑坑洼洼，一个坑接一个坑，坑坑相连，从天空一片片地砸下来。他有些晕了，闭住了眼睛。

去杜志谦家的路张一诺很熟，几拐几转地，车停在沟边，一字摆开住五六户人家。门口两棵大杏树，是杜志谦家。

张一诺在门口大喊几声杜书记。

杜志谦在门里应了，门开了，两眼窑洞，一眼亮着蜡灯，老伴已躺下，脚底中央是白的尿盆，尿骚味很浓。杜志谦嘿嘿一笑，将尿盆端出去，回来，满屋子找杯子给他们倒水。

康宏拦挡了，拉杜志谦出来，坐面包车里，问：选举咋办？杜志谦笑说：你说咋办？康宏不悦了：能按我说的来？杜志谦收住笑说：能。老李插嘴说：今年一定要选出村委会，而且是年轻人。杜志谦说，能。康宏说：不说了，你睡，明天拉开工作。

杜志谦下了车，车雪白的光柱扫除夜的墨黑，一片狗吠声从四周涌来。康宏笑骂：狗比人多。老李说：细听是一首歌。康宏看半天老李，老李没有发现康宏看他，吹一声口哨。康宏说：往回走。

车飞一样快，转眼已到政府门口，大门紧闭着，老李下车，将大门推得大开。车飞一样驶进院内，停在楼下。二楼一间房的灯光很亮，张一诺笑嘻嘻地上楼去了。老李走近康宏。康宏说：明天片上的人全上黑山村。

太阳刚露头的时候，康宏老李几人来到杜志谦家门口，杜志谦端着尿盆往出走。老李骂：屎尿多得很。杜志谦走到沟边，哗的一声，将尿倒入沟里，一笑说：水火无情啊！

他们背对着门，等杜志谦出来，一同来到村学校。

学校是全村最耀目的建筑了，两座三间大瓦房，一座是教室，一座是教师宿办地。瓦房的后面左手是两间砖砌的厕所，右手是一间厨房，中间零星几棵果树。这里曾书声琅琅的，教师大多是年轻的女教师。几个老人爱蹲在学校门口吸旱烟。杜志谦骂了几次，他们还在门口吸旱烟。娃随父母走进城市了，慢慢地，学生愈来愈少，最后只有几名学生了。县教育局撤了学校，合并为镇中心学校了。但留了一名教师——吴德虎，年近六十了，本村二组人。

他留下来的原因是学校还有三名学生，两男一女，一二三年级不等，这三名学生是姐弟关系，父亲两年前在省外私人煤矿挖煤时，煤窑顶一块大煤块坠下，砸在腰部，瘫痪了，睡在炕上呻吟。母亲一天经管丈夫都忙不过来，照顾三个孩子成了空想，于是，哭着找孩子的伯父。伯父一直跟着县上有名望的开发商，教育局局长喜欢和开发商打麻将。得有一位教师留下来，学生没有老师就长疯了。大家一边打麻将一边想解决的办法。

吴德虎很认真，几十年教书生涯却落下吊儿郎当的名声，不过人们都说他字写得漂亮，黑山村红白喜事离不了他。烟瘾不大，抽屉烟满着。他想好了，去镇中心校了，常请病假。

教育专干征求吴德虎的意见，吴德虎欣然应允了。

吴德虎搬到校长住的办公室去，校长的办公室是一般教师的两倍，里面摆三张桌子，一个学生一张课桌，他半躺在炕上，一个娃一个娃地教念书了。

康宏一行人在校操场站定，听见一阵阵的呼噜声。杜志谦说：吴老师这东西又睡着了。他见康宏没有反对的意思，大步走进办公室。三个娃坐在一张课桌上前相互瞅着。吴德虎窝在炕角睡着，他是从靠的被子上滑落至炕角的。

杜志谦骂骂咧咧地过去，猛击吴德虎的大腿。吴德虎醒了，猛坐起来，双手抹取两腮的唾沫水。杜志谦眼睛瞪圆了说：康镇长来了。

生活里称呼副职领导爱省去副字，表示对副职的尊敬，久而久之，完全是一种称呼了。吴德虎慢腾腾下了炕，杜志谦说：一辈子把人能急死。吴德虎在炕角拿起一盒烟，一看是空的，随手捏成一团，扔进墙角，跟随杜志谦来到外面，在上下口袋摸索，想找出烟来，明知口袋里没有，但动作是他多年养成的习惯。

吴德虎在任教之余，在杜志谦的鼓动下，充当了村上多层角色，他也喜欢这些角色，如文书、会计等，有时还当起妇女主任来了。杜志谦的手下活生生就吴德虎这么一个人物。过去有一名会计，中年人，姓文，很精干。但五六年前出去打工了，村会计那么点工资，不够镇政府办公事来回的摩托车油钱，还要摊上大量的时间。

杜志谦时常感恩村上有吴德虎这样的人物，要不，大字不识几个的他早卧在犁沟不动了，他任何事情能往前将就，唯有写个啥算个啥两眼顿时墨黑了。其实，他心中有本账的，村上唯一的收入是退耕还林的承包款，大部分的地亩划分给群众，属于集体的承包给县林业站的一位工作人员了。那人到村上来，跑来跑去满山看了一天，以每亩五元承包了一千多亩地，承包期二十年，一年一付。现在他明白了也懒得去想别的，日子得一天天过啊！

杜志谦有个习惯，爱跪，尤其讲话时，第一次将康宏吓得跳起来。老李掌握了，说不上两句话，老李想，该跪了。杜志谦嗵地跪在地上，康宏吓得跳起来。杜志谦笑嘻嘻地说东说西，对选举的程序，如数家珍。康宏老李还是不放心杜志谦，把希望寄托吴德虎身上，不停地给他打气。

吴得虎摸着头顶，说：放心。

老李把吴德虎拉到一边，反复叮嘱这回一定得选出一位年轻人，而且能干事。吴德虎笑了，说：能干事都出去了。老李地上拾起一块破砖，砸向草丛。吴德虎没回头地说：老鼠到处都是。老李说：摘贫穷帽子呢，没有干劲能行啊？吴德虎说：尽力。老李转过身，说：谁想和你说话骂他先人去。

选举这天，康宏带全片人员天刚亮赶到黑山村。

山里的气息充满了凉意。快到学校门口了，有一丝丝的寒。山上的松柏愈显得青绿了。会场设在教师宿办室前，有学生时每周一在这里升国旗，旗杆还直直地耸立着。靠近吴德虎办公室是一个高台，校长当年在这里给师生训话。吴德虎正往主席台搬桌子。

康宏大步走在前面，紧跟的是戴墨镜的老李，老李后是高低有致的几位随行人员。张一诺最后一位，他一边走一边给腰间挂车钥匙。

杜书记呢？康宏上了主席台问。

吴德虎上下口袋摸烟，康宏递支烟过去，吴德虎接住，上下口袋摸火柴，老李上去打着火机。

吴德虎抽口烟，说：事情麻烦了。

咋了？康宏紧张起来。

吴德虎又抽了口烟说：两个候选人都出事了。

老李摘下墨镜，脸上有了青色，康宏拦了一下老李。老李转身进了教室，三个娃惊恐地看着老李，老李满肚子的气突然消失了。窗外树上落了一只麻雀，老李看清了麻雀的眼睛，圆鼓鼓的，他努力将自己的眼睛也睁圆了。

第六章　他真把先人埋在河滩了

杜志谦把全村一个个往过推，没有上台面的，有几个能行的，都在外打工或做生意，对这些人他是恐惧的，没有几个他能管住的，不说管了，任何一个上台，无疑意味着他会悄然退出舞台了。有时他嘿嘿自己一个人笑了，这个村是个舞台吗？有时他一惊，他对自己几斤几两早掂量来了，嘴上常说：要干这事是先人吃了屎了。但要放下，心不甘啊！怎样心就甘了呢？他不知道骑起摩托来回跑时，村民举手打招呼个个是笑脸吗？当然，也有当面骂的，他都是一笑，但心里如春雨般滋润。他怎么不知道那骂也是一种爱啊？

这几日心如三年未见雨星的土地般开裂。前几届未选，不好好地过来了吗？他不由埋怨起康宏来，故意出难堪给他。上面的指示底下人好歹是要往前推推的，不动是要吃大亏的，这些年总结出的教条有时不亚于真理。

遇见大小事情，他还得去请求吴德虎。人呀，还需念几天书的，脑袋瓜到底是不一样的。出了门，天完全黑了，从四周一股股涌来寒流，这里的一切他心里刻得一清二楚的，尤其是这条拐弯抹角的小路了。

他的眼睛在夜晚莹莹地闪亮起来了。远处的山，近处的沟壑，小路一一呈现在眼前。

吴德虎一定在学校的，他喜欢学校的静。吴姓人家是黑山村家族最小的，不过是那么三两户，但这是黑山村最显赫风光的家族。王拴娃常去的泾河边，对岸当年是属于红区的，常有嘹亮的信天游飘到这方的土地。河水大了，河面也跟着宽阔了。不知什么时候黑山下的泾河岸有一处渡口，摇船的是沉默无言的中年人——吴德虎的父亲吴魁，那时人们不知他的名字，喊他吴摆渡。吴摆渡的婆娘俏丽得很，两个娃的妈了，依然青春少女般风韵。毛连长、杜一枪，还有后来异常强悍的毛连长外甥，听人说都与她有过关系，特别是和县保安团团长康目然来往过密。

隔不了十天，康目然派人接她去县城住上几日再送回。

吴摆渡始终是一言不发，日夜摆他的渡。

一次，康目然打扮成叫花子一人来到渡口，渡口边有一条弯弯的小径，约半里路有三孔窑洞，泾河拐几拐在这里绕开，似特地留出平如底的院子。

吴摆渡用树枝编一厚厚的栅栏，栅栏上满是迎春花。

九尽的时候，这里已是满园的春色了。

黑山过去是九嵕山，九嵕山过去是五凤山，每座山都有一股土匪力量，康目然不顾生命的安危看望吴婆娘了。吴婆娘夜半泾河边走了走，受了些风寒，山里深夜透骨的凉，吴摆渡一家在此处生活几年了，应该能经受住这里的风吹雨打的。后来编故事的人们讲，是吴婆娘故意装病试探康目然是否真心。再后来有人讲，吴婆娘那几日被人盯住了，不好去县保安团。什么人盯上了呢？没谁说得清楚。也有人说那几日风声急，康目然不敢贸然派兵来接吴婆娘了。

康目然和吴婆娘在窑洞相谈不到半个小时，三股土匪全部云集于渡口，枪声响了一夜。康目然的左脸被子弹擦破，血流了一脸，吴婆娘从另一条道送走了康目然。

三股土匪的头儿先后来到吴婆娘的窑洞，枪声在窑洞里乒乒乓乓响了一阵。毛连长的右腿挨了一枪，外甥秋日光好好的，他闹得最凶。

毛连长右腿那一枪就是他打的，为了女人外甥不认舅了。

毛连长脸都气绿了，被杜一枪背回去。毛连长要杜一枪去打外甥，杜一枪知敌不过秋日光，说：不和二球斗。没顾毛连长的腿伤，立即回到他的窑洞里。

秋日光在吴婆娘的窑洞喝了几杯水，竖起大拇指说：佩服你这娘们了，子弹呼呼地，躺在炕上还能睡着。吴婆娘欠起身，咳嗽几声，无奈地说：我能咋办，听天由命吧。秋日光吃惊了，上前摸一下吴婆娘的脸蛋，说：就喜欢你这冷静。

没有人问吴摆渡。有人考证了那晚的事。吴摆渡刚黑渡四五个人去了对岸，那几个人留住他，喝酒。他是不胜酒力的，一夜都起不来。有人分析他在的话，会悄然夹起被褥睡到船舱里去。这条船是他的命啊！

康目然回去不出十天，带领大队人马出来消灭土匪，先打毛连长，山顶的枪声很响很激烈，狼、野兔、野鸡流水般地涌进平原村庄。

秋日光第二天下午支援毛连长。

康目然带队回到县城里去了。保安团剿匪时，正值狗集市逢集。县城什么集市都很冷清，独狗市极其火爆。狗市狗并不太多，人挤人的，十几人为一条瘦狗叽叽咕咕，这年月狗是很重要的，乡下几乎家家养狗的，狗一叫，听狗的叫声，人们能知晓将要发生什么，狗叫不对，有些钱财的人家赶紧藏到地窖去。穷人呢？任凭狗叫身子都懒得翻转一下，但第二天起来很早，打听昨晚谁家遭了殃。

这日，狗市的人尤其多，水泄不通的，至天黑了也不见散去。天黑实了，他们哗地变成起义者。翻开县志，这就是当时很有名的冬季暴动。

他们冲进监狱，救出了关押的共产党人，继而冲击县衙，与留守的士兵展开激战。县长被打得撤出县城，往北退却，目的和康目然的保安团会合。康目然率人马回到县城，起义者跑得没有了踪影，县衙被烧得面目全非。

康目然在全县每个村进行空前的大搜捕。

几个月过去，监狱里人关满了，都是些无辜的百姓。哭喊声日夜不绝，震得县衙晃荡不安。县长心烦的是，这些百姓的家属每天跪县衙前哭爹喊娘的。

康目然每天忙着提审这个提审那个，可一点眉目都没有。康目然皱了几次眉，将抓去的人一个个放了。康目然在两个半月里，一一释放完逮回的百姓，监狱清净得很，整个县城也随之安静下来。就在县城不安宁的那些天半夜里，有七八个人趁着夜色翻过黑山，坐上吴摆渡的船过对岸去了。

新中国成立后，一位来村土改的干部说的，他也是其中之一。

吴摆渡夫妇的身份也明了，吴摆渡倒罢了，婆娘是一名地下党员，康目然也是地下党员，他率部起义，在解放大军到来前解放了县城。成为该县第一任县长。吴婆娘去县城工作了，是一名妇女联合会的干部，人们称其为任干事。这时，人们才知道她姓任，但还是不知道她的名字。

吴摆渡家里停不住了，地里干活时，抬头望南方的天空，心不由发慌。女人在一堆男人里忙活，尤其是漂亮女人，很容易忘记自己丈夫的，也很容易背弃丈夫的。吴摆渡脑门子全是汗水。晚上，看两儿子眼巴巴盼妈妈回来的样(那时吴德虎还没有出生),他愈是在家停不住了!他在县政府打听到任干事在南乡的郭村。一口气跑到郭村,在村十字路口见任干事和一堆男人有说有笑。吴摆渡没敢上前去,躲在一棵树后观察,任干事被男人们卷着向东去了。

吴摆渡怕被发现,蹲在树下始终没动。

等那几个人走远了,他进到村里,但却失去了目标。

他在一棵树下蹲了一夜。

这一夜,他的牙咬了无数次,得把任干事拽回家了。不然,没妈的孩子苦啊!太阳升起来了,吴摆渡哭了一路回到了家,牵一个,背一个来到郭村。夏季,两个孩子光溜溜,老大手捂住私处,羞于走一步。吴摆渡猛拍儿子的手说:松开,小鸡鸡谁没见过。老大哭着说:我的不是小鸡鸡。天空没有一丝云,阳光把三人的影子投在一棵柿子树干上,河水的波纹似的,一漾一漾的。吴摆渡看不出哪个是自己的影子,几年后,他才知道自己仅穿了一个裤头。

父子三人街头一站,人们很快围上去了,吴摆渡一把鼻涕一把泪地诉说日子的熬煎,一口一声任干事啊任干事。有人跑去叫来了任干事,任干事羞得脸通红,将父子仨领回自己的住舍。

村干部借衣服给父子仨穿好。吴摆渡故意将裤子前后穿反,短裤露出一条缝来,任干事打了自己一个耳光。吴德虎听大哥说过,那天蝉叫得最响亮了,那晚的月亮不但圆而且大,像一枚弹球。他在炕上睡一觉醒来,父母还门里门外坐着。一只蝉沙哑一声,从树上掉下来。母亲站起来,掸掸裤子上的灰土,走了。吴摆渡一句话也不说。那只蝉翅膀在地面抖动几下,大哥被父亲拉着胳膊下了炕。

父子继续几乎全裸出现于街心,只是比昨日多了副扁担与两个小筐,筐里盛满发黑的梨、苹果等水果。一眼就看出这些水果是在垃圾堆拣出的，苍蝇嗡嗡地围着小筐飞舞。

吴摆渡带领两个儿子喊叫：卖水果。

人们笑成一堆，任干事急得流出泪，跑去县城找康目然。

康目然指派三名全部武装的军人，把吴摆渡父子带回县政府，对吴摆渡进行三个多小时的批评教育。康目然想打吴摆渡耳光，看见两个娃惊恐的眼神，放下手抱住两个娃：你俩折腾啊！娃来去受啥罪啊？吴德虎能想来两个哥哥哭的模样，大哥带着鼻涕，二哥带着口水。

吴摆渡口头做了保证，赶黑父子仨被送回到黑山村。

不几日，吴摆渡又出现在郭村的街道，这次是他一人，不知从哪里弄来一身破烂的衣服，头发凌乱，满脸污垢，挨家挨户讨饭吃。

任干事气病了，在家里躺了两个多月，人瘦了一大圈。

吴摆渡却精神百倍了，忙地里又照顾两个孩子，每顿饭做得十分精致，在任干事跟前总是笑嘻嘻的。任干事慢慢地病情好转了。康目然来家看她两次，希望她早日能参加工作，现在，缺少的就是能干的干部啊！吴摆渡蹲在夜里一口一口地吸烟，烟雾纠结一团，重重地飘去沟坡地。

春天了，空气无处不涌动淡淡的花香味道，连鸟儿的鸣唱都有股花香味儿呢！一大清早，任干事就踏上去郭村的路途。吴摆渡早饭从地里回去才知自己的婆娘又走了。他蹲在院落里抽了四五锅子的旱烟，真留恋在泾河摆渡的日子，总给他安稳与踏实，现在生活平静了，心里却时时刮起旋风，连心底的草草根根都悬浮上来，使他没有安生的舒畅。

他跟着婆娘的影进了郭村，他用准备好的锅底灰把脸涂成黑球，上衣脱下来搭在肩头，一边走一边喊叫：煽猪了，煽猪了。

屁股后是一群笑哈哈的小孩。

任干事恰巧在街上撞见了，脸上的血色顿时没有了，一个趔趄仰倒在树坑里，几个人手忙脚乱跑上来去救。

吴摆渡没瞧见一样，走一步，仍喊：煽猪了。

也有真想煽猪的，跑到街上，见吴摆渡那样，笑出了眼泪。煽猪的常来村上的，他们一般骑一辆破旧的自行车，车把上系两条红飘带，一车把上挂着煽猪用的器械袋，有的器械袋在腰带系着，要露出上衣下摆好多，故意给人们看的。

康目然发火了，将办公桌拍得震天响，派人抓来吴摆渡，见到吴摆渡，他的火更盛了，办公桌又震天了一时。过去揪住吴摆渡的胸口，拳举得高高，但叹息一声，放了下来。

吴摆渡仍是一声不响地站着，任你怎么说、骂、教育，我沉默不语。

吴摆渡在县上被关了两天。第三天早，任干事领着他回村了，任干事再没有上班去过，但她在村没有闲过。担任黑山村第一任党支部书记，过了一年，她生了吴德虎。

吴德虎记起事了，有几位老者笑说：你本是吃国家粮的，你先人害了你兄弟三人。一次，农忙闲了，坐在地头，吴德虎问起吴摆渡这事，吴摆渡抽了一阵旱烟，说，过去了，提那没用。等一会儿重新干活时，说：不那样，说不准没有你这东西呢。

吴德虎的脑际里，没有出现过父母同睡一张床的情景，父亲几次想合睡的，但母亲坚决不依，说：打鼾，一夜都睡不好。父亲说，你先睡，你睡着了就听不见了。母亲还是不让上炕。

父母为睡在一起闹了好些年别扭。母亲喜欢夜色里坐在门口，天上一片黑她还望着，月亮升起来了，她却低下了头。吴德虎看见母亲的头发泛起了月色。后半夜了，母亲刚睡下，康目然敲开了木门，一群人殴打批斗得熬不住了，趁着看守不注意翻窗逃出的。吴德虎枕头突然没有河水的轰鸣了，自然灾害三年，泾河的水一夜间干涸了。满河床的蚊子疯一般追人，黑山这季节从未见过蚊子。河床两边一片蚊子的嗡嗡声。吴摆渡带三个娃爬上沟睡，睡在一颗杏树下。可雷雨霹雳了一阵，泾河上游涌下来没有见过的洪水，湮没了吴摆渡的家。任干事决定不住河床处了。山前靠沟边的一面，土质很好，现成有几眼窑洞，请几位匠人收拾处理一番，窑洞前用土坯砌了一个四方的院墙，沟里砍几棵树枝来，捆绑起结实的栅栏当门来用。

新家康目然来过一次的，他是来北部几个乡村检查秋播时，路过这儿的。吴摆渡给碗里倒些开水，端给康目然，康目然喝了一大口，又想起了渡口，想起了郭村，言语流露出无限的感慨，如果任干事继续工作，现在恐怕不是一名干事了。

康目然盯着任干事说：你是有能力的啊！

任干事笑了笑。吴摆渡吸了口烟，烟雾全从鼻子飘出来，像两只灰色凶猛的猎狗。吴德虎知道了，为什么母亲不让家里养狗，她是怕康目然来了狗咬。吴摆渡在村上谁家母狗从怀崽了起都寻思好了，母狗生狗娃时，他钻在那一家不出来。母狗生了，他在一堆狗娃里号了一条。怕被人混了或抢走，他特意给狗娃脖子系条细绳。一周后，他洋洋得意地抱狗回来，任干事大吵大闹起来，逼吴摆渡将狗抱走才安静下来。

康目然的敲门声惊动了山里的狗，吴摆渡在院里借骂狗给康目然听。任干事没有理会丈夫，她对康目然的深夜来临惊愕万分，康目然脸面浮肿，没开口两眼的泪。任干事说：跟我走。河水退了，当年的家是两眼破窑洞了。任干事将康目然安置在这里。康目然抹一把泪说：就这里好。

泾河没有一滴水了，满河床粼粼的细石。每日夜半，任干事提些吃的喝的，踏着浓浓的夜色给康目然送去。

头几晚，吴摆渡陪着婆娘去。康目然与任干事对面坐几个小时，一切话都是多余的，石头留着过去的温热，一摸就想哭。吴摆渡在河床里来回地踱步，如当年来回地划船。

回来路上，吴摆渡由不得数说任干事几句：饭一送，就走，小心发现，又没有什么话说，停留时间长有啥用？

任干事没有吭声，从第二晚起，她一人悄悄去，回来时东方有些蒙蒙发白了。

吴摆渡的烟瘾更大了，蹲在沟边一口接一口吸，远远地一股香味就过来了。

一场春雨过后，山里空气异常清新了，天似乎也高远了许多，黑夜比平日里要迟来得多，且呈现出淡蓝的色泽，灿如是湖泊深处的珊瑚，星星闪闪得更为明亮了。满沟边的狗一直狂吠着，头仰得好起，咬天上的星星似的。泾河依然是当年的白色，从远方婉转而来又向远处婉转而去。

康目然想去河床走走，但全身提不起精神，每一处的伤痛使他一直处在惊恐之中。也许有关死亡的想法这时在脑海里产生了，但每夜脚步来临的期待，使他对这眼窑洞有了丝丝剪不断的留恋。四周很静，他将耳朵贴在炕沿上静听，脚步响了，渐渐近了，他不由激动起来。却是五六个彪形大汉，手里握着木棍，一拥而上反缚住康目然的双臂，使劲往山路上拉，康目然双腿还浮肿着，跟不上他们的节奏。他们火了，以为他故意不愿走，上去就是一顿拳脚。然后，将他拖到山路上，继续向前拖着走。

康目然猛地站起，挣脱出他们的手掌，向前跑两步，站在一块石头上，纵身跳下泾河。他眼前泾河的水仍是哗哗地流着吗？他水性是父亲教的，很好，一个猛子就过去对岸了。

任干事爬上沟沿，听杂乱的脚步和嘈嚷声，看一道道手电光柱晃动天地，心里明白了，她习惯地望茫茫夜空，星光熠熠，耳畔满是星语。她返身回到家门口，在一片狗吠声里坐在一块青石上。

吴摆渡出来，蹲在她身旁。

夜很快消失在深沉的渊里了。

任干事拢拢凌乱的刘海，起身回窑洞了，吴摆渡跟着她，任干事关了窑门，吴摆渡门前站立片刻，转回另一眼窑洞去。

任干事睡了两天，第三天早晨起来，扛一铁锹，爬上黑山，俯瞰干涸的河床，滑下山路，在河滩地找到那块血石，血迹斑斑。她在血石旁坐到傍晚，河滩挖出大坑，费力推血石进坑，用土埋住，她怕下次来找不见，在上面放三块小青石。半圆的月亮爬上夜空，任干事举起铁锹要把月亮铲下来，埋在青石下，那样更不会忘了。可铁锹落在肩上，她走上山路，碰见吴摆渡，她用铁锹顶住吴摆渡的腰，冷冷地说，你真狠。

吴摆渡双手攥住锹把，一出劲夺锹过来。

任干事沿山路匆匆消失于月光里。吴摆渡回到家，找遍所有地方，没见婆娘，他唤了一声，爬上炕呼呼睡起来。

三天不见任干事的面，吴摆渡慌了。村上好些事也需要她，人们四处找寻了，最后在泾河滩发现了她。任干事坐在河滩上，面前是三块青石围成的等腰三角形，念念有词。

人们抬回她，可第二日又在那里发现她，念念有词，她彻底失去神智。吴摆渡带着三个娃站在任干事面前，任干事没看见一样。吴摆渡父子四人在河滩陪着任干事一晃一晃地过去了三年。

任干事头发全白了，她的脚步风一样轻盈，吴德虎前眼看见母亲躺在土炕上，转眼她已在河滩。突然，乌云积厚，电闪雷鸣，暴雨如注，泾河的水咆哮而下，她在洪流上面一闪没有了影。吴德虎河岸上喊叫母亲声音都没有了，父母带着两个哥哥跑去下游寻找。一星期后，在五十里开外的麦地发现了她的尸体。吴摆渡一夜忽地老了，他的眼里时时飘着雪花。

午后，他摔倒窑洞口不省人事了，被三个儿子抬上炕。

吴摆渡双目茫然，满窑洞搜寻什么。吴德虎刚走到父亲跟前，父亲猛地一把抓住儿子的手，说：一生良心没安过，康目然是我告诉他们的。

为给父亲择墓地，吴德虎与两个哥哥闹得很凶，两哥哥见弟弟拿命来闹，顺从了弟弟，将父亲埋葬于河滩。在乡下这是很忌讳的，人们相互骂仗，最恶的一句话是，你先人在河滩埋着，而吴德虎真把先人埋在河滩了。

父母没有了，兄弟三人各自过活了，两哥哥在村子里很活跃。今日揪斗小白菜，明日揪打杜四爷，后日将小白菜、杜四爷、狼剩饭捆在一起批斗。一年后，两人去了县城再没有回来，后来有人证实，被一发炮弹炸死于县南的郭村镇上。吴德虎突然不爱说话了，他的话已经被两个哥哥说完了。但见了杜志谦不由要多说几句，也许哥哥的话真的没有说完。

杜志谦前些年一直和吴德虎的关系紧张，尽管那是吴德虎两哥哥的事，但他心里总很纠结。尤其是吴德虎的大哥在一次批斗会上，故意似的摸了他妈的奶子，台底下笑倒一片人。后来，他干起村上的事，多次想给吴德虎些难堪，但现在村上的权力小多了，管理群众的事几乎没有了。有时，他睡在炕头上想，若是再来一次什么运动，他天天批斗吴德虎。

但不久，他打消了这念头，任干事是村上唯一新中国成立前的党员，每年过年前，有些部门的领导前来她的坟头祭奠，慰问吴德虎。他是村干部，跟前跟后的陪着，最让人惊慕甚至嫉恨的，康目然的大儿子正是省上不知哪个部门厅局级干部，他只要回来，县上大小领导都要陪同。不然，吴德虎怎么会是教师呢。近十几年再没有见他来过，吴德虎说：调到外省去了，官更大了，一般人都见不上面。

吴德虎的两个女儿初中没毕业，长成大姑娘了，吴德虎领上去了外省，回村是他一个人了，两个女儿被安排在那里工作了。听说是不错的岗位。杜志谦的小女儿和吴德虎的大女儿一个班的，且坐一条长桌子，关系要好的不得了。杜志谦将女儿压到炕上用鞋底猛抽一顿屁股，屁股整个是紫色的了，仍没有阻挡两个娃的往来。吴德虎的女儿走了，杜志谦的女儿坐不住了，整天哭呀闹呀的，害得杜志谦头发都花白了。为了孩子，杜志谦放下脸面了。夜深人静时推开吴德虎的家门。

吴德虎很热情，叫婆娘炒了几个鸡蛋，通风仓取瓶好酒，喝得杜志谦晕了几天。现在杜志谦的女儿也在那里扎下根了，工作不错，已结婚生子，女婿也在街道办，本地人，白净得很。回来过一回，深得杜志谦的喜欢，这是杜志谦人生最大的欣慰。想起这，他提瓶酒去找吴德虎了。面对吴德虎，杜志谦每次多喝几杯，叹息自己不是吴德虎，如果吴德虎这东西会钻营，那把事绝对干大了，可惜康目然大儿子那一层关系了。外面跑的时候多了，经见的多了，心中什么都缺，却溢满了感慨。

一股冷风拂面，杜志谦猛地睡一觉似的。

第七章　摸摸腮边　竟没有一滴泪痕

杜志谦费了几个小时，终于在文会计家找见吴德虎的。

文会计年近五十岁了，矮胖矮胖，梳一个背头，脸如黑漆，一口牙早已脱落，有假牙他不愿戴，说话和风呼一样得费劲听。他和吴虎生住斜对门，有事没事爱往吴虎生跟前挤。他很精明，人人明白，他看中的是吴德虎身后的东西，那就是康目然的大儿子。他运水果去外省，以吴德虎的名义找过康目然的大儿子，一切很是顺利，获利颇丰。康目然的大儿子退下去后，他利用在外省拉起的关系网也能得些利益，可自身的缺陷，使他陷入一塌糊涂的境地。文姓人是黑山村的主姓，除王拴娃那一组外，其他三组基本都是文姓人，文姓家族女娃一律的靓丽，男娃却很猥劣。高山出俊样，是指文姓女人的。

杜志谦听见有人夸文姓女人时，不免怒火：漂亮有什么好处？只能多挨些球。人们知道他女娃多，个个和文姓女人在一起一站，脸色如土，没有颜面，也不去顶撞他。但有人按不住说：挨球咋咧，人家是挨皇上的球呢。

杜志谦默不作声，晚上躺在床上，他再次感到自己这个村支书当得窝囊。翻个身，想起村子里那些文姓女人们，不由唠叨一句，他妈的就是乖。再翻个身，叹一声，说，不乖，能是挨皇上球的货。

面对黑山，人们想象一千多年前她的模样，一片绿色，鸟语花香。西部的山往往与这两个词无缘，但黑山就不同了，具有江南的风韵。这是泾河和山底多眼泉水滋润的杰作。

传说盛唐时期，皇帝闲暇之余，在黑山脚下营造一座行宫，地址就在现在学校南百米左右的地方。夏季，这里包裹于厚厚的花香里，空气里流动着绿色的清泉之爽。尤其晚上，月儿将淡淡的清辉洒下来，天地回响于蛐蛐的琴弦里，皇帝携一妃子流连忘返，沉溺美景美女出不去，不想回长安城了。

大臣们苦谏无果，冬季来了，百花凋零，落叶飘起，但一场瑞雪后，黑山如雕琢出的玉器，每棵树都幻影出梦想里冰晶洞天。皇帝与妃子立于雪地里，融入的自然在无限的想象里如此神奇，整个世界仿佛是为自己还有心爱的女人诞生的，太阳将雪化为亮眼的露珠，朝雾满是冬少有的暖意，如无比巨大的手掌拂向黑山的脸庞。这时，皇帝拥有妃子的春梦迟迟不能醒来，一位老臣在行宫前跪等已是几个时辰，不管老臣死啊活啊的，皇上仍未动回长安的心，西方闪耀血红的晚霞了，老臣点着了手中的火把，一个火把点燃了行宫，老臣看众人慌乱里抬走了皇上，一头撞在行宫前挺拔的立柱上，血溅得啪啪响，老臣没有死，有人背回了他。皇上没有责怪老臣，他是一代明君啊！行宫的火迅速蔓延至黑山，整个黑山顿时一片火海，火燃烧了四个多月，百里外那些天始终是红的，满地野兔、野猪，还有狼等动物胡乱地狂奔。

等火熄了，山已是焦黑的了，黑山由此而得名。皇上死了，葬于黑山相望的九峻山上。那个妃子悄然出宫，愿给皇上守陵，她的住所选择在行宫的原址上。后有一文姓逃荒者来此，与妃子为邻，一来二去的，两人住一个屋了。人们把妃子也称文妃子了，文姓人家虽是黑山村主角，但从未在这个村的历史里露出过能行，而是一个很乖巧的听众。

文会计常说：怪这姓，不会武，绵羊似的。

也许是家族里的女人相貌太出众，文姓男总不满意自己的婆娘，喜欢拈些花惹些草的。文会计在这点上可以说是他们的代表人物。好色的男人眼都高，他虽曾是杜志谦的手下，但从心底是看不起杜志谦的。走不到杜志谦前面去，肚子老是窝着火。能当村会计，也是想过过村干部的瘾，推翻文姓是绵羊的谬论。当一段时间，颇是失落，比他想象的差得远了，还有他也不愿多看杜志谦那副恶心的嘴脸了，给那样的人当手下怕被外人嗤笑！果子熟了，外面的生意使他在家也不能待久了，想起外面的女人的脸蛋和腰姿，他离开村子。这些年，村子里出去的也多了，大多是年轻人，在果品市场上，抬头一看就是一个本村的后生。年轻人在外不太想家，文会计一段时间还要回来看看的，一般是夜里回来，第二天天刚亮就走。他每次回来都要和吴德虎喝几杯酒。菜就是那两三道，白菜醋溜、土豆片热炒、鸡蛋炒西红柿。吴德虎酒量不行，一瓶多是他喝了，他喜欢喝酒，一顿不喝，浑身落满跳蚤似的难受。说实话，他是不愿和吴德虎对饮的，娘们似的，一呷一捂嘴一咳嗽，他看着比不喝还难受。

杜志谦的到来，文会计分外高兴，赶紧将他让进窑里，跑去取酒杯、筷子。杜志谦拿起筷子连塞三四下菜进嘴里，说：真有些饿了！文会计盯看了杜志谦一眼，很失落地咽下一口吐沫。那道疤痕一辈子都在心里了。吴德虎看出来了：喝酒，光吃呢！杜志谦哈哈一笑：喝不了，喝一口头就晕。文会计端起酒杯说：不喝就不要吃，喂猪呢。杜志谦低头嘿嘿笑了，文会计眼一翻，一口酒下肚，更看不顺眼杜志谦了，难怪是和马桩一路的货，贱得很。猪圈就不一样，算是杜一枪的种。

吴德虎出来上厕所，杜志谦跟出来，说：候选人没有，我急死了，你倒清闲。吴德虎一边一边扭头，说：文会计不是一个吗？杜志谦一想也真的，笑了：有你，我省心多了。吴德虎提好裤子说：晚上让他喝好，明天我给他说，他准干。杜志谦有了尿意，解着裤带说：你给咱弄好。吴德虎一笑，回去了。杜志谦尿了尿，不想进去了，怕文会计逼他喝酒，那酒疯子，惹不起，他蹑起脚，悄悄溜回家了。

睡在土炕上，杜志谦没有睡意，候选人还得一位，老李反复说，差额一定要很弱，他掂量半天，觉得二组的秋丰收可以，他是秋日光的孙子。算来算去村上只有他一个年轻人了。秋日光当年的风光盖过了毛连长，康目然差一点命丧于他的手里，这小子年龄不大，性格刚烈，脾气暴躁，手狠心辣，乡间妇女们用他的名字吓唬小娃。他的恶名洪水般漫过全县，尤其是点杜一枪“天灯”的那一次。

毛连长虽有些年纪，但对女人的渴求不低于毛头小伙，王拴娃的奶，可算是县北顶骚的一位了，她和男人在县城做小买卖，生意摊每天拥挤着垂涎直流的男人，夜夜能听见她打骂男人的声音，男人劳累一天，晚上想睡，而她不，非折腾那事，男人体力不支，她便骂。此事传到毛连长耳朵里，毛连长心痒痒得受不了，打发几人去县城，看那女人走在回娘家无人的半道，绑进黑山。一般人见到毛连长，瘫成一堆白肉，而她不，喜盈盈地，把毛连长的痒心挑逗到巅峰，女人时间长了，嘴上没说，心里骂毛连长的没劲，一来二去的，和杜一枪混滚在一个炕头。有了爱，不管是何样的男人女人，都会有牵挂的。杜一枪每晚站在毛连长的窗下，听一对男女叽叽哼哼。接连几晚，趁毛连长出来上厕所，他忽地闪进，趴在女人身上热乎一时。毛连长的脚步近了，他不得溜下炕，毛连长眼睛也睁不开了，倒下去，便响起呼呼声。他又爬上女人的身，毛连长翻一个身，打个喷嚏，他与女人紧张得一身汗，女人于是不想了，他痛苦到了极点。

一日，毛连长站在窑洞前活动筋骨，杜一枪在洞里给毛连长热茶，热好茶了，杜一枪见毛连长的背影被初升的太阳渲染为镶有金光的黑柱，他全身每个细胞升腾着对那女人肉体喷喷酥香无法抗拒的渴望，没有多想什么，一枪过去，毛连长轰地倒在窑洞口，头颅流出的血瞬间将一大片地浸透了。

女人在另一窑里磨牙睡觉，杜一枪跑过去拽起女人，女人出窑洞看到毛连长的尸体，呀地一声，尿湿了裤子。杜一枪领着女人向泾河方向奔去。消息很快传到秋日光耳里，秋日光立即召集手下，翻过九嵕山，杀进黑山来。毛连长的手下大部分逃散了，留下的是平日作恶多，怕报复不敢回去。秋日光一到，他们随即钻进秋日光的腋下了。秋日光的势力增加了许多。

几天后，秋日光在泾河岸边的狐洞里抓住了杜一枪与那个女人，他俩白天不敢出来，晚上吴摆渡的船却在对岸，一直没有等到机会。多年后，有一种说法，吴摆渡那几日夜故意将船停在对岸的，谁也没有当面问过吴摆渡。即使问了，吴德虎想父亲也只是吐一口旱烟出来。吴德虎喜欢看烟雾从父亲的鼻孔出来，像两根闪光的象牙。可这次，他一定会打散烟雾的。

秋日光择一个日光很好的中午，将杜一枪绑在皇上行宫的遗址上，本来把那女人一起绑在这儿的，前晚上，女人喊叫肚子疼，吐不停，看守的跑去告诉秋日光，秋日光一拍桌子：狗日的，往死疼去。

一会看守的又跑来了，说：女人说她怀孕了。秋日光摔飞喝酒的碗，骂：狗日的，明日非剖开她狗日的肚子不可。

一会儿看守的又跑来了，气吁吁地说：女人说，她肚子里的孩子是你舅的。秋日光头发立起来了，半天没有了话，毛连长睡过的女人不少，可没有一个女人为他生儿育女的，秋日光不得不反复地为舅舅想了。虽说舅舅走了，有下一代也算不枉活一生了。女人留下来了，杜一枪被拖出去，秋日光指示手下扒光杜一枪全身衣服，全身涂满清油，等围观的群众多了，秋日光喊：点！

手下将火把塞进杜一枪的裆部，呼地一声，杜一枪全身化为烈焰，被风一吹，呼呼地响，空气也立即弥漫腥臭味。群众纷纷捂住鼻子，有人猫腰哇哇大吐，女人们转身跑了，秋日光仰天哈哈地笑。杜一枪眼看是一堆冒青烟的灰了。

三月满山摇曳着黄色的迎春花，女人生完娃的第二天，在同样的地方，被秋日光活埋了。那娃就是狼剩饭。

秋日光不再停驻五凤山，而在黑山占据起营盘，他瞄准了文姓家族的女人了。他已有的几房女人，尤其大婆娘最为凶悍，她高大高大的，出门是四匹马拉的大轿，车夫日日地换，个个都有些俊相。她的娘家在县南，家业殷实，称雄一方。秋日光惹不起她，睁闭一只眼任她去，她不肯过黑山来，喜欢五凤山，她计划改其山名为六凤山。多出的一凤是指她了。

她的轿车飞一般奔驰，路上的行人远远地躲闪。一次，马匹失控了，跑进一片西瓜地，主人见好些西瓜被踏烂，心疼地胡骂。她下轿车，给主人两记耳光，当时号召一批人来，踏踩了西瓜地。主人不由跳骂起来，被吊在路旁一棵树上暴晒三天三夜，最终成了一具招蝇的臭尸。几位老者去五凤山求她，得到允诺才将尸体解下运回。西北军南下咸阳与马步芳军作战时，她看大势不好，想逃回娘家再做计策，车夫下来清理路面，只听见惊天的一声：砸。无数的石头砸向轿车，轿内惨叫几声没有了声息，车夫躲在轿下想捡条命，但石块密如雨，轿车和车夫如开了花的西瓜。

马匹拖着奔四五米，一同被石头掩埋。

时隔两年半，秋日光被解放军抓回。他剃光头穿一身破烂衣逃到四川，在一座不大的寺院里被抓住。在黑山脚下召开规模空前的审判会，也是在行宫遗址的地方。领导们费了一番心思的，先准备在五凤山地区召开，但秋日光罪恶深重的地方在黑山，尽管他在黑山待的时间不长。

消息一出，黑山脚下的人们奔走相告。

这里从来没有举行过声势浩大的群众集会。早上天刚亮，解放军被几辆大卡车运来了，五步一哨，从镇上一直站到审判会场。四面八方的人们结队步行至黑山，五凤山区域的大多农民也赶了过来。秋日光一押上会场，群众一片骂声，不时有杀了他的喊声在人群炸响。尤其是那些遭受秋日光凌辱的妇人，更是声泪俱下。有三四个妇女激动得晕倒过去，有几位妇人冲开解放军的阻拦，跃上主席台，踢打秋日光，一位妇人一口咬下秋日光的耳朵。一位妇人起脚踢去秋日光的裤裆。

秋日光倒地了，妇人们一起踢踏。

几名解放军劝下去妇人，秋日光满脸的血，始终一声不吭，军人将他拽起来，他努力地想站直，但最终还是倒在地上。秋日光倒在地上，人群有无数的拳头高举着，喊：狗日的起来！

军人再次拽起他，他站立不住，还是倒下了。有老者跑去向军人出主意，按照老者的办法，将秋日光绑在一扇门板上，门板后用两根木棍支撑住，人群中不断响起“杀了狗日的”呼喊声。

康目然指示预先圈定的几个人，上台控诉秋日光的罪行。两名政府的干部去五凤山、黑山两区域，一谈起秋日光人们纷纷躲避。不料，今日会有这样激愤的场面，康目然计划自己出席，却因有急事，让文书主持。文书是一个年轻人，头发油光光的，脸瘦黄瘦黄，个头也不好，最引人注视的是他的双眼，出奇地明亮，犹如黑黝黝的深潭。文书来到主席台中央，宣读昨晚写了一夜的秋日光的累累罪行，可台下的喊“杀了狗日的”声音太大，一浪一浪地汹涌上主席台，他茫然失措了。人们没有发现一位老媪猫着腰蹿上台去，扑向秋日光，手里紧攥着块细的石条，在秋日光的脸上胸上拼命砸起来。老人用力太猛了，门板向后塌下。老媪倒爬在秋日光的身上，她仍没有停止，砸的动作，虽缓迟了许多，但一次比一次有狠劲。

人群沸腾了，有几人跳得老高，喊：砸死他！

人群跟着怒吼：砸死了。

军人看了看秋日光，对文书说：不行了。

老媪累得不能动了，军人过去扶起她。老人的脸满是秋日光的血，老人面向人群的刹那，泪水哗地流淌下来。

按辈分，这位老媪是文会计的四婆，年轻时是文姓家族最漂亮的女孩子，最后她嫁给了一河南逃荒来此的小伙，姓石。人跟石头一样老实，六年生了四个娃，都是女娃，这里的乡俗，老石算是入赘女婿，娃的姓就随女方了。

文氏四姐妹一晃是活脱脱的妙龄少女了，沟壑里常有她们欢畅的笑声，笑声招来了秋日光，一家的厄运降临了，秋日光躺进文四婆的窑洞大土炕上后，将这小院圈定为自己的寝园，任何男人不准进小院，包括老石。四个土匪把守着小院的栅栏门，一个职责是防止有人进出，另一个职责定时往里送各种吃食。

秋日光把文四婆及四个女儿集合在当面，要求她们脱光衣服。文四婆不从，秋日光快速退光自己，强行扒去文四婆的衣服，四个女儿战栗于一团，看着秋日光将母亲压倒在脚底。

黑夜没有完全降临，秋日光疲惫地从最后一个女人的身体上爬起，坐在土炕沿，大声喊叫文四婆及女儿用半温的开水洗他那东西，说：高兴了，我一个月后就走了，不然，我永远不走了，你们也休想逃走。

文四婆将希望寄托于一个月以后的日子，叮嘱孩子们忍忍，恶棍走了就好了。小院常来的麻雀不见了，一棵树似乎背转过身，将一片阴影罩在文四婆的心坎上。

秋日光将文四婆及女儿们的衣服全压在土炕角，自己靠着。文四婆和四个女儿早晚赤裸着肉体，在秋日光的目光里游动。秋日光伸手抓住那个，就将那个压在身下。他在欢快时，不许其他三个女儿离开，还要上炕来，在一旁呐喊助阵。饿了，两个女儿光光地去接送进的饭菜，两个女儿光光地躺在秋日光的左右，秋日光要睡身边的女人，不停地拿他的那东西玩耍。

老石在外流浪，牵心家里，几次在栅栏门外被四土匪拦住，推倒在地，腰部挨了几枪托。他爬起来，在坡地坐到半夜，邻里家借条草绳，系在窑背老杏树上，悄悄溜进小院，摸进窑洞，熟练地点着挂在窑墙上的清油灯，土炕上一片白肉，老石眼花了，中间那堆肉鼾声如雷。老石定睛看到了老婆和女儿，他控制不住自己，跳骂起来，跑去厨房，他是想操案板上的刀，响声惊动了栅栏门外的四个土匪，跑进来，在厨房门口一枪托打在老石的头顶，老石晃了几晃，倒地了。

四土匪抬起老石，出了栅栏门，向前走四五米，扔下深沟。一个土匪向前探了探身，似听见沟底有“咚”的一声闷响，拍拍手上的尘屑，说：不想活了。

秋日光仍在酣睡，他困乏到了极点，文四婆听见院子里的响动，但她懒得起来。是噩梦，一切混混沌沌的，一切麻木得没有一丝活力。文四婆每天抽打自己的耳光，怎么不会想到死啊？

老石没有死，他被崖缝长出的树枝挂住了，掉下沟发出咚一声的是脚蹬下的一块大石。邻里早晨上地，顺便带出三只羊放，羊跑去崖下吃草，邻里赶羊去坡地，抬头发现了老石。老石家里的事邻里都知道了，很同情他。老石在邻里的窑洞里睡了三天。第四天，他爬起来，全身还是疼，尤其是脸，满是血口子。邻居流泪了，但老石忍住了，出了窑洞，杀死秋日光的念头在他心里生了根。

秋日光醒来听手下讲了，他没在意，只是将两个土匪派到窑背上把守。文四婆担心害怕老石再来，再来一家人都没有命了。时间快很，一个月过去了，厨房的窑墙上文四婆过一天用柴棍画一道杠，她祈求日子快些。文四婆知道老石一定会来的，老石的秉性她太了解了，她的心揪得紧紧，即使秋日光占有她的肉体也放松不了。秋日光骂她，嫌她不投入，她故意哼唧几声，秋日光泄尽了气，倒进炕角，她的担忧不由得愈加重了。

把守的四个土匪重心放在夜晚，白天留一个土匪来回地巡视，其他三人在一农户家的土炕上呼呼睡觉。老石观察到这一点，特地选择了中午日光煜煜地，看守的土匪靠坐于崖背的杏树睡去了，老石揣一把切面刀，打开栅栏门进去了，秋日光喝些酒，搂住两个女儿满炕地滚，文四婆和小女儿在厨房做饭。秋日光喜欢吃扯面，扯面要硬。小女儿手劲不够，文四婆在案板上使劲地揉面，小女儿在锅底烧火。

老石冲进窑洞，一堆肉在炕上来回地滚动，两个女儿尖叫了，可逃不出秋日光的大手，老石双目血红，使出全部的力气砍那堆肉团，血肉飞溅。突然一床被子向老石飞来，他被被子捂得实严，秋日光扔出炕角的被子后，顺势跃起，将老石压倒在炕上，摸到炕头的短枪，塞进被子，连打四五枪。

文四婆听见枪声，慌张张跑过来，眼前的情景令她当场昏死过去，秋日光朝被子补打几枪，穿起衣服，带领四个手下急急地回黑山了。

文四婆醒来了，半天才清楚自己是在厨房的土炕上，小女儿抱着她，嘤嘤地低泣，她的胸间盛满了仇恨，文姓族人年长的过来慰藉她，怕她轻生,她望着窑顶平静地说:不会的。

老石和两个女儿埋在了黑山下的陡坡地里。三坟堆紧挨着,面向南方,太阳刚露面,光芒直直地照耀在他们的面庞。百日那天,文四婆领小女儿移两棵一米高的松柏在坟茔的左右,坟有了松柏才是坟。

栽完松柏,文四婆望着三堆土喃喃自语,与小女儿在坟头坐到太阳下了山才回去,两人啃了块干馍,土炕上躺下了。

文四婆不喜欢夜里的清油灯光了,一片黑了,老石和女儿们都在自己周围,他们的气息在窑里每一处涌动,甚至能听见他们磨牙、梦话,还有老石的鼾声。可小女儿害怕黑夜,她替母亲着想,只好蜷缩一团,煎熬地过一夜又一夜。

地面一层霜花了,小女儿哭着告诉母亲,怀孕了。文四婆在老石的坟前坐了一天,她无数次地问老石,那天咋也不砍死小女儿啊!小女儿活着就是遭罪和耻辱啊!但女儿是自己的娃啊!哭得时时出不来气。文四婆突然恐惧起来,小女儿心思转不过弯做了傻事,她怎么办啊?怎么没有想到死也是一种痛苦的解脱呢?文四婆时时守着小女儿,挤出满脸的笑,尽力使小女儿快乐起来。

看着小女儿一天天隆起的肚子,文四婆内心难以名状的痛苦,是仇恨炼出的结晶,刺激每一处神经,夜里怎么也无法入睡,满口的牙都疼起来,人也一圈圈瘦下来。

阳光异常明媚,春风拂过后,山间黄的、红的、紫的开遍了。早上,文四婆去坡地锄麦间的野草,野草很鲜嫩,沸水浸泡,拧干,调些醋、盐,多放些辣椒,是一道不错的菜。小女儿尤喜欢吃这菜的。

小女儿香滋滋吃野菜时,文四婆心里喊了一声,苦命的孩子。清洗碗筷时,小女儿喊叫肚子疼,文四婆知晓到了分娩的时候了,立在门外喊叫几声,两邻的老人闻声赶过来,她们事前有约定的。

生个男娃，白胖胖的，哭声很亮，文四婆一年多来第一次露出真心的笑容，夜里，破例点着清油灯，娃娃的模样怎么也瞅个不够。油灯的火苗很弱，一跳一跳地，文四婆心头萌生的生活希望也随之一跳一跳的。空中不断有鸟儿飞来飞去的，文四婆伸出手掌，抓一把鸟鸣，回到窑洞，在孙子的耳边张开手掌。

灾难再一次降临了。

文四婆在门前的两树上系条绳，晾晒孙子的尿布，听见杂乱的脚步声从窑背上传来，回头一看，秋日光已笑嘻嘻地站在面前了，文四婆如冬季泼盆冷水于头顶似的，内外冰森森地发冷了，搭尿布的手僵硬于绳索上。

秋日光对“不孝有三，无后为大”看得很重，认为没有后代是一个人最大的无能和罪恶，甚至失败，他常为无有后人苦恼，常喝得大醉，举枪乱放。小女儿肚子大了，有人将这事传到秋日光的耳里，秋日光曾多次偷偷来到文四婆住的窑背，偷偷地观望着小女儿，小女儿生娃的那天中午，秋日光兴奋地喝了几瓶白酒，醉了两天才醒。

文四婆的心跌入不能自拔的煎熬里。她想逃出来，但秋日光早想到了，又是那四个土匪日夜守在栅栏门外，吃的喝的天天往里送，她想去坡地的坟头，一个土匪也要跟随她。最使她难受的是小女儿偏偏喜欢秋日光，天天念叨秋日光。文四婆真的有了死的心。小女儿看出了母亲的痛苦，夜幕实实在在地降在山村时，对母亲说：我是女人，已有了孩子，我还能有别的指望吗？文四婆感受到小女儿的泪水流了一脸。

文四婆什么都不想说了，秋日光来了，文四婆天天把院子当作坟头，对着月光下的树影叩头作揖、喃喃。孩子满月了，秋日光在小院里摆十几桌酒席，从早喝到晚，文四婆眼里看到的全是一个个坟墓。

秋日光在县城请一位先生，给孩子起名秋年福。

文四婆希望孩子能姓石，最不行也姓文啊，可她拗不过秋日光。但文四婆从不叫孩子秋年福，常叫孩子石头。石头满月过了，小女儿要跟随秋日光去五凤山住，文四婆没有拦，女儿大了在娘家停不住的，她只要求将石头留下来陪她。秋日光不答应，第二天却同意了。最后，文四婆明白了，秋日光惧怕婆娘。小女儿卷走了文四婆仅有的泪水，她几乎每夜在墙壁上画一株冒着香火的紫香。

时光晃晃过了，文四婆努力地改变石头的姓氏，可始终没有改过来，喊他石头他迟迟不做回应，喊秋石头，他立即笑着跑过来。

文四婆在老石的坟头化纸时，不断重复相信命运的话语，秋石头喜欢坐在坟前，盘着腿，眯着眼，手里玩两块光光的小石。也许他姓秋，不会像老石一样受人欺负。文四婆拍拍坟头的土，叹息了。

北方天空一片乌云飘来，风呼呼地紧随着它，文四婆拉起石头，急急地往家跑，走到栅栏门口，雨点密密地砸下来，天地一片雨声。文四婆看到门口站着的黑影，想转身回到老石的坟头去。可石头被两具黑影嘿嘿拉住了。

两位经常给石头送吃食的土匪被天雨拦在了文四婆家，文四婆愁死了，土路浇一场雨，阳光暴晒几日方可行走。文四婆和秋石头睡在厨房的土炕上，俩土匪在另一间土窑里喝酒。酒带得少，兴致刚上来，没酒了，两土匪倍感无聊，倒在炕上，胡乱地扯。年少的土匪硬嚷嚷年长的土匪讲些与女人的风流事。年长的故作矜持，只笑不吭声。年少的生气了，翻身装睡了。年长的蹲在炕沿吸旱烟，一锅烟完后一把将年少的轮到炕里去，说：太嫩了。年少的骂：抽死早些。年长的再没吭声。

窑外，雨哗哗的。

秋石头睡去了，文四婆合衣坐起，半靠在被子上，老来竟是一老一少的光景，令文四婆百感交集，不由去想小女儿了。想到小女儿不由想到秋日光，仇恨一日没有减轻过。秋石头翻过身，抱住文四婆，吮吸她干瘪的奶头。文四婆的仇恨永远种在属于她的痛苦和苦难里了。

人啦！每日与仇恨为伴，那颗心要承受多大的磨难。

文四婆瘦成一架骨头了，一闭眼，眼前一片血，突然惊醒，夜夜睁着眼坐到天亮。困倦极了，身体躺下了，眼睛仍不敢闭上。天地哗哗地响，她知道不是雨声，是无数雨水汇聚一处向沟里流淌的声音。有时，静听起来，似万马奔腾，在这片啸声里，文四婆舒坦地睡去了。她一生记住了这个夜晚。雨天天亮得似乎也晚，大亮时已近中午，两土匪饿极了，敲厨房门嚷嚷做饭。

文四婆醒不过来，俩土匪烦躁了，尤其是那个年少的，张嘴骂了，年长的劝了几句，年少的不听。文四婆醒了，觉得有些不大对劲，平日里他俩在她面前低三下四的，今儿竟然敢张口骂，文四婆浑身冰水浇灌似的颤抖起来，跳下炕跑出门来，一把抓住年少土匪的胳膊，大声喊：我女儿咋了？年少的土匪一惊，咕隆了几声，哑了。文四婆另一只手上去揪住年少土匪的领口，大吼道：我女儿咋了？

年少的眼神求助年长的，年长的转过身回窑洞了。

文四婆大吼起来，我的女儿怎么了？

年长的出了窑洞，大口吸了几口旱烟，对年少的说：纸里包不住火，说吧，她是明事理人，不会牵扯进咱俩的。

年少的相信了年长的话，说：你挺住了，我说给你。

秋日光几个小老婆都被他打发走掉了，不是他想这样做，是大老婆见他和哪个小老婆好，哪个女人很难安生了，眼睛不亮性命都难保。此后，秋日光很少带女人在身边，他常去女人那里，也没有固定一个女人，都是今日这个明日那个。

起初秋日光想到大老婆厉害，但小女儿柔情的海埋葬了他，他在五凤山阴面地打了一眼窑洞，日夜守在小女儿的身边，吃饭喝酒一只手也要搂着小女儿。

凡事经不住时间的击打，大老婆逮到消息的第二天，轿子飞驰了，漫天的尘土，似腾飞而起了一条大蛇。秋日光正搂着小女儿酣睡，大老婆扭着屁股进来了，她脱光衣服，睡到两人中间。秋日光睡梦里咂吧着嘴，一手过来抓住大老婆的乳房，将头陷进两乳间来回磨蹭，口水流湿了大老婆的肚子。

大老婆起初满肚的气愤，渐渐地也陶醉进秋日光的溺情里，她将秋日光拉趴到自己肉体上，闭起了眼睛。小女儿被大老婆的哼唧声吵醒，大吃一惊，想溜走，刚欠起身，就被大老婆一手按倒了。秋日光也醒了，坐起，被大老婆按倒，这样三四次，大老婆说：不是爱弄这事吗？今日往够里弄！

秋日光挣扎数次安然下来，大老婆在秋日光身上泄尽了疯狂，朝外喊一声，门外立刻走进车夫，极其熟练地摆好吸大烟器具，大老婆掀起被子，光着肉体侧身吸起大烟。

小女儿坐起穿衣服，大老婆拦住了，说：今日谁也别想离开炕。

大老婆随手将炕上的被子扯下炕去。

秋日光笑了，说：好啊！难得尽兴。

大老婆操起炕桌上的杯子砸过去，秋日光用手一挡，“啪”，杯子在窑壁上碰得粉碎。

秋日光的手背流血了，小女儿惊叫了。大老婆哼了一声，继续吸大烟，小女儿过去给秋日光包扎手，大老婆一脚蹬在小女儿的肚子上骂道：少骚情。小女儿捂住小肚子蹲在炕上，大老婆脚伸到小女儿的阴处，冷笑说：是不又痒了。秋日光火了：滚！

大老婆甩掉烟枪，扑向秋日光，秋日光没提防，被压倒于炕角，感觉胸部钻心地疼，是大老婆狠劲地在那里撕咬一口。秋日光求饶了，大老婆点头说：认事了，好说。又吸起了大烟，说：我想这样睡上半年。

秋日光哭着笑着求了一天半，暮色落满山坡时，达成协议，小女儿跟大老婆回五凤山阳面，服侍大老婆半月，秋日光接回。从此大老婆承认小女儿的地位。上灯时，小女儿上了大老婆的轿车，轿车晃悠身子隐没于秋日光的眼帘。

秋日光回窑洞，喝一碗酒，他心里明白，小女儿不可能回来了，什么东西落到大老婆手里，没有完整存活下来的。说起来有些怪了，秋日光这样的人，竟然惧大老婆的淫威。有人说，是大老婆的娘家的威力。这怎么可能呢？秋日光怕过谁啊？

文四婆不让年长的讲出小女儿的死法，怕自己承受不住，她支起油锅，给两土匪炸一面盆油饼，石头也嚷叫几天想吃油饼了，他们大口吃油饼时，文四婆精疲到极点了，爬上土炕，一觉睡过去。

小女儿去五凤山的当晚，大老婆指令她与车夫当她面干那事，小女儿不从，她令车夫领四个土匪轮番睡小女儿于天亮。小女儿骂得大老婆恼怒了，将小女儿拉出山洞外的场地里，小女儿愈骂愈凶，满嘴溅血星子。大老婆仰头冷笑一阵，命车夫将擀面杖塞进小女儿的下身。

小女儿仍在骂，大老婆吼道：把狗日的“拥葱”了。

拥葱，是这里栽植葱的方法，用土将葱根埋住，用脚将四周土踏实。小女儿的头埋进土坑，裸体露在坑外的瞬间，她似乎飞起来。文四婆看到小女儿在空中飞，五颜六色的翅膀遮住了头。看不到头，文四婆依然认定那飞翔的肉体是自己的小女儿。

文四婆醒来已近黄昏，摸摸腮边，竟没有一滴泪痕。

第八章　睡觉吧　都是命

文四婆不久掉了满嘴的牙，整个脸孔如凹进去的沟壑，走路蹒跚，杜志谦常常想起自己养了十八年的老狗，但文四婆一天突然跑起来了，是去看人们抢救石头，石头去摘沟边的酸枣，脚一滑，跌下了沟，头碰到一块大石上，头骨裂开，满脸的血。

杜志谦随口唱起了歌谣：面面土贴膏药，一会就好了。

杜志谦再见到石头时，石头坐在窑顶的土堆上，愣愣的眼神，他喊几声都没有反应，走路的步伐变得拖沓，似戴着沉重的脚镣。他俩的年龄是一天四分二的工。地里去，社员们嘻嘻哈哈地，能歇能溜就歇就溜，他一声不响地干活。任干事最信任秋石头了，吩咐他做什么，不用去看，他默默地不停地在干，有人和没有人是一样的。

文四婆砸死秋日光了，天天呵呵地笑，见了谁就问：你知道我爱谁吗？没等对方回答，她接着说：就爱共产党。然后坐在窑背大声喊几句没有人听懂的话。小白菜常常去扶起文四婆，风在她两脚下打转，文四婆追着风打，一直跑到老石的坟头。

小白菜死了，文四婆神秘地消失了。听石头讲，奶奶一天到晚烧香呢。几个人去看究竟，走到半道，听她在沟边扯开嗓子哭，一哭就是三天。多少人去劝，没有起任何作用，慢慢地人们习惯了她的哭声。

一早，人们去上地，四周静得能听到黑山的喘息。人们愣了，似乎缺少什么，半天人们醒悟过来，文四婆的哭声没有了。人们问石头。石头摇头说：不知道。

狼剩饭发现了文四婆尸体。大伙在半坡麦田地除草，狼剩饭停住锄头说：有狼。大伙哈哈大笑了。狼剩饭严肃地说：真有狼，狼的味道很浓。有人笑得在麦地里打滚。

你们看。狼剩饭惊叫一声。顺着狼剩饭的食指望去，四五只狼向西北方向奔跑。突然停住，争食着什么。山似乎在抖动。

狼剩饭举起锄头，向狼的地方疯跑去。跑下坡地，跑过一畦长有几棵桑树的沟底。狼剩饭边跑边喊，杜志谦等年轻人跟着他，狼看见了狼剩饭，沿沟向西北深处窜去。

狼剩饭追到狼刚聚集的地方，看到一具血肉模糊的尸体，脸部还完整，是文四婆的。人们纷纷聚过来，用粗布包裹了文四婆，狼剩饭与杜志谦用门板将文四婆抬上沟，放置在一破窑里。

文姓家族人，已是站满沟边了。

石头没有眼泪，披件白衣，跪在文四婆灵前，半天一声婆地叫。灵前的蜡烛光焰一跳一跳，杜志谦看到两只蝴蝶在飞，伸手怎么也抓不住。狼剩饭说：那是蜡烛光焰的影子。

文四婆的坟在山脚漫坡底，家族有人建议和老石埋在一起，队上否决了，那片坡地一年能种麦子啊！石头很快忘记了文四婆坟的准确位置，狼剩饭帮助石头能找见。算起来，石头把狼剩饭叫爷呢，但狼剩饭不认这门亲戚,他也不敢认,怕村人提起往事,只在石头的事上更卖力一些。

杜志谦这段时间和杜四爷走得很近了,狼剩饭和杜四爷是四组社员的代表,队上规定,他俩领四组社员干自己的活,有重大事再叫他俩到山前来。他俩不,喜欢天天翻沟爬山到山前来。

队长说了两次,他们歇一天,第三天早早蹴在村中央的槐树底下,和山前的社员一起劳作。中午,他俩来回赶不上时间,口袋装两片馍,别的人回家了,他们在槐树底下啃干馍。

杜志谦每次邀杜四爷去家里吃饭,狼剩饭跟着来,杜志谦心里很不情愿,又不好说,但也不好悄悄叫走杜四爷一人,慢慢也不叫杜四爷了。

杜四爷趁狼剩饭去谁家喝水或上厕所的空儿,偷偷跑去杜志谦家,回来狼剩饭问起,他撒谎说,尿去了。

狼剩饭不信:一泡尿能要那么长时间?

他没好气地说:又屙了一摊,咋啦?

最终狼剩饭还是发现了杜四爷的秘密,饭时,即使杜四爷拉他去槐树下,他也不去,他去找石头,他和石头两人在厨房胡乱折腾,做出啥吃啥,吃完两个睡在大炕上玩纸牌。

晚上,狼剩饭也不想回山后去,石头也不让他回去,杜四爷跑来求石头也留他睡,杜志谦兄弟和父母睡一个炕,夹不下杜四爷,一个人回山后,天黑,他怕。

石头想留杜四爷夜宿,狼剩饭不同意。杜四爷给狼剩饭陪了三天笑脸,还在杜志谦厨房偷了两个热红芋给狼剩饭,狼剩饭剥红芋皮时,说:咱们睡一块儿吧。

那是他们三个最快乐的日子,在队上的仓库偷油偷面炸油饼,偷鸡摸狗唯没偷过猪,夜夜满锅的肉。石头只是一个任务烧火,山里多的是柴,有空石头就背一捆回家,锅底的火很旺,厨房香味四溢。杜志谦来指责过他们,他是代表队上来的。

黑山下缓坡二十多里后一马平川了。缓坡与平川接壤处有一个村庄叫山下,山下村与黑山村是两个世界似的。小白菜死后,黑山村的支部归属山下村支部了,山下村人全姓高。新支部成立起来就有一个重要任务,在黑山村发展党员。黑山村一次发展党员七名,五男两女,杜志谦是最年轻的了,有人反映杜志谦是土匪的种,可有人说,娃的母亲也是苦大仇深的贫农啊! 再没人说什么了。

雪封山了,人们大多的时间在炕头上,杜四爷和狼剩饭在这个冬季先后成了婚,他们在家炕头上守着媳妇,不再去山前了。

石头饥上几天,去杜志谦家饱食一顿,等饿了再去,杜志谦也有了婆娘了,婆娘给石头吊脸时,石头说:娶你时我还烧过火呢。

杜志谦、杜四爷、狼剩饭三人由四分工升到十分工了,石头还是四分二的工,狼剩饭问了队长,队长说:没结婚都是娃,娃都是四分二的工。

石头该娶媳妇了。可山里女人本来就紧张,谁都不愿落到石头的炕头。人们见石头没有着急的样,纷纷说:又是一个光棍了。山里光棍多,没人笑话的。山里似乎没有春天,阳坡地一片阳光,夏降临了。夏季山里是天堂,没有蚊子,就这么一点,令山下村的人羡慕得要死,只要在黑山村窑洞待过的人,无比地迷恋窑洞了。午后,沿山道小路来黑山村的山下村人不少,等太阳已是黄球时,他们踌躇地走下山坡。这时,山里清爽极了,风挟着沁爽翻转每一片树叶,树下总蹲着不少人。在月亮闪映清辉的那一刻,他们的笑落在沟壑里。

但今晚,他们惊奇地围坐树下,树下坐着位头发凌乱的脏脏女人,不论他们咋问,女人一声不吭。

妇女闻讯赶过来,几个上年纪的给女人端来热水拿来红芋。女人起初只是惊恐得双目闭上又睁开,慢慢地接过热水与红芋,咬一口,喝一口。

女人张口时人们发现她是个哑巴。女哑巴在树下坐了两天多，杜志谦把她和石头联想在一起了，跑去给石头说，石头摇头说：要老婆顶屁用呀！

杜志谦给女哑巴做手势说了，女哑巴点头称是了。杜志谦将女哑巴带到石头家，安顿土炕上，石头的脑袋仍然摇个不停。杜志谦把杜四爷和狼剩饭喊到山前来，三人将石头扒光，女哑巴在被窝里咯咯地乐。三人将石头按爬在女哑巴身上，石头挣扎两下，进入女哑巴的身体了，他紧紧地抱住了女哑巴。杜志谦扯来被子盖住了他俩，三人相互递个眼色，退出窑洞。

来年，秋丰收出生了，比猪圈和王拴娃分别早出生半年和八个月。连续四年女哑巴肚子从未空过，四个儿女出生后，石头坐在院落的小凳子上，对丰收说：你姓秋啊！秋丰收上小学了，老师给他算术本写名字时，他认真地说：我姓秋。

猪圈是秋丰收的同桌，隔了一年，等来了王拴娃。猪圈和王拴娃中午饭回秋丰收家吃，杜四爷和狼剩饭每周用架子车要运回来些玉米和红芋，石头总嫌少，杜四爷说：够了，把你一家人都管了。杜志谦过来也骂石头，石头蔫了，杜志谦已经是大队干部了。石头摸着头嘿嘿一笑：过去了，不说了。

山里的夜晚是透亮的，即使黑乎乎的秋夜，也是透亮的。黎明很轻，像蝉翼，颤抖抖的。秋丰收被猪圈在窑背上喊走了，去深沟的树下捡拾死蝉烤着吃。母亲不让王拴娃去，王拴娃赌气地蹲在炕头学狼叫唤。吃饱蝉肉的秋丰收回到家，一家人横七竖八、口吐白味躺在院落。秋丰收惊慌失措，大喊起来。杜志谦发动村人，拉去医院半道全没了气。杜志谦老了，想起石头的死。一定是吃了有毒的东西了，什么东西呢？谁也说不清楚。

秋丰收每天开始串家混饭了。

人们同情这娃，有什么吃的都给秋丰收。

等马桩与他们同班了，秋丰收个子高大坐在最末的一排，猪圈最矮，可他最胖口粗，见什么都往嘴里塞，仍时时喊肚子饿。

有了责任田，他们放学怕回去，家人总把他们往地里领，地里活路多，山里人想多开出一点土地，人工平整土地。娃稍长些，都要发一把锨，和他们一起劳作。王拴娃喜欢跟在父亲后，去山背后的那片坡地，那里草多又嫩，喂出的羊肥。

王拴娃指望羊能换把玩具手枪，狼剩饭每次对他说：羊卖了，给你买把。但每次都落空。王拴娃每次用手做枪的样瞄准猪圈射击，猪圈一脚踢去，王拴娃总躲不及，屁股挨一脚，再疼他都是一副无所谓的样，赶羊群去了。

猪圈不上学了，杜四爷天天喊叫骂他，猪圈跟没听见似的，早上钻进沟里，晚上回来，肩上驮着几只野鸡。

夜里，整个街道都能闻见肉香，杜四婆端一碗送到王拴娃家。拴娃母说：拴娃只知道吃。杜四婆一走，母亲将肉给王拴娃时说：不要学猪圈了，尽为了嘴。

王拴娃吃了几口鸡肉，对猪圈更敬佩了，啥时和猪圈一样就好了。坡地走一步，听见扑地一响，一只野鸡从草丛里飞窜出来，王拴娃用土块打，没打中，急得追撵，想抓住野鸡，可追撵不上，坐在坡地无限地惘然。

羊吃饱了，赶羊回家，站在门口杏树下，不停望着杜四爷的家门口，希望能看到猪圈，果真猪圈出门来了，肩上扛把红色的土枪。王拴娃几天后才明白那长长的钢管是土枪，猪圈对王栓娃熟视无睹，径直穿过街道，沿小道下沟了。

王拴娃闻到刺鼻的火药味，看着猪圈的背影，他的心疼得厉害，沟里时不时有很响的土枪声传来，王拴娃坐在杏树下愣愣的，狼剩饭骂他，说：羊肚子饿了。

王拴娃不想再去放羊了，狼剩饭在杏树上折根枝条，把王拴娃屁股抽打得紫一道红一道的，可王拴娃就是不去放羊，狼剩饭唉声叹气半天，自己将羊赶到坡地上去。

坡地也是孩子们爱去的地方，一些大人也常在这里转悠，这里遍地能找见子弹，不过已是锈迹斑斑。这是当年康目然剿匪时双方遗失下的。捡来的子弹，晒晾于窑洞前。等几天后，取掉弹头，倒出火药，制作炸狼蛋就有了原料。

夜里听见"咚"的一响，醒来的人知道有狼咬响了炸狼弹。天明去看，果有一只狼死在那里。制作炸狼弹的过程很简单，将炸药与玻璃碴一层层紧包成小娃拳头大小，每一层纸都要用大油抹一遍，香喷喷的，吸引狼咬吃。但也有好多狗误咬炸死的。怕误伤人，一般情况，是晚上放，白天收走。也有晚上放得多，白天少收拾一两个炸狼弹。

狼剩饭见一只羊往山沟游走，急跑着去追，踩响了炸狼弹，抱住脚，在山坡上滚着叫唤，人们抬回了他，他的伤势不重，踩响了炸狼弹的脚血肉模糊。

杜四爷等几人用架子车拉他去镇中心医院，医生冲洗完，包扎好，说：回家静养，隔天换一回药。

狼剩饭问：多长时间好啊？

医生说：十天左右吧。

狼剩饭冲杜四爷笑了。

杜四爷一笑说：炸狼的，咋也不放过狼剩饭。

跟前几个人哈地一起笑了。

狼剩饭想打杜四爷，身上也没有可以拿来打出去的东西，只好说：等好了再说。

狼剩饭一个星期就好了，但他全身奇痒，夜里痒得觉无法睡，抓挠得全身没一处好肌肤，亏是夏季，只穿条短裤，双手不停地在全身抓挠，人们不敢正视他的身子。

人们说：冬天了，他可咋办呀？

秋风第一次拂过黑山的早晨，狼剩饭迷糊地睡了，两天两夜呼呼地睡。醒了，院里转一圈，他惊喜地大叫起来，全身没有了痒的感觉了。

人们跑来向他贺喜，杜四爷提来四五只猪圈打的野兔。狼剩饭煮了一大锅，递给每一个贺喜的人，人们话题转到野兔肉上。

太香了。人们说。

狼剩饭惊骇万状，他没有了味觉了，等晚上没人了，他喝醋尝不到酸，吃盐感觉不到咸，且对什么都没有食欲，肚子却饿得难受，他给任何人没敢说这事，全身结了一层痂。他想，痂脱了，也许什么都好了。

二十天后，全身痂脱落净尽，皮肤呈鱼鳞状，摸上去光滑滑的，看起来却悠然得很。狼剩饭关心的是自己的味觉，王拴娃蹲在院里大口地吃馍夹辣子，他一把夺过来，掰开馍，吞光馍里的辣子，心里沉了一下。

王拴娃说：辣子辣很，吃口馍，不然受不了。

狼剩饭把馍递给儿子，走到门口去，他彻底失去了味觉了，这倒罢了，他主要是对任何东西都没有了食欲，拒绝食用，而肚子翻肠倒胃的饥饿。

深秋了，放眼望去，沟里飘洒的是翻飞的树叶，一片一片地，是一个个日子，纷纷地沉寂到记忆的另一面去。

狼剩饭突然觉得眼前的是一场梦境，一切如笼层厚厚的纱雾似的，又丝丝地抽游出他内心还仅有的精力与勇气，他缓步回窑洞里，睡在大炕上。

这一睡倒，狼剩饭近半年没有起来。王拴娃伺候着他，他吃什么吐什么，但还要不停地吃，接着不停地吐。

杜四爷看着他渐渐是一副骨头架了，逢人提起他，摇头说：狼剩饭这回逃不出来了。

一场雪封了黑山，夜晚尤其的深沉与漫长，狼剩饭安静地睡在炕里头，不喊叫吃喝了，拴娃母时不时用手在鼻子处试试，怕他咽了气。

可他的呼吸很均匀，每次拴娃母都说：还不死呢。

有母亲经管父亲了，王拴娃可以脱开身耍了。猪圈不理王拴娃，王拴娃只有找马桩。马桩跟猪圈屁股后，坡地搜寻野鸡野兔，用土枪打。

沟里冬季没有大人跟着，千方百计下去了，白昼太短了，还没上沟来天就黑了。

猪圈骂王拴娃滚。

王拴娃说：我跟马桩，又没跟你。

猪圈走走骂骂。

王拴娃低头就是一句：我没跟你。

收获的野鸡野兔多了，猪圈要王拴娃提几只，王拴娃喜欢背，去时拿条绳，将鸡兔的腿捆绑一起，驮在背上，猪圈愿意王拴娃跟他们一伙了。

背鸡兔比打辛苦多了，雪地里跑，还要运回家。

晚上，王拴娃能分到几只野鸡或野兔的，拴娃母把野鸡或野兔的肉还没有煮，王拴娃困得睡过去了。

冬尽了，桃花杏花都开了，阴处雪依旧僵着残骸。

夜间，残雪不减凛冽的气息，杏花冷得凝重了颜色。

王拴娃为每晚的寂寞忧郁，不由埋怨父母，多生几个弟妹多好，像猪圈从不知什么是孤单，他想去猪圈家，却听见父亲的咳嗽声，一惊，爬上炕一看，大声叫妈。

狼剩饭睁开了双眼，瞳孔黑而亮晶，似宝石在一闪一闪地，拴娃母一巅一巅地跑进来，没等她开口，就听见狼剩饭喊道：饿啊！

拴娃妈又折回厨房，端碗冒热气的兔肉，狼剩饭被王拴娃扶着半靠在被子上，看见碗里的兔肉，他的眼神很快地茫然起来，他又没有了食欲，但肚子仍咕咕地饿。

麦苗起身了，山坡一片绿色，王拴娃挎一小篮去了山坡，母亲吩咐他挖些野菜，也许父亲喜欢吃这东西呢。

不长的小街闪闪多彩的杏花雨，王拴娃看到猪圈扛着枪下沟了，跟着他，中午又有肉吃的，但他想到父亲的病，还是去了山坡的麦地。

野菜肥大鲜美，一会儿就是一篮子，正准备往回走了，突然望见前方不远的地方有白色飘带似的东西，阳光下发着刺目的光亮，王拴娃好奇地走过去，一看是蛇壳，这条蛇不小，王拴娃没有见过这么大的蛇壳，由于好奇，他收拾起蛇壳，轻轻地拿在手里，往回走了。

进了家门，见父亲在院里晒太阳，满脸的磷光闪闪发亮，他不敢多看，将篮子放在厨房外，想去沟里找猪圈，走到门口，才发现手里还拿着蛇壳，随手将蛇壳扔在门后，一条腿刚迈出门去，身后听见父亲问：那是什么？

他回头说：蛇壳。

狼剩饭突地跃扑过来，双手抓起蛇壳，狠劲地往嘴里塞，口腔里发出铿锵的嚼咬声。

王拴娃惊呆了，看到父亲的眼睛发出神奇的光彩，比正午的太阳还要熠熠生辉。

狼剩饭吃完蛇壳，大口喘息，他想给儿子说什么，但声发不出，只用手指指口。

王拴娃猛地回过神，父亲渴了。他跑去厨房，舀了一老碗凉水出来，狼剩饭一步过去，抢似的从儿子手中拿过老碗，仰头咕咚咕咚一口气喝光了，出一口长气，抹去嘴及下巴的水渍，连说三遍：好！舒服。

王拴娃吓得脸上失去血色，连巅带跑去告诉母亲。

母亲和王拴娃跑回来，却找不见狼剩饭了。

太阳有些偏西了，是午饭的时候了，母亲去做饭，王拴娃去了沟边，希望能见到猪圈的影。

半小时的光景，猪圈出现在王拴娃的眼帘，和他一起的竟然是父亲。王拴娃又惊呆了，父亲还有那劲头到深沟去，无疑是骇人的神奇了。

父亲和猪圈有说有笑的，不像是病了半年多的病人。猪圈望见王栓娃了，远远地喊他，王拴娃沉浸在父亲的事情里，没有听到谁喊他的名字，等他看见马桩手里的野兔时，才跟醒过来似的。

他们已经走上沟沿，王拴娃跑去接马桩。

猪圈拦住说：你先人是了不起的英雄，一口气生吃三条活蛇。

马桩跟着说：是真的，我也看见了。

王拴娃定睛望去父亲，狼剩饭精力充沛地背着手哼着秦腔正进家门。

马桩眼睛瞪得很大：是真的，我真的亲眼看到的。

猪圈已跑到村口一堆人那里讲述了。

连吃三条。几个人嘴巴张得比山洞还大。

马桩也过去了说：真的。

马栓娃蹲在杏树下，两小孩在街上玩，一条长虫一拐一拐地过街，两小娃吓哭了，喊：长虫！（我们这里的人把蛇叫长虫）没等家人出来，狼剩饭电闪般冲上街道，满脸闪映粼粼的光，长虫企图拐向沟去，狼剩饭快速地追过去，一把抓住长虫，狼吞虎咽起来。两眼亮晶晶的，吃完长虫，狼剩饭拍拍双手，见人们惊恐地看着，笑了笑。

杜四爷半天说：狗日的不像是人了。

狼剩饭扛锄上地了，故意似的走近杜四爷说：吃一锅烟。过去这是常事，今日杜四爷胆怯了，望见狼剩饭的嘴不由得想起长虫，正犹豫，狼剩饭急说：不给我就咬你。

杜四爷连忙将烟锅给了狼剩饭。狼剩饭取出烟袋，给烟锅装满烟，然后点着，滋滋地吸起来，吸一锅烟，狼剩饭嚎起秦腔，走向山坡的土地。

人们开始留意狼剩饭了，和以前没有两样，只是爱吃长虫，没有长虫吃了，整个人没神似的，没精打采的，连睡觉都不实。吃了长虫，换了个人似的，精神抖擞，两眼放光。几天没见他，人们怀疑是不是见他沟底山坡寻找长虫了。若有嚎天的秦腔传来，人们知道他指定刚吃了长虫了。

人们的记忆里，长虫很多，走着走着，一条长虫一拐一拐地从眼前过。可日下，人们很少见到长虫了。看见了，就叫狼剩饭，狼剩饭听到了电闪般疾来，长虫见了他，瘫了似的，僵在那里，他一把抓起，大口大口地吃完。晚上拿把手电，顺堑寻找长虫。

杜四爷不敢接近狼剩饭了，猪圈却爱到狼剩饭跟前去，杜四爷狠狠地骂他，他不管，晚上有空，与狼剩饭一起去捉长虫，狼剩饭生吃，猪圈逮回来铁勺炸了吃。

杜志谦听说这事了，不信，特意在地里打死条蛇，用塑料袋提着，找狼剩饭来了。狼剩饭在杏树下耷拉脑袋昏昏欲睡，他每每几天没有吃到蛇就这样。

杜志谦拉杜四爷一起去，杜四爷坚决不去，他怕狼剩饭要他的烟锅吸，他不知换了多少回烟嘴了。

杜志谦一笑，说：怕死了！

杜志谦径直向王拴娃家门口的杏树走去。

狼剩饭突然扬起了头，满脸的鳞片闪闪地发光，眼睛闪起了电光，他嗅到了蛇的味道。当他把目标确定在杜志谦塑料袋上时，杜志谦距他仅四五步的样子，他蹦跳起来，扑过去，夺下塑料袋，迫不及待地两手撕裂塑料袋，蛇掉出来，一只手在空中逮住，大口吃起来，两眼煜煜地闪亮起绿莹莹的光。

杜志谦魂飞魄散，跌绊一路跑回家，上了土炕，到第二天下午才稍有些清醒，清醒后第一件事是让老婆把大女婿叫来，怀抱一只老公鸡，领本村会念经的四位婆娘去山后请他的魂魄回来，他的魂灵丢失在那棵杏树下了。

来回的山路四位婆娘走不下来，她们走在山顶，围坐一圈念经，大女婿抱着公鸡去那杏树下转了一圈返回。山上的风有些沁骨，天明结束时，四个婆娘全感冒了，清鼻涕唰唰地流。

杜志谦坐在炕角有了精神，有说有笑的，忘记了那一幕似的。有时，他忽地想起了，一身冷汗，有一天狼剩饭吃人了咋办呀！

狼剩饭近十天没吃蛇了，他躺在炕上，大病一般呻吟，拴娃母找到杜四爷，请杜四爷想想良策，杜四爷装一锅旱烟，说：这里的蛇恐怕被他吃得差不多了，再说，蛇是神虫，有的都跑到山前去了。点着烟，吸一口又说：我想不通，狗日的咋得下这种怪病？

拴娃母想哭了。杜四婆说：到山前给打些蛇。

杜四爷吐口烟，说：屁话，谁能打那么多蛇，他把蛇当饭吃呢。

拴娃母悻悻回到家，黑夜里一个人默默祈祷，她相信一种力量，什么东西也抗争不过这种力量，就是寻求内心的安宁。

狼剩饭彻夜地嚎叫，拴娃母实在忍不住了，拍打起狼剩饭，怒吼道：山下村有的是蛇，你去呀！

狼剩饭双目一闪问：是吗？

拴娃母没好气地说：你让人好好睡一觉啊！

狼剩饭没有听后边的话，他脑海里闪映的是山下村与一条条的蛇，立即爬起，穿好衣服，在屋里环视一周，谁也不知道他要找什么，其实，他什么也不想找，习惯性地环视这里的一切，去厨房抓一把盐用纸包住，装在口袋里，蛇肉上撒些盐，他认为这是天下最美味的佳肴。

狼剩饭踏上山路，步履匆匆，根本没有留意身后自己的老婆和儿子，王拴娃这一刻记住了父亲的背影，他认为人生最悲伤的莫过于父亲离去的背影。多年后，他出门时，从不把背影留给孩子。

狼剩饭翻过山，天已接近暮色，他加快了步伐，赶在夜晚来临前到达山前的村庄。

天色全黑下来了，狼剩饭到了杜志谦门前，推门进去，想住宿一夜，杜志谦正趴在炕桌上吃搅团，是煎搅团，太烧，筷子夹不住，他趴在碗边往口里刨，吃一口，不知是辣还是烧，要嘶哈一阵，他很享受似的，每嘶哈一阵，心里就舒畅一阵，尽管满头的汗珠。

狼剩饭转身走了，杜志谦吃饭的香劲勾起了他强烈的食欲，饥肠无限地咕咕叫了，心中只有一个念头，就是要好好美餐一顿。

夜完全黑了，天空连一颗星星都没有，狼剩饭两眼闪着蓝莹莹的亮光，他满山坡找寻蛇，跑一阵，趴地上嗅一阵，他不知道疲惫，似一个上了发条的闹钟，不停地滴答答地响动，树枝刮得脸上身上道道的血痕，满裤子腿絮絮落落。

东方亮出白色了，狼剩饭嗅着爬行着，他的嗅觉不想放过每一寸土地，生怕漏走蛇的行踪，一个村庄出现在眼前了，他突地精神百倍起来，他嗅到了蛇的味道。

山下村南有一大池塘，下雨了，村里的水汇聚这里，妇女们围一圈洗衣服，娃们在里面游泳。当初，池塘的水还清澈。慢慢地，池塘就散发臭味了。有水时，水面飘满脏物，夏季蚊虫嗡嗡，奇臭蔓延，居住于附近的坚决要求填埋池塘。村里人们坚决反对，雨天村里的水无处流，会出大事的，尤其地基低的人家拼了命也不允填埋池塘。于是，村上组织人力将池塘内的杂物淤泥清理出运走。人们达成共识，池塘不能填埋，但一定要定期维护，保持干净。还要一退休教师用毛笔写了“不准倒垃圾杂物入内，违者不要脸是猪”的木牌立在池塘边。

人们不再为池塘存活问题吵嚷了，目光却移到池塘南二十米的宝鸡峡支渠上，过去人干什么都扎实，支渠修得结实耐用，几十年了，没漏过一滴水，更不要说坍塌了。渠里流水了，有人买台泵，扎在渠里，灌溉渠两边的田地，他和宝鸡峡站如何谈的群众不知，群众关心的是花多钱把自己的地能浇了。起初一两寸的水泵，慢慢地四五寸的水泵了，听说生意很不错的，他不断在里面总结经验，每次渠里来水了，他先把池塘注满水，渠水停了，有群众还有地要浇，他将水泵放入池塘，抽水灌溉。

池塘有水了，无事的人喜欢集在池塘边，谈天说地，就是缺少捶洗衣服的声音，如在过去这时已围满了洗衣服的妇女。逝去的一些东西在心底的一角发酵，滋生痒痒的野草，枯了荣了，荣了枯了，茂盛的时候，是池塘水满满的时候。

早上，经过一夜的沉淀，水尤显得清澈，有人忍不住过去，撩一撩水，水注洒开去，落于水面上，点点的涟漪。站着看的人也过去嘻嘻地撩起水来。池塘边渐渐聚集起好多人了。

突然，池塘边的人四散开了，个个脸上没有了血色，几个摔倒在地，跑去的人挡住一个问究竟，那个惊慌失色地说：蟒蛇！

人们远远地望着池塘水面，不一时，一条碗口粗的蛇跃出水面，游动一圈，一甩尾巴，两米多长的身子跃出来了，溅起水面一片浪花，又沉入池塘底了，有人跑去找到水泵主人，要他停止抽水，池塘水干了，蟒蛇会爬上岸的。

水泵主人拉断了电源，池塘边死一般地静谧了。看见蛇的那些人无不毛骨悚然的，这么大的蟒蛇谁见过呢？山下村人个个心要蹦出来了。有人建议，围着池塘砌两米高的砖墙，蟒蛇爬不出来，慢慢会死去。有人建议向镇政府反映，请来武警将蟒蛇弄走。有人讲到狼剩饭，不然请他来捉蟒蛇。有人抢话说：什么狼剩饭，吃小蛇可以，蟒蛇，他敢吗？

你一句我一言争论到傍晚，没有统一思路。晚上，山下村一片灯火辉煌，人人怕蟒蛇窜到他家。小娃睡觉，大人分工，盯着院墙和门口，防止蟒蛇来了。几个胆大的去池塘边，听蟒蛇拍打水面的响声，有响动证明蟒蛇在，人心反而踏实了。

狼剩饭激动得浑身颤抖不已，蛇味愈来愈浓厚了，他在山下村口稳定住情绪，闭目吸一口长气，等无穷的力量回到血液里，迈出矫健有力的大步，朝蛇味浓稠的地方疾步而去。

尽管一夜未合眼，但每人没有丝毫的睡意，池塘里的蟒蛇似压在每人心头的巨石，迫使他们不约而同地来到池塘边。

东方冒出太阳的前额了，红色的光箭四处飞舞。

有人惊叫一声：狼剩饭！

人们回过头，狼剩饭飞驰而来，满脸的鳞片闪闪发亮，似无数霞光在闪映。

人们立即让出一条路出来，狼剩饭飞似的来到池塘边，蟒蛇正跃出水面，狼剩饭没顾得脱衣纵身跃进水中，蟒蛇惊恐地向池塘边逃窜，几次欲跃上池塘，因塘沿高些还是落回水中。

狼剩饭扑过去，抱住蟒蛇的头，狠命地撕咬，蟒蛇将水面拍打得震天地响，池塘里一片水花。慢慢地水面平静了，人们缓一口气上来，狼剩饭爬上池塘，双手将死蟒蛇拖上来，蟒蛇的头没有了，狼剩饭说：我吃了。

人们又让出一条路出来。狼剩饭站着没动说：给碗凉水。

近处的人用老碗盛满水给狼剩饭，狼剩饭咕咚咚喝完了问：谁的？

没有人应，狼剩饭一扬手，老碗扔在池塘去了。

狼剩饭将蟒蛇扛上肩，可蟒蛇太长，地上还有一半多，他向前走了两步，很吃力，把蟒蛇放在地，大声问：架子车用用。

一位老者出来，叫了两三个人的姓名说：用我的架子车，把蟒蛇给送回去。

街上所有人围在杏树下，狼剩饭满脸闪粼粼的亮光哼着秦腔杀着蟒蛇，面前是盛面用的大瓷盆，他将蛇皮剥下，蛇肉放进瓷盆，蛇才杀去一半，瓷盆已盛满了。

他进家去，将小锅提出来，小锅是圆底，地上不好放，他四下找来几块烂砖，把小锅支撑平稳，哼着秦腔把剩余的蛇肉放进小锅里去。然后，把蛇皮用力割成手片大的小片，晾晒于窑洞前的塑料上。蛇肉放入窑洞最里边，这里地窖似的气温，蛇肉可以长久存放。

拴娃母在坡地扯声哭了一天，杜四婆劝回了她，两个女人向杜四爷要主意，杜四爷蹲在炕边，一口一口地吸旱烟，杜四婆没好气地说：放个屁呀！

杜四爷吹出一股股烟雾，两女人被呛得直咳嗽，两女人出了窑洞，空中飘荡来狼剩饭的秦腔。两个女人浑身被电击一般颤抖不已。

两女人来到街上，狼剩饭昂头挺胸，满脸闪着粼粼的光，迈着大步穿过街道，踏上去坡地的小路。杜四婆望着狼剩饭的背影，说：这么勤快的。

拴娃母说：蛇肉得劲，没有蛇肉可咋办呀？

拴娃母愁苦不已。

猪圈出门来，他是被狼剩饭的秦腔召唤着，见了母亲怕遭阻拦，风般穿过，转眼上了坡地，找狼剩饭去了。一街人对狼剩饭心存敬畏，望见他一股冷气从背梁杆直冲脑门，之后，全身冰麻冰麻的。可猪圈偏偏喜欢狼剩饭，常跟在狼剩饭屁股后，连土枪都被遗忘于墙角了。

蛇皮晒干了，狼剩饭装满衣服口袋，像小娃吃锅巴似的，食用得津津有味。猪圈吃了一小块，眨巴眼睛，没有感觉出味儿，接连吃了两三片。晚上，趴在炕沿吐了半夜，马桩去王拴娃的炕上睡了，他受不了那味，蛇肉入窑洞后，王拴娃和母亲住进厨房窑洞，炕大，再睡两个马桩都不成问题，马桩还没入睡，杜四婆跑过来喊叫他们过去，杜四爷拿切面刀要杀猪圈，因他听说猪圈也吃起了蛇肉。

猪圈说：吃蛇肉又不是干坏事。

杜四爷说：现在吃蛇肉，明日就能吃人肉。

马桩和王拴娃跑过去，杜四爷在窑洞前大口地喘息，切面刀在院内扔着。

他俩找猪圈，却怎么也找不着，过去扶杜四爷回窑里的炕头了，杜四爷睡下时说：拴娃，你先人迟早是个害呀！但他心里害怕的是猪圈，爬起来，对马桩说：你和拴娃晚上一定要找回猪圈。

马桩和拴娃来到街上，两人犯了愁，这地方找人是个笑话。当年康目然带领保安队过去过来搜土匪，最终连土匪毛都见不到。

马桩说：可能和你大在一起。

王拴娃也有些信了。回到家，马桩看见狼剩饭的窑洞会浑身冰冷，不敢去。王拴娃一人去了,门口就听见猪圈的笑声。

王拴娃站在窑洞脚底,猪圈和狼剩饭一人叼根大喇叭旱烟卷,狼剩饭吃蛇皮,递一片给猪圈,猪圈的嘴很大,张开犹如一口山洞。猪圈扔一片蛇皮于空中,用嘴接住。

王拴娃说:不是吐吗?

猪圈说:现在不吐了。

猪圈拿片给王拴娃说:很香呢!

王拴娃没接,说:四爷叫你回去!

猪圈声高了些,说:给他说去,我和狼叔睡。

王拴娃和马桩去给杜四爷说了,杜四爷唉了一声,半天没有了话,最后挥一下手说:睡觉吧!都是命。

第九章　沟　山　天空　渐渐模糊起来

杜四婆私下去了山下村，山下村有几位老婆婆喜欢念经，从蟒蛇死的那天开始，她们在池塘边夜夜诵经没有停止过。杜四婆找她们，是想带她们来一趟自家屋，也念上几天经，猪圈老是跟着狼剩饭跑，她有了不祥的预感。再说，蛇在乡下是被人们当神灵一样膜拜的，家里见了蛇，万万不能伤害的。狼剩饭活活地吃蛇，不得了的事情啊！狼剩饭咬死池塘里的蟒蛇，对这些老婆婆来说不是好事，她们惶惶不可终日，总感觉有什么灾害要降临这片土地。杜四婆请她们时，她们爽快答应了。

夜里，猪圈家被蜡烛照映得通明，老婆婆们院内坐一圈，村子里的人们围了一大圈，这里住的人不多，几乎全来猪圈家了，只有狼剩饭和猪圈在窑洞里吃着蛇皮。

三个晚上的经念过之后，一位老婆婆要去找狼剩饭，狼剩饭在这里生活一天，这里的蛇就受到危害，蛇就有可能报复这里生存的每一个人，大家非常赞同这位老婆婆的行为。

她还没去，狼剩饭吃着蛇皮站在她们面前了，满脸闪着粼粼的光彩。老婆婆哗地跪下了，泣不成声，狼剩饭大吃一惊，连忙扶她们起来，她们哭声震天，连脚下的土地都嗡嗡地轰响。

两个老婆婆爬过去，抱住狼剩饭的腿哀求：你离开这里吧，不然，我们都得死。

一个哭得昏死过去，大家救醒她，她拍着地嚎道：狼剩饭，我们都要吊死在你家门前的杏树上。

狼剩饭晕倒过去，王拴娃背回父亲。

狼剩饭在土炕上睡了四天，每天天刚黑，他都去厨房喝一碗凉水，王拴娃眼里父亲已经完全是一个陌生人了，他几次都有去父亲那里问问的冲动，但每次母亲拦住他：你想吃蛇肉了？

他一身冷疙瘩，赶紧睡进被窝里。一次尿了一炕都不知道，为防止猪圈来，杜四婆站在王拴娃门口的杏树下，猪圈远远看到了，便缩回去。有时，故意高唱秦腔去坡地，想引开杜四婆。

杜四婆叫王拴娃端凳子出来，放在杏树下，杜四婆靠住杏树，坐在凳子上不上猪圈的当。

拴娃母给杜四婆作伴，她们心里不由产生一种疑惑，特别是杜四婆，和狼剩饭有那一层关系前已经有了猪圈了啊！猪圈咋把狼剩饭亲得比杜四爷还亲呢！

王拴娃偷偷地学抽旱烟了，呛得咳嗽不说，还吐了一地，昏睡在坡地一棵松树下。灵醒过来后，天完全黑下来了，几颗星星很亮，他想多看会星星，可想到坡地夜里有狼出没，立即一骨碌起来，跑回家了。

厨房很少亮灯的，王拴娃以为母亲在等他。进去后发现，母亲和杜四婆在炕沿坐着，母亲在哭，杜四婆在劝。

王拴娃想去找马桩，母亲喊住了他：你先人不见了。

王拴娃去了父亲的窑洞，如走进了一座冰山，四周似有飕飕的冷风，他习惯地摸着火柴，点着窑壁上挂着的蜡灯，土炕上被子破天荒地垒得整齐，最里面靠近窑脚的地方，摆放的瓷盆和小锅，里面空空的，手一摸很干净。王拴娃熄灭了蜡灯，往出走时，想一定是找蛇去了。

拴娃母还在哭，杜四婆还在劝。

王拴娃说：找到蛇，有啥吃了，他就回来了。

母亲不哭了。

杜四婆笑了说：不要说他大是怎样的人了，还是离不了的。

拴娃母叹息一声说：谁叫咱们是女人呢？

第二天，杜四婆匆匆来找拴娃母了，她的慌张引起王拴娃的注意，紧跟她进了厨房，拴娃母正往电壶灌开水，满厨房的热气。

拴娃妈灌满了开水，提电壶走到窑洞口。窑洞窗台上除过雨天是放置电壶的地方，电壶脏兮得很。

杜四婆说：他大可能不会回来了。

拴娃母一惊，问：你咋知道的？

杜四婆说：猪圈说的。

拴娃母问：他咋知道？

杜四婆说：他大走时给猪圈说的。

杜四婆的心里，狼剩饭仍有一席之地，后半夜难眠时，狼剩饭不由闯入她的心扉，她也不由期盼狼剩饭的归来了。喜欢早起的她这几天也赖炕了。

猪圈送狼剩饭出山的，一大早狼剩饭来找猪圈，猪圈贪睡，早饭若不叫他，他能窝到下午去。早饭前不论谁叫他，他的眼难以睁开，但狼剩饭只是一声，猪圈蹭的一下起来了。一前一后下了沟，坐在方方正正的石块上，环视起沟里的景色。

天似一条弯的河流，从头顶流过，几丝丝绿色点缀暗褐的沟体，似小时放羊躺在树下，叶子几片落在裸体上。

猪圈的眼里，世界就是沟和山构成的一幅画图。山上跑的野兔，沟里飞窜的野鸡织起的天空，是他梦想里亘古不变的图腾。尤其是站在山顶，北望是望不尽的山峦，南望是无际的土地平展展地滚到天地相接的地方。山下村很小，看不到房屋，看到的是层层的树木。

猪圈的思想里自己就是这座山了，但狼剩饭摧毁了他这种信念，他的面前始终有一堵无比高大的墙，那就是狼剩饭了。

狼剩饭喝泉水，他也有了喝泉水的冲动，趴在泉水边，一边喝一边看泉水里的自己，比狼剩饭英俊多了，抬头望去狼剩饭的脸，最令人惊慕的粼光没有了，一片黑。

猪圈有一丝的窃喜，他不爱坐，站在狼剩饭面前。

狼剩饭始终不忘猪圈，他的目光似一条河流顺着沟势弯弯向前，远处右拐流去了。

有一只野鸡从草丛飞起，猪圈要去追，狼剩饭拉住他的手，用低沉沙哑的声调讲述昨夜的梦了。

他爬行在一座山里，很饿，天也很黑，爬过一土丘后，望见了灯光，很弱的，风一吹，似要灭的样子。快近灯光了，听见灯光里一片哭声，他不想去灯光那里了。

这时，有四个穿白戴孝的男人来到他面前，领他去他们的家里，门很窄小，里面一座寺院，寺院里空无一物，靠墙的一角支一张床，床上躺着人，用白布遮盖得严实，床下一瓷盆，烧着纸钱。他们里面最高最胖的说：我是兄弟们的老大，床上躺的人是我家父，死了。

老大顿了顿问：你不问家父如何死的吗？

狼剩饭困惑地瞅着老大。

老大突然怒了，说：是你吃了家父！

说着，老大过去揭去床上的白布，床是空的，但狼剩饭眼里的床上明明卧着条蟒蛇，没有头。

老大愤怒地推他来到寺院后，两排白蜡叭叭燃烧着，望不到边的穿白戴孝的人群。狼剩饭眼一晃，人群变为一地蛇，昂着头，睁着圆眼，怒吼：吃了他。

他一身的冷汗，老大推他又回到寺院的床前：你已和我们结下解不了的仇恨，我们是想报复你和这里的所有人，但她们感化了我们。

顺老大的手指望去，寺院的两扇窗打开了，跪了黑压压的人，前面的是老妇人，他也看到了自己的老婆——杜四婆，还有山下村的，狼剩饭听不懂她们念的什么经，铛铛悦耳的铃声似铃铛在泉水里响。

老大满脸泪水，哽咽地张口发不出来话语，但他很奇怪，自己一点也嗅不到蛇味，有蛇味的话，他会无比亢奋的，那也许会和他们撕咬在一起。没有一丝蛇味，他的嗅觉再一次没有了吗？

老大稳定了情绪说：我们对你有一个要求，滚出黑山地区，走得越远越好，你在这里待一天，我们可能奈何不了你，但我们会让她们不得安生。

老大指着窗外又说：她们一个个都死得很难看，你滚吧！

老大踢倒了狼剩饭，狼剩饭站起出了很窄的门，天地黑实了，身后突然传来无数的吼声：滚吧！

狼剩饭惊慌地向前一走，踩空了。他醒来了，汗水湿了被褥，比他尿一泡还多，他决定离开这里，不回来了。

猪圈从心到外冰冷起来，他还吃过蛇皮呢。

狼剩饭凄然一笑说：我一走，一切太平。

猪圈极力劝留狼剩饭，要不他也跟狼剩饭浪迹天涯。

狼剩饭说：走不出太远，秦岭山就挡住了。

猪圈还是要跟狼剩饭走。

狼剩饭说：你不怕，蛇若伤你，我回来把它们吃个精光。

猪圈放心不下，和狼剩饭趴在泉水猛喝一阵，上了沟，爬上山。猪圈站在山顶，看着狼剩饭孤零零盘旋下去的影，转眼消失于山底，大声哭了，回到家睡在炕上他还在哭。

王拴娃听杜四婆讲完，也哭了。出门靠住杏树，哭得整个人发起抖来。

黑山村知道狼剩饭走了的还有一个人是秋丰收，秋丰收不喜欢在家停，一个人在家，说话没人搭理，不由烦躁，只好出来寻人拉话。

每天这时候，村口会聚些人的。

他直奔那里去，确实有三四个人在那儿，他喜滋滋地过去，三四个人见了他都说有事散开了，他想去杜志谦家了。

杜志谦的三女儿和他年龄相仿，梳个马尾巴，一次在街上两人相遇，故意用屁股撞他屁股一下。就这一下，三女儿走进他心里了，穿过场畔，拐过小路，下一小坡，杜志谦就在这沟边住着。

场畔有棵槐树，一个大人才能合抱过来，树下风飕飕地，总使人想起秋天。秋丰收用抱树寄托心中的情思，树如女人，在他的双臂沉醉呻吟，他也沉醉了，他的醉太短暂。三女儿才是他长久的沉醉，他松开树，狼剩饭出现在他的眼帘里，他躲进树后，狼剩饭走得极快，小跑似的。

秋丰收看着狼剩饭远远来穿越过槐树向前走去，他悄悄跟踪狼剩饭的身后，山下村的池塘里可能又出现一条蟒蛇吗？能目睹狼剩饭博弈蟒蛇的场景,秋丰收激动得心怦怦要跳出来。

狼剩饭进了山下村,街上几个人见了他,积极闪开了,狼剩饭穿过街道,走上通往镇的大道,头不回,急急地似追赶着什么。

秋丰收站在大道上,直到望不见狼剩饭的影子了,还站在那儿。

夜色落下来了,几声狗吠,他回过神来,他嘴痒,他想到第一个要告诉的是杜志谦。到了杜志谦家,一家人在吃晚饭,晚饭是煮了一锅红芋。杜志谦最反感饭时家里来人,对秋丰收却是例外,因为他太爱秋丰收那张薄嘴唇了,村里村外的大小事,甚至一些人晚上和婆娘弄几回都来源于秋丰收了。秋丰收搜集小道消息的能力,杜志谦除了敬佩,更多的是惊奇,身边有这样的人,一切都尽掌握在手中了,但他看三女儿的眼神,杜志谦心里很不痛快了,女人一生关键是看嫁给怎样的男人了。

石头和女哑巴的后人,杜志谦想起这两人不由得摇头。

秋丰收总往家里来,目标是三女儿,时间长了,谁也保证不了出什么事,杜志谦是个看见什么就想什么的人,看不见了他懒得去想,三女儿给秋丰收吃热红芋,秋丰收看三女儿的目光热辣辣的,杜志谦能感受到一股热浪,他骂三女儿去自己的窑洞去,留住秋丰收扯闲谈,秋丰收神经兮兮地说了狼剩饭的事。

狼剩饭出山了。杜志谦沉吟起来。

秋丰收趁杜志谦愣的空,溜出来,去三女儿的窑洞里去。

杜志谦下了炕,想骂走秋丰收,刚出门,碰见婆娘慌张地跑来,大喊:蛇!

杜志谦骂:黑灯瞎火的,看得见吗?

婆娘说:蜡灯耀见了。

杜志谦自语了,狼剩饭走了,蛇全出来了。

也许,以前人们没有留意蛇,狼剩饭走了的事传开后,人们发现蛇到处都有。

猪圈怕得一天蜷缩于土炕上，土枪放在炕边。

杜四爷骂他那是懒，故意那样。

猪圈气哭了，说：哄你我不是人是猪。

杜四爷不信他的话，天天院里嚎叫着骂。

听见骂声，王拴娃便跑去看热闹，他从父亲出走的阴影里很快出来，心里还有一丝的快乐呢。几天没有听见杜四爷的骂声了，见了马桩，王拴娃问原因。

马桩说：猪圈出山了。

王拴娃靠住杏树，眼前的沟、山、天空渐渐模糊起来了，他不想哭，但流出了泪。

第十章　一片鸡叫声后　黎明悄悄落在院落里

山里的时间很慢，很慢，人们对时间的感觉是麻木的，几乎没有谁刻意留意时间的。今夜蜡灯下，杜志谦把秋丰收想起时，突然，有了时间飞快的感觉。他这把年纪的，恐怕数他去镇上的回数多些，经见得多些。

这些年，下一代没有了和山前隔绝的观念了，仅是路远些罢了。他们啊！一年也回来不了一两回，有些几年从未回来过。而杜志谦的自卑没有消除过，在村人面前骂张骂王的，出去了，总低矮三分似的。

猪圈、秋丰收熟知一点，王拴娃陌生些，四组他很少去。结婚时，杜四爷捎话过来请他去喝酒，但他没去，吴德虎去了，听说喝醉了，在那里住了两三天。

猪圈匪事多一些，不被村人看好。可这几年数他的事最红火，去镇上提起他，无人不知晓的。杜志谦凡事不爱回头，身后总是黑乎乎的一座山。

前年，有个风水先生来到黑山村，指着黑山说：这山有股灵气，要出一个人物的。村人猜这个人物会是谁？他想，这个人物说不准是猪圈呢。他给杜四爷说，杜四爷呸了一地。杜志谦曾幻想是秋丰收，若是，三女儿算有福分了。那段日子，秋丰收找三女儿，他一闭眼过去，但三女儿好歹瞧不上秋丰收。

杜志谦骂：瞧不上，整天挤眉弄眼干啥呀？

三女儿顶他一句：那叫挤眉弄眼呀？

杜志谦对自己说：那还不是啊！

果子收获的季节，三女儿伙同村里的女人们出门包装果品了。三个月后，腆个大肚子回来了，杜志谦恨不得将三女儿推沟里去，稍能安慰的是山下村的男娃和她一起回来的。托个媒人，两边家长一坐，摆几桌酒席，三女儿总算有个落脚了。

酒席上，秋丰收喝醉了，趴在酒桌底下大哭。酒席散了，他还在哭，几个人越劝他愈哭得厉害，几次哭得晕过去，几个人要抬他回到土炕上去。杜志谦生了满肚子的气，说：放在地上让狗日的自己醒。

几个人不再管他。

杜志谦忙着收拾家具，待一切清理好，秋丰收仰面朝上睡在院墙边还在哭，声音拉出丝丝的嘶哑。杜志谦来了怜悯心，也有些害怕，小心秋丰收出了事，他杜志谦背不起的。在街上叫来两个邻家，用架子车将秋丰收送回家了。

半夜，杜志谦正睡得香呢，被秋丰收的邻家打门喊窗子弄起来。秋丰收半夜吐出了血，肚子疼得满地打滚，杜志谦真的怕了，说话已经结巴得不行了，抡开双腿跑到秋丰收家，抱起秋丰收放在院角架子车上，架起车辕，往镇卫生院赶去。邻家在车后推着，上了沟沿，全是下坡路，杜志谦双脚还兼当刹车。

到了卫生院，杜志谦全身被汗水浸湿，坐在地上，不得动弹了。大夫来了，秋丰收突然跳下了架子车，说：不疼了。大夫拿出几支葡萄糖，一一敲开，倒在杯子里，让秋丰收喝了。说：回去。秋丰收不同意，一定要住几天院。杜志谦赞同这观点。三十里山路呢。再有闪失，再没劲折腾了。

住院部是一间房，灯光昏黄，四个角四张床，没有一个病人。女护士抱来一床被褥。秋丰收说：我们要三个人呢。

女护士看一眼他说：病人的，其他人还想睡吗？“哼”了一声走了。杜志谦既冷又困，在床上睡了。秋丰收朝里推推他，也挤在了床上。邻家转了几大圈，腿乏了，坐一空床上打盹。

天亮了，女护士给秋丰收挂上吊瓶，杜志谦见秋丰收没有生命危险，放了心，给谁也没打招呼回去了。当天下午，邻家找见杜志谦说：你不是人，走时也该叫上我。杜志谦几个衣服口袋摸出一根烟，笑着递给邻家，邻家看了烟一眼，转身走了。

打完吊瓶，秋丰收蹲在卫生院门口，没有集市的镇街道，风一股一股刮过。秋丰收失去兴致了，回到病房吃了一惊，住进了一个病人，几天后他知道，这个女人是山下村年轻寡妇范丽红。

山下村的高争社，长得瓷实，与范丽红在私人开办的网袋厂结识的。高争社把范丽红带回家时，两人已悄悄领了结婚证，范丽红家人不认这门亲事，母亲哭死几回呢。

那年，旱了一夏，又旱了一秋。冬灌尤为重要了，宝鸡峡渠上水了，有斗子的开渠截水。山下村和邻村共有一个斗子，为谁先浇地争得你死我活。队长给高争社耳语几句，高争社扛着土枪来到斗子口，邻村几个小伙动手拨斗子闸，高争社一枪过去，几个小伙全倒了，拉到医院，死了一人。

高争社扔了土枪，跑了。

半年后在外省抓获，后听说又逃跑了。

范丽红坐在队长家哭着不走，队长找人说情。一是给范丽红和娃办了低保,二是在队上仅有集体地划十亩地给她,十亩地是果树,一年能产不少果子,范丽红同意了。

村民没人议论什么,毕竟没有了男人。有女人说了,十亩地够她做务的了。结果呢,有农活了,一条街的男人争相去帮她的忙,自家的农活抽挤时间做,女人的肚子气得鼓鼓的,无事找事和娃他大吵闹。范丽红走在街上故意似的,专拣男人拉话,对女人不理不睬的。女人们的怨气全转到范丽红身上,每天在她身上寻找缝隙,女人动了心思比男人要厉害得多。

斜对门四姨这几日留意娃他大的动向,四叔午饭后在窗台摸走八四三消毒液和刮刀,四姨悄悄跟出门。四叔走得极快,四姨给四叔留出时间,估摸有个把钟头,径直去了范丽红的十亩地。树叶还没有落尽,寻人还很费劲,四姨按树道一一地寻,终于看到丈夫了,蹲着给树治腐烂病,四姨猫腰窜过去,一脚踢在丈夫的屁股上,骂:驴日的,给你婆干活呢!

四叔从地上爬起,窜树道跑了。

四姨从地里回来,站在范丽红的门口骂。

一堆女人支持她骂,也有妇女跟着骂的。

范丽红故意将头门大开,一边哼歌一边扫院,似没有门口那一堆女人。四姨越骂越气,扑进头门,站在范丽红面前骂。范丽红还是一边哼歌一边扫地。四姨火了,一把夺下范丽红的扫帚一抡,扫帚落在房屋顶上。范丽红想出门去,但一群女人堵住了门。

四姨揪住范丽红的头发,范丽红抓抠四姨的脸蛋,几个妇女围上来,说是劝架,却只是拉住范丽红的双手和腿脚,范丽红被困在那里。

四姨狠狠地出了口气。

范丽红一口气堵住了胸口出不来,嘴脸一青,昏倒在几个女人手里。几个女人的手哗地松开，瞬间没有了人影，四姨跑得最快。

高争社父母知道这事后，跑到范丽红家，范丽红已睡到炕上，脸上有几道血痕外，人显得格外憔悴，如旱了一月的玉米苗。争社的父母要把小儿争娃从外地叫回，决心和斜对门弄一场事。

范丽红说：我的事你们不用插手了。

争社父母不听从范丽红的话，范丽红有些激动了，说：你们还想出人命吗？

争社父母哑了。

范丽红睡了一晚，太阳爬上窗台了，起身洗涮干净，把儿子放到娘家。坐顺车来到镇上，镇上这几年班车多了，不是前些年一天一趟的班车。路过卫生院，她胸口憋闷，想买几包顺气丸，大夫看过之后，建议住院打几天吊瓶，她想了想，同意了。

杜志谦躺在自己的被窝，呼呼就睡了过去。彻底清醒了，一看已是晚上，家人都睡着了，他却没有了睡意，来到沟边，风飕飕地有些寒了，他蹲在一棵树下，抽起了旱烟。

明年开春去集市买头母牛犊，满山满沟的草，养大一头牛很容易的。有了牛，自己不会受累了，过去的那些年，虽说村上的事多，他没有精力不充沛的时候，时光转一个大弯，比以前清闲多了，但却格外累了，什么事也提不起精神。

老了，杜四爷赶集时碰见他说了好多遍。

老了，是老了。他说。还想活上万万年呢。

屁话！杜四爷说，做梦吧！

杜志谦一生没做过一个梦，见炕就睡，见饭就吃，见活就干。一晃就老了，失眠是很痛苦的事，可恶的夜，他骂了起来。突然想起小时一看书就睡去的事，急忙回家，打亮手电，几个地方找，却找不见一本书来。他记起外孙上月来家，有本书落下了，大女儿几次来都说拿回去，但每次走都忘了带。在厨房的风箱上找到了。

几回老婆要用它就火，他骂了，老婆没敢用。书还不薄呢，拿在手里沉沉的，翻开一看，密密的字，没有认得的。爬过老婆的身，炕里躺下，手电光下一页一页地翻，书沙沙地响，他看到无数的白鸽在飞，白鸽飞去了，留下一片的黑暗……

接连一个月的日子里，杜志谦脑海里不断有白鸽飞来飞去的。入冬的第一场雪来得早，雪如沙，天地沙沙地响，经过一个夜晚，世界皆是白色的了。

杜志谦蹲在土炕上吸旱烟，他不愿离开土炕，他在等一只兔一杯烧酒，这两样东西最适合这样的天气了，他把想法说给老婆。

老婆骂道：神经呀！谁会给你送，净想美事。

好几年里，猪圈提酒肉来看他，他和杜四爷说起这事，杜四爷都有些嫉妒，尽管每次他都要醉倒，但心情在一个月里都是好的，猪圈是不错的，他是黑山村一匹马，引领好多年轻人奔外头打工了。

杜志谦不是有些年纪，也想出外见见世面，猪圈给他讲得少，只灌他酒，文会计讲起来唾沫星子溅得四起，尤其是都市女人的白大腿，文会计能咂吧一夜的嘴，害得他嘴巴痒痒的，碰见杜四爷了，他笑说起这事，杜四爷眼拉成一条缝说：下一代人比我们有福啊！

望见黑山了，那不是一座山，是无法跨越的自卑，他去镇政府办事，坐在政府会议室感受别人投来的目光，自卑将他化为黑山了，他的脊梁始终挺不起来，走在村子里了，他也懒得挺脊梁了。听人说，秋丰收背底下学他走路样，慢慢走路也如狗熊般的了。

秋丰收出现在杜志谦眼里了，杜志谦以为是幻影。

秋丰收大声喊他叔时，他明白也是真实存在的，秋丰收将炕桌搬到炕中央，从提袋里摸出两瓶酒与两大包东西，杜志谦已经闻到纸包里的香味了，秋丰收去厨房拿来两个大碟，把纸包里的肉倒入碟内，一碟是小肠，一碟是猪头肉。镇街上有几个门面专卖这类熟肉。

杜志谦疑惑了，但筷子拿在手里，什么也不去想了。秋丰收将斟满酒的杯子递给杜志谦，杜志谦抿一小口说：你咋来的孝心？

秋丰收笑说：雪天适合喝酒。

杜志谦又搡了几口菜说：有屁就放。

秋丰收只是笑着倒酒。

杜志谦放下筷子说：你狗日的想把我往死的憋啊？

秋丰收说：我要结婚了，叔给娃做个媒。

杜志谦眼惊得瞪圆，半天才说：结婚呀，还要什么媒人？

秋丰收笑着倒酒。杜志谦拦挡住说：小心叔醉了。放酒杯于炕桌上问：女方是谁？秋丰收说：范丽红。

杜志谦这回真惊呆了，高争社事件是方圆五十里人人皆知的，其妻范丽红更是许多男人饭后的谈资。范丽红和秋丰收，谁能把这一对男女联想在一块。杜志谦以为秋丰收胡乱做梦了，哈哈一笑说：那女人不是你守的婆娘。

秋丰收下了炕，出了门，再进来时，身后跟一个女人。杜志谦认出范丽红了。

第一次目光交流的刹那，两人暗暗决定多住几日院。

三天出去，护士发现了问题。后半夜去敲院长的门，院长在呼噜声里酣睡，老婆听到声音推他，却迟迟不得醒。院长老婆骂：真是死猪。起来开门,却没有一个人影。院长老婆走到院里,听见住院部有异样的声音,过来的女人了,对那种声音既熟悉又敏感,趴在窗口,细听就是两个病人热烈地干那事。

院长老婆的双腿钉住了,里面的声息没有了,她还不愿离开窗口,秋丰收出来上厕所的摔门声惊醒了她。老婆睡在院长身边时,两腿麻木地失去了知觉,等院长醒来,她一五一十说给院长,院长看她一眼,没吭声,她继续说:让他俩出院吧!传出去不好。院长打了一个喷嚏,不屑地说:管他呢,他俩住到年底才美呢。桌上抓起一串钥匙,直奔门诊部。

院长刚坐下,秋丰收来说,他和范丽红要出院了。

院长老婆在结算账时,时不时要瞅秋丰收,秋丰收挽着范丽红走了,她还盯着他俩刚离去的门口,满耳夜半的呢喃声,撩得剩留的青春泛出层层的涟漪。

范丽红跟随秋丰收来到黑山村。冬季的窑洞涌动春意,范丽红一走进去,就没有离开的想法了,女人的心落在那儿了,就在那儿扎根了。

秋丰收度过一个温馨梦境般的初冬,村里没人料到他会拥有女人,经常满街溅唾沫星子的他不在街上出现了,人们突然有了寂寞感。今冬也不见有风了,一切少有的静,人们愈发地寂寞了。

一早,秋丰收从被窝爬起,窗口几道日光射在他的脸上,他突然也有了寂寞感。几年了,这个时候,杜志谦捎语带信让他去学校。杜志谦不敢入一些群众的户,群众当面骂他,秋丰收喜欢这个行当,群众不管咋样说或骂,他总是喜滋滋的,遇见谁家做好吃的,他还能混个肚肚圆。他最喜欢去四组了。杜志谦嫌远,来回费劲,秋丰收往往一个人去。

杜四爷骂声最高,他故意在杜四爷家停留时间最长,甚至一整天钻在那儿,满窑洞摆猪圈或马桩带回的好吃东西,还有酒。天黑不能回了,他找王拴娃去，王拴娃安排他睡狼剩饭的窑洞。他不敢，非跟王拴娃母子挤一个炕头不可。王拴娃暗地里有些怯他，毕竟秋丰收身后站着杜志谦。啥事做不好了，或者出现了差错，杜志谦不论在什么地方都会破口大骂秋丰收。秋丰收气恼了，说：工资开了，我不弄了。杜志谦骂：要你妈的脚呢。

气消了，杜志谦给秋丰收说：镇政府领导当全体村干部的面骂得我脸上都没血了。秋丰收笑了，杜志谦没好气地说：母牛尿得多，瓜子笑得多。

阳光一照，秋丰收明白自己寂寞的产生地了，是杜志谦忘了他了？秋丰收忽地一惊，范丽红从后腰抱住他，两人倒在被窝里。范丽红始终光着睡，秋丰收在她身上体验到海浪的温柔，几乎忘掉了肉体之外的一切东西，今晨，却发生了变化，在范丽红的海浪里，他想的却是杜志谦。

渴望得久了，一旦拥有，便死死地抓紧不会松开。

范丽红作为女人，在这点上表现出未有过的激情，一次又一次地起飞和降落丝毫没有耗去内在情感的饱满。秋丰收肚子饿了，她也不放秋丰收离开自己的怀抱。寂寞使秋丰收莫名地烦躁，却不能发火给范丽红。白天在冬季很短的，太阳在西方挣扎不了几下，沉沦于黑夜里，一片黑了。秋丰收安稳了好多，范丽红却不安了，要秋丰收明媒正娶她，这样日子才长久且安稳。秋丰收同意了，说到媒人，秋丰收想起杜志谦，唯有他算是台面上的人，出面亮出村干部的脸面来，可以稳握胜券的，他俩有了睡意时，听见窗外沙沙地响，范丽红说：是雪。

秋丰收侧耳听了听说：是雪。

雪沙沙了一夜，范丽红听了一夜沙沙声，秋丰收均匀的呼吸一起一伏，她再一次明白自己身旁有男人了，恬静的甜美溢满胸脯，窗口飞舞的一粒雪在脸庞瞬间融化了，她情愿自己是粒雪，融化进秋丰收的身体里去。

秋丰收翻一个身,鸡叫了,一个鸡跟着一个鸡地叫了。范丽红纳闷多次了,这里女人养鸡似乎专拣公鸡养。一片鸡叫后,黎明降临院落了。范丽红萌生一个想法,杀两只公鸡,买两瓶酒,秋丰收该找媒人了。

第十一章　文会计回来了　屁股后跟着两个女人

杜志谦鸡肉吃了酒喝了之后，嘴上满满地应承了。但一觉后把这事忘得一干二净。深冬了，人们感觉这个冬季太安静了，世界犹如贴在墙上的一张图画。走在街上，犹同走在沟里的野草上，人们消失得似乎躲避在冬的另一面了。杜志谦佝偻得尤厉害了，脖子全缩进棉衣领口里，缩缩的背影衬托出黑山的孤寞。

杜四爷来了，他总带来一两样好吃的，两包好烟是少不了的，杜志谦喜欢他来，但讨厌他喋喋不休地数说猪圈。没有儿子的人，最反感别人提说儿子的事，更不用说杜四爷那样夸赞儿子了。

杜志谦心中的疤，杜四爷隔一段日子要揭揭。只要望见杜四爷，杜志谦心头不由微微疼痛起来，但看到杜四爷手里的礼物，杜志谦一切都忘记了。

猪圈回来是极频繁的，他说蛇冬眠了。夏天了，他睡觉很不踏实，常梦见蛇围着他，起来往往是一身的汗，几个女人离开他的原因，是睡觉必须亮灯守着他。他睡足了，才允许女人睡去，女人常常昼夜倒置。

猪圈回村停留时间不长，尤其是碰见王拴娃，眼前不由浮现出狼叔的影子来，于是满天地都是蛇，他的脸蜡黄得如杜四爷的脚后跟。猪圈的脸色使王拴娃联想到杜四爷脚后跟，王拴娃每次见猪圈了，总要急急地赶到猪圈家，他是打听马桩的地方。猪圈不愿和他对话，始终背对他，王拴娃羡慕起猪圈的屁股了。

回来一回肥一圈，他真想上去摸摸，那里是垫了团棉花吧。拴娃母说：男人的屁股大有福。王拴娃日日盼望自己的屁股能胖大起来。杜四婆却说：男人呀，有了媳妇就没有屁股。王拴娃不由得意起来，猪圈还没能娶上媳妇呢。每晚他都要把媳妇搂在怀里睡，媳妇不习惯推他，他还是搂住媳妇，天数多了，他不搂，媳妇还睡不着觉了，可他却不搂了，媳妇去搂他，他烦躁地推开了，媳妇一脚蹬他滚下炕去。王拴娃坐在脚底，没有生媳妇的气，反而很安宁。王拴娃对自己暗暗吃惊了，竟能平静地一直坐着。媳妇天亮看见王拴娃仍坐在脚底，她大喊两声妈，窑洞外没有声息。

王拴娃平静地说：唧歪啥呢。

媳妇更惊骇了，猪圈每回来一回，王拴娃反常态一次，但这次最为厉害了。猪圈这次回来带了个细高个的女人，王拴娃崩溃了。媳妇再大喊两声妈，王拴娃大声骂：唧歪啥呢！

起来，爬上炕，钻进被窝里了。媳妇揭去王拴娃蒙脸的被角，王拴娃睡去了，媳妇仔细看了半会儿，王拴娃真入睡了。这时，窗口有了太阳的光芒，窑内亮晃起来了。媳妇打扫院落，继而走去街上，天地清清冷冷的，她先去街东头，给自己父母将门前打扫一遍，几个妹妹外出打工了，母亲近来手脚麻木，她疑心有瘫痪的可能，母亲的姐妹几个离世的前几年都是瘫痪了的。

拴娃母与亲家母之间有隔膜，说起来也难怪了的。拴娃母的娘家在县城东关，提起如何嫁给狼剩饭的，拴娃妈泪眼花花一阵。然后骂起自然灾害的年代，饿得见了土都大把大把地吃，时不时可以见到饿死的人。黑山那时是人向往的地方，满山坡满沟梁是土豆，土豆那时很好吃，一个土豆可以换一个老婆，拴娃母就是一块土豆换来的，能活命就好，管不了和谁是夫妻，娘家一家人因她有了土豆吃，吊住了命。生活好了后，好些女人跑出了黑山，但拴娃母没有，她忘不掉那个冬天，一群女人饿得嚎哭，拥在县城北的跃进门下，一位“老人”拿两块土豆故意让她们看见。

然后，向北慢跑，一群女人争相追去，她们快，他也快，等他停住时，只有拴娃母一人在追。一路躺满跑不动的女人，老人将她领进了黑山。晚上她饱食一顿土豆之后，才发现老人是小伙，狼剩饭有意扮成老人的，说：年轻了，女人不敢追。

她说：敢的。

不论什么人她们都追，她们看的是土豆。土豆，拴娃母一人了不经意常念叨土豆。杜四婆以为她念经，她说是土豆，杜四婆不信，拴娃母不再说什么了，杜四婆将她跟得更紧了，相信她有了灵气，相信她有灵气的第二个人是王拴娃。

王拴娃去看猪圈带回的女人，女人皮肤呈现出的白净，令王拴娃惊诧了，如剥去的葱白，尤其是那脖颈。王拴娃跑去坡地，在林间拔一棵葱出来，剥去皮，放在太阳下翻来覆去地瞧，真是猪圈女人的脖颈。

他一口吃了葱白，蹲在林间，胸闷得几乎窒息，最后放了几个屁，才缓过劲来。于是，他要出去看看去。回家，王拴娃将想法告诉了媳妇。媳妇同意他出去，家里没有多的事，外面多少挣些，生活也能滋润些。

拴娃母说土豆声很小，王拴娃听见了，他最反感母亲说这话了，正欲发作恼怒，母亲已经出了门。

王拴娃踌躇满志地踏上出山的弯路，在山顶他多站了一会，风强劲地撕扯他的头发和衣角，他回首望见自己住的街，如风把短小的枯枝吹落在那儿了。

盘旋地下了山，在泉边喝一口水，这里的人都是这样，即使不渴，到泉边了，双手要掬一口水喝喝，多亏这一眼泉水啊！多少人的命根，每天早上男人的使命是在这里挑几担泉水倒入厨房内的大缸里，雨天他们吃雨水，雪天吃雪水，天上的水在他们的心里是比不过地里冒出的泉水的。

王拴娃忍不住在泉边多停留了一刻，太阳快到头顶了，沟里的白雾愈来愈淡，眼前这条曲折似乎是天路的小径，王拴娃胆怯了，猪圈与马桩都是从这小径走出的，王拴娃有了勇气，爬上沟了，他的心胸更是开阔了，脚步更快了。快到学校了，看到大槐树下面站着两个人，一男一女，女的入了王拴娃的眼，围着围巾，看不到脖颈，但从脸色来看，脖颈白不过猪圈领回的女人，但女人还是很耐看的。

拴娃。男的喊了一声。

王拴娃目光转男人那里笑了，是秋丰收。

秋丰收骂王拴娃：色眼胡看啥？这是我老婆。

王拴娃笑得很开心：骗孙子吧？

秋丰收正色说：骗你是你孙子。

王拴娃不笑了，又将女人打量了几遍，暗骂自己了，自己咋找不到乖女人呢。问：结婚了？

秋丰收指着范丽红的肚子说：这儿都大了还不结呀？

王拴娃细一瞅，女人的肚子平平的，知道秋丰收哄他，说：喜酒我咋没喝上？

秋丰收顿了一下说：还没摆呢！

王拴娃神愣了，眼睛在女人的肚子上溜来溜去。范丽红笑了，故意将肚子腆得隆起些，让王拴娃看，王拴娃不好意思了，脸都有些红了。

你干啥去？秋丰收问。

打工去。王拴娃说罢，要赶路了，太阳已经端在头顶了。赶午饭时，要到镇街上呢。

王拴娃离开大槐树，秋丰收看着他渐渐化为黑点消失在路的另一端，拉起范丽红的手来到杜志谦家，杜志谦正躺在热炕上听收音机，收音机每天这个时候播放秦腔折子戏。今儿是杜志谦最爱听的《下河东》。

他听着听着忍不住跟着吼唱起来，秋丰收和范丽红双双坐在炕沿了，他还在吼唱，一字一板地。其实，秋丰收两口子进了窑，他已经看见了。

杜志谦没有理睬，秋丰收也没有生气，杜志谦这嗜好人人皆知的，他跟了杜志谦这些年，当然了解的，他只有等戏播完了。第二折戏刚刚响起家伙，文会计来了，提一瓶白酒。

秋丰收下了炕，叫了两声叔。

文会计只是一笑，将酒放在窑里一张破烂桌上，爬上炕关了收音机，杜志谦爬起来躲，文会计已经下炕说：听个屁呢。

杜志谦无奈地笑了，平躺炕上，拉一个枕头垒起，头枕高些说：带酒没拿菜，干喝呀！

文会计说：有秋丰收呢，能没有菜。

这句话提醒了杜志谦，他忽地坐起说：你狗日的算能人呢，把丰收娃这媒做了。

文会计思忖了一下，同意了。

文会计嘴上的功夫杜志谦是放心的，黑山村不论哪一个男女都拜倒于文会计这张嘴下。杜志谦心服于这张嘴，是从十年前开始的。一场秋雨后，冬急急地踏上了这片土地，杜志谦熬煎冬的来临，他当上村支书的几年,屁股后跟着几个村组干部的,年年就要少那么几个,最后他是光杆司令了,他们拼命地跑,工作干不到头里去,还挨村上人的骂,还要天天受气,最受不了的是老李吊得很长又难看的脸,及骂难听的脏话。杜志谦惯了,结果村上的干部就他一人了。

老李满肚子窝着火,张口就是黑山村这球难翻得很。杜志谦跪在他当面,展开一张笑脸。老李骂完后往往乐了。然后去学校了,在一女教师的宿舍睡一下午(那时学校还没有撤,五名教师,两名女的,长相极一般,可个个很年轻),晚饭时,吴德虎摇醒老李,灶夫是吴德虎在村里挑选出的干净婆娘。校长对灶夫的手艺很满意,工资从一月五十增加到一百五。两名女教师没课时也去帮厨,饭菜往往很可口。杜志谦常也来搭伙,老李尤其爱吃那凉拌灰灰菜。灰灰菜地里有的是,特别是粪堆上一丛丛地,俩女教师每人一塑料袋,去校外拔。

回来塑料袋满满的。凉拌灰灰菜老李吃一口赞一句。杜志谦说:是好的吃得多了,我们农村人就要吃大鱼大肉啊! 老李摇摇头,说:我也是农村人啊!

晚上,老李睡在吴德虎宿舍,吴德虎很少在这里住,被褥脏兮兮的,一个女教师借给一床被褥,柔软且暖和。杜志谦也想凑热闹,老李骂他回去睡了。杜志谦回家见一桌表格,头晕了。他怕干费脑筋的事,对自己说:先睡,明日再说。

这时,头门响了,文会计喜盈盈地站在面前了,他的眼前豁然一亮。

三天没出去,文会计趴在杜志谦耳畔说:后悔了。

杜志谦怀疑他说的是假话,文会计看不出丝毫后悔的样子,嘻哈哈地跟着老李,老李有事不找杜志谦了,而是给文会计做出安排。黑山村历来果品难出售,年年有不少果品烂在树上地里。今年却动了真,从镇政府机关抽调三名年轻干部支援老李,后期一名副镇长也住进了黑山村，在学校开了专灶。但每晚他们围在一起犯愁，尤其是老李，杜志谦躲到一边害怕他们骂。

当晚，镇政府决定，把群众的果品集中起来，镇村干部拉出去销售。老李拧开广播，宣传到第二天东方亮了。黑山村沸腾了，短短一个礼拜时间，学校操场的果子堆积如一座山。老李住在县招待所联系客商，几趟客商来了，看了果品，摇头拔腿就走。老李面对小山一样的果品愁得想要哭了，看见杜志谦非骂几句不可，骂得杜志谦见了他赶紧就溜。一天抓不住杜志谦了，老李睡在吴德虎宿舍猛劲地抽烟。康宏在果堆旁转圈圈说：千万不要让果烂在操场，那是犯罪。

老李带领杜志谦、文会计押三车果品向西山的市场出发了，前一晚，他们坐在一起反复研究去向。上海、深圳方向的果价好，但路途遥远，主要是那里没有熟人，现在不论做什么事，都必须要有熟人的。文会计有一个朋友，经常在西山市东郊水果批发市场倒腾水果，他们决定去西山市了。老李听说去西山市，担心得几夜睡不着觉。西山市在这一带异常有名的，那里的失足女遍地都是，尤其是以车站附近和私人住所最为泛滥。男人，谁能经受住那样的诱惑呢？三车果品到达西山市水果市场，文会计找到他的朋友，果品全卸于朋友的库房里。朋友的摊点每日从库房拉出零售，卖完后统一核算。

他们第一次来，陌生得很，不知道往哪里去。朋友抽出一上午的时间陪他们，将他们领进一家私人住所。接待他们的是矮胖的女人，安顿他们于一小房间里，出去了，房间仅两个土炕，老李一摸还热腾腾地。

不一会，矮胖女人喊他们出房门，他们出门一看，一惊，院里站了十几个女人，叽叽喳喳。矮胖女人说：你三人挑。

杜志谦张着嘴笑，老李有些不好意思，文会计来回往他俩脸上瞅。老李回房去了，一个女人跟进去了，门啪地闭上了。突然，女人被推了出来。女人嘴一咧说：什么东西。杜志谦踢了文会计一脚说：不要胡来，要胡来，拿自己的钱。晚饭时，他们三人坐在一家面馆里，老李明确指出，一村人看咱呢，少干踢脸的事。

文会计脸都白了，老李和杜志谦在，他放不开。放开了，杜志谦好说，老李他还是有些胆怯。老李好歹也是政府人员呢。饭后文会计向杜志谦借了几百元，叠了又叠，塞进屁股后的口袋里，扬长而去。

杜志谦不放心文会计，跟着文会计回到了矮胖女人那里。矮胖女人已招来四五个女人等他们拣挑，杜志谦连连摆手不要。文会计心思在老李那里，他把杜志谦安顿好之后，跑到街上一户一户地找老李，找个遍，也没有见老李的面。天亮的时候，他拐上另一条街，街口有一座三层楼的建筑，白色的，很耀目，尤其是朝霞一片的时候。

文会计不敢远跑，怕丢了自己，站在三层楼下左右张望，几次想进三层楼里去，见出进的人衣冠楚楚的，他却步了。太阳爬上中天了，他回到住处。

杜志谦还睡着，鼾声很响，窗玻璃震得嘶嘶地叫。

文会计推几次，杜志谦仍在呼呼地睡。文会计脱下自己的一双袜子，塞进杜志谦嘴里，杜志谦爬起，在床头吐了几口，半天回过了神，骂句：驴日的你！

杜志谦摸拾起床下一只鞋，砸向文会计。

文会计笑着一闪，鞋摔出房门外了，只听见院内有女人尖叫一声，杜志谦脸上没有了色。

文会计跑出房门。

杜志谦趴在床头一动不动，耸起两耳，可外面静悄悄的，他下床趿着鞋跑出去看，院内一个人也没有。他叫了几声文会计，没有人应。他还想回去睡，但肚子咕咕地饿了，但没有文会计他不敢迈上街半步。几十年来，他没有出过村子，去县城一年也就是两三回，也是结伴而去的，单独要行走一个陌生城市的大街，他是没有那份胆量。躺在床上，肚子愈发地饥饿了，他不由骂起了文会计。

赶紧回！杜志谦对自己说。

不受这罪了！杜志谦大喊一声。

受啥罪呢？文会计喜滋滋进来了。

杜志谦抓起枕头砸过去，骂道：你想饿死你爷啊！

文会计在空中接住枕头，放在床头，没等他说什么。杜志谦一巴掌打过去，尽管文会计一闪，但手指尖捎过脸颊，他还是觉得疼痛了，不免有些气恼了，对刚才的事情想解释的心思也没有了，转身走了。

这一走，改变了文会计的命运。

他很快走到了白色三层楼下，停留片刻，欲往前去找一家饭馆，不料从里面走出一人，叫住了他，是果品市场倒腾水果的朋友乔三娃。

狗日的不待在市场，跑这里干什么？文会计笑问，

乔三娃搂住他，这是乔三娃的习惯动作，以显示两人关系的亲密。但文会计不喜欢这样，推几次，还是没有推开乔三娃。乔三娃搂着文会计进入三层楼里，上了二楼推一间门进去，松了手。门里是一张桌子，周围是一圈椅，一男两女坐在桌旁，文会计明白了，这里是酒楼啊！男的是络腮胡，嘴很大，似被拍打肿了那样向外大面积地翻着，他一笑起来让文会计想起了村子里黄牛拉屎的肛门。两个女人，文会计一眼望去便知她们是这条街上卖骚的货色，只不过是比常见的那些女人年轻些肤色好些更勾人些，用乔三娃的话说是：上等货。

不好好经营水果，我们啥时能回去？文会计说。

有人在搞。乔三娃笑说：能舍得这地方啊！

文会计哼了一声，坐下时却笑了。

大嘴对文会计的到来似乎不太高兴，文会计看出来了要走，乔三娃拦住他说：一家人，不要生分。转身骂大嘴一句：二球货，是我的朋友。

大嘴笑着招呼文会计。坐好后，乔三娃敲敲餐桌，从门外来了位女服务员，乔三娃问文会计：不点几个爱吃的？

文会计摆手：什么都行。

两个女的争点了几道菜，要出自己喜欢喝的饮料，大嘴说：饮料不许上，全喝白酒。

一道菜一道菜上桌了，乔三娃说：再得一个女人。

大嘴说：就是。

乔三娃起身出去了，很快回来，身后带回一个女人，胖胖的，模样过得去，两只奶鼓在衣服里，似乡下女人蒸出的馒头。她坐在文会计身边了，文会计眼前上下翻飞是老婆手中冒热气的馒头。冬季，捏捏馒头，软软热热的感觉有说不出的爽快。

文会计满口的涎液，一口一口地咽下肚去。

女人熟练地摸酒杯倒酒了，酒杯比乡下的酒盅大几乎一倍，喝酒文会计不怯火，每年雪落住了，坐在热乎乎的炕头，早上喝糊糊汤就咸菜，也要呡上几两酒的。一顿没有酒，胃难受倒还罢了，浑身不自在，似爬满了拐线虫。

头几杯文会计还有些拘谨，不愿意大嘴的那张嘴，但眼不由自己似的，偏要时不时盯过去，几杯酒后，浑身感到微微有些燥热了，再看那张嘴顺眼多了，脑海再没有闪现出黄牛的肛门了。酒劲一上来，文会计神采飞扬了，几圈过后，乔三娃与大嘴的舌根有些发硬了，要陪女人和文会计喝，女人也未推辞，一杯一杯与文会计碰。与女人对饮，文会计兴奋得两眼发光，满脸淋漓的汗。

一会儿工夫，文会计随一杯酒下去，哇地一声，嘴喷出的东西全落在餐桌上。

夜半，天空落下细细的雪粒，吧嗒吧嗒地响，杜志谦在炕上躺不住了，他只有等。第二天下午，老李来了，杜志谦蹲在炕头说：我一定要明天回。

老李同意了。

但不见文会计，他俩结算不了账，又过了一天，他们去了果品交易场，见到了乔三娃。乔三娃酒喝得多了，睡在纸箱上，时不时哇哇地吐。杜志谦过去，推他几次，他眼睛闪了闪，哇哇地吐了，杜志谦骂了起来。老李说：他醒过来，估计到明天了。

两人返回了住所，一人一根烟，坐在炕的两头，抽起来。门外响起了脚步，老李下炕想去关房门，已来不及，房主闪进来了，屁股后是两位瘦瘦的女人，杜志谦蹲在炕头说：扯远了，扯远了。

矮胖女人说：你老汉没精力了。指一下老李说：这兄弟不要一下？老李板着脸说：走远。矮胖女人还想说什么，杜志谦扯开嗓门说：快走！矮胖女人愣了，缓过神来，招呼两瘦女人串别的房间去了。老李望一眼杜志谦，笑了，杜志谦也笑了。

黄昏，雪大了，一片片地飘，路都白了。他俩就近一家面馆吃了饭，回房分头睡在炕上了。炕烧得很热，杜志谦睡惯了热炕，老李睡不惯，一个劲地骂矮胖女人，杜志谦说：骂啥呢？抽烟。老李接住杜志谦扔过来的烟，放在炕边，说：一天抽得肺疼。两人没有了话，一会儿，杜志谦便打起了响鼾，老李一脚踢醒了他说：跟猪一样。

杜志谦翻了个身，老李还未静下来，杜志谦又响起了鼾声，老李又是一脚，杜志谦停住了鼾声。不一会儿，又响起，老李再踢一脚，就这样，不停歇地反复到天亮，杜志谦解了困乏，老李却一眼未眨，杜志谦炕那头吧嗒地抽烟了，老李才呼呼地睡去。

窗口已是一片亮光了，杜志谦爬起来，掀开窗页。满天的雪花，世界白晃晃刺眼地亮。杜志谦猛吸几口烟说：愁死人了。一村人看着呢。

在杜志谦的记忆里，已经没有了这个冬季了，在老李面前，杜志谦不敢说出不满，甚至愤懑，他一肚子的无名火，等着文会计，可怎么也等不来文会计。与老李一合计，决定回了，这么一直没由头地待下去，都会崩溃的。果品的钱啊！老李扔掉手里的烟，烦极了的闷躁。

两天两夜不见文会计的影。杜志谦趴在炕头上大骂，老李铁青着脸，一根接一根地抽烟。多少次在人群或人堆里，都能听到一些男人对这地方的赞美，他们啧啧不绝的是这些女人。老李却有股莫名的恐惧，回去无法向镇政府领导汇报，几辆果品运上来了，一分钱都没有带回去。不要说群众跟你闹，领导那里根本交不了差，搞不好要丢饭腕的，里里外外都是件不光彩的事。

我要回！杜志谦跳下炕，大声喊叫起来。

老李摸准了杜志谦的心思，杜志谦在这里已经崩溃了，但文会计找不见，老李真的犯了愁。

管他呢，咱先回！杜志谦说。

几车果子呢，回去一分钱也不带。老李蹲在炕头，吸起了烟。

杜志谦也没声了。

夜晚很快来临了，两人懒得上街去吃饭。雪住了，风大了许多，呼呼地刮，随着夜的深沉，风愈是强劲，窗户似有力的手在掀动。杜志谦哭了，他看到一头奶牛饿死在窑洞口，他最热爱这头母牛，这头母牛给他生了四头小牛犊，三头卖出去，一头他养着，很强壮，地里的活全凭它。

这头母牛真是死了，但不是饿死的，是从沟坡坠落沟底摔死的，几个女婿来，花一中午的时间，把母牛分割成无数块，一块块扛上沟来的。在沟边支一架大黑锅，煮了，串村街道卖了。杜志谦赶回村时已是黄昏，老伴留些牛肉在窑洞的方桌上，杜志谦流着泪摸了几块牛肉，但吃不下去。

第二天，老李带几个人上来了，吃了个精光。将一叠钱放在杜志谦的炕桌上，杜志谦看得直流泪，他的眼窝里始终盛些泪花，风吹上来，串串地流。老李从不看杜志谦的眼睛，偶尔目光对视了，他立即闭上眼。杜志谦从不顾忌这些，他害怕镇政府上来人，知道是逼问文会计是否将钱带回来。老李一日提一个大黑包，要杜志谦打开村上喇叭，呼叫拉走果品的群众领钱。杜志谦哭了，说：给群众地上画钱啊？老李脸色更黑了，拉开包，一沓沓的钱，说：把我亏死，也不亏山里人。

文会计不见踪迹大半年，他老婆隔几天哭着向杜志谦要人，还寻死觅活。杜志谦远远瞧见文会计婆娘，老鼠躲猫似的避开，老伴骂杜志谦，把村干部当成啥了，还不如一堆屎。屎，人们躲它，你倒好，躲村民。

杜志谦夜里想想，也是，心里不由阵阵酸楚。

第二天，风飕飕的，他来到镇政府，敲开老李的房门，老李说昨晚有事，一夜未睡，困很。开了门，重新回被窝。杜志谦一肚子话，却说不出来，再看去，老李呼呼地睡去了。杜志谦来到镇政府院里，静悄悄地，他拧过身，回到了村里。

芒种过了，山坡上的麦子打上了场，夜里，丝丝的凉风从沟里爬起来，追着抚摸行人每一处肌肤。杜志谦蹲靠着杏树，面朝着幽幽的深沟，一口一口地吸旱烟，脑海静谧一片。夏夜，他几乎夜夜如此，困乏了，才回窑里去。三锅烟后，他听到路上响起急促的脚步声，是跑步的节奏，很快一个影子到眼前了，这个影子他熟悉，是吴德虎。吴德虎一生就是眼亮，他已看到杏树下一闪一闪的烟锅了。吴德虎找他，杜志谦没有意外，但他跑着来，杜志谦还是生出一丝惊奇来。吴德虎蹲靠在另一棵杏树上，吁吁地喘息，狗叫声停息了，天地恢复了夜的静谧。

文会计回来了。吴德虎说。

杜志谦一惊，忽地站起说：找他狗日的。

吴德虎说：别急，他老婆可能要寻你呢。

杜志谦愣了说：他婆娘要找我？

吴德虎说：文会计回来屁股后跟了两个女人。

杜志谦抱住杏树哭了：老李借了一屁股的账。

第十二章　丰收预感　有什么东西降临这里了

王拴娃起来得很早，这些天他竟然睡不着了。

山里的黎明似乎来得更晚些，四周还是黑漆漆的，王拴娃已经蹲在自己的窑洞门前，母亲的鼾声比往日更响了，母亲一直有这样的鼾声，在窑洞四壁碰溅下，有一股浑厚的劲儿，不那么刺耳，但撞击心膜。妻子醒了，抱怨母亲的鼾声，如同要把窑洞抬举到半空，又落下，又抬起，整夜整夜地颠簸。王拴娃突然喜欢母亲的鼾声了，均匀地一扯一扯地，柔柔地如山顶上的白云，羊在坡地吃草，望一朵白云静静地在头顶，伸手可触似的，远处的村庄依稀可见，心胸随之大出了好些，可以容下一切那样，气息舒畅得人轻如浮云。

风里多了许多刺骨的气息，王拴娃出了头门，脚下的霜花的沙沙声，引起一街的犬吠，他在门口杏树下站定，望东方渐渐地白了，踏上了去山顶的小路，小路的草上落满了白霜，凉凉的，心有了寒的冬意。到了山顶，这种感觉浓烈得很，全身不由紧缩起来。

冬天快到了。王拴娃想。

王拴娃坐在团蒲上，眼里怎么有了夜晚的蜡灯火焰，一跳一跳地在燃烧，满天地星星的味道。王拴娃闭上眼睛，很少有，可以说根本不可能有的感觉。他犹如一丝云朵，感受四周已经彻底地透亮了，霜雪隐隐地消失了，天地清亮如无染的杯中水。他似水中一粒沉浮的尘末了，静静地悬浮。

坐了一会儿，他站起来，母亲与杜四婆想去远方吗？他想到望远镜，透过天地，一切那么近，那条山路，一直那样延伸。猪圈就是从这条路走出去的，父亲是从这条路走了的吗？他突然冒出令自己吃惊的预感，父亲正急急地往回赶路，他的心被揪了一下似的，有些疼了，他不愿再往父亲那里想了。杜四爷动不动就说：多亏狼剩饭没了，不然猪圈不会有现在这样的出息。

杜四爷的腮帮子一张一吸的。王拴娃站起来，目光搜索四处的一切，心于是空荡起来。他看到山脚下两个小影在动，是母亲和杜四婆了。他不愿她俩看到自己，立刻想抄另一条山路回去，夜晚满天的星斗把未来留在这里了吗？温暖突然充盈了王拴娃的心房。

王拴娃回到家里，媳妇刚起来，在炕上叠被子，头发乱蓬蓬的，眼角堆着眼屎，还没有加外衣，两只奶一闪一闪，往外扑出来跳舞似的，他的心头热了，眼也跟着热了。大约四五岁的样子，家里奶羊生羊羔了，狼剩饭见羊的奶胀了，先赶走叫的羊羔，拉他过去，爬在羊肚下，一口一口地咂食羊奶，暖暖地如洪流淌过全身，饱了便去门外杏树下躺着看天空。狼剩饭这才招呼羊羔过去，他听见羊羔叫唤声，忽地爬起来，跑进家门，将吃饱的羊羔拉在怀里。狼剩饭引羊去山坡吃草，他抱着羊羔跟在后面，这只羊与他很有感情，但仅过了一周的时间，狼剩饭将它卖给了杜四爷。杜四爷嫌羊往王拴娃家跑，用绳系住它于窑洞前的一棵树上。王拴娃去杜四爷家看了几回，被杜四爷骂出了门。半个月后，王拴娃见到了这只羊羔，它大得多了，杜四爷解除了绳索，它已不认得王拴娃了，王拴娃认得它，它的脊梁有一溜黑色，在羊群里很耀眼。羊不认王拴娃了，王拴娃移情母羊那对大奶了，每回放羊回来，他都要咂几口羊奶，羊奶没有了，他还要咂，他渴望全身暖暖的那股升腾的劲儿，可再没有过。

今晨，面对媳妇萌生了这股冲动，冲动很快化为飓风，他扑上炕头，一把过去把媳妇拉倒，媳妇惊愕地叫了一声，明白他要做什么时，心里闪过窃喜，平展展地躺在炕上。

王拴娃掀上衬衣，将两只奶完全呈现出来，俯下去，拼命地吮吸，媳妇疼得拧动身子。一股劲过后，他没有寻找到全身暖暖的滋味，失望地翻倒在炕上。媳妇陷于情潮里出不来，拉他到自己的身上去。他拒绝了，翻个身下炕，没有顾上穿鞋一溜烟似的跑到街上去。媳妇在炕上大声地骂狼剩饭。

街上有了人影，少不了杜四爷。他往往是街上第一个出现的人。过去，他是趁没人将尿倒入沟里，现在，他挑着尿桶去街后的坡地。是猪圈专门在镇集市买回的塑料红桶，杜四爷到了自家的果园，将尿倒在树根旁，旱地的果树长不大，杜四爷曾给人讲，他计划一年用尿浇一遍果树，以缓解每棵树的饥渴。几户人家学起了杜四爷，每天早起的人几乎都是挑着尿桶，晃悠悠地去属于自己的坡地。

该有两个尿桶了。王拴娃想。

逢阴历一四七日子镇上才有集市，王拴娃记不住日子，给母亲说了。母亲说：日子到了，我给你说。

日子总是很慢，迟迟到不了有集市的日子。王拴娃在坡地果园里打发日子。杜四爷看见他总是滋滋地乐，随后主任主任地叫几声。王拴娃心里美味极了，看杜四爷顺眼多了，也爱往杜四爷跟前去了。杜四爷的周围女人多些，大多也都有些年纪，她们都依稀地记得杜四爷当年是四组组长的情景。王拴娃是从这些女人嘴里得知的，杜四爷胸前始终挂着一个铁哨，上工、收工、开会，整个沟沟洼洼一片杜四爷的哨音。这样的光景不长，因杜一枪他不再担任组长，狼剩饭想试试，他不敢说出口，他怕人们再提起毛连长。街西头的吕老头被任命了。他的母亲奶大了狼剩饭的，样子很丑，男人见了绕道走，她很安全地度过了青春岁月。毛连长、杜一枪死后，土匪们四散了，尤其是康目然带队伍打上山了，土匪们自顾自地逃命。一天夜里，枪声啪啪地响，丑女人炕头蜷成一堆，悔恨让狼剩饭和杜四爷睡去，枪声渐渐消失了。丑女人平展开来，刚睡去，觉得身上压了什么物件，软软的，有一丝的温柔，眨巴眼睛醒来了，她抱住吕男人不松手了。吕老头住下来了，他年纪不大，半个顶秃光了，丑女人喊他老头，他也一笑，点头答应。杜四爷成大人的时候，吕老头真成老头了，他要过杜四爷的铁哨，上工、收工、开会，满街来回跑着吹，但总没有杜四爷的响，狼剩饭说：丑女人一晚把老头掏空了，哪来的劲。

这话村人信，他和丑女人几乎两年生一个娃，全是女娃，算算是五个女儿了。他被后来人记住，主要是因这几个女儿，五个女儿陆续解决了这里男人没有老婆的头等大事，这么多年过去，尤其是他离世这些年，他坟头的纸灰是每年清明时节最多的。他死了，杜四爷将铁哨拴在他的脖子上，同他一起埋了。

不然，将那个铁哨传给拴娃啊！杜四爷哈哈一笑说。

王拴娃很想有一把铁哨吹吹，看满街的人听哨音指挥。杏树下，王拴娃望着蛇般弯曲的沟壑，满脑的胡思乱想，一片金色的花花在眼前飞舞，他的周身很快燥热起来，脚步不由自主地走向杜四爷家的方向。

杜四爷与四个老女人嘻嘻哈哈地聊着，看见王拴娃了，大声说：主任啊，欢迎主任！

几个女人笑着说：欢迎主任！

王拴娃心结舒展开了。想笑，不知咋了，没有笑出来。

一个女人说：这里有主任了，也该有变化了。

另一个笑说：你想要什么变化啊？

这个女人说：给咱引来电啊！

杜四爷接住说：有电，就有电视了，就不清静了，吱吱哇哇的，闷心啊！

几个老女人围住了杜四爷，相互争辩有电好还是无电好！王拴娃什么也没有听见，只看见一片片的唾沫星星在迸溅，他想离开，却想是主任了，再说这事因他引起的，离开不好。于是，站在那里，发起了懵。杜四爷很快败下阵来，蹲在一旁，抽起了烟锅，几个老女人不依不饶，过去围住他，叽叽喳喳数起来。杜四爷站起来，吼叫道：吵死了！

杜四爷挤出包围圈，急急地走向坡地的路。几个老女人还在说，看着杜四爷消失于路的拐角，嘻嘻嘻地乐了。王拴娃怕她们过来围他，拔腿去追杜四爷去了。

杜四爷看到了追来的王拴娃，立住，等王拴娃。突然，一辆白色的小车出现在他的眼帘，他笑了，说：猪圈回来了。

只有猪圈回来坐小车的，王拴娃也看见小车在山路上爬行。白色的，如一头小猪在奔跑。

杜四爷哈哈一乐，说：小子知道他先人卷烟吸完了。

猪圈带回的卷烟，杜四爷让王拴娃抽过一支，王拴娃嘴上说：真难吃。可心里极稀罕这卷烟。想给杜四爷要一支，回家慢慢品尝，可杜四爷说什么也不给他，等街上没有人了，王拴娃去杜四爷家门口。希望能发现长的烟蒂，来回找了几遍，没有找见一个长的，不由骂起杜四爷，老家伙抽别的纸烟，烟蒂都长。王拴娃捡回四五个烟蒂，拆开，重卷支喇叭烟，点着，一吸，很顺，说不出的舒服。从那天起，王拴娃喜欢去杜四爷待过的地方,看能不能再拾几支烟蒂,说起来也怪了,王拴娃再也没有捡到过烟蒂了。最后,他发现杜四爷舍不得扔烟蒂了,而是将烟蒂压进烟锅抽了,王拴娃细细地望着杜四爷的脸。狗日的精明。王拴娃心里说。

王拴娃不想去瞅猪圈回来的热闹,猪圈瞧不起他,王拴娃最难受的也是这。杜四爷拉他一起回村,他甩开了杜四爷,继续朝前走去,过了果园,坡就陡了,过了陡坡,就是山了。王拴娃在山下的一块石头上坐下,放眼望去,唯有那条山路耀眼,如白色的蛇,盘旋在山腰,他不由得想起父亲,沉浸在过去的时光里,似乎又嗅到了蛇阴森森的味道。

主任,主任!杜四爷出现在坡地,大声地喊。

王拴娃没有理杜四爷,一定是炫耀卷烟了,王拴娃想。

主任,主任!杜四爷边喊边走。王拴娃厌恶的情绪到了极点,想寻一条小道,下沟底去。

驴日的,耳朵塞驴毛了。杜四爷喘着粗气骂。

王拴娃站起来,杜四爷已经在跟前了,杜四爷骂:球日的货,咋不应呢?

王拴娃怒气冲到半道,下去了,看到杜四爷气喘吁吁的样子,嗤地一声笑了。

杜四爷吁吁一阵说:镇上领导找你呢。

王拴娃将信将疑,这时杜志谦闪现出坡地了,手高高举着,来回地挥。

王拴娃跑向杜志谦。

果然,是镇上的老李来了,还有一位是副镇长,王拴娃不认识康宏。在他的心里,老李就是了不起的官了,杜志谦和杜四爷见了都要满脸堆笑的。还有老李骂杜志谦时,杜志谦不反嘴不说,还是一笑一笑的。杜志谦在村里常常是爱发火骂人的呢。康宏站在沟边的杏树下,脸色凝重地望着四周,老李一一介绍这里的情况。

康宏叹喟一声后，指王拴娃问：这是村长？老李说：是。康宏一脸的不高兴：一天不通气，更不汇报，也没有联系工具，以后可咋搞工作呢？

王拴娃一头的汗水，脑海嗡嗡地响，有人推一把，他往前走一步，他往后一看，是气吁吁的老李，老李推他上了小车。汽车呼呼上路了。王拴娃犹如坐在一条木舟上，波浪涌着木舟腾起了半空，瞬间又沉陷于浪谷，他每根汗腺张开了，哗哗流出着水液，头晕得很，胃里的东西几次冲上喉咙，又被他强硬地咽下去。

到村学校门口车停下来了，人们陆续下了车，王拴娃最后一个出了车门，蹲在路边，哇哇地吐了。

杜志谦骂道：怂货，还晕车呢。

老李望一眼王拴娃：还没干事呢。

康宏没说什么，大步进了学校，老李站着没动，等王拴娃恢复过来。王拴娃浑身被汗水浸透，风一吹，不由打个寒战，脖子缩起来，脑海顿时却清清爽爽了许多了，见老李鄙夷的目光看他，他提了提裤子，紧了紧裤带，跨了两步，走近老李。

王拴娃吐的空隙，杜志谦跑到沟边小便了，一边往回走一边提裤子，一支裤腿全尿湿了，老李没好气地说：亏人了，咱尿裤子得了，何必胡跑呢。杜志谦看到湿的裤腿，无声地笑了。老李摇摇头，转身走进学校，杜志谦、王拴娃紧跟在他的屁股后面。

学校操场中央，摆放一张课桌，课桌旁对面坐着两个人，还有两个人站在课桌边，抽着烟。坐着的两个人笑谈着，不时能听见彼此的笑声。王拴娃仔细一看，站着抽烟的其中一个是康宏。他们一进学校，课桌坐着的两个人就看见了，停止了谈笑，一个高声说：“快！”他们急急地来到课桌跟前，那个高声喊他们快的人指着王拴娃问：是他吗？

老李拉一把王拴娃，指着张文说：这是张书记。

张文连将手伸向王拴娃，王拴娃愣神了，老李在他腰间戳了一拳，王拴娃脸上的汗珠亮亮的，手足无措，张文一把拉过王拴娃说：坐下。指了指杜志谦：你也坐。

杜志谦和王拴娃一边坐一个，张文指着对面的人说，这是县委办王主任，王拴娃的目光来回在张文和王主任脸上扫视，这两个人肯定不一般的，比老李绝对高出好多。脸色白里透着亮，闪耀着一种光芒。王拴娃脑海里搜寻这是一种什么光亮呢？空荡荡的大脑幽幽的，什么也浮现不出来。还有那亮油油的头发，尽管两鬓有几丝白发，但那根根发丝有一股纸烟味道，猪圈回回回来，头发就这般的闪亮，一街婆娘说，看那头发，是城里人了。王拴娃想了几夜，没有明白猪圈的头发咋这么亮的，今儿，他明白了，那些婆娘真是比他有见识，这也是城里人的标志了。可老李为什么没有呢？乱蓬蓬如门前的一堆乱柴禾。他想抽烟了，习惯地在腰间摸旱烟袋，摸了几遍，没有找见。杜志谦在桌上的烟盒里抽出一支来，点着，猛吸一口，吐出的烟雾浓浓的。王拴娃更想吸烟，但他不敢在桌上去取，张文看出了王拴娃的心思，递一根烟过去，王拴娃接住了，点着猛吸一口，比旱烟有味道多了，他不由猛吸起来。转眼，一根烟完了，张文又递给他第二根，他这回抽得慢多了。脑门清醒了许多，汗也风干了，有些冷意了，他抬头往高处一望，天空海般蔚蓝。秋在这里没有了缠绵，透出冬的寒意，尤其是这几年，四季成了两季。夏一过，风一吹，显露出冬的模样。年一过，日出山，鸟虫开始啁啾，王拴娃觉得浑身如冰了，山里的风多，地面旋转而起，和着尘土，迎面而来了，他打起寒战，听见牙齿相撞击的声音。有一锅旱烟就好了，他不由忆起杜四爷。杜四爷的烟袋里时常满满的，父亲在的时候，他从未羡慕过杜四爷的烟袋，树间到处种的都是旱烟，旱烟吸进嘴，硬实得很，风雪夜都没有寒的丝毫味道。多长时间没有想过父亲了，王拴娃的鼻子有些发酸。一些东西似乎藏匿于人的脑海最深的地方，平日里，它安静在那里，如一块巨石，可当人想起时，却是轻浮的东西，瞬间飘在脑海面上，久久沉不下去，使人很难受，不能自己。事后，王拴娃从杜志谦嘴里知道，张文站起离开时，他坐的这头挑起长凳空了的那一头，他被摔在地上了，他的眼珠一转，忽地活过来似的，一行人已离了学校，张文和王主任坐车走了。大家围住了康宏，康宏说：黑山村这回把事弄大了，脱贫还要共同富裕，现在按照张书记的安排立即行动。

王拴娃心里犯起了糊涂，见杜志谦往村里去了，他小跑着跟过去，杜志谦听见脚步声，回过头，见是他，骂道：你跟我来球呀！

王拴娃说：我不跟你跟谁呀？

杜志谦站住说：闪远，各弄各的事。

王拴娃没敢说自己连弄啥都不知道，政府那几个人知道这事，他非挨骂不可，老李那脸一直黑着，板着。

杜志谦说：那是这，一人一排，南边的归我，你动员北边的群众。

王拴娃说：不，我就跟上你。

杜志谦有些火了，大声骂：滚你妈的去！

你俩吵球呢？老李不知何时站在村口了，朝他俩喊，并且一闪一闪地走过来了。

杜志谦腰一猫，蹿进第二户人家去了。王拴娃跑着跟了进去，这是会计的家。文会计家可以说是黑山村最阔气的了，尽管是里面一间大房，拐两间厢房，可在这个村子，没有人能盖起这样的房的。砖、沙子，水泥运到这里来的开销，是平原地方的两倍还要多。文会计没在，他常年说是贩运水果，可对水果种类一窍不通。选举的前夜，他家里突然来了两位极时尚的年轻女人。山里人没有见过那么光洁的皮肤，艳艳的嘴唇，还有那高跟鞋，一走一响的，似在人心脏上踩踏着。文会计老婆是山下村子的女人，比文会计大三岁，从小到现在，对任何事物都没有过多过高的要求。一张嘴从早到晚嘟囔着，谁也不知道她说什么。也许，她也不知道自己在讲些什么，大家知道她姓邱，她的第一个娃是女子，叫枣，于是，大伙就叫她邱枣了。邱枣见着两个女人时，刚从后院解手完，一边走一边提裤子，两女人捂着嘴哧哧地笑。她懵了，裤子掉下露出红裤头都不知道。文会计已躺在了炕上。文会计回来，两件事，睡觉和喝酒。喝酒在晚上，睡觉在白天，两个女人嘻嘻地把文会计从被窝里往出拽，山里人大多养成一丝不挂睡觉的习惯，文会计死活不出被窝，两女人四只手伸进被窝胡抓胡挠，文会计拉两个女人上了土炕，邱枣进房子时，两个女人被压在炕角，被子盖得只有两双脚胡乱地蹬，文会计光溜溜地趴在被子上面，喘着粗气。邱枣哇的大声哭着跑到街上喊人，出门第一个撞见的是吴德虎，吴德虎以为文会计打邱枣来，文会计打邱枣很重，也好久没见文会计了，杜志谦心里的村委会主任是文会计。吴德虎希望自己和文会计走得更近一些，文会计上台了，他脑筋里的道道，杜志谦是无法接招，只有顺从的份。这些年，吴德虎已无法脱离这个圈子了。吴德虎奇怪的是不见文会计的影了，以往都是邱枣在前面哭跑，文会计在后面骂着追打，吴德虎走近院里，喊了几声文会计，厢房里有女人的嬉笑声，吴德虎心里犯了嘀咕，他没有进厢房，趴在窗口往里一望，文会计穿件大裤衩被两女人挤在炕角，全身挠，他左右地护，可两只不够用，女人手快，文会计护得累了，见护不顶用，于是斜躺炕角，任两女人抓挠取乐，猛地他抬头望见了吴德虎，突地一惊，说：有人。顺手拨到了一位女人，女人回头，也看见了吴德虎，相互一吐舌头匆匆下了炕，坐在一张桌子后的椅子上。

文会计很快穿好衣服，来到了院子里，吴德虎想走了倒不好，在院子里等文会计。文会计全身找烟，吴德虎说；枣她妈街上胡跑呢，赶紧往回叫。指着屋里，吴德虎又说，赶紧支走，在村上呢，不在外面，人们不适应。

文会计一边钩鞋一边往外走一边笑说：没啥没啥。

吴德虎心里骂：还没啥，丢人不敢丢村上，尤其是这事。

其实村上传遍文会计弄女人的各种韵事，但不想和他站在一起的女人竟这般妖艳。一向老实的吴德虎转头向屋子里张望一眼，希望再瞅瞅那两个女人。两个女人没有出来，吴德虎稍显失望地望起了天空，天空干净得一尘不染，一望能望穿的蔚蓝。吴德虎平时喜欢望天，胸中一切随着抬眼的那一瞬化为乌有，胸腔空空那个舒服言语无法说出。可此时，吴德虎全身闷闷地，悻悻地走出文会计的家门，来到街上，唯一的一条街道，永远是少见人影，只有风在走，没有看见文会计两口的人影，他们准是到山腰哪家相好地论理去了。也谈不上论理，邱枣扯嗓子哭，文会计一劝，文会计走在前，老婆跟在后头，一晃一晃地就回家了，经常事情就这样完结，没有续集。吴德虎急急地回到学校，三个娃趴在炕沿入睡了，吴德虎没有叫醒他们。睡着最好了，免得三个娃胡跑有什么闪失。他悄悄推出自行车，他必须将文会计的事告诉杜志谦，明知道杜志谦不会放什么屁，但他还是要说给杜志谦，不说心里是慌乱的，可能是这些年养成的习惯。

吴德虎呼呼地到了杜志谦的家门口，惊奇地看见一辆警车停在门口，他不敢靠近，下了车，将车子靠在沟边的杏树上，自己面向沟背靠住杏树，他摸出一根烟点着。沟在大地上裂开一条大缝，弯曲着从远方的山丘奔来，绕黑山村一周，在出村的地方轰然倒塌，似泻为一望无际的平川。可惜现在没有水了。任他时常望见沟壑时，耳畔一片涛声。他是吴摆渡的子孙，没有了水，他的世界没有生机一般，失去了激情。几根烟吸完了，还没有见门里出来任何什么人，他不想走，警车能来，一定不是小事，他还没有想到这辆警车和文会计有关。

文会计带领邱枣回到家，两女人在院子里立着，见了邱枣，立即返回厢房里去，邱枣进了厨房，舀水和面，乡下女人见哄就气顺，立马将两个女人当客人待了。文会计是村上唯一讲究喝茶的人，每次从外边回来，都要买套上等的茶具，但村子里没有人和他共享茶道。杜志谦几次骂他有女人味儿，那么小的盅，一次呷一小口，哪里是喝茶，哪里有大杯大口地喝解渴解馋过瘾，他在街上和几个人一起笑文会计，一位年轻人说：城里人就那样。

杜志谦说：多亏咱不是城里人，如果在城里，还不把人渴死啊！大家一起哄笑起来，文会计不在家里，几个年轻娃缠住邱枣，要看城里人喝茶的那套东西。文会计不在时，邱枣将茶具全部塞进桌子底下，这地方几乎全是废弃的东西，她很少来清理，不说尘土，连蜘蛛网都封锁了这堆杂物。年轻娃也不愿在这里翻腾，望见了小盅，就用木棍一点一点往外挪出去，只要拿到手，往往都拿回家了。文会计置办得很多，可用时却找不出几个来。这时，文会计免不了骂自己的婆娘，两个女人没有喝过窖水，一口下去嚷嚷肚子胀了，也苦涩。文会计骂他俩矫情，自己品一小口说：纯净啊！没有任何副作用，这水虽难喝，但绝对的保健。

文会计认真地说：看看我们这里每个人的牙，从不用牙膏，但白亮得闪眼。

俩女人信了，争相喝茶了。

邱枣做好了面条，喊文会计去端。文会计喜滋滋去了厨房，油泼扯面，每碗面上都有一层红辣椒。这里的人，个个都是辣椒王，没有辣椒，吃什么都没有胃口。文会计清楚两个女人是不吃辣椒的，他用筷子将两碗面上的辣椒夹出来，放入自己的碗里，他感到婆娘的眼光了。邱枣却哼了一声端一碗面，坐在门口的石头上，吃一口望一下街。太阳已经偏西了，白晃晃地亮，四周无处不飘浮尘埃，梧桐叶上已是一层白色了。

车辆在这里极引人注意的，警车拐进街口时，邱枣已看到了，一闪一闪的警灯使她想起了一部电视剧里的镜头，警车在她家门口停住了。门一开，四名干警直往里冲，她惊醒过来，碗掉在地上，没有碎，面条撒了一地，整个人发木了，直勾勾地看见文会计还有那两个女人被警车带走了，文会计被两名干警扭着，一脸的痛苦。杜志谦不知什么时候悄然站在身边，在杜志谦面前时，干警站住了，揪起文会计的头发，使整个脸面向杜志谦，问：是文会计吗？

杜志谦惶然说：是，是。

警车走了，吴德虎骑车也赶到门口，街两头站着不少的人。邱枣转过神来，看见杜志谦望她，不由有一股火气，但发不出，狠踢一脚地上的碗，碗飞起撞在吴德虎的自行车后轮上，啪地碎了，她扭起屁股回家了。

杜志谦见邱枣进了家门，哼一声：还不知道自己的男人是啥东西呢。

街上的人不知文会计犯了什么罪，围住杜志谦问情况。杜志谦抽身只想溜，但人们围紧了他，一条缝隙都没有。杜志谦急了，向吴德虎求助。吴德虎在人群外回避了杜志谦乞求的目光，装作蹲下检查车后轮，车后轮哗哗地转起圈来，吴德虎脸部感受到吹来的风。这么多年虽是教师，但吴德虎几乎没有离开过村民，他们心里有什么、想什么他知道得很。再想巴结村干部，在这当口，是无论如何不能显露出来的，村干部再好使的话，往往在群众那里不如放一个屁，听见背后吵嚷声音小了，他转过头，街上只有杜志谦了，杜志谦跪在街中央，吧嗒吧嗒地抽旱烟锅，他瞧见了吴德虎骂道：你狗日贼灵。

吴德虎说：我又没应你。

杜志谦吐一口烟说：少来，你那贼心谁不知道啊。

杜志谦站起，向学校方向走去。吴德虎推着自行车，跟着杜志谦，他也很想知道文会计的事，他也知道，杜志谦心里藏不住话的，不大工夫他会自动讲出来。

吴德虎的确吃透了杜志谦这个人，学校操场上，杜志谦急躁得团团转，他等吴德虎问，但吴德虎就是不问文会计的事，而是东一拉西一扯当年学校未撤时的趣闻。

黄昏，太阳光芒收敛的刹那，风忽地鼓起了劲，沙沙地在地面走起，四周的垂暮开始扯起了衣角，吴德虎扔掉烟蒂说：该回了。瞟了杜志谦一眼，步子缓慢向出迈了。

杜志谦急了，一把抓住吴德虎的胳膊，来到了吴德虎的办公室，房间完全暗下来了，吴德虎拉亮了灯，这时感觉一条胳膊被杜志谦抓得生疼。杜志谦爬上炕，盘腿坐在炕中央，连声说了几个不得了了，吴德虎不紧不慢地说：有啥事呢。

杜志谦突地起来，跪在炕上，两手张开，不由得颤抖，半天说不出一句话来。吴德虎趁这当儿出去，站在房门口，尿一泡尿，他的尿每次很多，哗哗地好久，才能停住。等他回房间，杜志谦仍跪在炕上，双手颤抖，吴德虎忍不住笑了。吴德虎一笑，杜志谦放松了许多，一屁股坐在炕上了。这个夜晚，他俩都没有回家，说了一夜文会计。文会计结识乔三娃与大嘴后，起初是吃喝和耍女人，老李和杜志谦回去后，文会计每天和他俩混在一起了。其实，水果生意是乔三娃和大嘴的招牌，主要的作为是敲诈一些有实权的领导干部。瞄准一个，先是跟踪，摸出底子，尤其是一些有劣迹的领导干部，然后指使那两个女人电话交流，往往会得手。另一办法，让两位女人给领导干部打电话调侃、调情、视频、裸视，一些领导夜半喜欢精彩，于是掉进他们的钱眼，给些钱才能出来。乔三娃拉文会计入伙，是因为当地的领导干部谨慎了，再听说关中道的领导干部肥得流油，经得起敲诈。他们每次也不多搞，一般是二十万左右，对一位得势的领导来说，是九牛一毛了。但这次乔三娃看走了眼，也怪文会计的气运低，第一笔买卖得手才两个礼拜，一头朝下栽进泥潭里了。拘留所里，文会计昏然地仍做着发财梦，三天没出去，文会计清醒过来，尿了一裤子。

这事不知什么渠道传到镇某领导的耳里，杜志谦去镇政府开会，某领导嘻嘻哈哈地说了文会计尿裤子的事，杜志谦不信，文会计在村子里是最强势的，经常骂人的口头禅是：没球的胆。他怎能没球的胆小到尿裤子的程度，但吴德虎信，说：在那地方，不尿裤子的人少。

杜志谦顾不上想这事，他一个劲儿地骂文会计丢了他的丑，让他在康宏和老李面前没面子，更重要的是还有老李的钱呢。再有选举的日子定了，没有了候选人，准是一团糟，选民乱投票，结果产生不出来村委会，老李和镇政府的干事一直骂他没能力，看不上他这人，这回他真的没有一丝的自信和自尊了。

杜志谦一夜睡不着觉，蹲在炕沿，抽了五支锅子烟，呛得老婆睡到另一眼窑洞的炕上去了。鸡叫三遍了，实在是熬不过瞌睡，刚趴在被子上打起盹，吴德虎在院子里喊叫他了。

王拴娃有时想，毛连长、狼剩饭是这方圆响当当过一阵的人物，到他这儿，受到人们注意已是极稀少的了，王拴娃一夜之间走在了黑山村群众的面前，人们发现，这小子真有点窝囊废，如山背后那一片荒地，还没有开发呢？事过后，杜志谦心情极为喜悦和满意，黑山村仍然是他说了算，人们的脑海里，没有出现过王拴娃。过去群众对村干部还有些敬畏，巴结村干部的人多些。这几年，村干部人们几乎不用正眼瞧，尤其是黑山村，青壮劳力全部外出打工了，住在村里的除过腿脚不好的老人，就是一些小娃，小娃慢慢地也被父母带出去了。现在，一个村庄留守的除了老人，剩下的是一些病残者了，王拴娃两口能待在村子里，是他俩没有孩子，有孩子就不一样了，孩子上学，使人们必须做出外出就业的决定，谁的娃谁在心里不牵挂呢？山前的村组里，还有一对年轻夫妇在人们的眼前晃荡，吴德虎曾侧面说过这对夫妇，但他俩似乎没有理解，吴德虎挂在嘴上的一句话，年轻人去外面闯闯是最好的了，但他俩笑了，相拥着串街去了。这就是秋丰收和范丽红，范丽红经见过外面的世界，她从不觉得外面的世界有什么好！倒很喜欢山村的宁静生活，在她的心里，这里是培养爱情享受爱情最好的地方。每晚，早早地和秋丰收光溜溜地相拥到天亮，又缠绵到早饭时，肚子饿了，起来一人，稀饭、土豆丝、两个馒头，不论她还是秋丰收，总有一位趴在炕边用完早饭，一人洗完锅，另一人也起来了，两人手拉手去山坡的地里。秋丰收劳作一时，便躺在山坡上，望天空的云，开始范丽红骂他懒，时间一长，她也躺在山坡上，望天空的云。秋丰收望着望着就呼呼地睡去了，范丽红喜欢崖畔上开着的野花，黄的、红的、白的，采一把回来，对着镜子，别在头发上。范丽红离开坡地，秋丰收就醒来了，自然醒了，似乎范丽红就是催他醒的闹钟。

秋丰收坐在坡地里，天地极其的广阔，接近天际的地方是一片水域，亮晃晃的，他不知道那是泔河，县城就在南岸上。夜间，点点的灯火，如一片繁星。山村的夜晚静静地能听见自己的心跳，秋丰收留恋夏夜，那份静沁出一层清凉的气息。坐在门前的杏树下，望着远方，幽幽的风从沟底爬上来，从脚慢慢浸过整个人，整个人如张开的飘逸的淡云，与星泊于夜海里。范丽红这时静卧在秋丰收的怀里，秋丰收往往这样的夜晚最清醒，他没有想过走出村子，去城市打工创业，他希望走在山村的街上有人敬畏，甚至人们赔笑问他，唯有是村干部，才能帮他实现这个愿望。他尽一切能力巴结杜志谦，当王拴娃当选村主任那晚，他哭了一晚。第二晚还气不顺，半夜偷偷跑去杜志谦家门口，向杜志谦家里扔了两块石头，往回走时，走得急，崴了脚。天亮了，才爬进自家的门。范丽红抱着枕头睡得正香，范丽红睡觉不抱秋丰收睡不着，秋丰收用枕头顶替了他，才离得开。秋丰收以为脚歇歇就好，哪知脚红肿起来，三天下不了炕，村上没有大夫，又不敢声张，范丽红悄悄去了镇卫生院，买瓶红花油回来。一个礼拜过后，秋丰收能下炕了，行走还得靠拐杖，拄拐杖出去丢人，秋丰收用锨当拐杖，见人了站定，将锨扛在肩头，装一副去地里干活的样子，无人了，拄锨一拐一拐地走。他还是喜欢去学校门前的梧桐树下，那里村上的大小事情都能掌握清楚，那里人也多，新闻也多。以前，在这里，还能看女教师的模样，甚至跑进学校，送给女教师几枚黄杏呢。

秋丰收艰难地来到学校门前的梧桐树下，却嗅到了一种不同寻常的味道来，他看到了王拴娃第一次出现在村子里唯一一条街道上，他不认识站在街口的康宏。康宏的装束和气度，秋丰收似乎预感有一种什么东西要降临这儿了，一直关注黑山村政治风云的他，突然有一股莫名的激昂，他浑身由于激昂，控制不住战栗起来，他靠住梧桐树，顺梧桐树溜坐在地上，上、下衣服口袋摸出自制的旱烟卷，一口一口猛吸起来……

第十三章　王拴娃不听　死跟着他

王拴娃不知道事，只有跟定杜志谦，杜志谦骂他，不让跟，王拴娃不听，死跟着杜志谦。这条街也不太长，满打满算住户不到四十户，户户门都大开着，不是没有人，就是上了年纪的人坐在墙角，眯眼望日光。谁家这时有没有人，杜志谦心里清楚得很，但他还要一户一户地进，站在院子里大喊主人的名字，然后，压低声音骂王拴娃：跟我想倒霉啊！

王拴娃不理会杜志谦，气得杜志谦过去踢王拴娃，王拴娃比兔子还快，跑到门口，站住看着他。杜志谦故意去了厕所，脱下裤子，蹲在地上，装大便的样。等他提着裤子出了厕所，王拴娃仍在院子里等他，杜志谦火了，高声骂道：你先人得是挨了球咧！

骂完，杜志谦心里哎哟了一声，知道事大了，一定是惊动了隔壁的邱枣。文会计被抓后，邱枣只要一看见杜志谦，不是撕扯，就是骂，她认准了杜志谦，是杜志谦给警察领的路指的门，杜志谦不干那些事，警察也不会抓走文会计的。杜志谦不论如何解释，邱枣根本听不进去。为此，杜志谦一度伤透了脑筋，也让吴德虎做邱枣的思想工作。秃子头上明摆的事，邱枣就是不明白，吴德虎晚上不敢去文会计家，怕人说闲话，白天邱枣喜欢串门，几乎不在家里待，始终找不到一个见面拉话的机会。

杜志谦急得火烧一般说：晚上去咋啦？像邱枣那模样，猪才肯上她，没人咬你舌根的。

吴德虎笑而不语，杜志谦以为听他话了，第二日，没顾上吃早饭，骑摩托车赶到吴德虎家问结果。吴德虎几十年教师生涯，练就每天早起的习惯，吹风下雨，打雷闪电无一例外，学校起来是跑步、早操。现在呢，去地里闲转，杜志谦扑了个空，在街上问了几个人吴德虎去向，几个人都说没见人。

杜志谦知道有一个地方，吴德虎准去，就是学校。找遍了学校，也没见吴德虎。他想在这里死等一定能抓住吴德虎的。几个人在一起闲聊，杜志谦几天几夜都有劲，可一个人站学校里，他五分钟都受不了，发慌。突想起，两头牛还在圈里，太阳出来了，让牛也吸吸新鲜空气，晒晒阳光。见到牛，是他心情最高兴的时候，还有牛粪，总有一种亲近和亲切，即使在路上，看到一摊牛粪，干的，他小心地拾起来，装在口袋里，刚拉出的，有办法拿回的，一定想办法带回家，没有办法解决的，用木棒将其拨弄到路边不显眼的地方，第二天再去拾。小时候，他和母亲住在沟里的烂窑里，冬天母亲带着他拾牛粪，冷天了点着牛粪，可以取暖，也可以烧热炕，牛粪就是温暖。这个信念一直陪伴他成长，年纪越大，信念越牢固。

牛系在沟边杏树上，太阳也露出了圆脸。杜志谦蹲靠着杏树，吸起了烟锅，吴德虎的事忘干净了。

早饭后，老李来了，一进门就骂：啥时代了，一个联系的东西都没有，不说手机，装一部电话也好，一句话的事情，害得人骑车要跑上来。

杜志谦没听见一样，一脸地笑。其实，老李不来，杜志谦也知道近期的工作是什么，这几年虽说不计划生育了，但妇女的保健等工作还要按时开展。村上没有育龄妇女了，仅有的几个接近老婆娘了，也不愿去镇上的，一说起妇女保健，她们都认为是脱裤子看那东西，个个脸红得骂人，死活不去。杜志谦先去村口号召一番，准备去喊范丽红，他想范丽红会去的，这女人年轻，经见得多。

杜志谦站在秋丰收的窑背上喊范丽红，喊声刚落，秋丰收的院子里响起骂声，邱枣在范丽红家串门，听见杜志谦的声音，跑出窑洞，仰起面跳三尺高骂。杜志谦脸刷得煞白了，拔腿快速地往学校走，邱枣一边骂一边小跑，上了坡，来到窑背，杜志谦已走出三百米远了。她骂着追，杜志谦回头发现邱枣追来了，撒腿跑了。他想不能回学校，学校里没有人，谁挡拦邱枣呢？那泼妇泼起来是不要命的。还有，老李在那里，把脸无论如何不能丢在老李面前，吴德虎家是最安全的了，他气喘吁吁地跑到吴德虎家门口，没料到，吴德虎家大门上锁。邱枣的骂声引来一些人站在街上观望，杜志谦跑过街道，拐过弯，下了沟。邱枣追到沟边，看不见杜志谦的影子了，也不再追，大骂几句，回去了。杜志谦跑到泉水旁，掬几捧喝了，透过密密的杏树叶，看见邱枣走了，平缓了一下心情，坐在杏树下抽一锅旱烟，不由生起吴德虎的气来，这事都办不成，害得他丢人现眼。

晚上，吴德虎专程来到杜志谦家，下午的事他听说后，连忙赶过来的，本来杜志谦已忘了下午的事，斜靠在被子上抽烟，抽一口，哼一句秦腔，看见吴德虎，心底猛地升起一股怒火，火不太大，但却浓厚得整个心都罩不住，难受得大口喘息起来，吴德虎指杜志谦的脊背，笑说：球事，能划得来生这么大的气？

杜志谦说不出话，用脚去踹吴德虎，吴德虎闪了，他的脚落空了，他随手扬起烟锅，吴德虎看出了他的用意，忙说：小心火掉炕上了。话一出口，烟锅火真掉出来了，红红滑落一线，落在炕上。杜志谦急忙用手扑打，火星四溅起来，吴德虎眼快，见桌上有一碗，里面有半碗水，端起泼向火星，瞬间火花灭了，一大片被褥却湿了。

杜志谦说：晚上睡在上面，明早老婆以为我尿床呢。

吴德虎说：尿床就尿床，这年龄了，怕传出去没有女人跟你呀？

两人笑了。

后来，杜志谦碰见过几回邱枣，邱枣骂没停过，他每次都是躲着走，有时，远远看见邱枣了，他绕道过。

吴德虎说：这就对了，泼妇，和她不要说了。

杜志谦虽是默认了吴德虎的话，但心里还怯火邱枣的。今日，邱枣若在，一定听见他骂王拴娃了，那泼妇将他堵在院子里，他的颜面将会丢尽。突然，杜志谦出了一身冷汗。

第十四章　王拴娃想　应该背起手村子走一遭了

王拴娃看见邱枣扑进院落里，杜志谦手里还提着裤子，他想进房间，可刚迈上台阶，邱枣一把拽住了他的裤腰一拉，杜志谦仰面摔倒院中间一棵杏树下，邱枣上来就是两脚，杜志谦顺势在地上滚两圈，爬起来朝王拴娃张口几次，却没有声。老李听见了女人的骂声，健步奔过来。老李是个老乡镇，遇事从不怕。老李进了院子，杜志谦和邱枣挤在南墙角，杜志谦抓着邱枣的头发，邱枣撕着杜志谦的耳朵。一个头被撕扯得后仰，一个头被撕扯得歪在左肩上，杜志谦没有出声，邱枣一声一声嚎叫着骂。

老李大声说：放开，放开！

邱枣见老李来了，眼里有了胆怯色，骂声小多了，手也松了。杜志谦趁机挣脱出来，站到了老李身后。

老李过去，一把撕住邱枣骂道：事这么紧，不听书记话，还和书记闹仗，是想干啥啊！老李将邱枣拉出墙角，向院中间一抡说：你再这样捣乱，叫派出所抓了你。

邱枣一听派出所，脸忽地蜡黄了，疯般跑到街上去了。

老李对杜志谦说：一个书记连一个女村民都管不住，看你的能力。

老李以为杜志谦为近日的工作和邱枣发生了冲突，杜志谦也没明说，连连叹息几声，老李唉了一声说：管不住群众咋办啊！回头，看见发愣的王拴娃，没好声地说：你是个球村长，看见书记挨打，也不过去帮助，我不信你俩合住打不过一个女人，这要是放在别的村，书记村长联手，女人这样闹事才怪呢。

王拴娃嗫嚅半天，没有一个字。老李苦笑着说：你俩干的这是球事呢。

风沙沙在地面行走，王拴娃饥肠辘辘，但他不敢提饥字，怕老李骂，再说还有杜志谦，横竖看他不顺眼，只有他俩时杜志谦非骂他几句不可，他也不管这些，总跟在杜志谦屁股后，转了一下午。王拴娃隐约明白事情的原由，是号召村民上街搞卫生呢，因啥搞卫生，他还没有明白。

黑幕降临了，夜空一片海似的，几颗星星一闪一闪的。老李站在村口说：回学校。王拴娃等杜志谦走到身边，一同去学校。杜志谦踢了王拴娃一脚，悄声说：离我远些。王拴娃几步上去，跟在老李身后。老李回过身说：你俩把这么大的事能拿下来吗？我头很疼！

一个月前，县委办要求各乡镇报一个贫困村。张文问县委办：要这做什么呢？县委办回答：弄不清。张文没有在意，要办公室将黑山村报上去。全镇再没有黑山这么贫穷的村子了。早上县委办主任王少云给张文打来电话，市委书记年凤应要来黑山村扶贫。张文急得一脑门子的汗水，急问：为什么不去别的村？王少云说：你报的黑山村。

黑山村太贫穷了，村干部也弱，市委书记要来，不是小事。搞得不好，丢的可就不是镇上的脸，而是县领导的脸了。张文整天忐忑不安，王少云来镇上了，他说一句话，跑了三趟厕所。凡是有特重大事件的，王少云往往是第一个赶到现场，安排布置一切接待活动，是县委书记白一民的前站。王少云离开黑山村学校时，反复叮咛张文，村卫生一切打扫干净，二十公里的土路一定要拓宽整平。张文将村卫生交代给康宏和老李，回到镇政府办公室，召集几名副职研究如何拓宽整平土路问题。扯了一下午，结论只有一个，没有大型的机械，干这事是句空话。张文派两名干部联系装载机。

晚饭端在手里时，两名干部回来说：联系不上。咱知道的都在外地工地上。张文脑门子的汗水长流，最后四处打听，得到一个信息，交通局在几个乡镇打水泥路，几辆装载机出出进进的，动用交通局的物力，非请王少云出面不可。张文拿出手机，号还没拨出，王少云的电话打进来了，白书记明天要去黑山村走走，检查迎接年书记的工作做好了没有。

张文喝不下去晚饭了，脊背冷飕飕地，出了房门，太阳已经沉没了，暮色在四周升腾，星光点点。张文吸了口气，走到院中间的柳树下。晚饭后，他有绕树转几圈的习惯，院内的镇政府干部来来往往，没有人敢上来打扰他。他给康宏去了几次电话，都没有打通，他知道黑山村是没有手机信号的。于是，他决定立即去黑山村，不敢再等了。

张文到达村学校时，天完全黑下来了。

康宏几个在吴德虎办公室开会，王拴娃坐在墙角的条凳上，佝偻着背，目光盯着地面的砖缝。杜志谦坐在炕边，吧嗒吧嗒抽烟锅。老李坐在桌前的椅子上，抽着纸烟，看着对面的康宏。

康宏吐一口烟问一句：咋办呀？发动不了一个群众吗？

老李插了一句：还叫一个婆娘打了一顿。

杜志谦说：本身年轻人出去打工了，人就少，林业局给山上补树，能干活的都去了，林业局一天一人一百元，现在的人见钱啥事都干呢。老李提高声音骂：就你驴日的爱钱，也不看时候。杜志谦干笑了一声。

忽地，门外闪进了张文，一屋子的人都站立起来了。王拴娃一站起来突然肚子坠着疼，又坐下了。小时候饿过，但也没有今天这么厉害，他看了杜志谦一眼，这球日的，咋一点不饥呢。

康宏给张文让出座位，过去和老李坐在了一起。张文大致问了下午的情况，抽着烟沉默了。

沉默了几分钟，张文指着杜志谦说：真指望不上你。停一会，张文又指了指王拴娃说：还有你。

张文、康宏、老李三人脑海里同时冒出一个想法，目前的形势下，杜志谦不适应了。张文望着杜志谦一头花白的短发，有些空洞的双目，黑黑的皱纹脸，突然有些心酸。目光投向王拴娃，这个年轻人能挑起黑山村的担子吗？那双茫然的眼神，张文有了股悲凉，他站起来，指指康宏和老李说：我们回，这么坐到明下午，也没有什么希望。

学校门口，张文将杜志谦、王拴娃喊到车跟前说：明天白书记来你们村，动动脑筋，把环境收拾好。张文坐进车里了，头伸出窗外说：明早起来早些，在学校等。

张文他们走了，吴德虎来到学校门口。杜志谦跺着脚骂道：日他婆，一天没吃，还挨了一顿打，睡觉。杜志谦返身进了学校，自行车在学校教室外撑着，杜志谦推自行车走时，王拴娃拦住他说：我咋回呢？杜志谦没好气地说：飞回去。

王拴娃火了，说：我一天也没吃呢。

吴德虎过来说：群众看见了，笑话呢。

杜志谦立住了，说：你说，咋办？

王拴娃说：我步行，不说回去，饿都饿死半路了。

杜志谦忽地笑了说：他这先人，你说咋办？

吴德虎走到两人中间说：拴娃，你晚上还敢回去？明早事那么紧。

王拴娃问：那我睡谁家呢？

杜志谦想了半会说道：秋丰收家。

王拴娃山前就和秋丰收有些来往，也乐意去秋丰收家。于是，三人来到秋丰收窑背喊，秋丰收睡得早，再喊也没有反应。杜志谦在窑背上找来一块大土块，砸下去，立即有了回音，窑洞灯亮了，秋丰收披件棉衣，站在院里骂。

杜志谦说：骂球呢？

秋丰收听清了杜志谦声音，笑了。

杜志谦说明意思。秋丰收刚走到门口。王拴娃沿沟边的路已来到了门前。

秋丰收家就两间窑洞，都有炕，一间是灶房，小时候，冬季了，王拴娃在山前来，就和秋丰收两人挤在一个厨房的炕头，温和。大了，尤其这几年已不太往来，但两人的心里还是有那么一点亲近，不知从哪里听说的，他们是亲戚关系，王拴娃长秋丰收一辈。一听王拴娃要歇他家，秋丰收爽快地答应了。

王拴娃疲惫极了，两腿几乎难以抬起，不仅饿而且还渴，一句话也不想说。秋丰收将他安顿在另一间窑的大土炕上，这间窑洞没电灯，秋丰收把家里唯一的煤油灯点着，亮亮地举过来，挂在墙的钉子上。然后，又回灶房，赶范丽红起来，给王拴娃热馍，再炒盘土豆丝。这里最不缺的就是土豆，能利用的山地上都能发现土豆，一年四季的菜就是土豆丝。范丽红没有夜起的习惯，谁会在夜里打扰他们呢？本不想起来，但一想王拴娃不说是他们的叔了，人家可是村主任咧。范丽红满炕摸衣服，没有摸到，说：做饭不能黑摸啊！小心把老鼠药当油倒锅里。秋丰收一拉灯线，嘭的一声断了。秋丰收折回王拴娃那里，取下煤油灯，举到灶房来。范丽红光着屁股满炕找衣服，灯光一闪，那屁股更光亮了。

秋丰收说：赶紧，小心拴娃过来了。

范丽红说：看了又拿不去，怕啥？

秋丰收被噎得没话了，见范丽红穿好衣服下来炕到灶底忙活了，才过去请王拴娃。

揭去土炕上的被褥，将炕桌放在炕中间，一盘土豆丝，五六个热馍冒着热气，王拴娃和秋丰收夫妇围坐在炕桌边。秋丰收没有忘记给王拴娃倒一大瓷缸开水放在炕桌一角，秋丰收夫妇不饿，炕桌上放一双筷子，王拴娃端瓷缸，水有些烫，摸馍有些烧，操一筷子土豆丝下了口，重放回盘里去说：喝口水。

秋丰收用手试试瓷缸的温度说：可以喝了。

大口喝了几下水，缓缓喘几口气，王拴娃有些精神，刚才不是因吃饭，他从炕头都爬不起来。他受不了饥，有人两天不吃都能挨过去，可他一顿不吃，活不下来般难受。他想好好吃一顿，好好睡一觉。等他吃饱喝足了，却一点睡意没有了，秋丰收取出旱烟叶，一人一支大喇叭烟，将煤油灯取下来，放在炕桌上，这样省火柴。范丽红把油芯子挑了挑，窑洞亮了许多，彼此能清楚地看到对方的脸蛋。王拴娃心里空空的，秋丰收一肚子话不知从何说起，他常年在村里，对村上一些事情弄得比一般村人清楚，也极力地想钻进村干部的队伍里。这些年，没少巴结杜志谦，到头来一分钱的好处都没有捞到。在骨子里头，他瞧不起拴娃叔，可人家是村主任了，他不由羡慕得要死。每晚，和范丽红都要说一阵子这事。范丽红也有这样的心思，她经见的比秋丰收要多，时常鼓励秋丰收去掌握杜志谦的一些活动，尤其是财务情况，在其中寻找隙缝。但更多的是两人合计如何讨好杜志谦，在村两委会谋一个职务，当个官比民强，走在崖背上脚都是轻的。两口烟吐出来了，秋丰收看见王拴娃整个脸孔舒展开来，眼里有一丝亮光了，他突然动心思了，村主任在自己炕上坐着，吃着自己老婆做的饭菜，在这夜深人静的时刻，这不就说明自己现在和村主任是一体吗？他兴奋了，他的一切抱负可以在眼前这个人身上实现，范丽红也读懂了秋丰收的心思，睡意消失得没了踪影，将油灯挑得更亮了。

这顿饭王拴娃一生记住了，再没有吃过这么香的饭了，天天吃土豆丝早腻了，闻见几乎要反胃的。可今夜这土豆丝，他不知道什么是山珍海味，要比山珍海味还要可口，沁人胃口，尤其是几口水下肚，整个人温暖得跟花绽放开来一样。几年之后的一个中午，猪圈在县城最豪华的酒店请王拴娃吃饭，王拴娃一直期盼有一个机会，重温今晚范丽红的土豆丝的香味，猪圈几乎将酒店最拿手的菜都摆上了餐盘，王拴娃仍是一脸的失望和痛苦。这个夜晚，王拴娃没有特意望一眼范丽红，范丽红的周身一定是闪着光彩的。如果他看到了四溢的光彩，那一定会不会心里有遗憾，范丽红几声“叔”地叫，王拴娃听见了声音里女人特有的温柔，凭这声音，他羡慕眼前喋喋不休的秋丰收了。秋丰收看出王拴娃心不在焉，一个十足的老实人指着一席话会成为挺起腰身的村主任，恐怕是不行的。为了心中那点梦想，秋丰收必须鼓起信念，打起王拴娃的精神，王拴娃走在前头，他猫在后头，他说什么王拴娃唱什么。秋丰收没读多少书，却记起在镇上有一夜看的电影《垂帘听政》。他爱上了慈禧，他突然真的看到王拴娃是一个乳臭未干的儿童，两眼无神地倾听他的教诲，一种从未有过的兴奋从脚底瞬间升腾到脑门，他有个要飞的冲动和快感。他抓过王拴娃面前的大瓷缸，咕咚咕咚喝了三大口，抹去两嘴角的水珠，极快活地沉吟了一声。范丽红蹬过来一脚，秋丰收思绪回到了土炕上。他懊恼上个月喝光了家里的酒，如有个酒，两人掏出心窝子里的话，一切都齐了。

范丽红说:在村上就属村长权大咧。

王拴娃傻笑了,他不信。

范丽红没着急,不紧不慢地说:村长在村上就是镇长,县上就是县长。

王拴娃想不来镇长和县长能做什么,自己怎能和他们等同起来。他想起母亲选举前说的话,你将是个人物了,顿时,来了劲头,蹲起来向秋丰收要根烟,对灯点着吸了几口,望着黑乎乎的窑顶,自语道,村长能弄啥呢?

秋丰收接住说:村上那么多事,你不管啊!

秋丰收一一扳着指头算,粮食补贴、外出人员开证明,镇政府开会等,还有一件事差点忘了,秋丰收高声说:退耕还林补助款。

村上退耕还林补助款下来了,杜志谦一个人胡花了,王拴娃眼神里的茫然渐渐淡去,秋丰收两口子看到了一双沉思与贪婪的目光,不由欣喜万分了。

怎么办呢?王拴娃问。

秋丰收说:很好办,你现在是村长,必须掌握村上的财务,必须你说了算,你是大家选的,谁都得听你的。

范丽红说:你现在必须得有自己的人,一个人势单力薄弄不成事。

哪里有人呢?王拴娃喃喃。

叔!秋丰收站起来,指着自己的鼻子。娃不是你的人吗?

王拴娃眼睛亮得多了。

村长得有会计。范丽红说:就叫丰收做你的会计,自己人放心。

让范丽红做出纳,我两口子在你的左右,保证黑山村就是我们的天下。秋丰收挥臂一展,煤油灯火苗忽地弯下了腰,似乎要熄灭。

不要张狂。范丽红两手护住火苗,见火苗燃烧正常,才放下手来。

王拴娃心胸亮且开阔了许多,他既然是个人物,就要做人物的事情，他面前的两口子，越看越似点化他的仙人了，母亲几乎天天在山顶坐上几个小时。众人眼里，也许没有留意过山顶的一片蒲团，可这小片蒲团贮备的能量是超乎人类的力量。是飞出去的力量吗？他相信母亲，还有杜四婆。年凤应来黑山村的第二日，王拴娃冒着零星的雨，山顶，母亲和杜四婆盘坐在蒲团上，一身都湿透了。他没敢惊扰她俩，而是立在山顶，放眼南望，以往他看到天际的高阔，大地的辽远，他感受到了一切的渺小，自己变得顶天立地。她俩一直没有发现他，下山了也没有看到他。在她俩走后，他坐在蒲团上，心怎么这么大，远方都能装进去。他忍不住将手伸向天空，一滴滴雨，犹如一颗颗星。他要翻越这座黑山，不是每日面对远方，而是每天背对远方，他不知道信念这样劲头十足。这个劲头的来源就是这个夜晚，煤油灯下的秋丰收和范丽红。

王拴娃想尿尿了，院子里没有厕所，秋丰收夫妇夜里在院里随便哪棵树下就解决了问题。秋丰收领王拴娃来到靠头门的一棵树旁，一指说：放水。

亮盈盈的月光，王拴娃尿完尿，想在院里走几圈。

秋丰收看着王拴娃转圈。

范丽红出来了，站在窑门口，也看着王拴娃转圈。

王拴娃突然立住了问：黑山村我最大了？

秋丰收两口异口同声：你最大。

王拴娃望着刚才尿过的树下说：我说了算，人人都听我的。

秋丰收说：一支笔。

范丽红说：不听你的能行吗？

起风了，呼呼地响，树枝摆动，王拴娃被拂面的风寒冷得打几个抖，他进窑洞，坐在炕上，秋丰收夫妇跟着走进窑洞，坐在他左右。鸡叫了，狗也叫了，王拴娃喜欢听狗叫，尤其是夜里，有风雪更好，一阵狗吠，使睡意安稳和温馨，如一条柔和的枕头置于头下，一觉能睡死去。王拴娃不由打了个哈欠，秋丰收说：明天最关键是先把村委会的公章要过来。

范丽红说：对，没有章子，就没有权。王拴娃左右看着说：向杜志谦要？秋丰收说：还有谁？范丽红说：公章拿到手了，你才是真正的村长，不然，是个摆设。

王拴娃将脸面凑近煤油灯，上任这么多天了，和老百姓一个样，自己还纳闷呢，看来不能钻到山后了，应该来到山前，应该背起手在村子里走一遭了。

第十五章　一个村的发展　全凭村干部

杜志谦比平日早起了半个钟头，骑上摩托加大油门往学校赶，东方几片云朵挂起了彩霞，近处的草叶上依稀可见薄薄一层的霜花。杜志谦缩着脖子，今天一定要去早，几十年的村干部经验，工作是一回事，有眼色又是另一回事，没有眼色注定倒霉。他估计王拴娃不叫是不知道来的，要等镇领导来了再派人叫王拴娃，好让王拴娃丢面子，挨批评，自己的地位忽地会高许多了。等他来到学校，傻眼了。康宏、老李还有几个政府的干部手忙脚乱地整理学校院子的杂草，更使他不相信眼睛的是，王拴娃拿一把锨，与康宏并肩干活，一夜好似十年，王拴娃长大了成熟了。杜志谦心里骂：狗日的不笨。

杜志谦知道免不了一顿骂的，老李那嘴从来没有饶过他，他也从来没把老李的骂当回事，权当打招呼的另一种方式。有时，老李骂得愈厉害，他愈是快乐，看那张黑脸扭曲成一堆牛粪。他的脸上绽开了笑，可今日，他心里堵得慌，有了怕挨骂的恐惧，他主动走近老李，老李看见了他，脸又扭曲成一堆黑牛粪。

杜志谦笑嘻嘻地从老李手里抢铁锨说：我来。

老李粗声骂：吃了屎了，快滚。

杜志谦仍笑嘻嘻地欲夺铁锨说：你歇会。

老李一把推开杜志谦，叹息一声说：没有长进的货，看不来火色，你看看王村长，新手，但人家都能把握住火色，天没亮，就在学校门口等我们呢。

杜志谦笑不起来了，这时，吴德虎出现在升旗台上，他是给学生刚上完一节课，问康宏喝水不？康宏说：不。杜志谦默默骂起了吴德虎，操不上心。

老李骂杜志谦的每个字王拴娃听得清清的，激动、喜悦洋溢着他，他的锨头更有劲。康宏叫他，他才发现将领导甩开一大片地了，他掉过头，迎接起康宏来了。康宏拄锨立住，抹额头的汗。老李过来了，他的铁锨最终还是被杜志谦夺去了。他过来要拿康宏的铁锨，康宏没有给他，说：去学校门口，张书记怕是要来了。

吴德虎听见了他俩的对话，从台上下来，接过了康宏递过来的铁锨，提放到办公室去了。吴德虎与康宏心里都明白，康目然与任干事是亲兄妹，但谁也没有说破，彼此都能感受到传递来的温暖。

刚走到学校门口，镇长艾士光已到了门口。

艾士光白净的脸，亮亮的眼睛，一尘不染的衣着。他是学会计的，也干了十几年的会计，他的身上无处不体现出细腻的慎思来。也许是刚提拔成镇长，他处处依靠着张文，任何事情都要等着张文发话才做。因这，镇里上下的干部嘻嘻哈哈待他，根本没有敬畏，他也不在乎这些，揪住谁，都喜欢胡扯乱聊几句。再有空闲时间，将几个爱好书法的老同志挤在房间教他练字，要不要司机拉他在车辆稀少的路段，教他练车。有人将这些说给张文，张文一笑，什么也不说。昨晚，张文派人将艾士光叫到办公室，关闭了房门，坐在艾士光对面，郑重地说：艾镇长，我们都是老乡镇，乡镇现在不收税了，我们忽地一下无所适从，不知干什么了，从早到晚提不起精神，我彷徨，你彷徨，我们大家都彷徨，日子在糊里糊涂中过。这次，不一样了，脱贫、振兴乡村啊！市委年凤应书记要来咱黑山村，来几回？以后咋办，谁也拿捏不准，我们的大小工作必将向黑山村倾斜，不是咱镇上，我看全县的农村工作都要倾注在黑山村上。康宏领那几个人力量是不够的，你把其他工作放一放，主抓黑山村，明天白书记来黑山村检查，做年书记到来前的准备。我们拿出百倍的精神，沿途的村必须将卫生搞好。黑山村的道路，街上的卫生不行，机关同志明天全上。

艾士光满口答应，他接待上级领导检查多了，都是先忙上几天，当天上级领导一转，事就过了。他回到房间时，双肩轻轻松松地，桌上铺一张报纸，继续练起了毛笔字。可张文一点也轻松不起来，王少云接连来了两三次电话，问这叮嘱那的，张文嘴上应个不停，心里乱糟得很，一根接一根地抽烟，黑山村那样的现状，他心里一点底都没有，出了纰漏，事不会小，是说不过去的。他连忙又召集领导会，做了更为详尽的安排。半夜，把会计从被窝里叫出来，对明天的后勤保障谈一些想法，等躺下身，已经是凌晨两点多钟了。

艾士光每天早晨被隔壁学校的早操铃声吵醒，接着是学生的跑步声，哗哗哗，似潮水一浪一浪滋润心房。他起了床，穿一身红色运动衣，在街上跑上几圈回来，洗过脸正是吃早饭的时间。冬季跑完步天还没亮，夏季就不同了，街两边的人每早都喜欢欣赏他的一身红。张文闻听过此事，想说教艾士光，毕竟是一镇之长，别弄得这么张扬，但他还是没有开过口，觉得没到时候，艾士光仍然是天天一身红的在街上跑步。

早上出奇地早，还黑蒙蒙的，昨晚各领导将指令下发到每个干部那里，广播响过一遍，会议室已坐满了人，点名全答到。张文按照路段将各领导及其手下全安排在黑山村的道路上，艾士光带领办公室人员主要负责黑山村的卫生，会议很短。艾士光散会后，楼道上叫了几声康宏，康宏和老李正叽咕什么，没有听见，继续下楼。艾士光追到楼下，康宏这一组的车辆已出了政府大门，他有些不高兴，但转眼丢到了脑后。他让车在前头，自己在后头跟着跑，一早不跑，他浑身难受，司机开出一程，停路边等，等他到了再往前开。四周渐渐亮了，艾士光跑到通往黑山村的道路口停住了。各副职领导带领人员已在道路上开始平整和清扫了，这是全镇唯一的通村土路，窄、弯曲，且坎坎坷坷的，一下大雨，雨水沿路流，到处的雨水拉过的沟壑。黑山村是艾士光第一次来，刚当镇长，全镇的行政村跑了个遍，唯黑山村没来过。陪同他下乡的办公室主任，略略介绍了黑山村：去了也找不见村上干部，时间长了，就知道了。

后来，见到了杜志谦，又见到了老李的骂，杜志谦的笑。老李同志笑说：这个村也只有杜志谦了，再找不下第二个人选，有能力的人也不干。

黑山村到了，艾士光脑海闪出陕北高原的风景，他来到学校没多大工夫，张文也赶到了学校，康宏、老李、杜志谦围着张文站在学校门口。王拴娃仍铲除着院内杂草，时间长了，没有整修，需要下些功夫的。很少用脑筋的王拴娃，早上动起了思想，心一时上去了，一时下来了，来回上下地翻腾，他愈是迷茫，满头是汗了，他都没有感觉到。你将是个人物了，这句话如闪电，一会一闪，他的心一会暗了，一会亮了。

康宏和老李对王拴娃很满意，杜志谦感受到了，他想套近老李，老李没好气地一句接一句骂他。艾士光和康宏说话，他跑过去问好艾士光，康宏也没好气地骂了他。张文要给村上指示了，他跑过去，但康宏大声地喊：王主任，你来！

王拴娃仍在锄杂草，老李跑过来，拉着王拴娃来到张文跟前，张文见王拴娃一脸的汗，说：像王主任这样就对了。面对杜志谦，张文说：村干部不要将什么挂在嘴上，而是落实在行动上。

杜志谦脸红了，第一次笑里露出些尴尬。镇上张文指定是艾士光，村上呢？老李力推王拴娃。老李说：杜书记吐字不清，再说，一张口要下跪。康宏说：就这一点，非吓着领导不可。张文说：那就王主任吧！王拴娃看见一只鸟在学校门口的桐树上向他叫，像是唱歌，我是王主任了，不是王拴娃了。

老李拉王拴娃找个教室后避背处，将村情细细说给王拴娃。小心白一民问及些情况，王拴娃张口结舌，丢了人。王拴娃背了几遍，老李一问，出现几个小错误。老李躁了说：这村得是水土有问题，一个比一个笨。一骂，王拴娃全记住了。

张一诺找艾士光，早饭由镇上统一安排，一人两个肉夹馍，一瓶矿泉水，领导可以多加一个馍。艾士光让张一诺给王拴娃也两个肉夹馍，一瓶矿泉水。王拴娃两个肉夹馍不够，艾士光又给他要了一个，三个馍下肚，喝几口水，王拴娃还没有饱，可他不敢说饿了。突然，有一股味道在他嗅觉和胃肠间回荡，他细细品了一时，突然一惊，是蛇油的味道，他出了一身冷汗，令他更为诧异的是，这股味道很合他的脾胃，以往都是极其排斥的。他突然想起了父亲，那双看到蛇闪出的明亮光芒的眼神，四周没有一丝云彩，明亮在不断扩大，周遭的清爽纷纷倒退下去，他额头布满汗水了。他闭目再睁开，太阳已越过一间教室的屋顶，光芒四射了。

来了，来了。有人喊。人们一起集中在学校门口，来的是王少云。老李悄声说：白书记不会坐这车。王拴娃对车标认不得，但他想：白书记会是怎样的一辆车呢？又有人喊：来了，来了。一辆白色的越野车一晃一晃在山路行进着，车后是漫天的尘土，老李急了说：这回是了。推王拴娃一把说：王主任，往前走。

白一民笑盈盈地下了车，王少云、张文等急急地迎上去。白一民的笑王拴娃觉得和山坡的土地一样厚。白一民抓住王拴娃的手不松了，问了他村上的一些情况。杜志谦在旁抽了一下嘴，老李狠劲地在杜志谦腰间戳了一下，杜志谦疼得脸扭成了麻花。张文怕白一民看到，过去拦住杜志谦，并邀请白一民在村里走走，白一民笑说：好啊！

王拴娃领着白一民走在前头，身后一群人跟着，街很短，白一民望一眼说：去窑洞看看。王拴娃在身后的人群里搜寻老李，老李曾反复叮咛，不要将白书记带到荒凉的地方去，沟里的窑洞敢将领导带到那地方去吗？当晚，秋丰收给他讲了这个道理，在他心里，所有吃国家饭的都在一个层次，不料还悬殊得很，相比之下，他的地位也不低呢。这之后，他见到老李胸膛挺得起起的，头也扬得老高，杜志谦劝他，小伙子，头低下，小心脖子。

他不想和杜志谦对话，他瞧不起杜志谦了。

白一民在一二组一家不越地查看情况，笑容从脸上消失，面部凝固起铅般重又悲又疚的云团，跟随的一群人静静的，没有一个人说话。三组在另一条沟里，四组要翻一座山才能到达，太阳已经西斜了，没有一丝风，突然空气涌动一股股的躁热，王少云接了一个电话，追上白一民，悄悄耳语几句，白一民站在一棵杏树下说：真想在黑山村每一处走走，不看不知道，一看心惊肉跳。

一只鸟还在树上叫，是叫我吗？王拴娃想捡拾地上一块石块，打飞鸟，却看到白一民冷峻的脸，他浑身冷飕飕的。

白一民声音很低地说：不知你俩这父母官有何感想？现在了，在我们这地方，还有无电无水无路的三无村，尤其惊心的是群众住的窑洞，有的裂那么大的缝，有的潮湿得霉气扑鼻，再看看他们的生活，吃的还是上世纪五六十年代的窝窝头，更不要说电视等这些现代化的电器用品了。振兴乡村,共同富裕啊!

白一民说不下去了,望着远处的天空,杏树上落下蝉嘶哑的一声鸣叫,一切又陷入少有的沉静。白一民转过身,默默地走向沟坡,一群人默默地跟着,王拴娃步子小,跟着小跑。白一民来到小车跟前,王拴娃也来到小车跟前,白一民望着身边一群人,目光落在王拴娃的身上说:不容易啊!请转告村民,我们一定会改变目前的艰难面貌。

杜志谦努力冲到白一民面前,白一民握住杜志谦的手说:相信我们。我们一起往前走。杜志谦哇地一声哭了,老李挤到杜志谦身旁,一只手抓住了杜志谦的衣角。一只知了从树上丢落下来,重重地摔在地上,沙哑叫了一声。这时候怎么会有知了呢?王拴娃几年没有想通,秋丰收说:那是一只鸟。

白一民看了张文一眼,转身坐进车里,摇下车窗玻璃,指着胸口说:要对得住良心啊!吴德虎想了几次,口袋还有一卷卫生纸,给康宏拿去,康宏的眼泪挂在两腮,像冬季屋檐下的冰柱。一个月后,艾士光调走了,康宏去掉副字了。但吴德虎没有一丝的喜悦,他目光里依然是那两道闪闪发光的冰柱。

张文带大家回到学校,张一诺给每人一瓶矿泉水,教室里搬出条凳,放在院内一棵梧桐树下,每人找了位置,坐了下来,仰头喝水,唯有杜志谦蹲靠在梧桐树下,抽着烟锅,他就喜欢窖水那味,别的水,尤其是矿泉水喝不惯,喝了仍是渴的,老李说:就是贱命!

张文作出两点指示,所有镇干部撤回,灶上已准备了大烩菜,一人一碗烩菜,两个白蒸馍。下午,康宏、老李继续在黑山村开展工作,等候年书记到来的通知。老李把杜志谦和王拴娃招到树后面,反复告诫他们饭一吃,早来学校。这几天,要有眼色,领导都火着。多想想,村上怎么发展,关键是第一步怎么走?

校园里静多了，杜志谦在树上敲了烟锅，吹了几吹烟锅说：这村上还想富呢。骑上摩托，突突地回了。王拴娃一人立在树下，满脸茫然，他脱了外衣，提在手上，凉爽多了。他想去找秋丰收，用三轮车送他回去。吃了饭，他开自己的三轮车过来。以后，他不能步行了，来回要几十里的山路，累不说，主要是赶不上老李的趟，他现在是村主任呢。白一民这个全县最大的官，握过他的手，和他并肩走过，他现在是黑山村的人物呢。

刚出学校门，和往里走的秋丰收撞了个满怀，秋丰收高出他半头，他的头撞在秋丰收的大鼻子上，秋丰收捂住鼻子在地上蹲了半天才起来。秋丰收是来请王拴娃去他家吃饭的，范丽红特意去地里拔了些灰灰菜，擀了一案凉面。秋丰收可能是今天最忙活的村民了，他远远地跟着白一民带领的队伍，他们的作为他是尽收眼底，王拴娃走在杜志谦前头了，他激动得流出了鼻涕，仿佛他是王拴娃了。

秋丰收伸过手去，将王拴娃的外衣拿过来，搭在自己肩头，搂过王拴娃的肩，说：回，吃饭。

王拴娃还没张嘴，秋丰收搂紧了他说：饭吃了再说。

范丽红在门口等着，看见他俩笑出了声说：早都好了。

土炕上放着炕桌，炕桌上凉面、辣子汁、灰灰菜等都摆得齐备，王拴娃被迎进，坐在炕中间。忙时感觉不到，此刻王拴娃饥肠一个劲地滚滚起来，两大碗吃了，打几个饱嗝，接过范丽红递来的一碗面汤，原汤化原食。庄汉人吃碗面，一定要喝口面汤，这样肚子很是舒服了。秋丰收把炕桌放下去，和王拴娃仰面躺在大炕上，一人一支大喇叭烟，美滋滋的烟雾袅袅。秋丰收赞一口王拴娃，询问一声上面还有啥领导来黑山村，一听年凤应书记要来，突地坐起，两眼瞪得掉出眼眶似的，王拴娃一惊，也坐起来。

市委书记要来黑山村？秋丰收嚷着问。

是呀！王拴娃惊愕了。

市委书记多大的官吗？

不知道，知道那能干什么？

能干什么？秋丰收跳下土炕，光着脚在窑里来回地转。嚷道：市委书记要来咱村了。

王拴娃骂：神经病犯了。

范丽红跑过来，以为出了什么事了。秋丰收见了范丽红，立即静下来了，重新躺在王拴娃的旁边，抽起了大喇叭烟，范丽红头一扭，屁股一扭过去了。

黑山村要有大戏演了。秋丰收喃喃。

也许真有大戏演了。王拴娃想。

秋丰收爬起来，盘腿坐于土炕上说：主任叔，你现在一个人势单力薄，能把工作搞好吗？

杜志谦这些年不也是一个人吗？王拴娃说。

他是老磨子，不干事，有和没有一样，现在市委书记来了，肯定有大堆事，你一人干不过来的。秋丰收激动得眼里喷出了火苗。

王拴娃望着秋丰收，两股烟从鼻子里徐徐冒起。他吹一口气，烟很快地散了，他一扬手，扔出了烟蒂。

我和丽红都是你可以支配的人，我做男人的事，丽红做女人的事，我们在一起，村上的事再难也难不住。秋丰收大声说。

王拴娃一想，也是的。说：弄开事了，咋能离开你两口子呢。

秋丰收嘴一咧，乐了。

王拴娃突地坐起说：时间不早了。

王拴娃匆匆下炕，穿起鞋，急急地向外走了。

秋丰收追了几步，一看没有穿鞋，返回窑洞，穿好鞋跑了出来，他追王拴娃到学校，在学校门口转一圈，又溜达去沟边，在一棵杏树下坐下，目光死死盯着学校，学校门前的一条南北路。

学校里没有一个人，王拴娃拿条凳子坐在树荫里。平时的话，他早困得见炕非睡上一时不可，可今天他没有一丝困乏不说，还有一股兴奋汹涌于身体的每一处。如夜晚的煤油灯，渴望一种燃烧，他坐不住了，发现吴德虎办公室门口靠着两把锄，他拣一把好使的，锄起院内的杂草来了。

杜志谦以为掌握了镇上那些干部的生活习性，回去饭一吃，休息了个把小时。说是不停，那是嘴上的劲，实际上呢？睡一会儿去，他们还要等一时来呢。躺在炕上，杜志谦心里极不舒服，你们吃烩菜，也不想这些下苦的村干部吃什么。吃苦就想起这些人了，越想越是气，不由骂起了老婆，一辈子没有按时做过一顿饭，老是干馍泡开水。听见院子里有脚步声，以为是老婆串门回来了，杜志谦骂声更高了，不料，从门外闪进张一诺来，他一惊，心坠入谷底，知道这回非挨骂不可了。

张一诺在半道说杜志谦，火已经烧到眉毛了，你还能四平八稳的，张书记脸都急成白色的了。

杜志谦问：王拴娃来了么？

张一诺一笑说：王村长在锄院内的杂草呢，我们赶到时，他就在那。

杜志谦心一沉，这回死定了。杜志谦当村上干部三十多年了，一直是不紧不慢过来的，这个村在他眼里只是一根没有肉的骨头，也是没有时间观念的一潭死水，有的是日头上来了又下去了。他看见老李有说不出的难受，老李包抓这个村也有十几年了，一个年轻小伙子，转眼是半截老汉了。他爱骂，杜志谦习惯了老李的骂，有时老李不骂，他倒心悬着落不到实处，杜志谦如同气鼓鼓的球，老李扎一针，他就飞翔般快活。学校门口，杜志谦看见了老李，老李一个人站在那里，等什么似的，他笑着走向老李,他期盼老李一顿唾沫四溅地骂,一骂事就过去了,可老李斜视他一眼,进学校了。他的心猛地揪紧了。校园内静悄悄的,没有一个人影,他见老李走进一间教室。他悄悄走近这间教室,听见里面有人讲话,细一听,是张文和康宏的声音,他的心揪得更紧了,走到教室门口,不敢进去,蹲下摸出烟锅,点着过起了烟瘾。

吴德虎提电炉进来了,刚才老李是等吴德虎呢。杜志谦没有看见吴德虎,吴德虎在杜志谦屁股踢了一脚说:外面听啥呢。

杜志谦没有提防,倒在了教室门口,里面的人都看到了,他爬起来,笑了笑,进了教室,教室里打扫得干干净净,桌子围成正方形,正方形中间是三盆花,郁郁葱葱的,花在哪里见过,他忽地顿悟,是张文办公室的。

老李接过吴德虎手中的电炉,给桌上的纸杯倒开水,王拴娃一一地端给张文他们,没有人理会杜志谦,杜志谦不存在似的,有生以来,杜志谦有了失落感。

王拴娃几大口喝完杯里的水,拿电炉倒第二杯了。

杜志谦心里骂:狗日的,咋没烫死呢。

杜志谦认出了电炉是文老三家的,他家三个电炉,没有一个是保温的。

王少云出现在门口,坐在桌前了,他还在抱怨这里的手机信号差,张文笑说:现在怕没有黑山村这样的信号盲区了吧?王少云笑说:还没有碰见过。张文指指教室四周,说:在这里座谈,可以了吧?王少云说:可以啊!贫困山村嘛,能有这个地方也不错了。他又说:我沿路看了一下,路况很不好,中巴车走不成,只能小车了。他又说:一定要将年书记在村子里看的路线搞好,就在学校附近,路要好,转上个把小时,然后在这里开座谈会,座谈会有两个小时就够了。

王拴娃看到张文、康宏的脸比老李还黑。杜志谦看到老李不由骂文会计，老李这几年怎么过的呢？账还完了吗？谁叫你爱骂我，杜志谦出了一口长气。

王少云把张文叫到教室外，悄声说：最主要的还是稳定，沿途的村要派干部设防，小心有拦车的，黑山村每个路口，必须有镇干部把守，有一个胡喊叫的，我们都担当不起。张文说：知道。王少云说：村干部的讲话必须把关，该讲的讲，不该讲的打死都不能讲。这关系到白书记的前途问题，比天还大的事，你我兄弟不敢懈怠。张文说：知道。王少云说：走访的群众户的工作也要做好，不敢胡乱地讲，每一户每一群众都要打招呼，做工作，工作要细啊！张文说：知道。

王少云叹息一声说：座谈会后不知后面要出什么结果，一张纸揭过去了，是你我的福气，如在继续，你我得卖屁股了。

张文笑了一下，说：这回还搬出往日的做法吗？群众怎么富起来才是主要的。王少云蹬了一脚身边的树干说：什么都没有，怎么办啊？

张文一个人走到操场去，每回都是一样的要求，结果都是一样，时间过去了，任务也就过去了。可这次会是一样的吗？张文喘不过气来了，送走王少云，他回到教室，指示康宏立即回镇上，召开沿途村干部会议，主要是卫生，重要是稳定。老李留在村上，张文心里有了悲哀，和杜志谦、王拴娃能研究出村子怎么发展的路子来吗？

张文拼命地咳嗽起来。等咳嗽停了，张文走到王拴娃跟前，看着王拴娃眼睛说：王主任，新人，但这几天表现使我们都很满意，要再接再厉，不敢松懈，脱贫致富奔小康是个硬仗，一定要打好。

王拴娃双眼冒出了泪花说：放心。

这是老李教给他的词，不然，他真不知说什么好。

走出教室，张文问：吴老师呢？老李喊了几声吴老师。吴德虎从办公室跑出来。张文笑说：黑山村离不开你吴老师的，你今晚有一个极其重要的任务，就是一定要看护好这间教室，还有那几盆花。吴德虎笑说：晚上我睡在教室。

没有一个人笑出来。

杜志谦黑着脸抽着烟锅，一口一口地吐烟，烟雾飘了王拴娃一脸，王拴娃有些烟瘾的，可就是闻不得杜志谦的烟味，烟里有一股呛人的辣椒味，闻到非咳嗽不可。王拴娃骂杜志谦的烟味时，老李鼻子凑近闻，像有辣椒味又像没有，越闻越怪，说不出什么滋味来，院子里剩下他们三人了，杜志谦也不吸烟了，老李骂道二球货，想闻呢，你却不吸了，故意的吧？

老李一骂，杜志谦笑了，将烟锅往老李怀里递说：你抽一锅子。王拴娃一旁说：老李是抽旱烟锅的人啊？

老李挡回了杜志谦的烟锅，摸出根纸烟来。

王拴娃将大喇叭烟猛抽几口，火星四溅，伸向老李，老李在大喇叭烟头上两口吸着纸烟，一笑说：利用一切时间入户给群众做工作。杜志谦说：现在的群众谁听话呢？老李说：你一辈子都说屁股松的话，啥事在你手里是好弄的吗？不会动动脑筋。说着，飞起一脚，踢在杜志谦的屁股上骂道：怂事都弄不成。杜志谦没有躲闪，一直笑着。

老李进行了分工，王拴娃包一二组住窑户。杜志谦包街道中心的二十户，三组那边没安排，四组路远也没有安排，时间有限领导不可能去。老李想了想，自己和王拴娃去一二组，有空了给他教教怎么工作，尤其怎么向领导汇报。

杜志谦看老李与王拴娃走远了，喊：老李！你晚饭在啥地方？晚上住村上还是回去？老李火了，转身大声地说：包你村这么多年你管过我的饭么？我不回去睡你窑里啊？不问罢了，一问满肚子的气。

杜志谦嘿嘿笑了几声。老李说：你啥时能入一局？杜志谦转身走了。王拴娃等杜志谦走远了,说:老李,你的饭和住处我给你弄。老李望了王拴娃一眼,问:在你家吗?王拴娃说:那要翻山和沟呢。离这儿不远。老李说:家里环境咋样?王拴娃说:保你满意。老李说:肩头很沉。你能看到吗?

王拴娃胸口堵住了,他连忙喘息几口。老李叹息了一声,说:很难,但还要弄。

夜深了,老李两腿灌了铅一般,走进秋丰收家里,老李坐在炕沿,眼睛都睁不开了。范丽红看见老李,激动得两脸绯红。秋丰收两口子决定睡在灶房,将另一间窑洞让给老李王拴娃。秋丰收有个梦想,以后黑山村委会就在这间窑洞办公,黑山村的群众的心将会被这间窑洞牵扯着。说得范丽红拉他去土炕上非干那事不可,他俩一直一遇见好事,就要用做爱来庆祝。秋丰收第一次心不在焉地匆匆完事,提起裤子就出了门,他躲在学校对面沟边的杏树后,观察学校的动静,一夜未睡,还有刚才耗尽力气,靠住树,不由得呼呼睡去。猛地醒来,夕阳是一轮硕大的橘子,他叫了一声,回头看学校,没有人影,跑去一看,真的人走光了,他懊丧极了,不知王拴娃去哪里了,他跑到街上找了一圈,也没有人,碰见一两个人问,对方说见杜志谦来,没见王拴娃。他又跑到沟里住窑洞户那里找,几个人说,王拴娃刚走,他一阵窃喜,一直找过去。天黑了,他两腿酸痛,没有力气再跑了,心里骂自己几句,于是,拐上一个高坡,再转下一个陡坡,这里住三户人家,中间那一户就是他家,突然,发现留给王拴娃的那间窑洞有灯光,不由头皮一紧,是否王拴娃已回到他家?他一股风似刮回了家。

老李对秋丰收来说,那是高高在上神灵一般,多少次希望老李能瞧上他一眼,或对他一笑,可老李那黑脸始终吊着,几回在场,老李将杜志谦骂得满地寻找地缝。杜志谦在秋丰收的心目中是唯一崇敬的人，不是目睹的，秋丰收死活不会相信会有这等事。杜志谦的形象大打折扣，不用说，老李是高大无比的，但他苦于无法接触老李，老李可是镇干部哩！老李今晚在他家的土炕上坐着，王拴娃介绍他时，他激动得差点尿了一裤子，他跑到沟边，痛快地撒了一泡尿，尿声涮涮地，比早上的鸟叫都好听，一股风拂来，他平静了好多，借助淡淡的月光来到文老三家，文老三家是代销点，女子在镇上有个门面，捎一些日常品放在父母这里卖。秋丰收要赊一瓶酒，酒不贵，三元多。

文老三骂：三包烟还没开钱，又赊酒。

秋丰收满脸是笑，接过酒说：一共才几个钱啊？

文老三说：不是钱多少的事，你不能老赊啊？

秋丰收将酒揣在怀里说：再说的话，下回不来了。

文老三隔窗摸一纸盒砸向秋丰收，秋丰收腰一弯，匆匆逃了。

回到家，两口子犯愁了，只有土豆，范丽红的炒土豆丝最拿手了，她怕不够吃，炒了一铝盆，炸油饼最好，可范丽红不会，涮锅油饼范丽红也不会做。秋丰收记得门外两粪堆上长有灰灰菜，摸黑拔回来一看，扔到沟里去了。一盏煤油灯，老李不停地骂，煤油灯暗，范丽红炒菜也需要亮光。秋丰收借一盏煤油灯过来，灯芯很细，亮光和萤火虫一样，一切都熟悉，很快土豆丝和馍上了炕桌。秋丰收打开酒瓶，痛恨自己没有带几个酒盅，范丽红记起曾给家里带回来两只喝水杯，在灶旁案下拉出一纸箱，打开翻几件杂物，取出了玻璃杯，水清洗后，放在炕桌上。秋丰收将酒盖当酒盅留给自己，老李抄一口土豆丝，对范丽红的手艺赞不绝口，要范丽红也上炕来，四个人一起吃，范丽红脸更红了。秋丰收一口酒下去，咚咚的心平缓了，他的目光来回在面前三个人的脸上扫荡，又上、下、左、右看了几眼窑洞，这是在自己家里，和老李、王拴娃一起吃饭，喝酒呢。

几口酒下去，老李感慨万千，这是他在黑山村工作这些年第一次吃饭、喝酒，包抓别的村，可以说是隔三岔五地吃喝，但他没后悔过，也没有向领导提出不干。因啥呢，他相信啥事不可能一直坏或一直好，总有起伏的时候。现在时候到了，黑山要飞了。

王拴娃第一次喝酒，对酒的认识就是把辣子化在水里面的东西，从口腔到肚子，一路地烧，他脸上闪着汗光，通红通红的。范丽红用瓶盖喝了三下，她喝过酒的，状态比黑山村两个男人要好得多。秋丰收见老婆酒杯空了，往里添酒，老李拦住说：明天有正事，晚上少喝。

王拴娃嘿嘿笑说：对着呢。老李说：等你们和所有村子的人一样了，我们喝个通宵。范丽红笑说：我把菜多准备几样。秋丰收笑说：再弄几瓶酒。

老李放下酒杯，感慨起来，一个村要发展，全凭村干部。当然，黑山村有特殊的地理环境，杜志谦还是思想有些老化，不思进取。王拴娃把这几次和秋丰收谈论的想法和盘托出，老李一口一口地抽着烟，秋丰收两口不转睛地盯着老李黑红的脸。老李吐一口烟出来说：把明天大事一过，我们再议。

看到秋丰收两口失望的神情，老李说：放心，我会全力支持你们的。只要大家能富裕起来！

秋丰收两口笑了。

老李看一眼范丽红，看不出黑山村还有这样的女人。

王拴娃还想喝几口酒，几次话到嘴边，又压下去了，他心里有了事，事在心里重重地压着，不由整个神经都绷得紧紧的，吃饭结束了，秋丰收两口子过去了，老李出去尿了尿，回来倒在被窝里，一句话没说响起了鼾声，他吹灭煤油灯，却怎么也睡不着。窗口一片朦胧的月光，似蛐蛐清凉的弦曲，似乎在呼唤他，他溜下炕，悄悄来到沟边，远处一片灯光灿烂，他知道那定是县城，杜四爷告诉他的，多少次站在黑山上，灿烂的灯光很是遥远，如同望天上的群星。今夜，却这样近，近在咫尺，伸手可及。那一次，猪圈在县城的酒楼请他，他融入于眼前的一切了，可以随心喝斥穿着儒雅的女服务员。饭后，习惯叼根牙签，在两嘴角来回地转换。猪圈常常赞叹他的适应能力，他也暗暗佩服自己，他有这样的蜕变，是这个夜晚吗？他在夜里站了好久，夜很清凉，额上时不时落下冰冷的水雾，摸摸两只手臂，有沁凉之感。母亲一定是睡着了，母亲在山顶可以览尽脚下的一切，包括远处的泔河水，母亲不喜欢远望吗？远方就在眼前啊，谁也听不出一个人心海翻滚，静下心来听，不是远方城市的灯火吗？你是人物了，母亲说的，他相信母亲这句话。突然，他想家了，才两天就想家，他又想到父亲，出去这么些年了，是否想家呢？

这时，响起了鸡叫声。

第十六章　王拴娃也想了一夜女人

几乎全村人涌向学校门口，腿脚行动不便的老人，被儿子用架子车从窑洞里拉出来，来到沿途的路上。黑山村的人梦里也没有看过如此的阵势，十几辆小车一字摆开停放在学校门前的南北路上，路上全是干部模样的人群，村口路口站满了警察，前后有两辆警车，闪闪的警灯一转一转晃人们的眼，村子要出多大的事啊！每位村民的嘴张得老大，相互流传一个名字，就是王拴娃。王拴娃是走在这浩浩荡荡队伍最前面的人，杜志谦都湮没在人流里。邱枣是来到村口最早的，看到警车，脸失色了，扭过屁股，回到家，关紧头门，再不见面。

老李等几个镇干部在路边一棵树下抽烟，康宏过来说：注意群众情绪。老李笑说：谁大脑进水了，今日这阵势，黑山村人谁敢啊？

康宏一笑，快步追上前行的队伍。

年凤应留给王拴娃印象最深的是，一副宽大的脑门，宁静且光亮，似黑山沟底的一泓泉水。想起泉水，王拴娃的恐慌消失了，也敢正视年凤应了，年凤应的眉毛发着黑色的油光，眼睛细长细长的，始终像是微笑着。领进第一家窑洞里时，年凤应的眼睛没有了笑，而是一种冰冰的冷峻，冷峻冷却了目光，目光似闪着寒气的长剑。王拴娃极力地躲避这双长剑，他时时感到长剑从头顶插下去，直达脚底，整个人阴冷起来。他希望杜志谦来到这个位置，可杜志谦一直躲在张文的身后。他望张文的脸，没有笑，僵僵地板着。

年凤应突地扬起了头问：一些群众还住在前面这座山的后面吗？

年凤应指着黑山，白一民稍显尴尬说：是。

王拴娃看到张文瞪他的眼神，低下头，不再吭声。事后，老李骂了王拴娃，人们既害怕又欢迎年凤应去四组那里。人们担心山后的路，把车搁浅在半道。如果四组被领导看见了，那里的群众不就迎来晴天了吗？白一民指着王拴娃说：王主任就住在四组。

年凤应看着王拴娃问：远吗？

王拴娃说：远得很，来回步行两个多钟头。

康宏作好了准备，他提前悄悄去前面探路和安排。张文的心紧紧地揪着，生怕出现不好的事情。每次迎接完上级领导的检查，都要长出一口气的，一整天的气似乎都在肚子憋着，不敢冒出来。

年凤应在一二组每户看完后，被迎接进学校的教室。

把镇政府会议室的台布带来，铺在四方形的桌面上了。黑板上康宏特意安排吴德虎用红粉笔写着“欢迎领导检查指导工作”几个大字，字虽写的一般，但很有力。年凤应站在黑板面前，一笑说：以后，不要出现这样的话了，几十年了，没有变过。

大家在桌前坐下来了，年凤应说了，黑山村以后是他的工作包抓点，明确提出，三年使黑山村彻底改变面貌，不仅仅是脱贫，更重要是人人富裕。尤其着重谈了，立即在黑山村启动“三告别”工程，三告别是：告别土窑洞、告别危楼房、告别独居户。市财政每户出资两万元。白一民表态，县财政每户出资一万元，一户三万元，基本可以解决搬迁费用，县上要组织相关部门，解决该村的水、电、路等基础设施问题。年凤应站起来说：明天开始，先全面拉开三告别工程。

什么时代了，还有个黑山村。况且，就在我们的眼皮底下，我们看到了那些群众，住的什么？吃的什么？大多是危窑啊！下雨了，是很危险的啊！

一杯水都没喝，年凤应离开了黑山村，白一民也离开了黑山村。老李、杜志谦和王拴娃坐在教室里，上厕所的上厕所，喝水的喝水，紧张的情绪松弛下来了，每张脸微微泛出很易觉察出的笑意。只有杜志谦低着头，反坐在桌前抽烟锅，没有人顾及他，喝水聊着天。

老李从窗口看到张文匆匆地来了，没等大家站起来，张文已进入教室，他将年凤应和白一民送出地界。没有停歇，上了黑山村，路上张文接到王少云的电话，黑山村年凤应书记的包抓点啊！你明白的。

挂了手机，张文手心出汗了。他将康宏、老李和增补两名干部确定在黑山村外，还将张一诺和面包车固定在黑山村。艾士光以后主要工作也放在黑山村。饭时到了，张文说：我们统一去镇街上吃饭，我请大家。

王拴娃跟随老李上了张一诺的面包车，杜志谦坐进康宏的小车了。老李骂：把他那一衰货，还跑康镇长的车上去了。

出门时，吴德虎刚进学校，被康宏招进了小车。

三辆车颠簸于崎岖的山道，一晃一晃地，远远看，如三叶木舟行进在一条河流里。王拴娃没有坐过船，可有一种坐船的感觉，很舒服，透过窗口，层层的黄土坡，一直把目光引去极远的天空。他去过镇上的，在一间面馆，吃过一碗棍棍面，是油泼的，蒜很大也不要钱，凭你剥吃。他是想从这个小镇走出去的，但还是没有遂愿，路太宽，他踏上去，心底就没有似的，媳妇骂他怂样，不如一些年轻娃。他认了，他怕踏上那条宽路出去，不得回来，父亲不是不见回来吗？想起父亲，就有股很浓的蛇油味。早上，他嗅觉里的蛇油很浓，现在呢，淡得多了，风从车窗玻璃缝隙里挤进来，蛇油味没有了，炒鸡蛋的味道充塞整个鼻道，唯有对鸡蛋味很敏感，小时到现在，吃得最多的就属鸡蛋了，多少回，生吃，还有野鸡蛋、山雀蛋。他耸鼻再闻，已经到了镇上，下了车，王拴娃坠入梦境一般，也没有做过这样的梦，车流、人流如排山倒海的巨浪，一浪一浪卷着他的目光，他不敢看了，他不知道，今天是单日子街上逢集，是人流量最大的时候，饭店里的人也多，老板和他们都熟，他们来到二楼包间。一桌挤挤坐下了，一盘素拼，一盘豆角，一盘烧青菜，一碗紫菜汤，原则上不准喝酒，但有酒瘾的，最多一瓶啤酒，主食面、饺子由个人喜好而定。一张可坐六七人的餐桌，却坐了十个人，王拴娃瘦小，被老李和杜志谦夹得只能伸出一只胳膊，杜志谦故意把胳膊横在王拴娃面前，他吃三口菜了，王拴娃才操一口菜。

张文说：杜志谦，把胳膊放下去，本来挤，你把胳膊架上来弄啥？杜志谦嘿嘿一笑，放下了胳膊。三位司机相互一个眼神，离开了包间，他们在外间大厅一张餐桌坐下，要主食吃了。走了三个人，桌子不太挤了，王拴娃坐正了身子，桌子上的菜，一一地吃了一遍，香是香，但他还是没有吃出范丽红炒出的土豆丝的香味，主食杜志谦要了饺子，他也要了饺子，酸汤水饺，他第一次吃，半斤吃完，打个饱嗝，还未品出饺子的味道。一定要来吃第二次，下楼钻进面包车里时王拴娃想。王拴娃没有想到晚上又吃到了饺子，也是酸汤水饺。

王拴娃困了，车左右晃悠，王拴娃眼皮沉沉的，全身骨头酥软，人顺座椅溜下半截，嘴角溜出一口涎水，瞌睡也传染，老李也睡着了。张一诺几次讲，这条路上，车上的人没有觉也想睡。回到村学校，杜志谦和吴德虎下了车，在校园的树下抽烟，吴德虎打算回家一趟，其实，下午要来这么多领导，他不适合在现场，万一白书记问起了他的情况，好了不说，不好呢，白书记一怒，谁也挨不起，他的好日子可就到头了，想起骑自行车天天起早贪黑去山下村教书，他死的心都有了。他急急忙忙出学校门，差一点被张文的小车撞倒了。张文下了车，顾不上问吴德虎被撞的情况，指着杜志谦说：叫艾、康镇长他们，白书记来了。

王拴娃这一觉可香咧，口水流得胸膛湿了一大片，张一诺喊他几声都没用。白一民一群人纷纷进入学校了，张一诺一把撕住王拴娃的领口，将他拉下面包车，老李在他屁股狠拧一下，王拴娃啊的一声完全醒了。白一民闻声看到了王拴娃，笑问：用啊欢迎我们啊？

张文笑笑。

白一民说：打起精神，一切才刚开始。

大家跟着白一民一起进了教室，桌布和花盆已经拿走了，其他还保持早上的老样。大家坐定后，白一民说：事情大家可能听说了。我不再多讲。我大致分一下工，水泥路是交通局铺设。打深机井，水塔及群众每户用水问题归水利局建设。电当然是电力局。民政局的事在后面。最关键是扶贫办，一定搞好移民搬迁。工程的规划等由城建局负责。

部门负责人纷纷表示没问题。教室里一片烟雾缭绕。

白一民站起来说：我们在村子里看看，然后行动。

在沟边行走时，白一民将张文、康宏、杜志谦和王拴娃招呼到身边，表情凝重地说：一定要把事当事，一个群众都不能落下。要用我们良心和生命担保！白一民深吸一口气说：压力大啊！但一定要把压力变成动力。张文说：请白书记放心，我们一定将事拿在手中，落实在行动上。白一民笑了：少用嘴。张文脸红了。

王少云和扶贫办主任高山水来到白一民跟前，张文将杜志谦、王拴娃介绍给高山水。高山水是全县部门主要领导里年龄最大的，和他是初高中同学的孙子都上小学了，他也有了孙子，不过他把年龄改小了十岁，这是人人皆知的事。他为人极其热情，走在街上，乐呵呵的，不像一些领导，老望着天，等人去问他。了解他的人却说，他眼里全是熟人，心里一个熟人也没有。白一民是很喜欢高山水的，一年内动了三次领导班子，每次都有他。扶贫办主任退居二线的年龄到了，多少领导都瞅着这把交椅，高山水刚去政协办当主任不到三个月，人们私底下议论，不可能再用他了吧，可还是用了他。白一民在一次科级干部大会上讲，我们就是用能干事肯干事的干部。于是人送高山水外号“高二干”。这事传到白一民的耳里，他说，其实应该叫二干，山水太诗意，没有二干好。谁知半年把二干传叫成了“二球”。只是没人当面叫了，高山水哈哈一笑，说：二球就二球，男的，不就拿那两个东西弄事吗？

白一民希望高山水把黑山村的三告别工程做成全市标杆性工程。白一民脸上笑着，可心却是沉重的。有些事他心知肚明，部门也有困难，但还是要往下压。如交通问题，政府铺面子，群众打底子，二十几公里的底子钱在哪里，一百多万元呢。黑山村的群众能拿出一分钱吗？白一民看到了，几乎全村的男女老少一路跟着他们，但距离拉得很大，有几个胆大的尾随着。

王拴娃在尾随的几人里发现有秋丰收两口。他们的目光似乎一起落在他王拴娃的身上，王拴娃突地觉得自己个子呼呼地往上长，比所有人都高出两头去。

白一民走上高涧，王少云召集领导集合在涧下。

王拴娃跟着白一民也走上高涧，他看清了秋丰收两口目光里淡蓝色波光，远处是一团团的白雾，一直向西扩散。

王主任，老李叫他。他在远处的人群里看到了吴德虎，这个教过他一年书的教师，一次算错题，吴德虎在他后脖还抽过几个耳光呢。

拴娃，老李还在叫他，王拴娃充满嗅觉的是一片星光味，他也是股升腾的星光，似小时望见飞机屁股后喷出的彩虹。云淡了，满天的星星。

驴日的，把你当人种呢。星星散去了，四周空旷，只有老李恼怒的脸，王拴娃似乎在云端走了一回，当明白了的时候，他自己嘿嘿乐了。老李骂：你还能笑得出来。

王拴娃说：做梦咧。

老李更气了，去踢王拴娃，王拴娃兔子般地跑了，老李追了几步，发现追不上，也不追了，喊：去学校啊！

王拴娃跑进学校，康宏看见他脸色都青了，杜志谦一旁偷着笑，王拴娃嘿嘿地笑着，说：做梦咧。

康宏说：好歹有个样子啊！所有部门的领导都说黑山村这样的村干部振兴乡村呢？有事没事爱往领导跟前挤。

王拴娃嘿嘿笑着说：做梦咧。

康宏问：老李呢？

王拴娃说：在后头呢。

话刚落，老李疾步进来了。王拴娃想老李又要骂了，可老李没骂，还冲他笑说：狗日的梦游呢。

康宏不悦地说：不说那了，现在我们首先要做的是确定三告别的户。这个工作一定要细致。组织所有人手，入户统一登记。

可村上只有王拴娃杜志谦两人，大家一致认为缺少人手，老李建议村上成立一个振兴乡村工作组，一个组抽一个群众，共四人组成，以后用人的地方多着呢。康宏完全赞同，可杜志谦想半天想不出人选，他只有吴德虎，王拴娃推举了秋丰收两口。一听秋丰收，杜志谦说：这娃不行。

老李躁了，骂道：那你找个能行的出来！二球货！杜志谦不做声了。康宏说：把夫妻两个都弄上，恐怕不行吧。老李说：这是村情，再找不下人选了。

老李眼前老晃动范丽红的模样。

康宏低头一会儿，抬起头，说：这个村，有能力的人都外出打工了，找个人也的确不容易，先定下来，以后有人回来了，咱可以调整。

杜志谦蹲在地上，脸上的皱纹更深了，装好烟锅，吧嗒吃了几口说：滚圈了。

大家不知他说什么，我们农村人都能知道的，牛圈粪土高了，就要起圈，不然，粪土越积越高，牛稍不慎，就跌倒下了，人称滚圈。牛一滚，命基本就完了。

王拴娃高声说：杜书记家的牛死了。杜志谦眼一睁火了，骂：你妈死了，我牛好好的。王拴娃有些气恼地说：那你滚什么圈。杜志谦大声说：我想滚。老李骂：吵闹球呢，两个领导还在呢。

康宏干咳了几声说：要求咱三天完成三告别户的登记摸底工作，我们计划用两天时间，晚上我们通知相关人员，明早准时七点在学校集合。大家看咋样了？

西天一片苍茫，王拴娃眼里，太阳真如他家门前柿子树顶红透的火罐柿子，一条细长的黑云将太阳拉开，上半圆红彤彤的，下半圆白亮很快消失了，四周的苍凉似乎在朝这里合拢，耳畔有一丝风声。

康宏望了望天空说：紧张的一天总算结束了，明天和以后会更紧张。少顷他又问：想吃什么呀？王拴娃喊了句：饺子。康宏阴沉着脸说：把这次机遇抓住了，你天天有饺子吃。杜志谦似笑非笑地说：瓜子货，就记住了饺子。王拴娃气囊囊地说，就是记住了。

王拴娃有了脾气，杜志谦不解了，这小子一天翅膀能硬啊？杜志谦朦胧的眼神里，王拴娃把饺子用筷子操起来，放在眼底细瞧一阵，然后，送进口，细细地嚼，他始终不明白，没有早上的那股沁脾的味了，半斤都没有吃完。杜志谦想骂：剩下不是糟蹋了吗？

王拴娃见老李碗里也剩着饺子，说：你看老李的碗里。杜志谦更气了说：你看人家的样，人家是干部，国家养呢，你这土农民，还跟人家比。王拴娃不做声了，在碗里捞出来饺子，放在盘里说：带回去吃。也把老李碗里的饺子捞出来了。

康宏说：这很好，看谁碗里还有，全让王主任带回，粮食嘛！王拴娃高兴了，他还喜欢喝这里的茶水，有一股苦味，可喝下去是香的，他喝茶时，见康宏老李俩一人叼一根牙签在嘴角，他也在牙签盒倒出一支来，叼在嘴角。走时，王拴娃有意猫在最后，将牙签盒打开，倒满手心，偷偷装进裤子口袋下了楼。

老李早上有赖床的习性，睡在黑山村可以晚起半个多小时，但现在不行了，屁股后有火燃烧了，三告别工作组开会开得很晚。秋丰收家的煤油灯他受不了，心像被什么堵着，慌慌得不行。秋丰收嘴上喊了几次接开关线，但一到晚上还是没有接。

张一诺说，多点几支蜡烛啊！老李想想，这办法可以试。康宏说：现在不是有充电的床头灯吗？明天买几台，明天在政府充电，晚上带到黑山村。

杜志谦知道老李要在秋丰收家住了，说：我家一间窑闲着，住我家吧。老李说：算了，你家满院的牛粪味。

杜志谦不吭气了，觉得必须晚上和吴德虎商量，老李住秋丰收家，村上没有安宁日子过，再说，王拴娃也住在那里的。

吴德虎被小车撞破点皮，一条腿麻酥得厉害，要紧的是被惊吓着了，心悸一直揪着，他没去学校，在家里睡了。杜志谦蹲在沟边，抽了半夜的旱烟，躺在炕上了，还抽了一锅子，迷迷糊糊入睡了，嘴里还嚷几声王拴娃。

王拴娃在秋丰收的土炕上，接连打了几个喷嚏，秋丰收说：谁念叨呢？范丽红说：一定是我姨，你几天没回家了？王拴娃想想也是，每晚两个光溜溜抱着睡，一个人了，自然有些没处抓挠。老李说：球，两天没回去就想，像我老婆不活了，我有时一个月才回去一回。

范丽红哧哧笑了，整个脸蛋都笑红了。秋丰收岔开话，说到饺子上来，范丽红喜欢吃饺子，街上的饺子馆吃遍了，她去县上，县城有家四嫂子饺子馆，每回都在那里吃的。她认为就属四嫂的饺子最为好吃，但今晚的饺子使她着实忘情了一次。她却不知道是王拴娃还是老李，她需要将他俩其中的一个作为突破口，浸润自己的情感，但她还是强迫自己忍住了。但随着一声笑，她的情愫从躯体的每一处沁透出来，秋丰收极熟悉这种沁透，每次做爱达到高潮出的淋漓的宣泄，宣泄使他想起过年放的大炮，导火索嗞嗞地响，轰地一声，满地的纸片片。王拴娃被范丽红的笑感染了，心里痒痒的，肌肉紧缩为一张弓似的，他想起媳妇那热乎乎的奶子。他摸摸那东西，直直的，他使劲压下，怕挑起裤子，被人发现，他不怕秋丰收，见老李没有注意他，心静下来，那东西也不用压了。老李也被范丽红脸上洋溢出的红晕感染了，有了想咬人的冲动，范丽红有意将身子向他倾斜，温柔的热浪一浪一浪地涌来，淹没了老李的思绪，半天才缓过气来。自己喜欢黑山村了，是因为范丽红。想到这，老李黑青的脸添了一层红色，但没有谁能看出来，因老李这张脸太黑了，即使他感觉脸发热发烫，别人是看不出来的，更不用说是晚上了。秋丰收一直处在兴奋之中，老李给他捎来可口的饺子，以前是做梦都不敢想的事。老李几次说是王拴娃捎的饺子，可他就认准是老李捎的，更重要的是他是黑山村振兴乡村工作组的一员了，已经要站在黑山村的历史舞台了，一切来得太快了，他有些张口结舌，但他仍有一丝不安，就是范丽红也参加工作组。

老李说：这有啥？你看黑山村还有可用的人没有？范丽红直怒道：我要参加。秋丰收无可奈何了，范丽红破怒而笑了，老李也笑了。秋丰收见老李的次数多了，没见过老李笑，老李一笑，还挺可掬的呢。老李说：该睡了。明天还有许多事情干啊！

秋丰收夫妇恋恋不舍地离开了，老李看见范丽红一边走一边回头了几次，两根蜡烛虽比煤油灯亮多了，但他还是没有看清范丽红眼里闪动的到底是什么光波，王拴娃叫他去沟边尿，他站在沟边想尿却尿不出来，王拴娃的尿声很大，他终于尿出来了，王拴娃等他一起回。山里的夜晚没有过的美丽，天高且蓝盈盈的，幽静给一切披上淡淡妇人的思念和骚动，老李想在外面多待一会儿，王拴娃不由也望起了天，看到了一颗闪亮的星星，是两颗，一闪一闪的，他想谁在注视着我呢？突然，他有了蛇油的味道。一段时间这味道使他恐惧过，现在呢，他喜欢闻到这种味道，这味道里有一种强烈的欲望，没有过的强烈的占有欲。前几天，他还面对黑山发呆，现在呢，他翻越过黑山，一天去街上吃饺子两次，你将是个人物了，母亲的话在夜空里滚动，王拴娃咽了唾沫，老李说回去睡。

夜静下来了。

老李想起了女人。翻个身，手攥成拳头，黑山村啊！自己也要飞啊！

王拴娃想起了一个女人。翻个身，还是想女人。

第十七章　猪圈的猪蹄

周末，镇政府干部休假一天。王拴娃回到了家里，康宏特意指派张一诺送他回去的。他在家门口站了十几分钟，希望有人看见他是被车送回的，可街上空空一个人也没有。看着面包车拐了几拐消失在视线，他悻悻地进了家门。先去找母亲，没在，喊了几声媳妇的名，没人应。这些天他确实有些累，进窑洞，上土炕睡了。

媳妇叫醒王拴娃，已是午饭停当的时候了，媳妇特地炒了一盘鸡蛋，鸡蛋嫩黄嫩黄的。王拴娃说：给妈吃去。

媳妇说：妈一早出去了，晚上才回来。

王拴娃想母亲一定是去山顶了，一定还有杜四婆，王拴娃闻到了星光味，比鸡蛋味还好闻，是星光味道吗？王拴娃一惊，是对明天的期盼才对。

媳妇激动地问：是要把我们搬到山前去？

王拴娃问：你咋知道的？

媳妇说：杜四爷说的。

这杜四爷嘴真欠，王拴娃本想说给媳妇的，好让媳妇高兴的，谁知杜四爷将消息已传遍了四组，王拴娃一时失去了兴致，胃口也没有了。

媳妇忧愁地说：搬到山前了，地在这儿，咋种？

王拴娃没好气地说：咋种？和往年一样地种。

媳妇忽闪忽闪几下眼睛，似乎明白了，笑着说：住山前了，可以每集都赶了。

王拴娃看一眼媳妇，下了炕，来到街上，街上还是没有一个人，他背起手来走向了坡地，来到自家的果园。因严重缺水，果树六七年了，却长不起树冠，很弱小。叶子还没有落尽，但已枯黄。这片旱地用不上施肥。每家不是放羊就是养牛。只有杜四爷和王拴娃例外，杜四爷是猪圈不让养任何东西，怕父母受累。王拴娃家呢，小时候养过牛，长大了，狼剩饭有食蛇的嗜好，阴气太重太浓，养不住任何动物了。拴娃母曾几次做过努力，羊养不住，养狗、养猫也不行，几天就没有精神死去了，干脆什么也不养了。王拴娃听见不远处有羊叫，有过去的冲动，但他按捺住自己。范丽红那天对他说过，主任叔，以后不回去，就住我家吧！这话秋丰收也说过，但从范丽红嘴里一次次出来，令王拴娃心旷神怡，又有几声羊叫，王拴娃打消了去人们那里讲搬迁事的想法，杜四爷已将这事传遍了整个街道，他又想起范丽红，昨天还拉了他的手，他出了一身热汗，看看范丽红，跟没事一样。这女人，王拴娃心里冒不出什么词了，多亏有老李，还有一个镇干部，年轻娃，叫雷劲松，小个、胖墩墩、圆脸、寸头，早上在学校集中开会了，王拴娃才知道康宏带两位年轻人来了，一位是雷劲松，一位是刘红涛。刘红涛比老李还大几岁，精瘦精瘦的，爱抽烟，爱笑、嘴快。康宏将人员分为两组，一组负责一二组，一组负责三组，四组好说，就二十户，王拴娃眼闭上都能一一数出来。一二组的住户在一条环形沟里，三组在另一条裤腿样的沟里，一二组负责人是老李，成员王拴娃、范丽红、雷劲松。另一组负责人是刘红涛，组员是杜志谦、秋丰收、吴德虎，秋丰收不情愿跟杜志谦，更不愿和范丽红分开。

康宏说：你两口在一个组，村人说呢。秋丰收目光求助于王拴娃，王拴娃一扭头，看起墙角的梧桐树了。老李说：康镇长说对着。

秋丰收不吭声了。

杜志谦说：一个村就你两口能行。康宏说：少说些，把事弄好！

杜志谦早上又使康宏不高兴了，康宏到学校了，老李和王拴娃还没到，杜志谦蹲着抽烟锅，他说：杜书记叫那两个来，没看啥时候了。杜志谦笑说：我叫不动。

康宏将一股气立即撒在杜志谦身上，正骂着，老李和王拴娃到了，康宏倒不生王拴娃的气了。一个村干部不听镇长的话，还当着镇干部的面，这使康宏的肚子装满了火气。一二组王拴娃不熟，范丽红熟，走一户，范丽红如数家珍，几口人，户主是谁，几个大人，几个小孩。

老李说：多亏有范丽红，不然我们要费大力气了。

雷劲松字写得工整，每走一户，范丽红都要夸雷劲松的字。雷劲松看着范丽红只有笑，他们不由说起了杜志谦。

真蠢。他说。

他又说：康镇长迟早有杜书记好看的。

老李望着街道，心陡然重多了。看了十几年的村子，没有丝毫变化。象一位颤巍巍的老人，只是苍老了很多，老李内心在拷问自己，我能让你变年轻吗？

雷劲松见老李阴沉起了脸，一些话咽进肚子里。老李不仅是包村干部，脱贫攻坚拉开了，他还是黑山村的第一书记。

最后两家了，需上一土坡，再拐一个大弯，太阳升高了，王拴娃带范丽红去两家了，老李和雷劲松在站在窑背上等。老李忧愁得眉毛缩成一疙瘩了。

王拴娃在山道上走惯了,不费力。老李不同了,还有昨晚失眠了。范丽红一脸的汗,王拴娃一人要去,范丽红说:我和拴娃叔一起去。

上土坡了,范丽红先上,伸手拉王拴娃,王拴娃犹豫片刻,把手伸了出去,范丽红的手软绵绵的。翻过土坡,范丽红还拉着王拴娃的手,王拴娃脸上的汗珠如雨般流淌。那里的羊还在叫,王拴娃摸摸脸,还是汗。老李在沟边的杏树下没有看到范丽红拉王拴娃的手,雷劲松看见了,说给了老李,老李脸色很难看。走户完了后,回到学校,雷劲松悄悄告诉王拴娃,王拴娃脸上汗更多了。

雷劲松说:康镇长见不得这事,老李更见不得。

王拴娃偷偷看一眼老李,老李的脸色更黑青了。他的心揪紧了,一二三组共计有一百零八户,加上四组的二十户,全村“三告别”总户数为一百二十八户。康宏说,立即在村上公示三天。又让老李复印几份,给镇上留一份,再给县委办报一份,老李接过吴德虎的复写纸,眼睛示意雷劲松来写。王拴娃满耳朵的羊叫声,他不想在坡地待了,应该回去,将四组的名单在他家门口公示出来,往回走时,几只兔子从他眼前跑过,该套几只兔,请老李他们。让秋丰收买几瓶酒,王拴娃公示贴出后,望着公示想。

王主任、王主任。王拴娃回头一看,是杜四爷,其实听声,他已经知道是谁了,令他惊奇的是,杜四爷手里不见长杆烟锅了,而是夹一根白的纸烟。几天时间,杜四爷衰老了许多,王拴娃突然想哭了,父亲若在,也如杜四爷这般模样了。但一定比杜四爷更强壮,父亲每次上山是奔上去的,谁个不佩服呢?王拴娃见杜四爷远远地在身上摸,知道他是在摸烟。果然,杜四爷摸出一根香烟,远远地递过来了,王栓娃笑了,没有去接烟,而是指了指公示。杜四爷脸凑近公示看,王拴娃有些后悔,贴的时候应该站在凳子上贴高些。

杜四爷望了一眼，笑说，知道了，早知道了。

把烟递给王拴娃，王拴娃接了，杜四爷摸出打火机，递给王拴娃，王拴娃烟叼在嘴上，等杜四爷点。

杜四爷骂：球，你还等爷给你点火啊！球！

王拴娃笑说：你点，咋啦？

杜四爷说：球，爷给娃点。

王拴娃抽了几口烟，没有品出味来。

杜四爷笑说；烟不错吧？

王拴娃茫然点点头。

街上有羊、狗、牛的叫声，人们陆续出现了，都向王拴娃家这边走来了，王拴娃清楚地看到，每张脸上都挂满了笑容。几年前，猪圈在镇街上建一处院落，这里的人至今心里盛满羡慕和渴盼，搬到山前去，吃自来水、看彩电，和城里人一样了。王拴娃吐一口烟雾出来，几个女人叽叽喳喳相互论理了，男人骂她们声高，太吵。女人不管这些，仍然叽叽喳喳地。

能看电视了，而且是彩电，杜四爷笑说。

杜四爷每次从镇上的住处回来，都要给女人讲电视的事，令女人们神往啊！王拴娃媳妇也出现在女人堆里，王拴娃使劲瞅她，她咋这么黑呢？王拴娃问自己。

晚上，母亲回来了。王拴娃去母亲的窑洞，母亲坐在土炕边，煤油灯昏黄着一跳一跳地。煤油灯里早早装满柴油，煤油到处买不到了。但人们习惯把灯叫煤油灯。王拴娃叫一声妈，母亲笑了，王拴娃说：我们要搬到山前去了。

母亲说：到时你和媳妇去，我不去。

王拴娃惊奇了：山前去不好吗？

母亲说：好啊！可我不想去，这儿挺好的，我离不开。

王拴娃说：山前将有电灯了。

母亲说：我习惯于煤油灯了。

王拴娃想是母亲离不开山顶那片星光：山前去了，你也可以上山顶的啊！

母亲说：我落在这里一辈子了也不想出去。

王拴娃想，到时候非带她去山前不可。

母亲说，睡吧，少费些煤油。

出了母亲的窑洞，母亲忽地熄灭了煤油灯。月光洒满大地，媳妇在窑洞口等他，王拴娃同媳妇一起回到窑洞。

媳妇急急地爬上土炕，脱去衣服，钻进被窝说：上来呀！王拴娃退去衣服，吹灭灯，在被窝里刚抱紧媳妇，头门一阵紧似一阵响，拴娃、拴娃，一阵紧似一阵地叫，媳妇搂紧了王拴娃急促地说，不管他，王拴娃也说，不管他，可头门一阵紧似一阵地响，拴娃、拴娃，一阵紧似一阵地叫，王拴娃的兴致消散了，媳妇的兴致也消散了，说：出去看是谁，赶紧回来。

王拴娃骂道：敲门都不看时候。

门一开，是杜四爷，王拴娃没好气地问：有啥事呢？

杜四爷哈哈一笑说：没打扰和媳妇那事么？

王拴娃说：光知道弄那事。

杜四爷说：没弄那事就好。

拉起王拴娃的手，来到他家。杜四爷家门口停一辆小车，王拴娃知道猪圈回来了，猪圈回来要他来做什么，猪圈每次回来杜四爷最反感谁到他家里来，怕分吃猪圈带回的好吃的。杜四爷今晚的举动，令王拴娃疑惑且惊诧,杜四爷将王拴娃拉进窑洞才松开了手。

猪圈盘腿坐在土炕上,面前的炕桌上摆放四五道菜,中间是瓶酒。上来,上来。猪圈招呼王拴娃。王拴娃木然了,回过神时,已坐在土炕上了,猪圈比过去胖得多了,狗日的脸白净得跟水里石头一般,王拴娃想。

这瓶酒几百元呢。猪圈说着打开了酒瓶。

王拴娃的鼻子里有一股酒香味。

杜四爷爬上了土炕。

三酒杯倒满。

猪圈说:我先敬拴娃一杯。

王拴娃说:先敬你先人。

杜四爷说:你是客。

王拴娃端起喝了,没有喝出什么味来,这是他第二次喝酒,但觉得这酒比秋丰收的酒一定好得多,秋丰收的酒下肚子是烧辣的,这酒是温热的。杜四爷也要敬他,王拴娃没推辞喝了。

操菜。猪圈说。

这些菜是猪圈从县城带回来的。杜四爷说。

王拴娃只认得猪蹄。

猪圈说:拿在手上吃。

说着,拿一块递过来,王拴娃吃一口,他妈的,咋这么香咧,两大口吃完,又抓起一块大的来。

猪圈笑说:别光吃,喝酒。

王拴娃说:喝。

三杯下去了,王拴娃脸上有了红晕,额头有一层细汗,也没有了刚来的拘谨,一盘猪蹄完了,猪圈又端一盘上来,比上一盘还满。说:吃,有的是,有机会带你去县上专门吃猪蹄。

王拴娃说：说话不要当屁啊！

猪圈笑了说：不会的。

一瓶酒完了，猪圈出去又拿一瓶一样的酒进来。

王拴娃问：还有吗？ 小心喝光了。

猪圈上了土炕，说：后备箱还有一箱，喝不完，走时给你带一瓶。

王拴娃说：看我四爷舍得不？

杜四爷正操一口菜放进嘴里，吞枣似地下了肚，说：瓜娃，舍得，看在谁跟前呢。

猪圈打开瓶酒说：拴娃，一天忙啥呢？

王拴娃把这几天的事说了一遍。

猪圈说：我在县上听说了，可能吗？

王拴娃说：千真万确。

猪圈说：真是一户白给三万元。

王拴娃说：就是。

猪圈说：看来是个大工程？

王拴娃大声说：大大的工程，还有水电路呢。振兴咱村呢。明天有几个局的领导要来咱村，听康镇长说制定什么规划。

见猪圈出神，王拴娃放下筷子说：咱村以后是年书记的工作点了，你想，事能小吗？

其实，他也说不清其中的原由，照这几天说的词说了，猪圈望着王拴娃，说：想不到，你现在认识提高啊！

王拴娃笑了，端起酒杯说：咱喝。

猪圈说：喝。

杜四爷下了炕，出去了。王拴娃听见院子里响起哗哗哗的尿声。

猪圈脸侧向窗口说：不会再往后走一点。

王拴娃笑说：老了，憋不住了。

猪圈问起杜志谦的情况，王拴娃兴奋地说：没少挨骂。

猪圈笑了：不是当书记的料。

王拴娃佩服猪圈的安静了，不急不躁，狗日的在外面锻炼出息了。于是，王拴娃有了外面走走的冲动。但不由自己说起了秋丰收和范丽红的事，范丽红说多些。

猪圈正经地说：看上范丽红了，人家可把你叫叔咧！

王拴娃一惊：哪敢。

猪圈说：县城女人多得很，哪天一同去，给你弄一个。

王拴娃脸红了：少骗人。

猪圈用筷子点点炕桌：骗你是猪。

王拴娃正视起猪圈的脸来，没有说谎的神态。小时候，猪圈一撒谎，两只眼睛似闪电一般，他叫那是鸡皮闪电眼。猪圈的眼睛定定对视他，王拴娃相信了猪圈的话，但心里有了问号，真有那么多女人吗？又一想，县城女人多很正常，猪圈说的女人是他们说的那种女人吗？四五年前县林业站带十几个人来山里栽树。每年阳春三月都要来植树的。这次植树的十几人是雇来的农民，他们天天在县城寻找活干，他们聊天的主要内容是女人，这些女人给吃一碗面就和你睡觉。王拴娃几天喜欢跟着他们听他们聊女人的事，他们栽完树走了，他还是在山坡，没有了他们，他惆怅好久呢。

杜四爷没有再回来，他酒杯里的酒还满着，猪圈喝了说：年纪大了，一点酒就瞌睡了。

王拴娃在院子尿尿时，听见杜四爷震天的鼾声，月光朦胧，秋风瑟瑟，山谷特有的幽静笼罩了大地，尿完尿，王拴娃要走了，猪圈没有留他，王拴娃出门前，猪圈把一瓶酒塞进他的怀里。

王拴娃提着酒踽踽于夜色里，狗吠声一片，王拴娃喜欢听狗叫声，有时，故意跺脚招惹狗声，街很短，几步就到了，媳妇听见了他的脚步，出门迎接他，他原想在门口坐一时的，可媳妇一把将他拽到了炕头。山谷特有的幽静笼罩了大地，王拴娃疲倦从头顶流入，从脚底流出。媳妇喋喋不休地骂猪圈和猪圈的酒。朦朦胧胧中王拴娃走上了山顶，头顶闪耀万道霞光。突然，一个披着袈裟的和尚站在眼前，他一手合十念念有词，王拴娃觉得这和尚极其眼熟，他在极力地想，狼剩饭，王拴娃一惊，醒了，出了一身的冷汗。媳妇还没有入睡，媳妇听见他的响动，兴奋地搂紧他，他极力地转嫁一种前所未有的恐惧，同时也搂抱紧媳妇。

猪蹄，王拴娃想。

猪圈的猪蹄，王拴娃喃喃。

第十八章　梦里秋丰收追着他　要那条裤子

王拴娃很快就吃到了猪圈的猪蹄了。

霜降了，飘起片片的雪花，王拴娃回不了家，在秋丰收家的土炕上躺着，眼看着沟壑土坡渐渐是白色的了。到山下村去还是雨。从霜降这一天起，黑山村就进入冬季了。尽管靠天吃饭，收成很不好，但每年每一片土地里都要种上麦子的。今年山前的群众接到通知，地里暂缓一个季节耕作，县上将所有土地要进行整平，深机井打起了，旱塬就是水田了。人们到学校一问，是真的。跑到地里一看，十几辆大型机械已经作业了。

我们明年吃什么呀？群众围住王拴娃问。

王拴娃说：有人操这心呢，饿不死你们。

文老三气愤地骂：去你先人的球，不种麦子，明年不就挨饿吗？

扑过去打王拴娃，王拴娃哧溜跑开了。

跑远了，王拴娃说：饿死你老家伙才合适。

老李从学校出来给大家讲了一通，人们散去了。文老三没走，还有邱枣走半道又折回来了。

文老三气愤地说：你们三告别咋没有我？老李说：三告别是告别土窑洞、独居户、危漏房。你属于哪一个？文老三说：他们住土窑洞是懒得很，我们搬上来的这些户，哪一家人不勤快？为搬上来我现在欠债两万多元，你们给他们一户三万元，把我这两万元也认了。

老李笑了，怎样才能说清楚呢？邱枣说：咋不行呢？我也欠几万呢，你们政府咋能鼓励群众偷懒呢？

老李不想和邱枣说，看见邱枣已是满肚子的气，转身回了学校，文老三和邱枣骂了几句，也回了。

冬季了，明年三月开春三告别工程才能拉开，在施工前必须选好地址，联系好施工队，城建局派规划科科长苗一色天天上来，四处寻找建设用地。白一民一大早带一行人赶到黑山村，当场作出指示，水利局尽快实施“坡改梯土地平整工程”，林业局根据地亩面积，采购上等大棚与葡萄苗子，等水利局施工完备，全部大棚栽植阳光玫瑰葡萄，并提出“奋斗三年，实现万亩阳光玫瑰基地”的伟大设想。

黑山村典型的地理环境，发展大棚是唯一的出路，今冬，我们一定要将这两项工作抓好！白一民站在村后的高涧上，回头望着黑山说。

王拴娃像一只鸣叫的知了跌落在村口的路上，肚子朝上，翅膀抖动。但他看见了黑山上空的一朵白云飘过来，一只鸟那样，扔下一声歌谣，摇身是一片湛蓝的天空了。

张文、康宏、老李跟随白一民走在慢坡地，王拴娃、杜志谦最喜欢这里的冬季的阳光了，均匀的温暖，犹如一池冒着热气的水花。白一民语气沉重地说：真正将黑山村的事要拿在手中，三年，争取三年彻底改变黑山村的面貌。这里的每个人都有享受幸福的权利啊！老李口袋摸摸墨镜，却没有戴在眼上，白一民说着来到学校门口，邱枣从街上闪出来，站在了白一民面前。张文,康宏的脸都青了。老李知道事情麻烦了,狠狠地盯起了杜志谦,杜志谦蹲在地上,看几只蚂蚁急急地奔走。王拴娃咧开了嘴。

邱枣手里拿了两个黑疙瘩馍说:我现在欠人几万元,一天就吃这,白书记你吃一口。康宏将邱枣往外街道里推,老李也上了手,邱枣声更大了,一把鼻涕一把泪。老李看着杜志谦说:把人还不往回拉。

杜志谦装没听见,提着裤子上厕所了,老李又骂王拴娃。

王拴娃过来撕邱枣的后襟说:回去说。

邱枣转身给王拴娃一巴掌骂道:不是看门狗。

王拴娃没有闪开,被一巴掌打在头上。雷劲松搂住后腰一摔,邱枣几个趔趄倒在地上滚了几滚,坐在地上扯嗓子大哭,群众一堆一堆围过去。

白一民一句话没有说。王少云火了,骂张文:吃了屎了。又咬牙低声说:先让白书记走。几个人要护送白一民上车。白一民手一摆说:这时我能走吗?张文的脸色由青变为灰色了,站着发愣。邱枣也爬起来骂几声,跑得没有了人影。群众渐渐散了去。杜志谦从厕所提着裤子出来,老李骂:啥球货!上去踢杜志谦,杜志谦跑到教室后面去了。

林业局局长梁伟良,一个瘦高个的中年人,他说:村干部太弱,以后事还很多。没有一个强硬的村班子,每项工作都要出问题。白一民盯着张文说:到底是什么问题?张文说:白书记先回,我们一定会解决好的。白一民说:这个女的叫啥名字?康宏说:邱枣。白一民突然声高了,说:良心让狗吃了,几个人为难一个山里的妇女!张文、康宏等都低下了头。白一民坐进小车里,将车门狠狠地闭住了说:我明天来,和这个邱枣见面。

白一民走了,学校门口静了许多。

张文突然火了：我们得是吃屎了，我们得是吃屎了？

他在原地来来回回走了几圈骂道：我们把屎吃完了，我们把屎吃完了。

他站定，长出一口气：把白书记挡在村里了，你们不信看，现在已经传遍全县了。我们都是把屎吃了？

他狠劲地抽打自己一个耳光说：我们有脸吗？脸往哪里放啊？

他来回走着，摸出烟，老李打着打火机凑过去，他看了老李一眼，吃着烟：丢人得很！如果年书记来呢？

老李戴上了墨镜说：那女人要派出所治呢。年书记要来，调派出所上来，她打死也不敢。张文出了一口气说：她是敌人吗？狗屁派出所。转身看见杜志谦说：杜书记，你有啥能力呢？

杜志谦张嘴似笑非笑，张文说：你一点都不胜王拴娃，遇事人家还往前扑。你呢？光知道溜，下回你再溜，就从书记的位置上滚下来。

康宏从学校里提一条长凳放在张文的屁股下，张文坐下了，连连叹息了几声。康宏又提一条长凳自己坐下来，老李望一眼长凳，没有坐。

一股风卷起一阵尘土从坡顶旋转而下，在张文的脚边窒息了，张文随手拾起一片树叶，翻来覆去地看，说：过去的事过去吧！以后坚决杜绝类似事件发生。

张文突然将手里的树叶一抛，顿一下说：必须加强黑山村的班子，指这样的书记、主任不行。翻过年，事情多得要喘不过气来的，提前做好准备。

王拴娃目不转睛地看着张文的脸，张文的脸渐渐红润起来了，他也轻松了。但今天他确实吃惊不小，山后那几个女人有的虽很泼，也没有邱枣这么厉害的。不像是女人，像熊。听说山里有熊的，但他从来没有见过，山前的女人咋不怕事呢？康宏认识到事情的严重，午饭后，召集会议，专题研究如何加强村级班子的问题。

王拴娃得到老李目光支持后，提出了秋丰收夫妇人选。

老李着重谈了对秋丰收的认识，最后说：咱们村需要这样的年轻人。杜志谦反对说：好吃懒做的家伙，像他一样的年轻人都在外打工挣钱，就他怕出去吃苦，日子过得和怂一样。

康宏生气地说：群众日子过得和怂一样，我们干部没有责任吗？

康宏心里一直对杜志谦有些反感，立即拍板，同意秋丰收进村班子，担任治保主任。提到范丽红，老李说：黑山村有关妇女的一些工作一直处于全镇倒数第一名，没少挨领导的批评，还有，我们现在在黑山村搞这搞那，免不了要和妇女打交道，没有妇女干部咋能行呢？康宏说：范丽红干村妇联主任吧！她可以做做秋枣的思想工作。杜志谦半晌提了个吴德虎，老李骂：你得是有病呢，人家是教师，是职工干部。

康宏立即说：现在黑山村也需要吴德虎这样的人，能写。

老李语噎了，不再说什么了。王拴娃突然说：康镇长，我还没见过村上的章子呢？杜志谦突然站起说：我得是把章子吃了？老李立即站在两人中间说：有火的啥呢？王拴娃是村主任，就应该把村委会的章子移交过去。杜志谦说：他在山后，村民办事要盖章，跑山后多不方便。王拴娃站起来说：山后咋啦？章子是我的。康宏厉声说：村委会的章子咋能是你私人的呢？别吵了，党支部、村委会的章子放到吴老师那里，他在学校，群众用时也方便。

“咚”的一声，大家吓了一跳。细看，谁把一大块牛粪扔进学校。雷劲松，刘仁涛两人先后跑出去。在这里，有一个民俗，扔牛粪是对人最不礼貌的了。大家站起来，望外边。雷劲松、刘仁涛推搡着文老三进来了。文老三高声嚷嚷，唾沫星四溅。

老李过去，大声说：喊叫啥呢？

文老三不吱声了。

老李问：谁扔的牛粪？

文老三说：我扔的。

老李问：谁叫你扔？

文老三头一扬说：我想扔的。

老李气得跳起来，一把撕住文老三的领口说：就想给你一巴掌。

文老三头一扬：打呀，打呀！你以为是那几年呢，你那几年没少打黑山村的人。

康宏过去拉开他俩说：有事说事。

文老三说：肯定有事。

康宏说：老人家，有事过来说。康宏坐在长条凳上，文老三过去，坐在康宏对面的长凳上说：我觉得你们弄事没有理。康宏静静看着文老三，眼神似乎在鼓励他说下去。文老三说：我们搬上来的你们不管，可四组的猪圈在镇上盖那么好的家，搬迁名单上咋还有他？王拴娃说：是他大。文老三说：不是一家人吗？我明日继续住我以前的破窑洞去，你算不算我？王拴娃说：你家不是搬上来了吗？文老三说：那地方给我娃住。杜志谦笑说说，你娃在外工作呢？文老三站起来说：给我孙子住。老李说：不要胡说。文老三说：我一辈子从不胡说，再说你们坡改梯，我地里还有果树啊！你们就推。杜志谦说：你的果园有几个活树？一年啥收成呢？

文老三说；哪怕结一个果子，那也是收成。你们知道不？它们长了近十年了，才长那么高，你们说毁就毁了。还有麦子，你们咋这么可怕呢！我们没有一点收成，非得饿死不可！

康宏递给文老三一根烟，文老三不接，康宏硬给，文老三接了，说：你保证比他们官大。康宏笑笑说：你的事我们记住了，给我们时间，和县上取得联系，再给你答复。文老三吐一口烟雾说：好，我等你。

文老三站起来走了。

老李看着文老三的背影消失在学校门口说：没有发现黑山村还有这人。杜志谦说：仗他娃这几年弄得好，听说还是个领导，气焰这几年嚣张很。康宏说：不过，人家说得还有些理。老李说：这不敢答应，答应一个，整条街道的人都找我事来了。不要理，这类人见得多了，得寸进尺。

康宏搓着双手说；他们折腾啊！再说我们后面的事情很多。一村几乎都是贫困户啊！杜志谦笑说：他没有那胆，只在我们面前胡嚷嚷。康宏说：邱枣已经给我们上了一课，不能等，得想办法，把群众凝聚起来。杜志谦叼起烟锅说：让拴娃做文老三的工作，也许差不多。王拴娃瞪杜志谦一眼，想说什么。康宏插话进来，说：原因是啥？

杜志谦跪在康宏面前，康宏跳起来说：这是干啥？突然想起杜志谦喜欢跪着说话，和谁都是这姿势，浑身放松了说：咋有这习惯。康宏坐下，又站起来说：站起来吧，你这样，我很不舒服。

杜志谦嘿嘿一笑，蹲坐地上说：你不知道，王拴娃当选村主任那天，文老三高兴地在家门口放了两串鞭炮。有人问他，他说今日高兴。他的心向着王拴娃的。

康宏面向老李问：有这事吗？老李摇了摇头说：不要听杜书记胡说了。

杜志谦说：不信，去问街上的群众。康宏说：不管事真假，王主任你还是要做做文老三的思想工作，

王拴娃不知说什么了，看杜志谦冲他笑，他想捡起地上的牛粪块砸杜志谦。躺在秋丰收的大土炕上，他眼前时不时地出现牛粪砸向杜志谦的场景，他有些懊悔，应该砸杜志谦一牛粪的。晚饭，他们去镇上吃，他借口胃不舒服没有去。雷劲松用饺子惹他，他都没去。秋丰收两口子已

得到消息了，对他格外地热情，秋丰收说：不知老李晚上上来不？要不好好喝几杯？

王拴娃仰面平躺炕上，想如何去说服文老三。

范丽红劝王拴娃不要去，文老三是个犟球不进尿壶。

王拴娃还是决定去试试。

秋丰收要陪他去，小心文老三胡来，说：那老家伙两句话没出来就想打人。

王拴娃同意了。

两人刚走上街，听见文老三在自家门口给几个群众大声地讲什么。其中有几句胡骂他俩听清楚了。

秋丰收不敢往前走了，说：叔，等会去，人多，丢不起那人。王拴娃想想也是，人多处丢了颜面，以后在街上不好走了。两人又回来了，王拴娃继续仰面平躺在土炕上，秋丰收两窑洞来回地找酒，找出来的酒瓶全是空的。

记得有半瓶酒呢。他喃喃自语。

范丽红去坡地挑灰灰菜了，她还想多拔些小蒜，小蒜蒸熟凉调一下很是好吃的。平原人是吃不到的，更不要说是城里人了。老李虽在这里长久停留过，但不见得吃过这样的野菜呢。范丽红想。坡地小蒜到处是，不一会儿小篮子就快满了，她想今天多弄些菜，几次吃饭，酒有呢，菜已光了。秋丰收埋怨过她几次。

扫人兴呢。秋丰收说。

她拔满一篮小蒜提回家，倒在厨房案板上，又返回坡地，又拔满一篮灰灰菜。今晚让你们吃饱呢，两道菜准备齐当时，四周慢慢暗了下来。下午一晃就过去了。王拴娃上了窑背，天完全黑了，文老三家是最亮的，儿子给他买了盏汽灯，没事的人爱集在那儿说东谈西，他也爱召集人，这样商店的生意也好些。王拴娃不想去了，一二三组的人他本不熟，他来山前的次数不多，能认得他，因他是狼剩饭的儿子。正踌躇时，见有了黑影向这边走来，他想躲在一棵树后。

拴娃叔。黑影喊他。他一看，是秋丰收，提着酒瓶。

秋丰收挽着王拴娃回到了家。

王拴娃上了土炕，仰面躺着。秋丰收点亮煤油灯，把炕桌摆放上土炕。王拴娃想抽烟了，坐起来。秋丰收似乎懂他的心思，一根烟立马递来了。王拴娃抽了几口烟，从沮丧的情绪里恢复过来，能把秋丰收两口拉进村班子，他有了很强烈的满足感，他的目光似乎穿过窑洞，望见山顶的星光。你将是人物了，母亲的话在耳边又响起了。

他抽第二根烟了，秋丰收在炕桌上摆放好三个酒杯，问：老李咋还不上来？王拴娃一想就是啊？范丽红进来也问：等不等老李啊？又说，等等吧。

两口子一下子成了村上两个主任，那种高兴、兴奋和喜悦这辈子都不可能出现两回的。秋丰收出去望了几趟，最后一趟回来失望地说：老李今晚不可能上来了。王拴娃说：可能不上来了，晚上不是要开什么会，研究你两口子当主任的事。

秋丰收一惊说：还研究呀？都是谁研究？

王拴娃说：都是镇上的领导，听说还要发文。

秋丰收说：发文？

王拴娃说：发文了，在黑山村四处一张贴，谁也别想换你，这是老李说的。

秋丰收嘿嘿乐开了。

范丽红两道大餐上桌了。三人围炕桌坐下，没有了老李，王拴娃畅快多了，全身轻轻松松的。范丽红虽有些失望，但一杯酒一喝，充满了兴奋劲。王拴娃望一眼范丽红，媳妇的黑脸闪现一次，喝一杯酒。喝一杯酒，媳妇的黑脸闪现一次，望一眼范丽红，一切渐渐远了，一切晃动，范丽红走入他的目光，进了他的瞳孔，他身体每一处都有范丽红的肢体，某一处似乎在拼命地膨胀，不断地膨胀，咚地爆裂了，他突地似掉进冰窟窿里了，肌肉收缩，他的身体似一团紧缩的腊肉，他的目光漫过煤油灯，漫过炕桌，渐渐有了一丝醒悟了。

王栓娃在炕桌底趴着呼呼地打着鼾，范丽红不见了，他坐正了，双腿冰凉，手一摸，自己尿了一裤子。这一泡尿太多，整条裤子湿了不说，连身下的褥子都湿透了，一股尿腥味。秋丰收多次不顾及王拴娃面子，就是因这泡尿，王拴娃处处让着秋丰收，也是因这泡尿，说出去丢人，王拴娃很看重自己的这张脸面了。

第二天，王拴娃穿了秋丰收的裤子，秋丰收比王拴娃高出一头，裤腿太长，王拴娃要剪去，秋丰收坚决不让，说；你是借呢，剪了不成你的了。

王拴娃只好将裤腿挽得好高，怕范丽红看见湿裤，王拴娃把湿裤压在炕角，炕角有温度，到晚上就干了。

王拴娃和秋丰收往学校走，秋丰收一看王拴娃一笑，王拴娃骂：笑球呢，不准给任何人说。

秋丰收笑说：不说。

老李、张一诺他们已到学校了，康宏没有来。

老李拿出秋丰收夫妇的任职文，说：等会让吴老师写在红纸上，多写几张，贴在人多的地方。

杜志谦来得晚问：吴德虎的任职文呢？老李不屑地说：他算一个文书，村上说了算，还发什么文？

秋丰收跑去叫范丽红，路上笑出了声，我是镇上管的人了。范丽红要打扮,秋丰收拉起她就走说:几个人等你呢?

到了学校,没有一个人,秋丰收一打听,他们去坡改梯现场了。秋丰收扔下范丽红,一路跑去坡地,是文老三挡住了施工的车辆。施工队去镇政府找张文说事,几辆车是租来的,一天的费用很高,不敢停。

黑山村天天有事,烦心得很。一听又有事,张文拍桌子骂娘了。康宏立即赶到了黑山村,尾随老李他们也赶到了施工现场。文老三睡在车辆前头。不论老李咋说,不起来。

康宏蹲在文老三面前,说:老人家,你相信我不?

文老三望着康宏说:相信你。康宏说:老人家,我三天一定给你解决。文老三说:三天?三天把我地推了,我找谁去?康宏说:你找我,我叫康宏。老李连忙说:这是康镇长。

文老三扭过身子,给康宏一个屁股,说:政府我不敢进。

康宏说:你说几天?

文老三闭目想。

康宏说:这不是你家的事,是全村的事。如果就你一家,我可以立即给你解决。全村这么多地,这么多户,解决得有个过程,你说呢?老人家。

文老三突地站起来,大声说:我信你!

文老三拍拍手上的土,扬长而去,机器又轰鸣开了。

王拴娃佩服康宏了,几句话文老三就回去了。

康宏骂几句杜志谦后,说:极快地解决,不然群众谁信你呢?那时,哭都没有眼泪了。老李说:现在群众给我们面子。明天呢?

几个人踏着松软的土地走向村子,杜志谦叹息一声说:啥事我都是挨骂的。

说着,杜志谦在鞋帮子上磕着烟锅,王拴娃向老李问公章的事。杜志谦瓮声瓮气地说;都放在吴老师那里了。王拴娃要去问吴德虎,杜志谦骂道：这驴日的娃，不弄事光在杈上抓呢。

王拴娃不去了。

村口，老李站住了，等杜志谦、王拴娃走到身边说：要想办法咋解决文老三的问题。王拴娃说：钱的问题。杜志谦说瓜子娃都知道钱的问题，现在没钱看你咋解决呢？王拴娃噎住了。老李说：杜书记说得对，什么也没有，我们也要解决。

老李去追前面的康宏了，王拴娃要追老李，杜志谦一把抓住王拴娃，用烟锅在王拴娃额头点了一下说：没有钱，屁事都解决不了。

王拴娃忧心了，他很想自己去处理这件事，现在看来，这事不是能力问题，是钱的问题。况且自己没有这方面的能力，王拴娃更忧心了。

一群人陆续集中在学校门口，刘仁涛说：村干部还是太软。雷劲松说：在强势村干部面前，他文老三就不敢。王拴娃难受了，杜志谦吃了几口烟锅，树身磕了几口烟锅，用嘴使劲吹了吹烟锅。看大家看他，笑说：谁用烟锅？

老李扑过去，夺下烟锅，扔到墙里去了，杜志谦笑着去拾烟锅了。等了半天，不见杜志谦出来。学校有几堵墙倒塌了，饭时了，杜志谦从那里溜回家了。张一诺笑了说：没见过。雷劲松说：李哥，我同情你了。老李一笑说：包这村几年，受了几年罪。

王拴娃说：走，到秋丰收家吃饭。秋丰收笑说：走。

老李拒绝了王拴娃的邀请，康宏从吴德虎家里出来，带老李几人坐张一诺的面包车回镇上了。

秋丰收抱住王拴娃的肩膀说：让丽红给咱俩搓搓。

有昨晚剩下的灰灰菜拌在搓搓里面，王拴娃觉得比饺子还好吃，两大碗吃光，躺在土炕上一动不得动了。

范丽红端一碗面汤进来说：下雪了。

王拴娃不信，秋丰收出去看了，回来说：真是下雪了。

王拴娃静躺着，听见雪沙沙地响，一会儿听不见了，雪花轻轻地飘舞，几个饱嗝之后，王拴娃大口喝了面汤，炕角摸出裤子，全干了，但尿腥味更浓。

明天味就跑光了。王拴娃想。

拴娃主任、拴娃主任。有人在窑背拼命喊。

秋丰收进来说：是张一诺。

王拴娃跑出窑洞，雪花片片落在脸上，化了，很清爽。

张一诺说：老李让你到镇上有急事。

王拴娃跑上窑背，秋丰收跟着也跑上来了。

张一诺说：只叫王主任一个。

秋丰收不好意思笑了。

张一诺说：多亏是雪，是雨我都上不来。

王拴娃说：把路解决了就好了。

他俩没有去镇政府，而是来到了县城。

县城笼罩在一片丝丝的雨幕里，王拴娃看到的是一个海底世界，高楼、车流、街道、花伞，花伞下的妩媚女人，王拴娃被眼前的景象全部震撼了。他的世界是山、沟、泉水、树木。一夜，他把这景象说给媳妇时，媳妇眼睛大大地说：真的吗？他说到花伞下女人的妩媚，媳妇笑着说：又做梦了。他去杜四爷家，看到桌上有一幅城市的风景画，画里的景色和他目睹的几乎没有两样，他偷偷将这幅画揣在怀里，回家好给媳妇看，媳妇沉默了几天，夜里抱住他说：我也想去那里。

王拴娃想：谁不想去呢。

车辆驶进一座高大的建筑楼里，里面空旷，中间有座圆形的水池，水池中间立一块巨大的石碑，上面一行“月光酒店”的红字。王拴娃认出了这几个字，石碑的后面是一座高楼。张一诺领着王拴娃进入了这座高楼，王拴娃第一次坐电梯，张一诺说：坐飞机就这样。

王拴娃晕乎乎地跟着张一诺走，张一诺走进红色的木门，他也进入红色的木门，一张圆形的大桌，猪圈和老李坐在一旁，抽着烟，谈笑着什么。老李很高兴，额头闪着亮光，见王拴娃了，猪圈起来拉王拴娃坐圆桌一边，王拴娃见桌子摆着几样菜，五颜六色的。王拴娃几年后，一直想，当时自己的窘样，完全失去了思维，连笑都是僵硬的。

猪圈说：酒店没有猪蹄这菜，我特意在街上的熟肉店给你买的，今儿要好好吃。

这句话王拴娃记得很清楚，但这天的猪蹄不好吃，他倒记住了王八蛋汤。喝汤前一人先要喝滴有鳖血的酒，第一次见到血还有其他颜色的。老李对鳖盖四边的白肉夸口不绝。他想尝尝，但老李没有让他。鱼上来了，但猪圈不准他吃：有刺，卡着你了。

他就想吃鱼，猪圈用筷子剔一小块来，夹给他，他吃了，没有留下味道。这时，马桩进来了，不说是马桩，王拴娃绝认不出来了，胖了，白了，还架一副眼镜。小时就属他俩好，马桩问他什么，他怎样答的，王拴娃记不得了，记得一桌子哈哈地笑，一顿饭完了，他还是饥，跟没吃一样，只是酒起了些作用，头晕晕的，脚有些飘。穿红旗袍的女人来回地穿梭，王拴娃迷糊里被马桩带进一间包厢，听见张一诺哈哈地笑，昏黄的灯光，比煤油等还昏黄，对面墙上女人光溜溜地站着笑，一对奶子挺挺的，如两个小土包，女人笑得很美，王拴娃不敢对视女人的目光，他疲惫得很。像跳进一个黑洞，一直往下坠去。张一诺笑说：没经过，吓晕了。

王拴娃听见了张一诺的话，他支撑住身体，挣扎着上升，昏黄的灯光，光溜的女人，挺挺的奶子，微笑的目光。不论他如何挣扎，都爬不出黑洞，一切似在世界的对面，中间隔着张花玻璃，女人尖叫声，张一诺大笑声在云层上滚动，一阵一阵的肚子疼使王拴娃似乎把住洞口的岩石，天光亮晃晃的，他要上厕所了，张一诺打开茅房一侧的门说：上。

他进去后发愣了，探出头问：这是茅房吗？

张一诺说：不是茅房那是餐厅啊？

他在四周找，没有见便坑，又出来问：不对吧？

张一诺进来，气气地说，这不是吗？

他指指坐便器，王拴娃真不明白，站在这上面解手啦？五年后，黑山村家家用上了坐便器，每次上厕所，王拴娃总不由想起这一次，他蹲在座便器上完事后，出了一身汗，城里什么都好，就这不好！躺在床上了，张一诺告诉他，这是住宿处，刚才是在足浴堂，王拴娃乐了，脚还要别人洗啊？

张一诺说：你的脚怕从没有洗过吧，黑脏黑脏的。

王拴娃想不起什么时候洗过脚了，夏季到沟底去，在泉水里要泡一时脚的。

张一诺说：袜子臭得熏天。

王拴娃想：谁一年还换什么袜子，夏天就不穿袜子，冷了才穿的。

张一诺说：人家小姐没人给你洗，马桩出了两份钱才有人洗。

王拴娃脸埋在被子里，偷看了一眼自己的脚，白了许多，不像自己的脚。这时，他清醒过来了，坐起来。张一诺望着他笑，他笑问：记得也有老李呢。

张一诺笑说：和杜总洗澡去了。

王拴娃知道猪圈的大名叫杜凯，咋又改成杜总了，晚上饭桌上，王拴娃明白猪圈为啥被人称杜总，这个月光酒店是猪圈创办的。这狗日的猪圈，把事弄得这么大。王拴娃想。还让王拴娃吃不下饭的是杜总把他的裤子、鞋、袜子都换成新的了，他一直没发现，老李一说，他低头看见了说：我的那些东西呢？

猪圈说：扔垃圾堆了。

王拴娃急了，鞋和袜子扔就扔了，可裤子是秋丰收的。回去，秋丰收给他要裤子，他咋赔人家？

猪圈说：吃饭时，不准谁提拴娃的那些东西。

老李说；坚决不准。

王拴娃几次想问猪圈，垃圾堆在那里，他想赶紧找回那条裤子，去晚了，谁捡去了呢？但他不敢问，怕老李骂他。心里有了事，饭菜也没了味。他把这事悄悄说给马桩，马桩笑说：找不见了。

王拴娃更急了，马桩不再理他，和老李一杯杯喝酒了。

雨大了，窗外淅淅沥沥地，真是从小时候的小人书的宫殿走在眼帘了，黑山顶上一晚一片灯光的地方，他现在就在这一片灯火之中。王拴娃心潮起伏。他仰望苍穹，无数的雨丝飞流而下，他希望能看到黑山顶上的小庙，和那袅袅的香烟。下雨，母亲上不了黑山的，星光会寂寞和心慌吗？他莫名地不安起来。离开窗口时，他认真地看了看猪圈买的鞋，还是皮鞋，摸摸，挺柔软的。在房间里来回走了几步，挺舒服的。猪圈这狗日的真行，不知杜四爷到这里来过没有？一定没有来过，杜四爷的嘴藏不住什么的，尤其这类事，那还不天天说道呀。马桩不如小时候了，晚饭完了唱歌去，不让他去，让一个穿裙子的女人领他回房间的，女人腰很细，一走屁股一扭一扭的，脸比范丽红白多了，好看多了。床的对面是电视，可他不会开，想在上面试试，怕弄坏了，于是躺在床上睡了。可他睡不着，心疼秋丰收的裤子，秋丰收只有两条裤子，非给他要不可，迷迷糊糊入睡了。梦里秋丰收追着他打，要那条裤子。

第十九章　盼个有钱的女人把我偷去

苗一色被王少云指派的专车送到黑山村，王拴娃跟前跟后，跑了一中午，苗一色走了。王拴娃望着远去的车辆发了半天愣，缓过神后，王拴娃抽自己一大嘴巴骂道：吃屎了你！

以前，王拴娃爱想范丽红的脸，后来，想月光酒店女人的脸，现在呢，又是苗一色的脸。老李说：不要看苗一色是个女娃，是咱县上城建规划最出色的，县城好多建筑都是她一手规划的。

后来，王拴娃了解到苗一色已三十出头了，不是老李说的是个女娃。

下午，苗一色又来了，在水利局整平的土地走了走，在本子上记记，跟她来的还有两个人，一老一少，两人用长卷尺量了量土地的长宽。老李戴着墨镜站在苗一色跟前，王拴娃在地里来回地跑，提防卷尺弯与曲，杜志谦回去喂牛了，老李骂道：迟早非挨搓不可。

杜志谦没回头地走了。杜志谦得到了风声，镇上准备让猪圈回来当村支书，这就是人们常说的经济能人回村当干部计划。老李知道这事，王拴娃丝毫不知，他这几天奇怪杜志谦的态度很生硬，对老李也一样，有时也敢顶老李几句，老李只是一句：非挨搓不可。

土地丈量完了，苗一色说：规划晚上就出来了。

老李说：出你手上了，还不是大笔一挥。

苗一色笑说：不好弄呢。

老李留苗一色吃饭，没留住。离黑还有些时间，王拴娃想回去看看，老李同意了，说：明早来早些。

两人说着已来到村口，文老三迎面走来，王拴娃慌神了，说：这东西又来闹事。老李轻松地说：还闹什么事？杜总已经把他摆平了。

文老三冲他俩一笑，继续走他的路，老李望着文老三的背影说：你们村需要杜总这样的人啊！

王拴娃想看老李的眼神，但老李的墨镜还戴着。

张一诺每晚要回镇上去的，近日和中心校一位教师处得火热，年轻人这事心都热很。老李厌烦了，摘下墨镜，一挥，说：谁要回，回。

张一诺走时，老李叮嘱他，明天记好上来时，在商店买两袋面和二十斤菜油，老白吃秋丰收的不好！

张一诺面包车一走，树下只有老李一人了。

秋丰收的家门始终开着，老李腿有些困，躺在了土炕上。

王拴娃回到了四组，第一个碰见的人是杜四爷，杜四爷两腿大张站在街上，挡他的三轮车，他停住了。杜四爷眼睛眯成一条缝瞅他。

王拴娃说：说事。

杜四爷说：晚上来你家喝酒。

王拴娃说；没酒。

杜四爷说：猪圈给你的酒呢？

王拴娃知道那瓶杜四爷不喝，会念叨一辈子的，便说：你的菜。

杜四爷发现了王拴娃的皮鞋，说：当官儿就是好，都穿皮鞋了。

王拴娃突然高声说：四爷，一只兔跑你家去了。

杜四爷立即往家里跑去。

王拴娃笑着开三轮车回到家，母亲没在，媳妇坐在窑洞前纳鞋底。媳妇一眼就看到了王拴娃脚上的皮鞋，一定要王拴娃脱下她看。王拴娃把鞋脱给她，媳妇仔细看看，说，不如布鞋，不透气。

王拴娃说：管它透不透气。

媳妇问鞋的来历，王拴娃说晚上讲，太长，媳妇要他立即讲，王拴娃要晚上讲。这时，杜四爷笑着进来了，王拴娃想逃出去，杜四爷非骂他骗人不可。

杜四爷一把搂住他，笑着说：晚上一定要来吃兔肉啊！原来，真有一只兔在窑洞里，杜四爷已经剥了兔的皮，在锅里煮着呢。

拴娃媳妇嚷嚷晚上也要去吃兔肉。

杜四爷说：你不能吃，等生了娃再吃吧。

老人常说，没生娃的女人若吃了兔肉，生出的娃会有兔唇的，女人一般不吃兔肉的。

王拴娃不想去，但想起猪圈，看看脚上的鞋答应了。

杜四爷说：别忘了提上酒。

王拴娃说：忘不了。

王拴娃有去山顶的想法，他时常有关于远方多种念头，那不是山顶，是明天的寄托。现在，我们在创造明天的美好，还要把寄托放在那里吗？他没有告诉媳妇，知道媳妇阻拦他去山顶。

山显得潮湿而饱满，几处的绿挂着雪花，风沁凉得很，阳光渐渐充足了，尽管太阳已在西山了。山顶一望，一切没有改变，但一切很是开阔。多少次在山顶，很少用欣赏的眼光看待眼前的风光。欣赏是一种心态。过去，王拴娃没有这样的境界，现在有了，尽管很模糊，但能感受那种气息。县城就在不远处，高楼、街道、车流、花伞，花伞下的女人，潮湿地气息迎面拂来，可这一切都在脚下。渴望城市、怎能不渴望城市呢？他突然冒出一个奇异的想法，张臂一跃立即就能融到远处的城市里去。

阳光灿烂的时，行进在县城北的大道，抬眼就能望见黑山，雄伟地耸立在天地之间，这是张一诺说给王拴娃的。

母亲和杜四婆俩正在山顶静静坐着，星光似乎在头顶闪耀。以前，王拴娃不明白母亲的心思哪里来的。这次猪圈告诉他，带两位老人第一次上到山顶是夜晚，他指着颗颗星星给老人看。他生意做得这么大这么好，是这里星光照耀的结果。王拴娃信了，母亲不是说过他将是黑山村的人物了，他的今天，也是星光照耀的结果吗？猪圈很信这个，他拜一位道长为师傅，每年的初一是在道观里度过的，那地方是中回台，在秦岭大山的深处。一年不到，王拴娃知道那不是道观，而是几间茅草屋。

有机会带你去。猪圈笑着说。

王拴娃半信半疑，但他对山顶有了前所未有的敬畏，敬畏的懵懂里却是白一民、张文、康宏，有时还有老李。这是真的。

王拴娃一动不动，怕惊了两位老人。

太阳沉下西天了，四周朦胧起来，风一阵紧似一阵，有些刺骨的寒意，星光透亮，母亲和杜四婆站起来，王拴娃躲在一块巨石背后，两位老人消失在暮色里。他坐在两位老人刚才坐过的蒲团上。似一团棉花，软和得很。棉花一定也是猪圈拿回的，他家没有棉花的。星光熠熠，王拴娃情不自禁两行热泪。他拭去泪，泪又流出来，山里的人很少有眼泪的，眼泪似在身体的某一处储藏着，但一旦爆发了，泪花如雨。王拴娃任凭泪流，他不知道为什么流泪，泪自己奔流而出的。远处灯火阑珊快完了，猪圈也在阑珊处，星光会燃烧尽吗？我会是火光点燃星光吗？月亮在天上，星光寒寒，那片灯火还在远处燃烧，曾经这片灯光那么神秘，比月和星都要神秘。今夜，神秘消失了，而是成了女人的另一种召唤。他听见了招呼声，真有招呼声，却是来自他的身后，是杜四爷的，夜晚，声音在山里传播很远，是杜四爷想喝他的酒了。

杜四婆不爱和杜四爷说，杜四婆说：一生和那东西说不了三句话。

杜四婆是城里娃，也是因为这里有土豆能吃饱。

王拴娃问杜四婆的娘家。杜四婆只说，都以为我饿死了。

王拴娃问母亲：你呢？母亲说：和杜四婆差不了多少。

如今为什么没有人往这里逃了，都往那一片灯火的地方跑。有一天，人们往这里跑，就好了。

杜四婆吃素，杜四爷却喜欢吃肉，见杜四爷做肉，杜四婆就找拴娃母去了，她俩在一起说话的时候不多，大多时间念经，即使在窑洞里，也是面对面坐着念。每次，王拴娃见两位老人在窑洞念经了，估计一定是杜四爷在家吃什么肉了。但王拴娃很少去杜四爷家，去了，最烦杜四爷一口一个猪圈如何，一口一个猪圈怎么，害得他食欲都没有了。山里人的肉食大多是兔，再就是野鸡、兔多些，尤其是冬季，杜四爷做出的兔肉比野鸡肉好吃，猪圈带回的调料全且多，杜四爷的口味重，肉的香味一出锅就扑鼻呢。王拴娃下山已经闻见肉香味了。

他回去提酒时，媳妇不准出去，说：不想媳妇，想你四爷了。

王拴娃说：球！

媳妇抱住他不放手，王拴娃有些急了，说：我现在是主任。媳妇说：我管你是啥呢。

杜四爷闪进来了，一把拿过王拴娃手中的酒，一边往出走，一边说：你俩想弄啥弄啥去，酒我先带回。

王拴娃有些恼了，媳妇也松开了手。王拴娃没理媳妇，直奔杜四爷家来了。

杜四爷家的所有门大开，窑洞里的蜡灯比平日亮了许多。王拴娃还没有走进窑洞，听见杜四爷在窑洞里说：你小子非来不可。

两人炕上坐定后，王拴娃问：你咋知道我非来不可。

杜四爷笑说：酒啊。

王拴娃说：我就没想酒。

杜四爷在炕桌上的瓷盆里翻一下，挑出一个兔腿说：拿上。

王拴娃接过兔腿。杜四爷给自己也找了个兔腿，吃两口，喝一口酒，说：爷老了，酒量不行了，你要多喝。

王拴娃说：喝多吐了，糟蹋兔肉。

杜四爷说：猪圈拿的酒，好酒醉不了人。

王拴娃想，也是，秋丰收的酒一喝头晕，猪圈的酒再喝，头没感觉。王拴娃比杜四爷多喝了几杯，杜四爷望着王拴娃喝，王拴娃喝一口，杜四爷问：酒不错吧！

半瓶酒完后，王拴娃不喝了。杜四爷说：再不喝，我要骂人了。

王拴娃说：想骂谁呀？

杜四爷说：猪圈。

王拴娃说：快骂！

杜四爷说：猪圈气死我了。

王拴娃提起了精神，喝了一口酒。

杜四爷说；猪圈气死我了。

王拴娃把正吃的兔腿扔进瓷盆，说：啥意思嘛？

杜四爷说：猪圈气死我了。

王拴娃放酒杯于炕桌上，气急败坏地说：喝球呢。

王拴娃要下炕。

杜四爷说：猪圈出去已经十年了，换了三个媳妇。

杜四爷呷了一口酒，王拴娃重新坐在炕上，望着沮丧的杜四爷。

杜四爷说：换了三个媳妇，驴日的，上个月又把媳妇不要了。

王拴娃问：咋了？

杜四爷说：不敢见长得乖的女人，就换媳妇。

王拴娃说：我看怪那些乖女人，人家叫呢，你就跟着走呢。

杜四爷说：有些钱，全给了女人了。

王拴娃想说去月光酒店的事，话到嘴边又咽下去，他怕杜四爷要脚上的皮鞋。

杜四爷说；害得马桩也跟着学，迟迟不结婚，气死我了。

王拴娃伤心了，媳妇肚子老不见大，难道是要断香火吗？杜四爷再说什么，王拴娃已听不进去了，他有些坐不住了，趁杜四爷上茅房的空，急火火地跑回家了。急火火脱光衣服，急火火爬到媳妇身上。

媳妇说：不急，我等着你哩！

王拴娃刚体会出媳妇体温了，杜四爷追过来了，敲打着窑门，说：狗日的就知道和媳妇睡觉，起来，喝酒。

媳妇细声说：拴娃没回来。

杜四爷说：你开门我看看。

媳妇说：我睡了，晚了。

杜四爷说：睡了能穿。

杜四爷继续敲打门。拴娃母和杜四婆骂走了杜四爷。

王拴娃呼呼睡着了，媳妇打他醒来，他蹲在炕上抽完根烟，趴在媳妇肚子上时还在想，猪圈三个女人没有娃，我一个女人也没有娃。邻家的狗汪汪地叫了，是杜四婆往回走了。狗“汪汪”地叫，王拴娃带不上劲，蹲在炕上点着了烟，这烟是猪圈塞给他的，太软，他点着蜡灯，满炕角找旱烟。

媳妇急了，骂道：是你弄我，还是旱烟弄我？

王拴娃找到了旱烟，狠狠吸了几口，趴在媳妇肚子上，媳妇高兴地说：旱烟带劲。

王拴娃最后倒在炕角时，猪圈有一百个女人都没用，他不抽旱烟了。天亮的时候，王拴娃醒了，不由难过了，天天吃旱烟，结果和猪圈一样。郁闷的情绪控制了他一天，天阴了，云很低很低的，他不想去山前了，去坡地了，山前那片土地很快就是平川了，人们的目光似乎还没投射到这里来，每次汇报，老李反复叮咛，不要说四组，他们怕领导到这里来，怕领导走弯弯的山道。但他希望领导到这片土地上来，明年的这个时候，他们都搬到山前去了，可土地还在这里，他们永远要翻越这弯弯的山道。

他把郁闷倾诉给秋丰收，秋丰收说：操那心做什么？先搬到山前来再说。

范丽红脑筋转得快，安慰说：说不准到那时，山道也是水泥路了。

王拴娃的郁闷没走，反而更浓了，他有了单独去县委找白一民的想法，秋丰收也不知县城的交通，范丽红熟些，她曾在县城劳力市场揽过工。但王拴娃不好意思同一个女的去县城的，范丽红有这个想法，但王拴娃不敢想。天这几日一直阴着，冬云低低的，老李躺在土炕上吸烟。康宏今日也上来了，却睡在吴德虎家，吴德虎将女儿的房间安排给康宏住，吃饭也在那里了。老李很高兴，康宏在跟前，他有些放不开，张一诺跟康宏睡在吴德虎家了，车辆是要跟领导的，雷劲松要跟老李，跟老李自由。刘仁涛请假了，康宏骂：节骨眼啊！请什么假？

康镇长一连几天都在村里，住在吴德虎家，却很少过夜，水利局坡改梯田平整土地工程结束了，按照林业局的规划，大棚基地建好后，要有一条两车道宽的观光采摘大道。水利局的大型机械在村上，林业局通过县委办把采摘大道工程委托给水利局，水利局没推辞应允了。

康宏想让村上感谢一下施工队。杜志谦一肚子的不满，他挣钱呢，还要我们谢啥？康宏这回没有骂杜志谦。村上没有一分钱的积累，老李想到了猪圈。康宏点点头说：黑山村还是需要这样的人啊！

王拴娃看见杜志谦狠劲地呼呼吹烟锅，村上手机没有信号，康宏说：我到镇上联系杜总。老李说：移动公司决定要在黑山村建信号塔了。康宏的目光落在黑山上，说：该建了，这里也连接着世界。

王拴娃见杜志谦仍在呼呼吹着烟锅。

晚上，吃了饭，老李要在沟边走走，王拴娃陪老李走，一会儿秋丰收也出来了，三个人转到村主干路上去。县城的灯火很遥远。王拴娃冒出一个怪异的念头，黑山村似一条木舟，慢慢地向县城的岸边滑翔，他似乎听见舟底河水的一漾一漾的。老李突然说：明年够忙的了。

看到县城，猪圈立即出现在王拴娃的眼前。

月光酒店，杜总。王拴娃喃喃。

是啊，你们村需要杜总。老李说。

多年没有他，我们不一样生活啊。秋丰收说。

现在，你们和以前不一样了。老李说。

老李和王拴娃回去了，夜风太冷，秋丰收去沟边尿尿。王拴娃最后知道秋丰收跑去吴德虎家找康宏，康宏回镇上了，他扑了个空。回来时，在文老三家赊了瓶酒，范丽红已经睡下了，没有了菜，老李不喝，王拴娃也不喝了。其实，王拴娃不想再喝秋丰收的酒了，头老疼。还有秋丰收一喝酒后，爱要他的裤子。王拴娃几次将他的裤子给秋丰收，秋丰收一穿半截腿露在外边。秋丰收将裤子还给了王拴娃，要他的。

王拴娃说：丢了。

秋丰收说：把你咋没丢？

王拴娃说：我盼有个有钱的女人把我偷去。

秋丰收说：人家要你擦屁股啊！

两人哈哈笑了，不再提裤子的事。

移动公司在学校门口南侧将信号塔建好，康宏的手机在腰间吱吱响了，连张一诺手里都捏着一个手机。秋丰收常常要张一诺的手机耍，王拴娃按捺不住自己的好奇心，和秋丰收一起耍张一诺的手机。王拴娃奇怪老李怎么没有手机，老李面向黑山说：丢在山上了。秋丰收拉王拴娃要去找，王拴娃说：做梦了。秋丰收说：咱俩得有一个手机。

王拴娃心里骂，做梦吧。王拴娃不敢做那个梦，但很快王拴娃就有了手机，是猪圈给的，猪圈说：用过的手机抽屉里放满了。

猪圈和康宏一起吃过早饭后到达黑山村的。康宏指示老李召集齐镇村所有干部，由他亲自带队，去慰问水利局的施工队。张一诺的面包车里装满了慰问品，张一诺还没说，康宏告诉大家，慰问品是猪圈的。他作为一名黑山村的群众，有义务这样做。猪圈笑容可掬地给大家散烟，快散到秋丰收跟前了，秋丰收提着裤子上茅房去。事后秋丰收对王拴娃说：我是故意走的，不想抽他的烟。

去地里的半道，杜志谦借肚子疼蹲在地上不走了。猪圈笑说：是一泡屎没拉完。

慰问施工队结束也没见杜志谦回来。途中，猪圈接过几次电话，康宏说：黑山村再不是被人们遗忘的角落了。猪圈说：我村人人若能用上手机就好了。看了王拴娃一眼说：我送你一个手机。

王拴娃以为猪圈就那么一说，谁知天快黑时，张一诺在秋丰收家找到了王拴娃说：杜总捎给你的手机，卡什么都装好了。

当王拴娃的面演示几遍问：记住了？

王拴娃说：记住了、记住了。

王拴娃将手机拿到沟边，看不够。秋丰收听说了这事，跑到沟边，要看手机。王拴娃不准秋丰收用手拿，他举着手机让秋丰收看，秋丰收气得不看了，王拴娃喊了几声，秋丰收头也不会地走了。王拴娃顾不上秋丰收了，去吴德虎门口找张一诺。张一诺是要手机的内行，手机有信号了，张一诺躺在车里要手机。老李说：上网聊天呢。

经过几天的耳提面命，王拴娃喜欢站在窑背上用手机大声向康宏汇报工作了。其实，康宏有时就在吴德虎家。老李踢了王拴娃一脚说：先和我商量后，再给康镇长说。

秋丰收几乎天天骂猪圈，一次骂时，杜志谦脱下鞋，砸得秋丰收鼻血淌了一胸膛。秋丰收将杜志谦的一只鞋扔到沟里，吴德虎为平息事态，下沟去拾上了杜志谦的鞋。

老李骂他俩，弄正事罢了，弄闲事一个比一个厉害。

秋丰收装晕，要杜志谦给他输血，说：淌那么多血，吃几年都补不回来。

杜志谦毫不示弱地说：是你血胀了。

秋丰收捂着鼻子往杜志谦家走，杜志谦大声说：我要是给猪圈一说，猪圈非卸你的腿不可。

秋丰收就地蹲下了，杜志谦骂道：咋不去了？秋丰收说我头晕，走不动了。杜志谦又骂道：翅膀硬了，我的话都不听了，迟早非折了你的翅膀不可。

秋丰收哭了：我能不听你的话么？我头晕。

王拴娃过去，扶着秋丰收回家，睡在土炕上，秋丰收哭着说：拴娃叔，还是你对我好。

完全忘了王拴娃不给他看手机的事。

范丽红不答应了，非要找杜志谦闹事不可，王拴娃左拦右拦，范丽红左扑右扑，王拴娃没拦住，范丽红扑出了门外。迎面撞上黑着脸的老李，老李怒吼：往回走。

范丽红乖乖跟着老李进了家门。老李二话没说，倒在土炕上抽烟，秋丰收下了土炕，与范丽红低头站在炕边，老李突地坐在炕上，指着他俩说：你俩像样子不？你俩能当上主任，是我磨破嘴皮给领导进的言。好事一个没有，先会窝里横了！再说，你范主任，刚康镇长安排一诺明天送你去镇上开工作会，全镇二十五个行政村，哪个村的妇联主任受过这样的待遇？你俩闹去，明天看免不了你们的职！

老李躺倒抽烟了，一口一口吐着烟雾。

王拴娃溜出门来，蹲下用袖子擦了擦皮鞋。猪圈说：把皮鞋穿成泥鞋了，有时间擦擦。王拴娃看猪圈的皮鞋，嘿，亮得闪光。康宏的也一样。一擦，比刚才好看多了。王拴娃正用袖子擦皮鞋时，被出门的老李看见了，老李笑他，他脸红了。老李说：明天让一诺在镇上给你捎个鞋刷和一管鞋油。

还有那东西，王拴娃不相信。但张一诺真捎来了那两样东西，并当场指导王拴娃将皮鞋打得锃亮锃亮的，比猪圈和康宏的还亮。

张一诺说：老李的鞋没有你的质量好，打了油也没有你的亮。

王拴娃喜欢一个人晚上出来走走了，站沟边望远处的灯光，转身再望山顶，小庙就在山顶上，灯光闪亮，香火袅袅。站困了，坐在地上，抽几根烟。秋丰收卷的大喇叭烟抽时呛人，他把纸烟抽顺了，再也没有抽过秋丰收的大喇叭旱烟了。

第二十章　杜书记心大的没有边沿

康宏把范丽红表扬了几次，还特意安排张一诺去镇上买两袋面及一些蔬菜，给范丽红送去。晚上，康宏去秋丰收家吃饭，范丽红做了像样的四道菜，每道菜都是用瓷盆盛着，足够六七个人吃的。康宏没有酒量，不喝酒，但还是让张一诺提了两瓶啤酒，在窑洞待了一会儿，借故镇上要开领导会离开了。

几年后，和秋丰收两口子熟了，康宏说：当年，怎么把窑洞弄得像猪窝？一股尿腥味。范丽红一笑说：这你要问老李和我的拴娃叔。康宏笑说：我现在最佩服的人是老李，啥环境他都能适应。

老李和王拴娃高兴了，尤其是老李，手脚放开了。王拴娃对康宏的冰冷心里紧张，康宏的脸始终绷着，很难看到微笑，只对吴德虎笑过。老李脸上拍打一下，说：心里事多啊！你这村要建成新农村呢。

王拴娃见老李乐了，他也跟着笑。秋丰收忙着倒酒，范丽红虽有些失落，但和老李碰过几盅后，微笑更甜美了。老李目光始终在范丽红的脸上，范丽红觉察到老李的目光了，笑得更开怀了，几次都笑出了声。王拴娃脑海闪亮的是月光酒店女服务员白净的脸容，范丽红几日换了个人似的，但那脸色和服务员的不能比，一比，范丽红的脸不像脸了，似冬季冻红的小孩屁股。王拴娃哈哈乐了，接连和老李碰了几杯，秋丰收嚷嚷也随着喝。

范丽红去镇政府二楼会议室开完工作会，镇上给她们管了顿羊肉泡，镇干部站在厨师跟前不停地大声说，每碗多放肉、每碗多放肉。

回到村上，范丽红立即入户动员妇女投身村上的工作。年轻的妇女都外出了，努力了一天，最高兴的是与邱枣交了心。邱枣见到杜志谦露出了笑容，杜志谦吓得跑到学校操场了，脸色还白透着。秋丰收哈哈笑了，说：邱枣想通了，不怪你了。杜志谦对着天空长出一口气。康宏说：这是什么？是一种变化，也说明黑山村将要发生巨大变化了。范丽红是谁？是许海峰。一枪打破我国奥运史上金牌零的耻辱。

康宏自己掏腰包，要把村上干部请到饭店吃上一顿，但怕传到张文耳里去，刚有些起色，尾巴就夹不住了。于是，他来到范丽红家吃顿饭，以示祝贺和鼓励。康宏来家里吃饭，不说是秋丰收两口子，王拴娃都感受到脸上的光彩。一条木舟没有停歇地向灯光灿烂处滑翔，朦胧时，看见老李拿着酒杯发愣，脸更黑了。秋丰收看着老李发愣。老李突然喊了一声：死到这个村子了。

王拴娃揉揉眼睛，还是康宏看得远和准，苗一色将移民搬迁点选定在村南和学校北两片地上。村南共七十户，两排对面，中间是六米宽的街道。街道是由四米宽的路和两米宽的绿化带组成。村北五十八户，也是两排对面，街道的构造和村南的一样。这个方案得到了白一民的肯定，苗一色做了张效果图，让大家过目。面对效果图，王拴娃惊呆了，每家红色的大漆门，两间拱形大房带一间厢房，街道绿茵茵的绿化带，宽阔的水泥路，还有两排路灯呢。苗一色说一户占地二分。康宏领大家在两片地看过后,不由佩服起苗一色来,王拴娃努力地想记住苗一色的脸。苗一色在时,他记住了,苗一色一走,却怎么也想不起来,一片模糊,再去想,却是月光酒店的女人了。康宏和苗一色又说又笑时,王拴娃对康宏又多了层羡慕和嫉妒。他发现自己愈来愈渺小,康宏满脸是笑,王拴娃也放开了乐。

王拴娃揉揉眼睛,自己在哪里呢?脑海一片雾气,康宏的笑是红色的,自己也是红色的吗?老李黑里多了层淡淡的青色。村口的路没有过的干净,康宏认真地看着老李说:范丽红是村干部了,以后在一起工作了,注意交往分寸。王拴娃听到秋丰收往水杯倒水的声音。

老李一笑说:不可能,工作二十几年了,没动那心思。

不可能。自己在说话吗?康宏说:拴娃主任能有啥观察力,我给你们说到的,一定要做到了。老李笑说:不可能的。

王拴娃摇摇头,再看时,老李和秋丰收两人在喝,范丽红躺在两人的脚下,头是在老李一边的。王拴娃眼前又模糊了,老李一只手撩起山顶小屋的刘海,范丽红没有睡着,小屋身子扭动了,屁股朝外了,一只手搂住了老李的腿。几天里,王拴娃一看见范丽红就出现小屋搂着老李一条腿的画面。是真的吗?山顶的星光越是清晰了,但那种感知愈是模糊,但这一切活生生地展现于他的眼前啊!他不敢说给任何人。他的知心人是秋丰收,秋丰收和他碰酒时说,我俩是知心人。

他哪里知道我的心呢。王拴娃每次见了秋丰收不由这样想。能算是说话最多的人了,这话连秋丰收都说不了,黑山村就没有能说给他的人了。王拴娃有时很痛苦,他想杜志谦一定更痛苦吧,康宏不喜欢杜志谦后,人人都不和他说了。每次活动他都跟着,只是抽旱烟、吹烟锅。每晚杜志谦要到吴德虎家里,康镇长也在那里。

村子里杜书记只有一个吴德虎能谈得来,康宏在,杜志谦和吴德虎说不了多少话，他一肚子的话啊！憋得夜夜失眠。他想吴德虎陪他在沟边走走，或是去看看的牛犊。康宏总摆出村上存在的问题，给杜志谦要办法。杜志谦抱住头说：疼得很！跑回家了。

风怒吼了一夜。天亮时，风停息了，但冷得出奇。杜志谦的头几乎都要缩进棉衣了，连忙点着烟锅，吸了两口。学校门口，康宏几人冷冷看着杜志谦走来。四组群众不愿搬到山前来，杜志谦一身的轻松，王拴娃有本事领一队人走出来吗？

康宏说：杜书记，你晚上咋睡得着来？杜志谦摸摸烟锅头说：王主任的组，我怎么睡着啊？康宏突然火了：你不是全村的支部书记吗？杜志谦气得嘴张得老大，说不出一个字来，所有的怒火直冲上脑门，他把烟锅在地上狠劲一摔，又用脚使劲一踩，吼了一声：不弄这球事了。

杜志谦气咻咻地刚转过身，一个趔趄，摔倒在学校门口，吴德虎跑过去扶起了他说：心平气和地说啊！杜志谦说：说球呢！康宏高声说：吴老师，不要挡了，让滚！

王拴娃不安了，康宏下来一定是收拾他了，但康宏只是望了王拴娃一眼，抽起了烟，王拴娃看见康宏拿烟的手拼命地颤抖。他连忙低下了头，再看康宏时，王拴娃吃惊了，康宏流泪了。康宏想控制自己的情绪，但控制不了，泪水哗哗地流，似乎想说什么，但哽咽得说不出来，进学校里了。

老李转了几圈，把烟蒂狠狠摔在地上说：能弄球，这么个事都办不了。

坡地成平地了，面积少了。还有环形的观光采摘大道占了些地，按原有亩数划分各户不可能的，事情其实很简单，把每片地的总面积量出来，按原来的人数户数分下去就好了。地没有分到户，群众天天到学校找镇干部。地在那里闲置着，群众看着心焦啊！他们就是指地生存啊！

王拴娃对山前的情况不熟，秋丰收主任协助他，先把每片的面积丈量出来，雷劲松、刘仁涛也参与上。康宏发火的是村上什么账本都没有，全凭杜志谦的记忆。吴德虎心里有本账，但到关键处，往往模糊不清了。老李和范丽红在文会计家里找了个遍，和村上相关的一个字都没有。老李多次说：村上得有个会计。康宏把范丽红秋丰收几个看来看去，没有会计的料，只有吴德虎了。又是只有一个，康宏在自己额头捶了一拳。

康宏出了学校门，走出村口，大家跟着他。阳光惨淡，天空空寂，冰冷冷的。康宏走到了地头，土地平展展的，起伏翻滚的思绪瞬间安静下来。康宏说：先把土地面积丈量出来。王拴娃一拍大腿，说：没拿卷尺。老李说：你一天心在哪里操着呢。秋丰收悄声说：没有卷尺。王拴娃说：借去。

秋丰收说：这要那大卷尺，咱村上没有，哪里去借？王拴娃看了秋丰收半天，没说话。秋丰收说：娃苗的女人有。

王拴娃说：那只有康镇长借了。

走在平展展的土地上，王拴娃有一股兴奋劲，但很快懊丧了，属于他的土地还是高坡，而且，永远是那样的了。猪圈在县城，不指望土地，他在农村，当农民，土地是命，土地贫瘠了，生命只有苟延残喘的份。这么多年，不就残喘过来了么。王拴娃抬目远望，晴朗的冬日阳光下，隐约能望见的一团黑影是县城的报时大楼吗？

康宏情绪好些了，在土地上转了转，望起了黑山。老李并肩也望起了黑山。康宏说：应该是一片绿色。老李说：今冬明春栽植松柏呢。康宏望一眼老李说：第一书记啊！这个村子走出贫困富裕了，历史将是一个金光闪闪的飞跃。老李说：不敢想那么多，只要人人腰包鼓了，爱笑了，就是福分。康宏说：计划把土地划到户吗？老李说：是啊！康宏说：不要那样做了，应该集中起来，交给有经验有实力的人干大棚。老李脸上露出笑容说：谁能挑起来呢？康宏看着老李说：你应该有思想准备。老李说：班子太软。康宏望了望天空自语道：又是只有杜总吗？

康宏走向村子，老李回到丈量土地队伍。吴德虎望着渐渐远去的康宏，说：不怪康镇长，怪志谦。老李有些气愤：当了几十年村干部，连底子都没有。吴德虎欲言又止，叹息了几声。

吴德虎步子丈量着土地，王拴娃、秋丰收跟着他。老李坐地头抽烟。烟雾淡淡地散在四周，猪圈回村吗？移民搬迁之后，是产业发展，村子没有年轻人了，怎么做呢？再有物流现在这么发达了，这个村子却是个死角。怎么与外面的世界连在一起呢？文老三行吗？王拴娃跑到老李跟前，王拴娃想卷尺的事，跑来说了想法，老李让他现在给康镇长打电话，老李的心思一团乱麻了。

王拴娃心急，又怕康宏骂，满脸的汗。王拴娃有些恼了，但发作不出来。他想爬到电信塔顶，看看县城以南是什么。张一诺鼓励他爬，他去了电信塔底下。张一诺喊：爬呀！

王拴娃紧了紧裤带，正准备攀爬，老李远远地喊：小心摔死了！

王拴娃放弃了，坐在电信塔架上，远处的黑影是报时大楼吗？一辆黑色的小车飞驰而来，刮起漫天的风尘。风尘一浪一浪的滚过来，笼罩了王拴娃。那个高高的黑影呢？王拴娃有些毛躁了。混沌之中，猪圈指着报时大楼说：往高处看。王拴娃说：站在上面能看见黑山吗？混沌渐渐清澈些了。这辆黑小车，猪圈知道这回事。扶贫办在几个村去年搞移民搬迁，工队是高山水的司机卫轻松组建的，他现在不是高山水的司机了。听说在单位办了停薪留职。卫轻松黑瘦黑瘦的，留一八字胡须，烟瘾很大。一天抽过五包烟的。听人说，他的嗜好是赌博！几乎没赢过，干过的工程不少，全输在赌场上，还欠有一屁股的债。但高山水信任他，扶贫办经手的工程一般人揽不去，非卫轻松莫属，高山水把城建局的方案给了卫轻松。卫轻松带工队的技工来，在明年二三月开工前，将地基修理好。将砖、沙子、水泥等材料现在备齐，明年就省事了。张一诺把卫轻松介绍给大家，卫轻松在车上取一条烟下来，让张一诺给大家散发，多出的三盒张一诺放进面包车里。卫轻松给康宏说明了来意，康宏指派秋丰收带他去搬迁点了。

猪圈说：咱村的活不能让卫轻松建设，那家伙偷工减料，盖过的房都是危房，好多人天天找他的事。王拴娃惊呆了，猪圈拍拍王拴娃的肩说：先观看报时大楼。报时大楼有十层楼那么高，顶部四面是钟，钟面有农村一堵墙大，是深红色的，时针分针是白色。猪圈领他上去看，王拴娃拒绝了。他想在县城夜晚的街道走走，路灯下车辆、人流。王拴娃看见苗一色正用笔描绘这一切，我们那里的一切还是张图，但模样和这里几乎一样，也有路灯。王拴娃几次想蹲下去摸摸路面，他一个人了，一定要摸摸的。猪圈对村上的事了如指掌，王拴娃打死不相信是范丽红通的风，秋丰收也压得严。一些事秋丰收也不知道的。一晚，王拴娃睡着了，听见范丽红在说话，还咯咯地笑，他半坐起一看，范丽红用手机打电话呢，手机是猪圈给的，范丽红将手机藏得很严实，秋丰收夜静趴在被窝想要要都不给，猪圈回村任职了，范丽红才把手机挂在秋丰收的腰间，让他在村子里炫耀地走。

猪圈每次回来几乎都要给杜志谦买些礼品，冬季主要是一筐西红柿和一筐黄瓜，每回也忘不了吴德虎，杜志谦信得过猪圈的，爱在猪圈面前骂镇上的领导，也骂王拴娃，也骂吴德虎。猪圈给吴德虎说杜志谦爱骂这事，吴德虎笑笑说：成疯狗了，见谁都咬。

猪圈问及村上的地亩等有关账目，他相信吴德虎知道这些事，吴德虎说：村上有两份，一份在杜志谦家，他老婆就火烧一些，他卷烟上茅房也用完了。一份呢，在文会计家，不知藏哪里了，邱枣都找不见。

猪圈笑说：杜书记心大的没有边缘了。

送走猪圈，吴德虎找见杜志谦，他不明白猪圈最近咋这么关心村上的事。

以后，村上事给我说我都不听。杜志谦躺在炕上抽烟锅，轻蔑地说：把他给山前搬呢，他能不关心。

吴德虎一想也是。山里人一般有两三个烟锅，吴德虎去学校给娃上课，在院子里捡了杜志谦的烟锅，杆坏成几截了，烟锅嘴好着，玉石的，时间长了，光溜溜。吴德虎慌慌得不行，把什么东西遗在家里似的。他在课本上给学生画了几道题，匆匆赶回家。在门口听见猪圈和康宏的笑声，他返回了学校，平日不苟言笑的康宏，见了猪圈咋像变了个人似的呢？他想问问康宏，可晚上再没有看到康宏。

康宏、老李、雷劲松在月光酒店棋牌室坐着，张一诺经管倒茶水，完后坐沙发里看电视，康宏不准放声，张一诺关了电视坐在康宏背后。猪圈笑说：不打麻将，坐这里干什么啊？康宏说：如果黑山村有这样的娱乐场所，那些老人能多活十年。猪圈拿根烟在鼻子下闻。王拴娃不去棋牌室，他看见麻将头晕。雷劲松和刘仁涛坐在麻将桌边，摸着麻将牌。王拴娃第一次见到麻将，一块一块地和山顶的石头一样方正得很。张一诺教王拴娃麻将的打法，王拴娃愈听愈糊涂了。

张一诺问：麻将有多少张？王拴娃挠头半天，硬着头皮说：一百二十六张。张一诺呵呵笑了说：想一脚把你踏死，和猪一样笨。王拴娃摇头说：我还是看电视吧。从此以后，没有了外人，张一诺叫王拴娃猪头了，但张一诺只喊了三年。王拴娃喜欢猪头这名字，猪圈也许因这名出人头地，他早叫猪头一定比猪圈有出息。

康宏不准打麻将，但打开自动麻将桌，让大家听麻将桌里转动麻将的声音,秋丰收听了一宿。王拴娃听不了麻将声,外面夜半后干冷,天亮起来一看,自己睡在范丽红的身旁,幸亏范丽红没有醒来。另一个房间还有麻将声。他悄悄溜出来,蹲在路旁,观看车流人流了,王拴娃突然有了睡意,他来到学校。吴德虎给三个娃上课,两个娃趴在桌边,吴德虎坐在床上,肚子盖一条被子,半靠着叠好的被子。王拴娃拽吴德虎下了床,自己躺上去。吴德虎见三个娃咯咯地笑,合起书本说:走做早操。

两个娃跟着吴德虎在操场上慢跑起来。

过了几年,王拴娃没有明白康宏为什么让大家听麻将转动的声音呢?他问过老李几次,老李盯他半天,出一口气,干别的事情去了。只有一次,老李站在沟边,望着黑山说:太沉重了,轻松得起来吗?而王拴娃想起那晚与范丽红睡一夜的事,月光酒店的女人把范丽红搬出他的心思。猪圈极力帮助王拴娃脱去落满尘土的外衣。他让马桩带王拴娃去洗浴。王拴娃躺在大浴池里,蓝色的梦包围着他,他似张臂漂泊于天空里,又似山顶熠熠闪光的星光味道里,满鼻的星光味,又不是星光味,是白一民、年凤应身上的味道。几十年里只有被雨水浸泡过,父辈们年轻时,泾河还有些水的,男人白天,女人夜晚都去河里清爽,可王拴娃记忆里泾河只是河床上了。浴池犹如夜晚南眺的一片灯火,王拴娃完全融入这片灯火了,但马桩让他搓背时,他觉得离灯火还远着呢,他没有勇气仰面躺在搓澡床上,将一切裸露出来,更无法忍受自己的生殖器没有遮掩地给一个陌生人端详,马桩动员几个男人硬将王拴娃平展展地按在床上进行搓澡,王拴娃挣扎几下,一动不动了,他开始享受搓澡的美妙!

他想极力地融入这片灯光,多次见马桩,王拴娃悄悄说:洗澡去。马桩捂着嘴笑,王拴娃不准马桩讲出去,第一次搓澡时,王拴娃生殖器挺得硬硬的,连搓澡师都笑出了眼泪。

马桩问：想哪个女人了？

王拴娃没敢说，其实，他的脑海闪过苗一色的笑。他立即打自己一巴掌，不想活了吗？

第二十一章　奋斗三年　实现万亩大棚基地

杜志谦睡了两天，康宏有了去叫他的想法，王拴娃要去叫，吴德虎说：明天他自己就来了。康宏说：那就过明天再说吧。

白一民明天要来，白一民急着来，是年风应近期要来。康宏担心白一民明天来了，问及杜志谦。更操心杜志谦见了白一民时胡说。吴德虎一笑说：他不敢。康宏说：要杜书记明天不说话，跟着走就行。吴德虎说：这事交给我。康宏说：这个班子怎么才能硬起来啊？康宏看看黑山，转过头看看王拴娃。学校操场的杂草又长高了，这地方庄稼等作物很难长，杂草却疯了般的长。

王拴娃发觉康宏有喜欢他的意思了，每次吃烟都要扔给他一支，他想这是猪圈的原因。尤其是他说借苗一色皮卷尺的事，康宏爽快地答应了。还说，遇事就是要想办法。第二天就将卷尺带上来了。他也不敢怠慢，不管雷劲松、刘仁涛跟不跟，和秋丰收跑了一天半，将几个大片土地的面积丈量了。小片片要几十个，得一周的时间。

康宏说：我们想想，村北的坡地种植什么啊？

王拴娃单独和老李在一起了，老李说：这回准干了件实事，人也精神得很。王拴娃想，你知道什么呢？这是澡洗出的结果。

范丽红见了王拴娃说：比过去白多了。秋丰收说：我看和过去一个成色。范丽红说：男人要女人看呢。老李想说：女人呢？话到嘴边了却咽回肚子了，范丽红脸红得妩媚地说：我们自己看呢。老李吃惊了，范丽红看透了他的心思吗？他走到窑背上去，扶住一根碗口粗的电线杆。线路应该改造了，电杆是一根根即将腐烂的椽，村子人不多，住的太分散。晚上，灯泡红丝丝的亮光，看得人心急。这个村子在古老的土地里沉睡太久了！老李按按自己的太阳穴，康宏有时间就在那里敲打，范丽红那里，不要往前走得太远。

王拴娃说：不可能。艾士光问原因。王拴娃说：一天天刚亮，去院子里尿，范丽红也出来尿，范丽红脸比身子白多了，身子黑很，老李说过，他见不得皮肤黑的女人。康宏走到沟边没有人的地方，笑了很长时间。

夕阳比血还红了，自己的脸也是一片红吗？老李背对一片红色，村子被一片烟雾笼罩。家家在烧炕，一定要解决低压整改。秋丰收笑嘻嘻走到老李面前，他身后是浓浓的暮色。老李几次骂秋丰收不要光着睡。秋丰收说：没有半截裤，不能穿长裤睡吧，那样也睡不着。

老李无奈。

秋丰收家的面粉吃完了，张一诺去镇上拉，老李带秋丰收去了镇上，在内衣店，老李骂着非要秋丰收买，秋丰收买了一件。老李说，不行再买一件。秋丰收说：没钱了。

老李给秋丰收钱，让他给范丽红买。但秋丰收又买件男内裤，老李不好明说，狠劲地踢秋丰收一脚：和猪一样。

可秋丰收仍然晚上光着睡，老李半夜出去尿碰见几次，老李不再骂秋丰收了，只是要他的钱，秋丰收说没有，老李要得紧了。秋丰收拿条内裤给老李说：没穿过。老李气得把内裤扔到秋丰收脸上，喘息半天说：没见过的猪。

王拴娃也不劝老李，坐在沟边杏树下。立冬好些天了，远处北方的山陵一片青翠，与光秃秃的黑山相对峙，犹如一位妇人和一位壮汉在默默相望，土地在山下袒露原始的肌肤，犹如苏醒了的孩子，跳着激越的舞蹈。南方天地一抹的水色，那是泔河，几乎和天空连在一起，王拴娃眼里的山水在相互走近，瞬间组成一幅江南的画面，水绕着山流淌，山立在水中央，披件绿色的盛装。这是在县城看到的一幅画，在月光酒店大厅的墙壁上挂着，看着画，再看着猪圈，突然王拴娃嗅到一股浓浓的蛇油味，但很快消失去。猪圈又向王拴娃讲述了道观里那位道长，并给他看了自己穿着道袍，手拿念珠的一张照片。现在，有钱都兴这个，不管心里怎么想，总给人一种和佛有缘的样子。猪圈神秘地说：可不是一般人能达到的境界呢！

王拴娃说：渺小得很。

猪圈一愣：啥？

王拴娃没有理会猪圈。现在细想这个情景，王拴娃不知哪来的这股力量，像是另外一个人，竟然这样轻视杜总。路上王拴娃始终觉得自己高大无比，回来在杏树下，跳几次也够不到最低的枝条，失望一次次折磨着他，他再不要够枝条。他愿意坐在杏树下。

康宏从陡坡路下来了，后面是老李和张一诺，走到门前了，王拴娃发现杜志谦出现在陡坡上，吐出的浓烟一股一股向脑后飘荡。王拴娃等杜志谦过来，康宏几人已进了秋丰收家了。

听见康宏说：坐在院子的树下。

康宏嫌弃窑洞的味儿，但树下更不能坐，这里尿味更刺鼻。王拴娃在门外喊：坐沟边啊。

杜志谦往日样的笑容，但看见王拴娃，笑容立刻没有了。黑山村的群众面前，他高高在上好些年了，山后的四组他更是眼里不挂。但瞬间，王拴娃走到他头的了，他的信念开始倾斜，他的力量已经支撑不住了。想起吴德虎的话，康镇长不生气，你才能保住头顶的乌纱帽，康镇长一句话，你的乌纱帽也就飞了。小小的村干部不敢把自己看大。杜志谦坐在炕头，两烟锅烟抽完后，说：真不想干这球事了。又叹息着说：咱还有啥脸面呢。

骑自行车同吴德虎来到学校。康宏在上次开座谈会的教室里，因明天白一民很有可能来这里。乡镇领导几乎每天在和村干部争吵中度过的，过一晚上，都不愿记吵闹的事。康宏有点特别，他记呢。

杜志谦笑哈哈地叫了几声康镇长。康宏说：笑得好看很。

杜志谦还是一脸笑，康宏指着地面说：赶紧打扫卫生，你看脏成啥样了！杜志谦笑说：一定打扫，一定打扫。

康宏一挥手说：先去秋丰收家，商量明儿的事。

沟边还没站稳，张文来电话了，他已在学校，康宏一行人急急忙忙来到学校。张文在教室里，大家找好位置坐好了。范丽红也来了，张文招呼范丽红坐在他左边。范丽红脸红了，女人需要脸红些，脸红了妩媚。张文带着镇政府的会计，一个胖乎乎的年轻人，给一人发一包香烟，发到范丽红了，会计有些犹豫。

张文笑说：我的钱买的，把女同志忘了，应该买些女同志吃的东西，还是给包烟吧，回去给秋丰收抽，下次记着给你买。

大家都笑了。

张文脸色突然凝重了，大家都止住了笑。

张文望着破烂的天花板说：目前，黑山村的工作任务很重，但我们没有一点起色，今冬把事情做不好，明年开春了，我们肯定是一塌糊涂。

一是土地怎么集中,大棚谁来建?二是搬迁点怎么建?一二三组好说,四组群众不愿搬迁,怎么办?三是村北还是四组的坡地种植什么?怎么统一管理?四是扶贫资金下来了,怎么发给群众?给现金?还是扶持什么产业?等等!我们必须把一切工作做到位。同志们,你们头疼不我不知道,我头疼得裂开一样!火已经烧到屁股了。

大家的心情沉重了,王拴娃感激的目光投向张文,终于有人提到四组了。翻越黑山,向灯光灿烂处滑翔。他名字应该叫猪头,他不叫拴娃了。王拴娃的几十年像是懵懂的孩子,随一个日子的来到,他的目光充满新奇,新奇是成熟的一种标尺,他的新奇和成熟,标志这片土地的苏醒。苏醒有时是一种阵痛,他现在很享受这种阵痛。杜志谦被这种阵痛撕裂得面目全非,张文又狠狠地批评了杜志谦,康宏接着的讲话里,对杜志谦进行了不点名的严厉指责。

会后,大家忙于学校内外和会议室的卫生了,张文把老李叫到一旁,耳提面命一时。老李不住地点头。

王拴娃目光寻找杜志谦,杜志谦和吴德虎并肩打扫学习门外的卫生。黄昏,康宏将大家带去黑山脚下,风从山顶扑下来,撕扯每个人的衣服和头发。康宏的头发跳跃得最厉害:这座山是我们晚上的主食。怎么把它吃下去,营养群众的肌体。王拴娃捂紧肚子,风钻头似的钻进肚子里,他从范丽红嘴里得知镇上的羊肉泡馍好吃,他想要碗羊肉泡馍。风是羊肉泡馍多好!

康宏说:睡不着就好了,黑山村目前的形势应该是睡不着啊!杜志谦没有笑,打火机火苗几次被风吹灭了,他把烟锅插进脖子衣领里了。

王拴娃没有吃出羊肉泡的美味来,却眼馋张一诺碗里的饺子。他第一次在饭店吃饭剩饭了,而且是一碗几乎没动,范丽红在碗上用筷子敲了几下说:拴娃叔,学会造孽了。

王拴娃厌恶喊叫他拴娃叔，应该是猪头叔。张一诺笑说：应该是猪头叔。王拴娃笑着答应了。名字犯贱了好啊！况且这不是贱，但他没有机会说，风使劲往肚子里钻。

康宏说：爱这座山了，喜欢享受这风了才是开始。

康宏往山顶爬了，爬了十米左右，转过身说：你们回吧！老李跑几步，追上康宏说：我们爬山。康宏说：我不爬山，在山腰坐一时，你回吧。

老李喜爱在秋丰收家睡了，晚饭后他睡在土炕上一动不动。王拴娃知道老李没有睡着，窑洞的怪味和尿腥味搅拌一起，熏得人根本无法入睡。康宏窑洞口站住了，他最佩服老李了，怎么能平展展睡在这里的土炕上呢？康宏走上窑背，一束手电光照过来，吴德虎怕天黑了康宏路上跌绊，来接了。

老李在沟边尿，王拴娃站在老李旁边也往沟里尿。王拴娃几次想说话，但不知道说什么。老李没有丝毫表情，也不知给谁说：球事。秋丰收也来沟边尿了，老李尿完了，笑说：连尿都要看样。王拴娃尿完了说：真尿急了。秋丰收面向沟里说：真尿急了。

几个人坐在炕上了，老李问：还有酒么？秋丰收说；有呢，两个半瓶，正好一斤。老李说：拿来。

范丽红听老李要喝酒，非要炒一两个菜。

老李说：不用。从口袋里掏出一袋花生米来。王拴娃说：花生米下酒最好了。老李眼眯成一条缝说：小伙口味不错啊！秋丰收贪杯，生怕比谁少喝一口，老李纵容他打关，连范丽红也算在内，两圈过去，半瓶酒就光了，再两圈过去，另一半也光了。

老李说：睡吧，白书记来呢。

秋丰收还想喝。老李说：明晚吧。

秋丰收被范丽红拉过去了。

老李枕上枕头就睡着了。

王拴娃翻来覆去地睡不着,月光很亮了,想去沟边望远处的灯火,但外面干裂似的冷。王拴娃在被窝里蜷成一团了。

黎明来时,山路先亮了,光亮向两边浸食,渐渐地天地和东方一片白了。镇政府机关干部全部沿路打扫卫生了。几个村民在村口观望,见了王拴娃问谁要来?

以往只是笑笑的王拴娃,突然冒出一股火气:有问的啥?有看得啥?人家为咱来,咱不会打扫卫生?

几个村民还在嘻嘻哈哈,王拴娃怒了,把扫帚一扔,指着他们骂道:把屎吃了,回家摸家具去!

几个村民一脸的惊愕,王拴娃跳起有两丈高,撕破嗓子吼叫:回家摸家具去。

几个村民逃也似的回了家,王拴娃的模样惊讶了康宏、老李。尤其是张一诺,张一诺自语道:猪头变火蝎子了。

杜志谦望着王拴娃,忘了抽烟锅,再抽时烟锅火灭了。

白一民的脸上呈现出满意神情,张文和艾士光两人的脸上挂满着兴奋和喜悦。王拴娃全身是尘土,头发和眉毛都是土色的了,白一民拉过来王拴娃,掸去他肩头的尘土,深情地说:这就是山村的干部,淳朴、厚道。

太阳闪耀出万道霞光,黑山一夜似乎走近了每个人,人们清楚地看到它的每一处裸露的健壮肌肤,山顶的庙宇愈是明亮了,似镶嵌在大山头顶的珍珠。村子走一圈,白一民站在学校门口说:你们说我满意吗?我很不满意,我们现在都做了哪些工作啊?

张文,尤其是康宏紧张得一脸的汗珠。

白一民指着一个瘦高个有些驼背的人说：认识他吧？

梁伟民笑笑，他是县林业局局长，白一民和一些专家几天经过大量的论证、研究，黑山村最合适发展是御杏产业了。当年，皇上最喜欢吃这里的黄杏了，因而取名御杏。村南发展大棚，村北包括四组发展御杏。白一民说：我们要在年书记检查的那一天，组织全县的职工干部来黑山村栽植御杏树。要多少苗子，林业局免费供应多少苗子。黑山村北每一片土地都要栽上御杏，当然，也包括山后的四组，一定要把握住今冬明春的栽树时机。

白一民望着黑山，又望望东方的太阳，大家一起望着黑山，又望望东方的太阳。唯有王拴娃望着山顶目不转睛，母亲和杜四婆一定在那里，还有猪圈，他突然又嗅到一股星光味，这次星光味更浓更烈，他的呼吸似乎浸没在那股浓烈的气息里了。他的脸色惨白惨白的。张一诺后来讲，就像死去白猪的屁股。王拴娃想象不出白猪屁股到底是啥模样，还要是死去的呢。

老李说：等年书记来村后，我带你去养猪场，让你好好看看白猪的屁股。王拴娃说：是死猪。老李笑了：那去屠宰场，满地的白死猪。

王拴娃天天盼年凤应来，康宏骂：什么都没有做好，年书记早来干什么呀？王拴娃不听他的话，天天盼年凤应来。

康宏很无奈地说：遇见神人了！老李只是笑。

梁伟民却是天天抱怨，张文受不了，派司机将杜志谦、王拴娃、秋丰收、范丽红接到镇政府办公室，劈头盖脸地训了一顿，范丽红都哭了。

张文语气缓和了说：林业局机关和林业站一百多号人全在咱黑山村忙活了，可咱村没有一个人参与，我们为什么发动不来一个群众呢？人家可是给咱干呢！良心叫狗吃了！杜志谦说：现在的群众狗日的哪个有良心，哪个听咱的话呢？

张文拍了桌子，指着杜志谦骂：闭上你的臭嘴，怪群众的啥呢？是你们在群众中没有威信。

王拴娃脸上滚动着汗珠，眼睛进了汗水睁不开，一切很远了似的，但两肩沉甸甸的，回到村口，他的眼睛还是睁不开，那不是汗，他流泪了。

张一诺“猪头、猪头”喊了几声，王拴娃只身往村北的坡地里去，在整平面积最大的地上，林业局一百多人正在给三乘四的株距和行距划线打点，机械在白灰的圆点上钻坑。刚整平过的地很硬，镢头根本挖不下，只有启用机械。再说，按照白一民的指示，这次活动的场面要宏大，全县的职工干部及全镇的村干部全上场，争取一大晌的时间，完成黑山村一半面积的栽植任务，明年春天再搞一次，黑山村北达到御杏全覆盖。年凤应什么时候来，谁也说不清楚，有可能是明天，也有可能是一周后。林业局的压力大了，时间长了好说，明天呢，后天呢，还有一个说不上时间，要把山前的几千亩土地的坑钻出来可不是易事，人人心中压着石头。梁伟民揪住谁骂谁，相好的开他玩笑，打电话来说：二球，听说年书记明天来。

梁伟民合上手机，出了一嘴的水泡。可杜志谦始终张着嘴嘿嘿，被骂急了回道：这村的人饿死才合适，全部跟猪一样懒。杜志谦的火气上来了，跪在地上磕烟锅。一次，还打自己一个耳光。

张一诺以为王拴娃去帮林业局干部的忙，谁知道王拴娃越过那片土地，趴在沟边，放声地哭。嚎了几声，翻个身平躺沟边，天如泉水浸过的石板，沟边地势低，阳光被挡在高涧之外，但能感受光芒的力量。石板泛着泉水的清光。王拴娃没有泪水了，泪水滚入沟底了，哪天有雷雨了，沟底就响滔滔的流水声，他的泪会流往哪里呢？不论去何方，经过灯火阑珊的地方。那是一定的，王拴娃想。他站起来，跃上高堑，大步向充满人声的土地走去。

主任、主任，张一诺跳着喊。隔一片地，因风张一诺的呼声直往王拴娃耳朵里钻，王拴娃没有理张一诺，去帮助画点的人背了一袋白灰，立即有几个地方喊：来袋白灰，他一一地给他们送去，抹去脸上的汗，王拴娃望去，不见了张一诺。

其实是康宏叫王拴娃，不动员群众，这么重的活，一个人能顶个屁。张一诺去南边的搬迁点说：王主任在上边的地背石灰。康宏望了望杜志谦，摇了摇头，低头看手里的“三告别”效果图，他的心里漫无目的地飞远了。突然，他说：头疼很。当务之急先把树坑挖好，大棚怎么建啊？

康宏用无神的目光扫描了四周，又望了望天，说：头疼很。

王拴娃一身都白了，康宏到地盘了，王拴娃背着白灰来回地跑，满地的人影，就王拴娃抢眼。

康宏将这事汇报给张文，张文沉默半天后说：好娃，当村主任还需要有人带领。康宏知道，黑山村能带着王拴娃跑的人不可能是杜志谦，而是猪圈。

第二十二章　他想要今晚的饥饿

猪圈送王拴娃一部手机，王拴娃不像过去那么厌恶猪圈了，猪圈几乎每天都要打一次王拴娃的手机，一天手机不响，王拴娃心就慌神，像丢了什么一样，而给他打电话的人，猪圈是唯一的。天黑了，手机没响，王拴娃不由想猪圈了。王拴娃想让张一诺打，张一诺说：你每天给一块钱了，我打。

张一诺不是在乎那一块钱，而是在地里王拴娃不应他的呼喊，他心里有点疙瘩，王拴娃使他没有完成康宏交办的事。王拴娃睡在炕上，猪圈的电话可能快来了。这一夜，王拴娃失眠了，因为猪圈到底没有来电话。天亮了，他还迷糊得起不来。

年凤应明天来黑山村，天刚亮，王少云、张文乘一辆车来到地头。梁伟民一张嘴就是骂。张文叹息一声：村情。

梁伟民说：这些年没见过，我们就这些人，工作对象是全县，不是一个黑山村，把我们整死，黑山村的事也做不完啊！啥球村干部，一个群众也叫不来。张文说：村情。梁伟民气愤地说：球村情，我不相信这村没有一个能人？张文说：村情。

梁伟民火了：球村情。张文笑说：我们已经物色好了人选，等时机成熟呢。梁伟民说：近十万御杏树苗，你安排往村上运啊！

梁伟民气咻咻地走了。王少云说：村班子要好好考虑。

张文说：是啊！不动不行啊！

张文向地里的康宏招手，张一诺看见了，说给了康宏，康宏来到了地头，张文交代了去林业站运御杏树苗的事。康宏挥手，把杜志谦、王拴娃、老李召集来地头，商量怎么来运御杏树苗。王拴娃一身石灰的样，张文突然有一股心酸，大声对康宏说：镇政府派几个人，租几辆大车去拉树苗。

一诺。张文叫。张一诺跑过来，张文说：下午事完了，把王主任送回去把衣服换了。说完，张文走近王拴娃，拍打几下身上的白灰，说：这一身，明天咋见年书记呢。

王拴娃这些天忘了，穿的是皮鞋。一直以来，他只要是鞋，能穿都行。但冬天必须穿棉鞋，过去是母亲，现在是媳妇做的。天热了或冷了，母亲或媳妇会在他上炕睡觉后，在炕脚换他第二天该穿的鞋，不然，他会始终穿着一双鞋的。

傍晚了，张一诺故意去沟边转到天黑，回到吴德虎家。天黑实了，张一诺坐不住了，到秋丰收的窑背上，大声地唱歌，是让王拴娃听到的。

王拴娃炕角呼呼已睡了，他真是困了。

老李、雷劲松、秋丰收三个围着炕桌面对面发愣，秋丰收面红耳赤地提议喝酒。老李骂：以后不要说喝酒了，把啥事干前头去了啊？有啥脸面喝酒，等一村人有钱了，富了，往死地喝。

雷劲松听到张一诺的歌声了，说道：一诺在头顶。老李说：年轻人就是那，不知是想哪个女人了！

张一诺忍不住了，往院落扔土块。秋丰收出去喊：一诺。

张一诺从坡路摇摇晃晃下来了。

进门时和提着裤子到沟边想尿的王拴娃撞了个满怀，两人都是急火火的，一个捂着下巴蹲着，一个抱着头顶蹲着。

秋丰收问：你俩在地上找啥呢？张一诺嚎道：寻球呢？

王拴娃笑了，抱住头站起来，裤子却掉到脚面上，他忘了出窑洞时已解开了裤子。

张一诺破怒为笑了，说：吃屎都吃不了热的。

王拴娃提起裤子，走到沟边，站了半天，却没有尿了。回头说：一诺，你把我的尿撞没了，你要赔呢。

张一诺拍一下大腿说：咋是这货啊！

说完，滴出了两滴泪。

王拴娃热情地拉张一诺进了窑洞，老李要张一诺上热炕，外面冷。张一诺说：今晚，心里有团火。

王拴娃已倒在炕角了问：在啥地方喝过酒了？

张一诺真来气了，满窑洞找东西砸王拴娃，可没有找一件称心的东西，叹口气，坐在炕头抽烟了。老李说：我想把杜志谦和王拴娃衣服扒了，让他俩光着站在夜里挨冻。

王拴娃起来坐在了炕角边，张着嘴笑。张一诺扑过去，一把撕起王拴娃，王拴娃张着嘴还在笑。张一诺松开手说：猪头爷，我服你了。王拴娃笑说：不敢，烧死我了！张一诺说：你回去换衣服不？王拴娃说：换啊！

张一诺崩溃了，抱住头坐在了炕边，平日里谁用车，不来回屁颠屁颠地巴结他，即使是公事，也要发根烟给他，原以为王拴娃会四处寻他，他好为心里的疙瘩出气，现在世事反了，他来求王拴娃了。明天王拴娃还是那一身白灰的衣服，辱没了镇县的脸面，张书记非给他难看不可，弄不好车钥匙得上缴了。张一诺捂住脸苦笑了。

老李说：我站在外面才合适，光着站。秋丰收嘿嘿笑了，说：王拴娃替老李站。王拴娃骂：丰收，你算老几！不怕扑进屎窝去。

王拴娃哈哈笑出了声，张一诺望着王拴娃的脸半天，吸完一根烟，说：猪头爷，走，换衣服走。王拴娃笑说；烧死我了。一边下炕，一边脸扭向炕桌，眼睛盯着老李，说：老李，我俩一起站。

张一诺大步地前头走，王拴娃后面小跑着追，一直到吴德虎门前的面包车跟前。

王拴娃很喜欢坐车，车在夜里跑，特别是在黑山的弯道上，王拴娃的喜欢更是难以言表，但他不想说话，也不想睁开眼，四周的一切又似一片海水，他又似一只木筏，灯光引领他，向一片灯光滑翔。

突然，车停了，王拴娃拉开窗玻璃，伸出头一看，转过一个弯道就到村口了，张一诺发动几次，车还是没有发动起来。王拴娃问：咋了？张一诺说：打不着了。

张一诺又发动几次，车还是没有打着。王拴娃焦急了，问：咋办呀？张一诺说；谁知道呢？

张一诺发动了几次，下了车，在车身踢了几脚说：就怕这。王拴娃说：还不胜我的三轮车。

张一诺笑了，王拴娃却急了。

张一诺说：猪头主任，要不你先走回去换衣服，我给咱修理，你来了我修理好了，这样节约时间。

这儿离家大约有三里路，王拴娃没思索就同意了。

张一诺望着王拴娃的身影瞬间消失于夜色里，趴在车里大笑起来，张一诺从此见了王拴娃就笑，王拴娃也莫名其妙。三年后，张一诺在送王拴娃出席县人民代表大会的车上，提起此事说：我是故意的。

王拴娃笑了说：我也不想你送我到家门口。张一诺问：为啥？王拴娃一笑说：你在门口，我和媳妇弄不成那事啊！

张一诺等来了王拴娃，回去的路上，张一诺偷看了几次王拴娃，王拴娃脸始终挂满着笑。

王拴娃这一晚睡得很香，张一诺却失眠了。

黑山村沸腾了，张一诺却睡着了。

张一诺是睡在吴德虎家的，还有一张大炕空着，王拴娃还是回到秋丰收家，睡惯了那里，别的地方睡不踏实。

天还没亮，王拴娃和老李的手机一前一后响了，是康宏和张文打来的，让他们在学校集中。学校停留不到十分钟，林业局干部大小近二十辆小车也来到了，紧跟其后的是水利局的所有干部，这两个局在年凤应植树地周围，插满红、黄、蓝色的小旗，每一个树坑都要放好一棵御杏树苗子。其余来的单位先到学校操场领御杏树苗子，然后去找划给自己的地块。昨天下午，林业局根据县委办给的参与单位名单，将每片地都划分在单位的名下，并用牌子昭示在地头。学校门口站着手拿植树分布图的林业局干部。看了分布图，很好找属于自己的地块。

汽车的喇叭声似洪流淹没了山村，每条路都停满了小车，站在村口往下山村一望，人车汇聚成一条黑蟒，盘踞在黑山脚下。王拴娃不敢去村口，村口似父亲的嘴，吞食着无比硕大的黑蟒。他的嗅觉满是蛇油味。

一辆警车鸣叫着，闪着耀目的警灯，一辆中巴车缓缓开进黑山村。年凤应兴高采烈地出现在大众的视野里，他笑着和人们打着招呼，王拴娃嗅觉里的蛇油味更鲜浓了，年凤应站在场地的中央，听完白一民建设万亩御杏与大棚基地的设想，大加赞赏。白一民扶着一颗御杏树苗子，年凤应用铁锹埋好，并用脚将苗子周围踩实。几桶水事先已摆好了，年凤应半桶水一个苗子，按照原先的预想，年凤应栽十几棵树就结束了，然后是座谈会，但没想年凤应越栽越有劲，一直往前栽，没有停止的意思。张文慌了，昨日向各村下发通知，要求全镇各村的干部必须参加今天的植树活动，且每个村必须拉三大罐水。梁伟民反复叮咛，没有水树根本活不了，明年不是满地绿，不说白书记，群众非骂死不可。各村干部的水罐一个字摆开停放在地头，早上刚来，把十几桶水挑进地里，给年凤应摆放妥当了。但年凤应不停，水很快就没有了。年凤应刚进地，市、县委办公室工作人员将一般人员挡在地以外，不准跟随年凤应，跟随年凤应的是县乡村三级领导干部，这些人一担水挑不进地的，张文急得满脸的汗，却找不见一个人来。年凤应踩好了树周围的土，手拿马勺，可眼前的桶都是空的。

水呢？年凤应问。

来了。年凤应转过身，见王拴娃挑两桶水轻松地走来了。

年凤应笑了，说：一看轻松的姿势，就是勤劳的人。

王拴娃说：每天都去沟里挑水呢。

年凤应的笑容消失了，说：二十一世纪了，群众还在沟里挑水吃，不是亲眼看到，我们有些人还不相信呢。

王拴娃挑两只空桶又去挑水了，年凤应一直看着王拴娃，所有人的目光都投向了王拴娃，王拴娃挑两桶水轻松地过来了，脸上洋溢着笑。

星光味！他突然闻到了父亲手制的锅巴味。由父亲自制的锅巴味不由想到猪圈，除了父亲，猪圈是村子唯一吃过这种锅巴的人。王拴娃不清楚从哪天早晨开始，他喜欢闻星光味了。有时产生奇想，抓一颗星星，闻闻味道。自有这想法后，他还没有去山顶望望星光，也不敢把这奇想说给谁听。他想，哪天回去，一定说给母亲听，或是到山顶去，说给山顶的星光听。今儿，王拴娃站在村口就一直兴奋着，他想到猪圈的时候，发现离猪圈很近了，他想在地里跑上几圈，看见扁担，双肩又痒痒，挑着水快步走在地里，王拴娃心花怒放，放下满桶，挑走空桶，放下满桶，挑起空桶，王拴娃脸上洋溢着笑，步子轻快，年凤应目光跟着王拴娃走，仅有的桶都是满满的水了。

王拴娃说：栽树啊！浇水啊，我再去挑。

突然，王拴娃从年凤应手里要过马勺往水桶里舀满水，咕咚咚喝了，说：栽树啊！浇水啊，我再去挑。

老李是从康宏嘴里知道这事的，两人都惊愕半天，蜡烛亮了，范丽红做了一锅茄子包子。只是有一次说起包子，老李顺口说出爱吃茄子包子的话，范丽红记住了，有空去镇集市，买了几个茄子。王拴娃也爱吃茄子包子，包子一上炕桌，王拴娃去抓，老李拦了他说：讲讲早上的事。

王拴娃茫然地问：啥事？老李说：给年书记挑水的事。王拴娃说：哪有那事？

老李再问，王拴娃说什么也记不得了。

张一诺说：没想到猪头也有花花肠子了。王拴娃想哭的样子，说：真不知道啊！

王拴娃真的不记得了，但人们记住了王拴娃，年凤应也记住了王拴娃。张文、艾士光提心吊胆，忐忑不安，他俩怕王拴娃说出沟那边四组，年书记要去那里看看怎么办呢？那边什么也没有准备。太阳偏西了，望着苍茫的大地，两人的心才安稳了。

但他俩望见王拴娃，又不安起来。年凤应走时，握住王拴娃的手不松说：有什么事情，不论是村上的，还是你私人的，都来找我，我们以后就是朋友了，我再次来，一定要去你家里做客。

迟早有一天，年凤应会去四组的，那时……他俩不敢想了。张文决定明天去县委找白一民，四组的事白一民是知道的。

一锅蒸不了几个包子的，王拴娃吃了三个再吃没有了，王拴娃愈饥了，范丽红拿出几个硬蒸馍，王拴娃不想吃，就是想吃包子。

老李点着了纸烟，吹着眼圈，圈不圆，一出口就散了。

张一诺吹得圆，飘高了，也是圆的，他得意地笑。

王拴娃想吃包子，他出去，又去望远处的一片灯火，他走在那一片灯光里，寻找包子。

猪圈说：吃猪蹄。

王拴娃说：猪蹄一口，包子一口。

猪圈说：香死你！

真是一口猪蹄，一口包子了，王拴娃没有吃出香来，他不想要香味了，他想要今晚的饥饿。

第二十三章　你现在需要开眼界

王拴娃可以在家停留几天了，四组地域宽阔，尽管村子里人少，发展御杏产业，四组的步伐也要跟上。林业局估算一下，一亩地四十株树苗，四组就得八万左右的苗子。他们将苗子运到四组的村口，王拴娃根据每户的地亩发放树苗，今冬要栽就立即栽，明春栽也好，将苗子育在家院子里。

王拴娃对媳妇说：咱今冬栽。

媳妇说：今冬栽。

山里的夜来得快，媳妇要睡，王拴娃要等母亲回来，他想和母亲说说话，可母亲一直不见回来，媳妇催几次睡觉了，王拴娃也想睡了。于是，熄了蜡灯，抱住媳妇睡了。媳妇的温热和柔软，王拴娃激不起丝毫的欲望，为了陷入进去，王拴娃脑海不停地闪出范丽红、苗一色，以及县城看见过的女人的脸蛋或屁股蛋子，更去想洗脚房墙壁上那张裸体女人的图画。他把她们一个个拥在怀里，听她们叫。她们的声音渐渐远了，一切安静下来，偶尔有几声狗吠。王拴娃激情没有完全燃烧，瞬间已是灰烬了。但他没有睡意，媳妇牙吱吱地磨响，这种声音出来了，媳妇完全进入梦境了。王拴娃突地对媳妇的肉体产生了厌恶，他尽力地将脑海里的所有女人往外驱逐，但苗一色始终冲他笑，她的眼睛里不会有他，但她始终站着冲他笑。这张大土炕上，王拴娃从未有过煎熬，煎熬是无穷的力量，抗拒睡眠，他爬起点着蜡灯，蹲在炕边大口地吸起了烟。两根烟过后，他想去外头走走。

出了头门，东方已是一片亮色了，去山顶的弯道上，母亲和杜四婆模糊的身影在晃动，这个画面一直在他脑海里。几年后，一批年轻有为的画家将黑山村作为他们的创作写生基地，来来往往大家很熟了，一位年轻的女画家要给王拴娃画一幅画。王拴娃将记忆里这个情景告诉她，希望她能画出来，她画出来了，但王拴娃碍于情面还是把画挂在家里的墙上。他想告诉这位年轻人，画中缺点是山小了人大了。但他没有说，说了她不见得懂。

王拴娃想跟随母亲，他很想闻山顶的星光味了。母亲不知道他去过多少次山顶，更不知道山顶的星光味是他最爱嗅。媳妇起来了，在叫他，王拴娃望见窑洞里的尿盆，有了厌倦之情。厌倦什么他不知道，在家时，倒尿是他早上第一件事情。媳妇叫他，也是倒尿盆的事。王拴娃围尿盆绕了三圈，最后还是端起尿盆去后院的茅厕。城里男人是不会端尿盆的，王拴娃想，但城里男人没有土地，土地是需要尿水的。

猪头、猪头。王拴娃精神一紧。又是几声猪头、猪头，张一诺几次来，总是站在门外喊叫，不进来，媳妇不爱猪头这称谓，王拴娃说：你懂球啊！

媳妇请张一诺坐家里，但张一诺还是不进，王拴娃一出来，张一诺立即喊道：手机咋关机了？

王拴娃说：没电了。

张一诺笑了,每次都是他带老李和王拴娃的手机在镇政府充电,就这王拴娃的手机没电是经常和正常的事情。

王拴娃说:不是说让我留几天么?

张一诺说:歇球呢?事又紧了。

冬至过了,早晚十分寒冷,街上中午才能看见人影。梁伟民在张文的办公室拍了几次桌子,张文将康宏和老李请进办公室。梁伟民的情绪仍很亢奋,新栽的御杏苗防冻是最关键的了,稍有不慎,很容易被冻死的,必须离地面十公分处剪断,用土埋住,等来年春暖花开,再将苗子刨出。长过一年,有了抵抗风寒的能力,就不用防冻了。林业站人员在黑山村抓不住一个人,他们面对上万亩的御杏无处着手。

梁伟民说:只有把群众发动起来,自己经管自己的御杏苗。没有几天,就全部完工了。转了几圈,他又说:如果没人管,今冬过去,百分之八十的苗子就冻死了。不说对上级交不了差,花的几十万元就白扔了啊!群众会骂死我们的!

梁伟民拍着桌子吼道:到时我们非死不可,真的,非死不可。梁伟民急火火地往出走时,站在门口说:我去给白书记说。

张文拉梁伟民坐于办公室的沙发上说:这次如果弄不好,我提人头见你!

张文狠狠地拍了一下桌面,康宏坐不住了,带领老李来到了黑山村。吴德虎和三个学生在学校操场读文,吴德虎手背着在前走,三个学生跟着他。

吴德虎闭目摇脑:白毛浮绿水,红掌拨清波。

三个学生齐声吟唱:白毛浮绿水,红掌拨清波。

吴德虎继续吟唱着,两个学生看到了康宏几个人不出声了。吴德虎准备教训学生时，发现了康宏，同时也看到了康宏向他招手。吴德虎匆匆地走到他们面前，没等他们开口，就说：我去找杜书记。

杜志谦在家里起牛圈，起了一半，蹲在粪堆旁抽烟锅歇，吴德虎骑自行车刚拐过来弯，杜志谦看到他了，不由心烦乱起来。吴德虎笑着，杜志谦高声说：我看见你心情就不好了。

吴德虎边下自行车边说：你以为我爱来呀？！杜志谦说：今日我起牛圈，不论啥事等起完了再说。吴德虎说：我把话传到，去不去是你的事。杜志谦说：不听，你也不要说。

吴德虎说：反正一句话，康镇长的白脸，今天是青色的了。

杜志谦说：他的脸哪怕是红色的呢。吴德虎骑上车子说：你看着办。他了解杜志谦，杜志谦会跟他来的。

回到学校，吴德虎说：杜书记起牛圈呢，就来了。

吴德虎把自行车放进办公室刚出来，看见杜志谦跑着进来笑着和康宏打招呼。吴德虎突然发现杜志谦如秋后冬初的蝉，稍微见风一吹，就从树上掉地上了。王拴娃两个翅膀一抖一抖要飞的样子，康宏说：王拴娃飞不起来，飞起来的是杜凯。吴德虎一惊：猪圈？康宏说：对。

吴德虎似在自语：黑山村再没有人了吗？

猪圈和张文、康宏已经交流好多次了，张文考虑一个适当的机会调整黑山村班子，年风应、白一民抓包的村，稳定是第一位的。康宏说：一个杜志谦翻不起浪花。张文说：还是稳妥的时机到了再说。年书记的包抓点啊，我们不敢冒任何风险。

村子各项工作进入不了正轨，康宏急得满嘴起了血泡，一有时间几乎就在月光酒店里，猪圈听了康宏的建议，在市上找了个和白一民私下关系好的朋友，把自己向白一民推荐了，他也单独去了几次白一民的办公室，谈了黑山村的发展及一些设想，白一民很感兴趣。白一民从几个局长那里已经听说了黑山村村班子太软挑不起大梁的事,他向张文侧面敲了几次,也谈到了猪圈。

最后白一民说:一切以大局为主,一切以稳定为主。

张文理解为稳定就是大局,面对黑山村,他如履薄冰。

康宏不想等了。

梁伟民暴跳如雷地说;如果真这样下去,我们就是犯罪。

老李黑着脸一天把杜志谦、王拴娃还有秋丰收两口子骂过数次,他们老鼠似的在街口、沟边每户地窜,可还是没有一个群众上地。

老李说:我就不信,连一个群众都发动不起来?

一天天过去,真是没有一个群众上御杏地。

王拴娃哭着说:外出打工了,在村上的几个,山上退耕还林补苗子了。杜志谦骂:驴日的光图钱呢。老李问:一天能挣多钱?杜志谦斜看着老李说:十元。

晚上群众回来了。康宏决定分两个组入户做群众的工作。一组是老李带着王拴娃。每进一户,群众就一个问题,地没划呢,我知道给谁干呢?老李解释,现在我们先保护好苗子,让苗子安全过冬,等把这件事干完,我们立即划分地。

群众说:我们不信。

另一组是杜志谦带着雷劲松,跑学校南边的街道。杜志谦怕见到邱枣,说肚子疼,溜回家了。

两队人员最后在吴德虎家汇合了,康宏气得直骂,杜志谦的作为,彻底击溃了康宏,他气得肚子疼,喝了几口热水,还是疼,他咬牙捂着肚子被小车拉回了镇政府。

王拴娃困得迈不动腿了,要睡在吴德虎家。吴德虎骂他走,脚味太臭,他气出不来,会憋死。

王拴娃拖着腿去了秋丰收家，老李几人走得快，已经呼呼睡着了，王拴娃鞋都没脱，一头躺在炕角。秋丰收望一眼王拴娃说：还想睡吴老师家，也没看咱是啥货？老李翻个身说：那你家是猪窝吗？你是猪吗？秋丰收摸着头，笑说：说我拴娃叔呢，咋敢说你啊！

王拴娃一觉睡到天麻麻亮，不是一泡尿，他能睡到后天早上去。沟边尿完尿，冷风一吹，完全清醒了，身上冷飕飕地。

张一诺在窑背上喊老李，王拴娃趿着鞋从窑洞出来。

张一诺说：猪头，没叫你。

王拴娃停在了半坡，老李坐张一诺的面包车走了，王拴娃上了土坡。林业站的几辆面包车一晃一晃地上来了，头一辆坐着站长，叫王拴娃：王主任，一起去地里啊。

王拴娃挥手示意他们走：你们先上，就来了。

几辆车一过，扬起漫天的尘沙，王拴娃等尘埃大多落定后，往地里走了。

地里林业站人员紧张地干活了。几天下来，站长认识王拴娃了。

王拴娃说：我在四组呢。

站长说：你是村主任啊！

王拴娃想起杜志谦的话来，驴日的饿死活该，王拴娃干得浑身热起来了，他想重复杜志谦的话，但他没有，他说不出口。

秋丰收慌慌张张跑来了，将王拴娃拉到地头说：杜志谦在学校哭了几声，骑自行车去镇里了。

王拴娃紧张地问：咋了？秋丰收结巴地说：老李不知在学校给杜志谦说了啥，可能是骂了杜志谦。

王拴娃说：不可能，老李一天要骂杜志谦几次呢。

他俩急火火赶到学校，吴德虎带三个学生在做早操。教室找了，没有见老李。吴德虎大声说：出去了。

王拴娃给吴德虎做了个请来这里的动作，吴德虎扭过头，继续做操。王拴娃小声骂：这驴日的，眼里就没我。

王拴娃想了想说：走。秋丰收问：去哪里？王拴娃说：去地里。

王拴娃多少次想，自己什么时候开始成熟的呢，可能就是从这一次开始的。如山里的果子，上色了有味了，标志着步入成熟的季节了。这次他有了上色、有味的感觉，感觉是极其微妙的，天气很好时，星光很清晰的在山顶。不时地有林业站的干部指着山顶问：那是什么？

王拴娃说：星光。

星光熠熠，山的脚下一切也很小。我们看不到的地方，星光都能看见。王拴娃想立即飞到山顶，坐在蒲团上，看云卷云舒、看村庄和远处的县城。猪圈发现山顶一团杂草后，每次回来都要去山顶。手机没有电了，猪圈的电话来不了，王拴娃念猪圈的想法很诡异，想念猪圈是想洗澡了。

康宏骂他臭，他闻了脚，的确很臭。这双脚已经臭了几十年了。王拴娃不再去想脚臭了，屎尿很臭，却能肥沃地。猪圈晚上领王拴娃洗澡时，王拴娃说到臭的事，猪圈轻轻一笑说：实在了，也就臭了。

猪圈和王拴娃躺在大池里，也许是太晚，就他俩在洗。小时候他俩常常睡在土坡上晒太阳，黑不溜秋一个色。现在呢，王拴娃没有变，猪圈变白了。王拴娃想死猪屁股恐怕就是这颜色吧。王拴娃不想泡了，猪圈还要泡一会，王拴娃躺在搓澡床上，搓澡工使劲地给他搓着澡。

猪圈说：驴日的，学会享受了。

王拴娃想，真正学会的是在城里拉屎，嘴上却说，都是你的功劳啊！

猪圈在浴池里给王拴娃买了内衣内裤，王拴娃没有推辞地穿在身上了。受过山里的冷风，城里的风温和多了。月光酒店棋牌室里，艾士光、老李、雷劲松、马桩四人坐着，听麻将机转动的声音。康宏心情好得多了，气色也好了。

王拴娃睡到客房部去了。

猪圈过去了，马桩下去了，猪圈坐在马桩的椅子上，老李高兴了，说：就等杜总呢。

猪圈听到老李、文会计卖群众果品的事，对老李很敬重。多次要替群众还老李的钱。老李都拒绝了，说：怎么会拿你的呢？猪圈认为，老李值得他尊敬。为猪圈的事，老李是冲在第一线的，况且以后还要共事。按照康宏的指示，老李将杜志谦叫到教室，直截了当说了，现在你拿不动村上的活了，把支部书记辞了。

杜志谦愣了，老李又说了一遍。老李又说：辞了还能落个好，不然撤职了难看，一句话，你咋下来的问题。

杜志谦张半天嘴，说不出一个字，突然大声哭了：我死也不下台，三十年了，刚要过好日子了，你们就要卸磨杀驴啊！

他气鼓鼓地到了镇政府，张文在办公室，他在办公室门口大嚷：我不活了，我非死在你政府不可。

办公室人员两人前头拉，一人后面推，将杜志谦请到办公室。康宏、老李从黑山村回到了政府，老李将杜志谦骂到他的房间。杜志谦火气一过，垂头丧气了，老李的骂也管用，但杜志谦记住了一句话，没了书记的名，他非死在政府不可。张文召集领导开了紧急会议，康宏的建议得到领导的一致赞成，不动杜志谦，任命杜凯为副书记，杜凯回到村里，不用说就是中心了，时机成熟了，将两人对换一下。

杜志谦看没有动他书记的位子，嘿嘿笑了。

老李说：增加一名副书记。

杜志谦紧张地问：谁？

老李说：杜凯。

杜志谦说：猪圈啊！没意见。

猪圈立即被老李的电话召唤回了黑山村。王拴娃实实在在没有想到，这一切张一诺晚上来县城时车上说给他的，他悲凉地想自己距成熟还有一大截呢。王拴娃的内心，有些抵触猪圈回村的，可眼前遇到的一些问题和困难，也许只有猪圈能解决。面对杜志谦，他还能跳跳和他比比高低，面对猪圈，他永远是高不过的。他又想，也许猪圈是一股春风，自己这朵花也能开放呢。春天，沟底有各种各样的花，人们都叫不上名字，花开满了，坐在花海里，闻清香、捉蝴蝶，他喜欢不知累地满山坡跑。累了躺在花海上，好多花就在脸旁。

猪圈说：你也是花了。

王拴娃说：球，羊才是花呢，白的花。

没想到自己真成了花了，在等猪圈这春风呢。王拴娃睡在客房部的大软床上像没有骨头似的成了一堆肉，肉酥酥的，油锅里浸过一样。手机在充着电，一闪一闪亮着光，似在叫他的名字。

猪圈，说不准真是一股春风呢，他想。

老李将五六张写着杜凯任副书记通知的大红纸，给秋丰收，要他在村上显眼处张贴。然后，在学校教室里开会。康宏和猪圈并肩坐在显眼位置，杜志谦和王拴娃坐在最次的位置，王拴娃看了几次杜志谦，杜志谦低头抽烟锅。

猪圈给一人发一包香烟，再一人发一个手电说：晚上跟我入户，明天全体群众上地。

说着掏出一叠钱放在桌面上说：一亩地四十棵树，一棵咱给群众两毛钱，一亩地八元。谁还一天去挣那十元钱，况且这是给自己干啊！

第二天，满地的群众，林业站人员来回跑着忙着指点。

康宏脸上出现好久未见的笑容说：一河水都开了。

范丽红紧跟猪圈走着，猪圈问：会计懂不？

范丽红笑说：太精通么？

猪圈说：那你当会计吧！村上咋能没有会计呢？

康宏说：同意。

邱枣在地上劳动，猪圈好不容易找见她，说到要村里的账，邱枣爽快地应了。午饭时，抱个大纸箱来学校，对猪圈说：都在这里头。范丽红脸通红了，拉住邱枣的胳膊说：你还说跟我最好，我要时咋不拿出来啊？邱枣嘿嘿笑了。

杜志谦急急地去上厕所了，烟锅在桌上都忘拿了。老李和王拴娃对视一笑。

王拴娃说：一见人家，不是拉屎就是遗尿。

范丽红接管了财务，立即在学校开展起了业务。秋丰收负责核实群众栽植御杏数，核实好的在清单上签字，群众拿着清单在范丽红那里领款。秋丰收的权利连杜志谦都有些眼红。猪圈故意高声说：清单上有杜书记签字才算数。

杜志谦噙着烟锅蹲在地头，有时也跑到地里去，一一检查剪和埋的质量。王拴娃蹲在地头半天不说话了，猪圈拍拍他的肩头说：不要眼红这事了，你现在是主任，做的事多得很。王拴娃意识不到猪圈的意图。猪圈说：你现在需要开眼界。

山顶的眼界是最开阔的了，但王拴娃相信猪圈的话。

月光酒店的路上，老李问：你这么相信秋丰收的？

猪圈笑说：我相信范丽红。

第二十四章　王拴娃从心底对猪圈刮目相看了

王拴娃从心底对猪圈刮目相看了。

多年了，王拴娃对猪圈仅是一种嫉妒，有时也有些恨，有时也有些厌恶。王拴娃再次躺在洗浴的大池里时，佩服如同水面的泡沫汩汩地冒出来，如同在山顶，风呼呼地响，他却融入灯火里了。

猪圈，死去的白猪的屁股。

客房部的门咚咚地响，王拴娃打开门，一头长长秀发白净的女人进来了。王拴娃懵了，拍打自己脸蛋几下，是梦吗？

女人退去衣服，柔嫩的肌肤白亮白亮的。女人笑说：脱啊！王拴娃僵了，女人推王拴娃倒在床上，脱去王拴娃的衣服，王拴娃失去了知觉，女人蹂躏一番王拴娃的全身，穿起衣服走了。王拴娃狠狠地拍打几下自己的脸蛋，什么也没有。猪圈笑说：山里人胡想什么呢？再一看，猪圈也没有了。

王拴娃流泪了，等缓过神了，沮丧和懊丧互相撕扯着王拴娃的灵魂，一股冷风从窗口吹来，王拴娃被渴盼扼住命根，山顶的星光照进来，浴池的水温热，王拴娃瞬间拥有难以名状的幸福。

王拴娃挣扎着从浴池爬起来，穿衣服的力气几乎都没有了。猪圈笑盈盈地来了，王拴娃脸涨红了。

猪圈说：什么时候不要忘记我们是山里人啊！王拴娃出汗了：你几个老婆了，山里人吗？猪圈说：以后你看吧！

王拴娃热爱一片灯火了，山顶能看见的一片灯火啊！王拴娃想问猪圈这个问题，他怕猪圈笑话。一片灯火里头，其实是一个无底的黑洞，王拴娃期盼去洞底探寻探寻，探寻什么呢？王拴娃不知道，老李几个离开棋牌室，要去洗澡了，王拴娃听见了他们走廊说话的声音，老李他们爱猪圈，爱往这里来，是这里有山顶的星光吗？

王拴娃睡不着了，心里骂猪圈，他想让猪圈带去街道走走，走到门口又退回来，又走到门口又退回来，像吃了药效不强毒药的老鼠，又像屁股着了火的野鸡。窗口出现暮色了，门响了，是张一诺叫吃饭。

王拴娃突然死的心都有了。

坐在饭桌上，王拴娃一语不发，只是喝酒，菜还没有上齐备，王拴娃眼前的绿叶菜一晃一闪，头一斜，满嘴白沫。

雷劲松和张一诺抬王拴娃回到客房部。

等他们吃完饭回来，房间不见王拴娃，王拴娃在卫生间光光地躺着，淋浴的水哗啦啦地响，没有人愿意和王拴娃在一间房里住了，男服务员收拾房间卫生时，王拴娃还趴在床上哇哇地吐，不过他已吐不出什么东西了。

王拴娃醒来了，窗外是一片黑，房间酒味很浓，他打开门和窗，凉爽多了，也清新多了。他睡在床上想，可什么也想不出来，唯有女人的白净还能隐约记起一些，可那是罪恶的梦。

王拴娃趴在窗口，城市很沉寂，这个时辰他没有在山顶待过，没有火光了,城市如此膨胀和充满欲望啊！王拴娃摸摸胸脯,没有改变,可这每一寸肉体被温热的水和女人摩擦过,梦没有留下任何东西,一切好像很远很远了。老李讲的一个故事似的,但王拴娃觉得自己穿过长的暗道,已站在出口或是已经出了出口。

于是,他决定在窗口看太阳出来。

他没有看到过太阳如何出来的,在这个窗口。

每次面临窗口,他都有看日出的想法,但每次都成了妄想,但在这个窗口,猪圈给王拴娃心里送来另一种光明。

猪圈说:年前我们一定要给村上整改低压。

老李几人还睡着,猪圈是和王拴娃俩吃羊肉泡时说的。羊肉泡一般是要早吃的,冬季的羊肉泡相对好吃,吃完再喝一小碗汤,更是一种享受了。

脱贫致富,振兴乡村,时候到了啊！猪圈这么一说,王拴娃懂了,说:我听你的。猪圈说:你比我值钱。

王拴娃一头雾水。

猪圈说:在年凤应那里。

王拴娃更不解了。

猪圈说:不要忘记了,年凤应对你说的话,公事私事都找他。猪圈连这都知道。王拴娃不知道,关注黑山村和领导的人没有人不知晓这事的。猪圈喝一口羊肉汤说:有你,我直接通到年书记那里去了。

王拴娃不信猪圈的话,但猪圈是对的,年凤应一听是黑山村的王拴娃来了,笑着出办公室把王拴娃猪圈迎进去了。市委大楼里的年轻人看王拴娃的眼神都异样了。

王拴娃照一路猪圈教的,将黑山村的情况简要做了汇报。

年凤应认真地听完说:一定要在三年内,把你村面貌彻底改变。

对猪圈回村带领群众致富，尤其是他给村上的事情贴自己的钱予以肯定，把猪圈的名字记在了工作日志上，猪圈兴奋得脸都红了。年风应问：有什么困难吗？猪圈说：我们想在年前把电通了。年一过，就没有时间了，建搬迁点、修路、打井，都要要电。年风应说：是呀！你们找白一民书记，他派人和电力局协商。王拴娃说：白书记没有你官大。猪圈气得用眼翻王拴娃。

年风应笑了：我给白书记打电话，以后有事就找我，我以前对你说的话永远不变。

猪圈因年风应的这句话，对王拴娃格外地好了，他本不想在市上停的，王拴娃要车转一圈，他想看看城市到底有多大。

车辆绕城一圈后，猪圈问：还转不？

王拴娃说：再绕一圈看看。

猪圈再绕一圈，再不问王拴娃了，加大油门往回奔了。

刚出城区，猪圈就有了电话，是康宏的，电力局施工队明早进驻黑山村，预计一个多月，黑山村就有电，就正常了。

王拴娃突然泪如雨下，猪圈将车停在路边，两人抱着大声地哭了。夜里，街中心人们放了好多鞭炮。猪圈带回几堆炮花，灯火通明时，炮花响成一片，整个山村灿烂耀目。

猪圈找不见王拴娃。

王拴娃一个人悄悄地来到山顶，坐在蒲团上，泪水滂沱。这一个多月，每天他都想流泪，都在流泪。每家的每个人今夜无眠，不忍心熄灭电灯，望着电灯，一直到天明。

王拴娃下山时，飘起了雪花，到家时，雪大了。

猪圈来喊他一起走，不然，雪封山了就走不出去了。

王拴娃不想走了，他想在家让电灯照照。

猪圈力气大,将王拴娃塞进车,去了县城。

翌日,两人去镇政府开会,会很短,要求各村党支部发展党员暨林权制度政策的事。会后,猪圈和王拴娃去了张文办公室,张文当他俩的面,批评了康宏。

吴德虎去杜志谦那里,对猪圈的党员产生了疑问。

猪圈这号人能入党,我打死都不信。吴德虎说。

杜志谦一向很信吴德虎的话,骑自行车到镇政府,见谁都嚷嚷,猪圈不是党员,咋能当副书记?张文出了办公室,面对满院的政府干部说:杜凯同志的党员若是有问题,责任是我的,我就不干党委书记了。

杜志谦泄气了,坐在张文办公室的台阶上,一口一口地吃烟锅。组织干事进来了,给杜志谦翻看一叠资料,杜凯在县企业家协会入的党,党龄已四年了。杜志谦一口一口地吃烟锅,吃完烟,叹息几声。

张文和康宏沟通了,杜志谦会这样,是不是吴德虎后面捣鬼?康宏立即否认了,如果是吴德虎的话,他立即敲打吴德虎住手。张文曾经希望吴德虎能掌控黑山村,他在老李跟前打听过吴德虎。老李认为吴德虎根本支撑不起黑山村的天,没有魄力,没有志向,是吴德虎的致命伤。

张文说:尽快调整杜志谦为副书记。

康宏派老李做通了杜志谦的工作,杜志谦也看到了自己的处境,也看到自己没有这个能力,自信没有了。杜志谦不识字,老李写好,杜志谦按了手印。老李说:虽说是副书记了,但你依旧享受正村级待遇。杜志谦苦笑说:啥正村级呢,好坏在村上干了三十多年了,不忘我就行。

老李将杜志谦自愿辞去村党支部书记的申请交给了康宏,康宏晚上回去交给张书记。老李想自己交到张文手里,怕康宏事后不悦,说他拿镇长不当回事。

猪圈回村了,王拴娃几乎天天去镇上,坐在猪圈的小车里,摇下车窗玻璃，沟壑、田野、村庄，母亲、杜四婆是为了心境的开阔吗？黑山顶上一览无余的风光，自己竟然是其中的一抹色泽了。王拴娃偷偷看看猪圈，猪圈和坐在山顶的杜四婆一样安详。猪圈打一个小车方向，进了镇政府。老李在张文办公室，张文问老李事办得如何？老李说：早好了，不是给康镇长了么。

张文立即火了。打电话问康文，康宏脸红着说：忘了。

张文更火了。猪圈和王拴娃刚进去，老李退出来了，拉住猪圈的手来到自己房间。老李和张一诺住一间房里，张一诺不在，老李满房间没找见茶杯，去别人那里去借。

王拴娃倒在床上说：昨晚没睡着。

猪圈思想停歇不了，秋丰收跟随施工队忙了一月多，他当电工没得说了。对秋丰收的热情，猪圈是满意的，但秋丰收不正的心术猪圈一直很担心。杜志谦、吴德虎属于同一类人，做个具体的工作是没有问题的。康宏这样猪圈还是有些顾虑的。

云还很厚，压在人的头顶，空气里有一股雪的味道。

猪圈站在窗口，他希望能看到雪花中的黑山村。

老李回来了，手里没有杯子而是一张纸，老李将纸一扬说：杜总，请看！

原来这份文件是任命猪圈为黑山村党支部委员、书记的通知，老李还告诉一个消息，令猪圈心里的阴霾一扫而光。镇党委成立了黑山村振兴乡村工作组，组长康宏，副组长村第一书记老李，成员没有变。

康宏工作的重心应放在全镇的各项事业上去，你村以后由我具体抓了。老李笑说。猪圈笑说：那最好了，人合心，马合套，咱兄弟们好好干。老李说：张书记能这样安排，主要是相信你杜总的能力。

王拴娃翻了个身，脸朝墙了。

猪圈知道他没有睡着,在他屁股狠拍两下。

王拴娃忽地坐在床边。

王拴娃满脑的是灯光的通明,灯光里山村的夜晚。他想在山顶享受这份美丽。跟随着猪圈,心却痴迷相守的那份喜悦,喜悦长久闪耀着,他一时走不出这片光环。

猪圈出资购买一台扩大机、扩音器及三个闪白光的大喇叭,将三个大喇叭架在学校门前的梧桐树上,朝向不同的方向,朝北的那个喇叭,猪圈说是给四组的。一系列广播设备安装在教室里,这里暂时是大队部了。

秋丰收带四五个村民很快接好了,猪圈发给一人一盒烟,老李调试了一下,一切都好。

于是老李在广播上宣读了猪圈的任职通知。

全村的人都站在街道听广播,杜四爷听得入了神,儿子猪圈翻开了山村的明天,杜四爷热泪满眶。

拴娃母和杜四婆坐在山顶,黑云似乎就在头顶,高音喇叭没有惊动两位老人,她俩闭目静静地听着喇叭,一切归于静谧时,杜四婆习惯地伸手去抓星光,然后随着目光洒一片星光于远方。

拴娃母说:远方多美啊!

一棵梧桐树下,杜志谦、吴德虎、还有文老三等仰着头看着树顶的白色大喇叭。杜志谦在树上磕了磕烟锅说:眼泪刚停住,这下又流泪了。吴德虎说:是啊! 杜志谦眼里闪着泪光,一口接一口地抽烟锅,天空飘起雪花,一片一片地静静地洒落下来。

杜志谦看着一片雪花落下了,一辆黑色的小车从学校驶出来,是猪圈的。杜志谦闪到桐树后。其实,即使杜志谦不躲,小车里的人也看不到他。

王拴娃、猪圈、老李等一路没停驶进月光酒店，王拴娃下了车，雪花洋洋洒洒，地已是白色的了，城里的雪花很温情，王拴娃傻傻地站在雪地等雪堆起来埋自己。

老李走上台阶说：王主任这几天神经兮兮的。猪圈仰天一笑说：心里的一口痰卡在喉咙眼了，晚上我让他吐出来。

王拴娃冷静地看着雪花，头顶的灯光倾泻下来。雪花飘飘洒洒，王拴娃笑了，笑得很苍白。

怎么回房间了？只有他一个人了，向窗口望去，雪飞舞着，雪覆盖了夜。王拴娃梦了一夜的雪，天亮了，雪停了，地面一层厚厚的积雪，闪人的眼睛。

猪圈、老李他们起来已是午时，王拴娃知道他们一群人在娱乐室，一年多后王拴娃才知道是一群有钱人，猪圈的朋友，商谈投资黑山村大棚的事，天亮刚睡下。于是王拴娃一个人来到街上，在小店铺门口立住，一碗豆腐脑，一个肉夹馍。街上行人稀少，隐约有几声炮声，他一震，已进入腊月了，年就要来了。路过广场，一群女人在跳舞，一群男人在打陀螺，一个小亭子里，一群人在演唱秦腔，唱腔哀怨。

你是一个山里人，王拴娃回到月光酒店了，站在门口，一望天空，雪又飘起来了。

雪一下就是三天，王拴娃心急如焚。老李说：急着回去抱媳妇啊？有了电，王拴娃在山村没有过过一夜，他想看看夜里山村的灯光。老李不懂。

娱乐室里，王拴娃对自动麻将桌感了兴趣，好像是位听话的婆娘。

老李一个人摸牌，摸一张自己脸上扇一巴掌，然后抽根烟说：黑山村是一张麻将多好啊！王拴娃喜欢看老李打自己耳光了。老李骂：不懂，看球呢，不如看繁华去。王拴娃笑了，说：没有看你过瘾。

老李拍拍麻将桌笑着说：日子久了，心不能生出老茧啊！

猪圈几个人走进来，王拴娃要出去，猪圈拉住他的手说：你不能溜了啊！王拴娃说：我想看城里的雪。王拴娃逃出娱乐室，来到睡觉的房间，却忘了窗外的雪。

窗口黑了，夜是从山顶下来的，带着母亲和杜四婆的目光吗？服务生调好电视了，他整夜看电视，他喜欢女人说普通话，如山里树梢上鸟儿的鸣叫，清脆而诱人。

女人又来了，王拴娃拒绝了。梦和女人有些吃惊，王拴娃指着电视里的女人问：你会那样说话吗？梦笑了说：我有声音吗？王拴娃学老李打了自己一个耳光，

梦与女人消失了。

女人说话就应该是鸟鸣那样，王拴娃想。

入睡时，王拴娃又想，山里没有那样的女人，却有女人那样的鸟儿呢。

第二十五章　现在　他要牵着事情朝自己的方向走了

王拴娃盘腿坐在山顶上，远方已经没有距离，他不想让母亲和杜四婆看见他。一览眼底的风景，没有了往日的神往，而是期盼风景外的丝丝念想。云很白很低，如一片棉絮轻轻飘在眼前，念想很近了，是弯弯的的山道。春来了，一切都呈现出绿色，连黑山似乎泛着绿光，沟里更是了。但阴暗的地方，残雪点点，雪是年前下的。

王拴娃不在月光酒店住了，猪圈送他到下山村，他步行大半天，回到了家。晚上，他没有拉灭电灯，媳妇少女般迟迟疑疑地羞涩了。

王拴娃被窝里抱住媳妇。媳妇的一只手拉灭电灯，他又拉着了。媳妇的目光闪闪的。他听见了雪花落于大地的声音。

媳妇说：有电真是幸福！

接着的几晚，媳妇的目光依然闪闪的。他依然听见雪花落于大地的声音。其实雪在夜间就停了，白天又飘起了。

手机有电了，一天响三四次，张一诺打的多，说月光酒店的情况。媳妇用手机也会接打电话了。母亲出神的目光盯着王拴娃接电话，王拴娃将手机递给母亲让她看，母亲摇头不看。

雪天去不了山顶，母亲与杜四婆门口遥望山顶，有时杜四婆低声唱一段秦腔。王拴娃喜欢听雪声，却不喜欢听杜四婆的哭音。他说不出原因来。

雪停了，离年也近了，太阳始终出不来，黑云厚厚地在头顶压着，风呼呼的。王拴娃深一脚浅一脚走到山前，没有经验的人根本走不出来的。王拴娃走一段路，趴在雪地上，他想飞起来，一转眼飞到母亲与杜四婆瞭望的远方。要过年了，大雪封山，群众的年货无法采购了。老李脸更黑了，准备领王拴娃，秋丰收等踏着积雪去镇上采购年货。猪圈来电话，他已买好，一家一份，价格很便宜，用车运到山下村了。

满眼的银白，雪很厚，踏上去吱吱地响。秋丰收滑倒了几次，坐在雪地大骂范丽红。老李说：啥东西，得是山里啊？王拴娃蹲着走，两只手在雪地划出两道长印，老李想到飞机喷出的烟雾。手机响了，老李接通，康宏说：每家每户的两袋救济面粉，还有救济款年前一定要给群众发放到位。老李抓一把雪塞进嘴里。

康宏带领镇上所有干部在山下村等来了老李、王拴娃等，杜志谦、吴德虎不知是怎么知道的，也一口一股白雾地赶到山下村。康宏第一个背着一袋面走进雪地，老李背着一袋面紧跟着他，一群人扛着面粉跟着他俩。路上的雪全化了，王拴娃踩着泥泞，眼睛里只有沉重的双脚，双脚似乎狠狠地踏在胸口，胸口的巨石瞬间膨大了，王拴娃有了窒息的痛苦。

加把劲啊！快到了！老李的声音被一股风吹到山顶。

王拴娃窒息了，梦怎么没有雪花了呢？

狼心狗肺！狼心狗肺！王拴娃睁开眼，是杜四爷在骂。自己在哪里呢？窑洞，灯光燃烧一片静怡的白亮。山前每家两袋，四组每家一袋。杜四爷大骂猪圈狼心狗肺。

杜四爷向王拴娃要手机，要臭骂猪圈。

王拴娃没给。

狼心狗肺！杜四爷又骂王拴娃。王拴娃坐起来，双脚还在，他在脚上掐了一下，有疼的感觉。杜四婆在街上喊叫，杜四爷拉王拴娃出了门，马桩和四个人步行回来了，他们没走惯山道，还背着东西，在杜四爷家半天缓不过来气，不是要过年，他们说睡上几天才有劲回去。猪圈呢？马桩说：每年的除夕和初一在南山过。

杜四爷骂；驴日的是那道长日下的。马桩说：东西全是人家买的，还骂。

给王拴娃也买了一包东西，打开一看，两瓶酒，两条烟，一块牛肉。王拴娃想：还算有良心。

猪圈没有忘记买两串鞭炮，除夕夜，人们集在猪圈家门口，听了鞭炮声才回家了。王拴娃没有去，他正在喝猪圈给的酒，吃猪圈给的肉，媳妇陪他喝了两杯，脸红红的，王拴娃想起了范丽红。

范丽红在山下村，猪圈也送了瓶酒和二斤牛肉。秋丰收黑实了，才悄悄溜进了范丽红的家。秋丰收喝多了，被范丽红推进粮仓睡了。

第二天，猪圈给拴娃说有急事，必须来县城，他在山下村口等。媳妇不让王拴娃走，抱王拴娃睡惯了，怀里没有王拴娃，她睡不着。王拴娃听了媳妇的话，抱了两晚媳妇才走了。把猪圈气得见了王拴娃一个劲儿地骂。

王拴娃说：大过年的有屁急事。猪圈眼一睁说：猪头。

王拴娃笑了。

两人坐在房间，喝了两杯水。猪圈说：走。王拴娃问：去哪里？

风迎面扑来，王拴娃不由一个战栗，宽阔的路面，小车犹如在一条龙的脊梁奔驰，王拴娃闭紧双目，母亲杜四婆在山顶看着自己，地面结冰了，车轮胎搭着防滑链，扎扎地响。猪圈打了王拴娃肩头一把说：睁眼市区到了。王拴娃打开眼帘惊呆了，高楼插入云端，几个女人穿着裙子飘过。城里的女人不冷吗？猪圈哈哈笑：从黑山下来的一切都是温暖的。王拴娃一直不信猪圈这句话，但这句话一直在心底窝着。王拴娃头晕了，有一天发芽了，我会相信的。

母亲和杜四婆静静坐在山顶，已是春风了吗？柔柔地，一漾一漾地涌向心头，王拴娃几次想问母亲，山顶能望见猪圈吗？为什么头不晕了呢？

王拴娃害怕问了倒提醒了母亲，她俩又整夜地坐在山顶的星光里了。两位老人的身影似一条平静的河水，弯弯曲曲地向前，向前是一条宽阔的大道伸展在黑山的脚下，远处忙碌的人影和车辆正在拓宽这条大道。目光落下去了，黑山村和整个世界连接在一起了。

开年，上班的第一天，白一民带着交通局局长王光明来到黑山村。王光明五十开外，瘦高个，戴一副近视镜，白一民说什么，他都是没问题。

正月十五元宵节一过，王光明带技术员几个人清早来了。猪圈跟着，两人看起来关系很熟，路面四米，猪圈要五米，王光明坚决不同意，说：这条路交通局要垫资近二百万呢。四米的路，两边各半米的路肩，整条路宽也就五米了。

王拴娃很佩服母亲了。时常脑海冒出母亲说：娃啊！你是咱村的人物了。

那猪圈呢？城市是穿裙子女人的世界，王拴娃看到猪圈嘴角一丝笑，没有嘲笑的味道。猪圈说：我第一次来了，比你现在还可笑。王拴娃想哼一声，但突然想哭了，我是母亲和杜四婆的目光多好啊！

小车驶进高楼林立的小区。小区是什么啊？王拴娃不好意思问猪圈。猪圈轻轻说：年凤应住在这里。王拴娃一惊，住在高楼里不恐惧吗？猪圈说：过年了，作为黑山村的人应该感谢这些关心关注且带动黑山村跑的人。没有他们，黑山村可能永远是一座黑山了。县上的白书记，王少云、水利局、扶贫办、电力局、林业局、民政局、交通局，还有张文、艾士光等年前一一都去过了。

王拴娃突然没有了心跳，冰冷冷的。突然有心跳了，每根汗水渴盼着一杯水，五脏六腑化成一股火冲向喉舌，王拴娃有一棵枯焦树般的祈求。

猪圈没有在意王拴娃反应，继续说：年书记这里，没有你不行啊！你的朴实打动了年书记。

暮色来临了，猪圈说：走。

猪圈在后座取一包东西递给王拴娃。

提上。猪圈说。

王拴娃一提有些沉。

猪圈说：一包灰灰菜。

王拴娃更惊奇了问：这东西能送人？猪圈笑说：猪头，官愈大愈稀罕这些东西。人家年书记会缺啥？主要是让他知道，黑山村人没忘记他。

走到一幢楼下，猪圈说：就是这里了，三楼东户。

猪圈敲了几次门，没开，里面有电视声响。

猪圈和王拴娃来到小区内的小广场，几个老人在锻炼身体。王拴娃想自己家的门白天始终打开着，是不是天黑了年凤应的门关了呢？王拴娃说：白天我们来吧。猪圈笑了笑，没有理睬王拴娃，他拨通年凤应的电话，几次没有人接，他俩来到楼梯口，年凤应出进的话能碰见。

天完全黑下来了。他俩上了三楼，继续敲东户的门。

这次门开了，是一个胖女人。一听是乡下人，女人很热情。年凤应从书房出来了，给他俩让了座，沏好了茶。看到包里的灰灰菜，年凤应乐了：这是今年收到的最好的礼物了。

坐没有十分钟，猪圈拉王拴娃起来要告辞。年凤应拍着王拴娃的肩膀说：上班了，我一定会来看你的。不过，我要提醒你俩，不要搞这一套了。黑山村群众脱贫奔小康是我们每个人的责任，沉甸甸的啊！

胖女人已准备了两袋礼物，一人一袋。

猪圈、王拴娃将礼物放在沙发上要走。年凤应认真地说：那我也不能收你的灰灰菜了。他俩一笑，拘谨地将礼物提在手里。

年凤应在不同场合多次说到黑山村，还说一定要抽出时间来黑山村看看，不同渠道将这些消息传到白一民的耳朵里，白一民自己去黑山村不算，几乎每天指示王少云来黑山村督导。每天必须有进度，各项工程必须全面铺开。

张文、康宏天天像着火一般，始终是一个问题，年书记来了，一切没有动，咋交代？老李的脸黑炭一般，总想踢王拴娃、秋丰收的屁股。杜志谦蹲在学校门口一棵树下，吧嗒吧嗒吃旱烟，吴德虎有时出来，拿杜志谦的烟锅装一锅子旱烟，滋滋地吸上几口。包车呼呼上来了，在村口刚停下，康宏跳下车喊：老李，工程队明早就来了。老李的脸呼得着火一般，奔到康宏面包车前。

王光明的工程队一个清早来到黑山村，王拴娃天没亮和秋丰收在学校门口等。杜志谦来的时候，工程队已经安置好了，住一间教室里，学校用过的灶房还在，锅碗等灶上用具工程队带着，最有难度的是工程队需要一片两亩地大的料场，工程队沿路看了，发现一片地可以用，这片地是文老三的。

文老三的话难说。秋丰收说。

王拴娃决定去试试，结果是灰头灰脸地回来了：张嘴就是钱。

文老三手叉腰站在村口说：给全村人修呢，凭啥让我一人吃亏。猪圈走过来了，拉着文老三的胳膊说：我的三叔啊！到你家去说。文老三说：啥地方都一样。猪圈使劲将文老三拉扯回家里。

一会儿文老三和猪圈并肩走在街上，文老三大声说：我同意，我同意！

王拴娃眼里的猪圈又高了一大截。晚上，王拴娃到秋丰收土炕上刚躺下，秋丰收趴在他的耳边悄声说：给文老三钱了。猪圈让丽红在账上记着呢。

王拴娃还是高看猪圈的，翻个身，手机响了，猪圈叫去县城，王拴娃拒绝了，他好久没有在山顶坐了，坐在山顶，他实在多了，他期盼自己是一块石头，永远在山顶上。夜晚，山顶有星光呢。可王拴娃怎么也爬不起来，呼呼睡着了。

工程队把路基拓宽整平夯实，然后一半路打水泥，留一半路是给人行走的。一半的水泥路好了，再打另一半。人们可以走好了的水泥路面了。这是通往黑山村的唯一道路。

张文、康宏稍稍缓了一口气。老李戴着墨镜每天在路上检查，指挥王拴娃、秋丰收干这干那。杜志谦蹲在学校门口的树下吃旱烟。吴德虎出来给杜志谦要烟锅。杜志谦哼了一声，走到修路工地了。群众跑路上来看，过年返乡的好多人不急着出去了。一向清冷的村子突地热闹起来，第一台电视是文老三家的，天线立在屋顶上，每晚家里挤满了人。一个月不出去，村上就有几台电视了。猪圈给杜四爷送回来一台电视，王拴娃媳妇天不黑就往杜四爷家跑。人多，去早了能抢占头一排的位置。

王拴娃吃惊了，媳妇一天到晚吟哼没有调的曲子，满院找当年喂猪用的大铁盆。在后院找见后，清水洗净晾晒干，烧一锅的水，倒进大铁盆里洗澡。

王拴娃站在窑洞口愣了，媳妇哼着曲调哗哗地洗。

晚上睡下，满窑洞的香味。躺在土炕上，王拴娃惊奇地倒吸一口凉气，媳妇没叫他搂抱竟然睡得很香。王拴娃将媳妇推醒，抱媳妇干那事时，梦学会呻吟了吗？没有过的痴迷，王拴娃疯癫了一夜。

阳光照亮整个窑洞了，王拴娃在手机里给猪圈讲了，需要一台电视。猪圈说：二手电视，很便宜，三百元。王拴娃急急地说：三手的都要。

王拴娃坐在杏树下等，山道静静地躺在阳光里。王拴娃给猪圈连打了四次电话：电视、电视！母亲喊王拴娃吃饭。王拴娃说：不吃。但肚子咕咕叫。王拴娃回家刚把饭端在手里，街上传来汽笛声，王拴娃手一抖，饭碗掉在地上碎了。王拴娃跑出去，回来笑哈哈地抱着一台电视机。

拴娃媳妇急着要看，天线挂在窗外，一个频道媳妇模糊地看了半夜。天没亮媳妇拉起王拴娃，在窑背的杏树上支好了天线，媳妇几次叹息说：天咋还不黑呢。

王拴娃顺山道走下南麓，径直来到秋丰收家，秋丰收不在，范丽红坐在院子里，聚精会神地对账，听见脚步声，范丽红抬眼看一下王拴娃，低头又对账了。

王拴娃听见窑洞里的响鼾声，进去一看，是老李，旁边还有雷劲松，满窑洞的鞋臭味。

王拴娃满院找来两块砖，垫在屁股下，在范丽红对面坐下了。范丽红说：去去去。王拴娃说：我又不影响你。范丽红说：咋不影响呢。

范丽红转过身，给王拴娃一个屁股。王拴娃抽了一根烟，去沟边了，晚上要开个会，商讨怎么建大棚，建什么大棚？怎么给群众分红？

以前，是事牵着王拴娃走。现在，他要牵着事朝自己的方向走了。

第二十六章　杜志谦想　我们做梦吧

杜志谦在家里停不住了，早上喂了牛后，来学校叫上吴德虎，两人去路上。尽管工程队人不需要他俩帮什么忙，但他俩发现问题都要上去插手一同解决，路基处理好了，需要每天洒水。猪圈和王拴娃在山下村雇三辆水罐车，一天三次给路面喷水。吴德虎有时因学生来不了，杜志谦拉上秋丰收在路上来回地跑。指挥三罐车把水洒均匀一些，杜志谦脸黑了，声音喊得也沙哑了。

老李几个去月光酒店时，猪圈说了几次拉上杜志谦，王拴娃在路上碰上了杜志谦，说了猪圈的意思。杜志谦说什么也不去。

那地方不是咱去的。说完，杜志谦又追水罐车了。王拴娃望着杜志谦的背影，说不出什么滋味。

猪头、猪头。张一诺在面包车里喊。平时，王拴娃听见张一诺这么喊会笑的，这次，他不想笑了。

上了酒店餐桌，一盘烧肘子，王拴娃不叫任何人动。

张一诺猪头、猪头地叫，王拴娃还是不让动。

猪圈问：咋啦？王拴娃说：把这给杜书记捎过去。猪圈说：多得是。王拴娃说：就要这个。

猪圈和王拴娃一起去了杜志谦家，除了那盘肘子外，猪圈还提了两瓶酒。中午酒店大厅举办了一对年轻人的婚礼，婚礼散后，餐桌上遗留了没有喝完的酒，一些人家只将整瓶酒带回。马桩让服务员将这些半瓶酒倒为一个个满瓶，现在的酒瓶很难倒入的，他们找一些敞开的酒瓶，一一地灌满，放入马桩的房内。走时，猪圈去房子找马桩，安排一些酒店的事，发现了这几瓶酒，随手提了两瓶。

杜志谦蹲在窑洞门口抽烟锅，对猪圈王拴娃的到来极冷漠，蹲在那里，不慢不急地抽烟，没有看到他俩似的，对酒和肘子满脸挂笑，尤其是酒，他是没有酒瘾的，却爱抿那么一两口。当即拧开酒瓶咕咚喝了一口，说：对着呢，对着呢。

三人进了窑洞，王拴娃抓炕桌放炕上，将肘子放炕桌上打开，杜志谦趴肘子上嗅嗅，咧嘴乐了。

王拴娃去灶房案板上摸来刀，切一块让杜志谦尝，杜志谦吃一口，说：对着呢、对着呢。

杜志谦抓起酒瓶正要喝，吴德虎来了，四人上了炕，围坐在炕桌边。猪圈说：去我的酒店喝。杜志谦说：那不划算。

吴德虎不喝酒，尽吃肘子。王拴娃懊悔不已，多带几个肘子多好。

杜志谦几口酒下去，脸上泛起了红光，说：村上多亏有猪圈这么一个人。吴德虎说：七事八事恐怕垫资不少吧？

猪圈笑着说：给你俩说个好事情，明天水利局的施工队就要来了，他们要在打水泥路前来。路好了，深井也打好了。我们吃窖水的历史揭过去了。

王拴娃流出了泪，杜志谦老泪纵横，吴德虎双手捂着眼，猪圈的眼角挂满泪花。王拴娃忍不住了，跑出窑洞，跑出头门，抱住一颗杏树大声哭了，泪水一滴滴地打湿了鞋面。王拴娃眼神一晃，水利局的技术人员在村上勘探了，选址在村南二组的土地里，深井打好后，在村北最高处建一座水库，将水抽到水库里，解决村上的人畜饮水和土地灌溉。有了水，葡萄，樱桃，西红柿等什么大棚不能建设啊？

王拴娃抹一把泪说，我们要吃自来水了。

自来水？这是啥水？杜志谦的嘴边发着油光，猪圈一笑，泪流下来了：像城里一样，水龙头在灶台上，用时手一拧，水哗哗地流来了。杜志谦长叹一声说：我们做梦吧！吴德虎扭头朝外喊：王主任进来啊！

王拴娃跑进窑洞，四个男人抱在一起大哭起来。

第二十七章　王拴娃不得不去山前了

王拴娃、杜志谦、秋丰收天天在路上养护路面。王拴娃瘦了一圈，更黑了。开始打另一半路面了，王拴娃拉起了肚子，山下村有个诊所，去买了几片药吃了，还拉。路上去不成了，坐在秋丰收家，还拉，走路都直不起腰了。

范丽红说：去镇医院看看啊！

王拴娃认为睡睡就好了。小时有病了，母亲总压他在炕角，出一身汗就好了。

范丽红找个空酒瓶，装满热水，塞进王拴娃的肚子里。

王拴娃抱着暖酒瓶，蜷在土炕角角。

柳树一片绿了，鸟儿叽叽喳喳地鸣叫。

猪头、猪头。张一诺在窑背上喊。

范丽红跑进窑洞说：张一诺叫你。

王拴娃又要拉了，猫个腰出来。

张一诺喊：水打出来了。

王拴娃跑到了墙角蹲下去，秋丰收将已经有些糟的半扇门板挡在墙角。蹲下能看见头，但屁股是挡住了。多亏墙角有棵树，猛一眼，看不出有个人来的。

猪头、猪头，张一诺喊，水出来了。

范丽红听明白了，高兴得跑出门去。

王拴娃提起裤子，跑上窑背。张一诺在路上已是一个黑点了，王拴娃追赶了上去。

水哗哗地流着，还带着土地的浑黄色，群众里三层外三层围着，老李戴着墨镜叮嘱群众不要拥挤，轮流着到水管头看。群众闪出一条缝来，杜志谦用锨修一条渠出来，引水浇灌起土地。

王拴娃从群众里挤进去，水哗哗从水管里喷着，王拴娃抱住水管，喝一口，被冲出的水流呛出两股眼泪。

文老三说：我有铁勺呢。王拴娃迫不及待地从文老三手里夺过铁勺，接满水，一口气喝光了，再接一勺，从自己头浇下去，他两眼放光。文老三狠狠在王拴娃脊背捶一拳说：给我！

老李说：小心肚子，小心着凉。

群众排起长队，喝起了井水。

猪圈从范丽红那里得知到的消息，车开不到村里，车停在了山下村，先后歇了十几次，跑回了村。跑到井水边了，大口地喘息，话都说不出来了。

水比蜜还甜啊！文老三拉住猪圈，颤抖着双手说。

猪圈眼圈红了，端起马勺，连喝了两马勺水。猪圈十年前从黑山村出去，没有喝过凉水。即使开始在工地搬块，屁股上都要吊一热水杯。人们骂他是渴死鬼，其实，他是不喝凉水的。当然，除过沟里的泉水，小时候，跟着狼剩饭可没少喝泉水啊。

猪圈在学校看到王拴娃老李他们了,王拴娃上衣湿透了,但双眼炯炯有神。从猪圈的记忆时起,王拴娃眼睛今日是最亮的了。猪圈带上来了各路投资大棚的人,老李对村干部进行了分工。一组是秋丰收负责,二组是吴德虎,三组是杜志谦。王拴娃在大喇叭上讲,我们的土地将是水田了,我们还等啥啊?康宏将王拴娃拉到大棚基地说:讲大棚,群众将是股民了,坐在家里可以享受土地带来的福利了。

王拴娃默默地念叨股民与福利,猛地向村子跑去,说:给群众说透啊!

猪圈喊:你拉肚子,支撑得了?

王拴娃说:喝了水,比药还灵,立即不拉了。

王拴娃站定,揭开衣服,在光溜溜的肚子上拍拍说:原汤化原食。

几个群众急火火来到地头,要自家的土地,杜志谦骂道:驴日的,没良心的东西,就是受穷困的命,国家对咱多好,几辈子的福让你们都享了,还争吵啥?睡到炕头那钱呢,福烧得糊涂了啊?

地头安静了。老李远望着弓腰的杜志谦,杜志谦以前怕群众,绕着群众走,现在可以说是迎着群众而上,为群众尽心尽力呢。王拴娃站在村口,喇叭蹲在脚边,杜志谦的口头禅,驴日的,饿死活该。他有时也有这种想法,这种想法时时在山顶折磨他。但现在一切似乎远去了,如夜半山坡呼呼的风声,消散于四周,再也不可能找到。

阴历二月二了,王拴娃想着回去找杜四爷剃头,每年这一天,杜四爷要给人们剃头的。猪圈却将王拴娃、老李请到县城的理发店。发不管理得如何,王拴娃对电推子产生了浓厚的兴致,在头上吱吱地响,头发一片片地落,而人却感不到疼痛,而且有阵阵酥麻的舒畅。从小时候起,王拴娃对推子有抵触情绪,不是推头发,是拔头发。推子上滴些菜油,再紧个关口螺丝,还是拔头发,他满街跑,狼剩饭满街追,压倒他给推头,他杀猪般地嚎。到后来，他宁可杜四爷剃成秃头，再也不想推子理出的洋楼了。

理完发出来，王拴娃念念不忘电推子。老李火了，说：你再说一句电推子，我一脚非把你踢成太监不可。王拴娃笑了，再不说电推子的事。

饭桌上，王拴娃又惹恼了老李。老李去月光酒店回数多了，和大厅经理很熟了，经理个高、腰细、脸白，眼睛笑眯眯的，尤其一口流利的普通话。牵心的老李如坠云雾，每回去都要找其聊上几句，他是想听那悦耳的声音。菜刚上齐，老李支支吾吾地，猪圈看透了老李，招手叫来了服务生，耳语几句，服务生出去了，一时，经理笑眯眯地推门而入了，坐在老李一旁的空位上。

老李兴奋地端起酒杯说：喝。

三杯过后，老李经管经理操菜，没想王拴娃嗵嗵嗵地放了三个响屁，经理笑眯眯放下筷子说：去看看大厅有事没。

经理出去再没进来。

老李脸气青了，指着王拴娃半天没有说出半个字。

王拴娃也恼火自已，肚子好了，动不动要放一个屁的。吃饭了，他极力控制自已，真憋不住了，他出去在走廊放了再回来。

经理来了，王拴娃的心思和眼睛全在经理脸上，下身再次失控了。

老李也不吃了，要走。

猪圈劝不住他。

王拴娃小声说：响屁不臭。

老李有些无奈地说·你看咱的那货。

猪圈去找经理，带经理重新加入了饭局。

王拴娃一笑，老李冷眼一看，王拴娃出去在走廊上跑一圈。

老李不会喝酒，经理怎么劝酒，经常在酒席上积累的劝酒辞令，一套一套地，老李还是不喝，经理走了。老李筷子点着桌面说：我不是爱看女人，是想把山村与她们的美丽糅合。王拴娃似懂非懂地点点头。

王拴娃想说什么，却嗵嗵放了几个屁。

老李哈哈一笑说：响屁不臭。

老李走进住房部，倒在床上孩子似的哭了。

王拴娃累了，躺在床上睡着了。醒来时，老李还在哭，只是声小得多了。王拴娃不知道怎么劝老李了，老李这样的黑脸竟然哭了？王拴娃装睡着了。

猪圈说到老李，很同情，两个娃；一个上高中，一个上初中；一个在县城，一个在镇上。两个老人经常多病，媳妇里外一把手，这几年地里收成不好，全指老李的工资，日子紧巴巴的。包抓黑山村，没有假期，连礼拜天都牺牲了。猪圈叹息一声说：咱黑山村欠老李的太多了。

猪圈没有说出文会计的事情，王拴娃不小心把这事从嘴里溜出去，村子这池水会浑浊了。

老李心里苦啊！猪圈说。

王拴娃想自己在这些人里最苦了，的确想不到外表威严的老李一肚子全是苦呢，对老李愈是敬重了。能在秋丰收的土炕和他一起睡，王拴娃早就作出判断，老李的骨子里是农家人，以前见了老李戴黑墨镜的脸，还真是怯火得很呢。

老李说眼睛见风爱流泪才戴镜的，从月光酒店回来后，王拴娃发现老李不戴墨镜了。

随着路的慢慢延伸，养护的任务天天增加，猪圈从本村雇佣了十几名劳力，每人一天十元。

猪圈说：同样是花钱，让本村人来挣，心里舒服。

杜志谦、吴德虎一人一天二十元。秋丰收自告奋勇地参加进来了，一天也是二十元。王拴娃没事爱往路上走。猪圈说：你一分钱也没有。王拴娃脸红着说：没想要。

王拴娃去范丽红那里，问：猪圈先后给村上垫了多少钱？

范丽红在窑洞前看手机，头也没抬的说：过三万了。

王拴娃头上出了水，他多少次提醒猪圈，村上是个无底洞，填得起吗？猪圈笑说：填得起。王拴娃解不开这个疙瘩。

猪圈一笑，神秘地说：村上马上就有钱了，是一大笔钱，不信，你走着看。

阳光明媚了，寒冬真正地过去了，王拴娃一户一户地通知群众上地刨出御杏苗了。抽时间回四组去，组织大家栽御杏树。媳妇在地里栽，王拴娃从泉里挑水浇。杜四爷也上地了，他泉里挑不动水了，王拴娃浇完自己的后，给杜四爷挑水。

杜四爷说：这些苗子准能活。王拴娃说：继续说。杜四爷笑了，说：是拴娃浇的水啊！王拴娃说：知道你老人家要这么损人了。

杜四爷坐在田埂上，吸起了烟。另一片地里传来说笑声，王拴娃过去，是几户人家在栽御杏树。御杏树大了，结果了，再挖果树不迟。山里的果树得不到充足的水分，一般树长不大，树冠也不大，对御杏苗的生长威胁小。王拴娃望着山顶，山前有水了，这里什么时候有水啊？猪圈手指空中画出一个圈说：过几年，这里将是另一番景象，比任何地方都要美，都要让人们留念。

几个群众跑来，问搬迁的事，王拴娃说：年底就可以搬了。

人们坐在地头，展望未来的日子。王拴娃不由望起了山顶，是什么改变了这里的一切呢？他仿佛不是自己了。王拴娃坐在山坡上，有了去山顶的念头。杜四婆的秦腔传来，声音绕着山坡转圈，王拴娃被声音淹没了。

声音消失了，暮色爬满了山坡。

夜里，王拴娃出神地观望媳妇，媳妇没有留恋他的目光，平日里一样光光地躺在被窝里等他。王拴娃发现媳妇也变了，以前是地老鼠，如今呢，是条鱼。

王拴娃喜欢看广告里的女人，媳妇反对看电视了，太多的广告，太多的女人。她却悄悄朝广告里的女人变化，媳妇的头发长了，散披在肩上，一甩一甩地。尤其做爱，声音更响了，一次声音惊醒了母亲，母亲以为发生了什么，使劲摇窑门。

王拴娃很享受这样恬静的日子。

可不出两天，猪圈来电话，王拴娃不得不到山前去了。

第二十八章　群众一起来　啥事都办成了

路面硬化全线通了。

王少云代表白一民书记前来祝贺。许多外出的群众赶了回来，村口黑压压的人头。

王光明、张文、艾士光在前面走，后面跟着一堆堆群众，步行了一程道路。猪圈天没亮和王拴娃拉着十箱啤酒、十条香烟和一面锦旗，在村口等领导来。张一诺和老李坐的面包车装着鞭炮紧跟着猪圈车，也停在了村口。

水泥路面按照苗一色的规划，打到了学校上边的搬迁点街口，眼看就要竣工了，群众一行行站在路边欣喜地观看着，王拴娃招一下手，过来四五个群众，把礼品和礼炮从车上搬下来，放在路边。猪圈派人把杜志谦、秋丰收夫妇也请到了路边，吴德虎给三个学生安排了作业，急忙出来站在路边。

人们望着黑油油的道路，双眼噙满了泪花，好多人参与进了养护路面的队伍里。杜志谦将烟锅插进腰带里，给路面洒水，水罐车一来，拿起铁锹往路面撒麦禾。

猪圈一眼没看，王拴娃在养护人群里忙碌着。老李走过去，在一个群众的手里接过铁叉，扬一片麦秆说：群众一起来，啥事都能成。

太阳升到屋顶了，灿烂的阳光如巨人无比大的手，抚摸大地万物的额头，天蓝而高远，地阔而厚实，每一处的光亮都在闪耀绿色。随着“竣工了”的高亢呼声，炮竹声轰然响起，人们发出一片欢呼声。放完炮竹后，张文主持，猪圈代表黑山村全体群众给施工队送慰问品，给交通局送一面锦旗。起初，王光明反对这样做，交通局修路是分内事。可黑山村的群众不同意，我们再穷也知道礼数。这座黑山留下来的是礼数啊！杜四爷气汹汹站在出山的路口，大声喊：猪圈！猪圈！秋丰收跑去告诉了猪圈，猪圈急匆匆来到父亲面前。杜四爷抡圆了手臂打猪圈的一个耳光骂道：你把你先人忘了？咱四组的路怎么不修啊？猪圈捂住脸说：我们马上搬到山前来了，这段路我们有想法呢。杜四爷扑上去，用头顶猪圈的肚子。猪圈抱住了杜四爷。秋丰收等几个人跑来，拉走了杜四爷。

猪圈回到群众面前，脸色与群众拍红的手掌一个颜色了。王拴娃悄悄溜进了秋丰收家，秋丰收家门不会上锁的，镇村干部来来去去的，头一次，门上锁了，老李进不了门，见了秋丰收夫妇，没骂死他俩，秋丰收一气一急把锁扔进沟里了。王拴娃用被子捂住脸，禁不住泪水长流。为什么要这样他不知道，他不能自已，有些迷糊了，迷糊中睡着了。

狼剩饭领着王拴娃从山顶下来，王拴娃很小，刚会走路的样子，太阳冒着光亮的花花，走着走着，狼剩饭不动了，两眼喷着蓝色的火焰。

王拴娃还在往前走，狼剩饭叫王拴娃。

王拴娃好似没听见，继续往前走。路油光油光地闪着亮，王拴娃刚踏上路面，路突地腾飞起来，扑向狼剩饭。

王拴娃一惊，醒来了，下身湿湿的，王拴娃把裤子脱了扔到脚底，爬到炕的干处睡下了。整个大脑仍在惊悸中，路分明是蛇，蛇都怕父亲的，咋会扑向父亲呢？他睡不着了。

猪圈生王拴娃的气了，电话里臭骂王拴娃一顿，王拴娃没有辩解半句。老李回到秋丰收家，看到炕下王拴娃的裤子，一股腥味直扑老李的鼻子。老李骂：简直是猪。把你领去见酒店的女经理，为的啥？

老李坐在沟边呼吸新鲜空气去了，顺手掏出手机，拨通了猪圈的电话说：拴娃连屎带尿整了一炕，给买些药。

放下电话，猪圈后悔骂王拴娃了，猪圈开着小车去县药店买些治拉肚子的药，匆匆又回到了村里。在秋丰收窑背望见沟边坐着的老李。猪圈翻了多次文会计做的账目，他也问过杜志谦，老李垫付了多钱？杜志谦哼哼唧唧说不准，五万元左右。老李的背影像一片秋叶，颤抖在沟壑里。猪圈刚要喊老李了，范丽红在街上串门子回来，红着脸朝猪圈小跑过来。猪圈佯装没瞧见她，下了土坡，老李不进窑洞，他嗓子浅，闻见那味儿就吐。猪圈进去了，王拴娃睡着，猪圈感觉王拴娃没睡着，他把药重重地拍在炕边，看见王拴娃眼皮跳了几跳，猪圈退到院子里，范丽红进了家门。

猪圈说：王主任病了。

范丽红嘴一咧说：是狗病。

猪圈进入范丽红生活圈了，她眼里的拴娃叔头上的光彩没有了，老李看出范丽红内心微妙的波澜，笑笑，没有说透。范丽红不回避老李，敞开心扉让老李使劲瞧。老李的认知出现了问题，他总认为范丽红的人生悲剧开始了，可范丽红一切没有变化，还是光屁股睡，光屁股出来尿。即使尿时和老李打个照面，第二天还是那样嘻嘻地面对任何人。范丽红是见任何人脸都会红的女人，除非是秋丰收。老李把握不了这个女人，也就不去把握了。每个人都可能是一个阶段一个想法，不见得后一个想法就比前一个想法成熟，幼稚往往是很成熟的产物，或者孪生妹妹。

王拴娃试着起来，但他还是在炕上一动不动，范丽红在窑口骂：把这里当成猪窝了，这么大的人了，咋给裤子里拉和尿啊！

她在院子里找根长棍，将王拴娃的裤子挑出去，架在树杈间说：三天都晒不干。

猪圈开车去找王拴娃媳妇，只要件单裤，棉裤王拴娃仅有那一条，天气还没来到换季的时候，尤其是山里的早晚还很冷。猪圈只好把自己去年给杜四爷买的带毛的棉裤送给王拴娃了。

裤子穿好，王拴娃肚子有些饿了，但范丽红不给他做，王拴娃在灶旁里找，见没有任何可吃的东西恼怒地骂道：比猪还懒。

范丽红听见了，不生气反而笑着说：我不想喂猪了。

猪圈和老李在沟边站着商量事，王拴娃出了头门，夕阳红红地燃烧在猪圈和老李两张脸中间，似乎使出无限的力量吸取两张脸的能量，夕阳越来越大，越来越红，两张脸越来越小，最终是两个小黑点。风从沟里滚上沟沿，夕阳沉下去了，两张脸渐渐模糊了，风却大了。一股寒气侵袭而来，王拴娃紧了紧裤带，全身温和了许多，范丽红拉亮灶房的电灯，案板上响起了切菜的响声，猪圈和老李一起来到院里。

猪圈说：晚饭不吃了。

范丽红出了灶房说：带我不？

老李笑了，说：聪明得很，知道去哪里啊？

范丽红说：我还没有去过月光酒店。

老李说：杜总要把月光酒店搬回村上了，那时，你天天出入酒店。

范丽红相信了，自语道：那还叫月光酒店吗？

猪圈说：太阳酒店呢。

王拴娃完全清醒过来，精神也抖擞万分，再次紧了紧裤带。灶房的灯光亮晃晃地照着树枝上架的裤子，似吊死人摇晃的两腿。

猪圈指着树梢说：取了裤子吧，小心晚上出来吓了谁。范丽红说：我不管，老李爱在这棵树下尿。老李脸燥热起来，接不上了话。王拴娃说：就是的。老李飞起一脚，踢在王拴娃的屁股上。王拴娃说：你咋不踢范丽红？

老李刚要反驳，手机响了，是张一诺的，晚饭在杜志谦家。杜志谦老伴一生扯面做的最好，现在吃扯面的人少，她的手艺用不上了。猪圈也想和杜志谦多坐坐。他上台了，杜志谦的心情和颜面除了沮丧，恐怕是无光了，当久村干部的人，或者说在人面前站久的人，是很看重面颜的。是他打了杜志谦的脸，他要还杜志谦一个更灿烂的脸面，更不要说按辈分还叫他叔呢。

猪圈的苦衷，王拴娃理解不了。但王拴娃对杜志谦的情感起了微妙的变化，一次突然对猪圈说：我们都要对杜书记好。猪圈望着黑山，黑山是夜空跌落下来的巨大陨石吗？

杜志谦不再骂王拴娃了，对王拴娃时常是笑脸了。一碗扯面吃了一口，王拴娃要喝酒。杜志谦在另一间窑洞里提过来半瓶酒，王拴娃两盅酒下肚，趴在院里哇哇吐了。从这个晚上后，王拴娃不能喝白酒了。往后无数次酒席上，王拴娃就喝茶水。

猪圈多喝了几杯，饭后和老李、张一诺睡在吴德虎家。王拴娃被张一诺送到秋丰收家的土炕上。

秋丰收在灶旁的土炕上看电视（这是台黑白电视，是猪圈二百元在旧货市场买的），被王拴娃一阵跑了调的歌声惊动，王拴娃从不唱歌的，也不会唱，今晚却扯开了嗓门。秋丰收纳着闷去看究竟，但见王拴娃枕在被子上，嘴巴张得如一眼窑洞口，曲调似歌又似秦腔戏。

秋丰收说：叔，你让人活不？

王拴娃晃起脑袋唱，秋丰收忍不住了，炕边拿起王拴娃一只袜子，塞进王拴娃的嘴里，王拴娃呛得两股泪骂道：要死呀？

王拴娃再也不唱了，秋丰收喜滋滋回去看电视了。

王拴娃禁不住又吼唱起来，范丽红站在窑洞口说：得是吊死鬼找绳呢？

王拴娃说：知道个屁。

范丽红说：就你知道屁。

范丽红满肚子的火气，却不好给王拴娃发出来，不是王拴娃在窑洞里制造尿腥味，猪圈、老李他们不会睡到吴德虎家的。这个时候，正是和他们坐在炕上笑谈的时间，王拴娃抹杀了她的快乐，范丽红不怨他怨谁呢？但她说不出，窝在肚子里。

王拴娃下了炕，不慢不紧地走向沟边。月明星稀，王拴娃信步走上了水泥路，四周幽静，那片灯光还在燃烧，山顶的上空，一颗星在闪耀，王拴娃看准了星光下一定是母亲杜四婆留下的渴望。今晚的风有些柔和，使他想起女人的手，浑身有了热乎膨胀感，又一股风来了，热乎消失了，但余温向四周扩散，夜色呈现无边蔚蓝的美丽。

王拴娃一时迎着风，一时风跟随着他，在水泥路面踱步，路真的是条蟒了，卧在黑山村的土地上。路的尾巴似乎翘起来，挑开了夜幕，东方闪现一片鱼肚色。

白一民带领梁伟民步行在黑山村的水泥路上。王拴娃揉揉眼睛，是梦吗？白一民笑着说：这不是路是桥梁，联结文明富裕。王拴娃摸摸口袋，手机遗落在秋丰收的炕头。

猪圈赶回村子时，白一民已在御杏基地检查。梁伟民指着土地，反复说：要发动群众除草了，春风一吹，草就疯了。

白一民蹲下，拔一颗杂草说：每一块地都要好好检查，看是否将御杏苗刨出来了。春天了，最关键的是除草。白一民直起腰站起来说：去大棚基地看看。

张文、康宏没等车停稳就下了车，小跑到白一民跟前，白一民背手走在平整的土地上说：建多少大棚？哪些品种？移民搬迁工队招标没有？张文平复住慌乱的情绪，猪圈的小车急速地闪出眼帘了。老李跑进了地里。白一民望着王拴娃，张文忙说：已经确定了，高标准四十五座，有葡萄、樱桃，各种四季蔬菜。投资人现在在外地厂家订购建大棚的材料。猪圈跑进地里，一手拿着一包烟，快到白一民跟前了，猪圈把烟装进上衣口袋。

白一民望着远方说：抓紧时间啊！黑山村群众整体脱贫致富了，我们才对得起这片土地，还有这座黑山。

白一民走后，张文也走了。康宏将村上所有干部召集到学校教室里，大家还没有坐稳，康宏拍打着桌面说：三告别工程必须拉开了，首先要做的是确定两个点搬迁户，然后把每户确定于每一院庄基地里，再联系城建局确定工程队。

猪圈手指敲一下桌面说：一二组在学校南搬迁点，三四组在学校北搬迁点，因为，学校南是一二组的地，学校北是三组的地。明早我们用白灰将宅基地画出来，编成号码让群众抓。

艾士光向外走了，大家跟着他来到学校北的三告别基地。王拴娃的裤子太长不合身，走路两边摆，似一只企鹅，他走路又快，摆晃得更厉害了，除过猪圈，没有谁不指着他笑的。

康宏晚上要住在黑山村，老李几个人不得不回到秋丰收家，张一诺在猪圈车里摸了一瓶空气清新剂，全喷在窑洞里的角角落落，范丽红戴着口罩将炕彻底清扫一番，又给地面洒了几脸盆清水。

老李却闻不了清新剂的味说：不是黑山的味道。

张一诺笑说：你不是最爱闻这味吗？

老李看一眼张一诺，张一诺明白一些话是不能当范丽红面讲的，老李不好再抱怨什么了，坐到了炕里。

王拴娃说：这味不胜尿味，人气都出不来了。

天亮了，康宏指派吴德虎在窑背上喊叫他们，范丽红出来应了声。他们都有一个病，很难早起的。大约一个多小时，老李打着呵欠走在路上，张一诺、雷劲松离他还有很长的一段距离，两人困乏得随时倒地就能睡去的样子。

远远地他们看见王拴娃在搬迁点指这说那的。

他们不知道，王拴娃是在山顶坐了一夜。

第二十九章　这次　他比高山水还二球

一场春雨后，一切都泛着绿，王拴娃衣服彻底换季了，穿上了薄的毛衣毛裤，棉裤还给杜四爷，杜四爷不要，说：你的虱子爬满裤子了。王拴娃不高兴地说：小时有，现在没有了。

杜四爷还是不要，王拴娃把裤子架在杏树上晒，媳妇一听裤子是杜四爷的，坚决不要，棉裤一直在杏树上架着，杏快黄的时候，拴娃媳妇用木棍将裤子挑下来，顺手一甩，裤子就飘进了沟里。

王拴娃开始讲究衣着了，范丽红几次啧着嘴说：是帅小子的样了。和老李、秋丰收在一起，王拴娃因打扮很抢眼了。范丽红悄悄打扮秋丰收了，秋丰收邋遢惯了，喜欢穿脏兮兮的衣服，气得范丽红说：我非烧掉那些脏衣服不可。

三月，迎春花开了，满山谷的香味，蜜蜂嘤嘤地歌唱起来。白一民接到市委通知，三月九日早年书记检查黑山村的工作。县委办立即将农发办、扶贫办、林业局、交通局、水利局等相关部门一把手集中于县委常委会议室，安排部署迎接年凤应检查指导的各项工作。白一民把猪圈请到办公室，猪圈兴高彩烈地说：御杏苗子长势很好，大棚已经建起，现在就差水泥铺村街道与安装路灯了。白一民说：三告别呢？猪圈拍着胸脯说：拉开了。白一民说：要有压力，群众共同富裕的那天，我们才敢稍微松口气啊！

猪圈在秋丰收家的炕头揪起王拴娃，去学校教室，在广播上通知来杜志谦。老李几个从镇上被康宏催促赶上黑山村。交通局、林业局领导先后到了学校。王光明在路上奔跑了几圈，拉猪圈、王拴娃上他的车，在采摘观光环形山路上也跑了几圈。王光明说：路间填土必须跟上，不然不说年书记这一关过不了，时间一长，路也会毁掉。修一条路容易吗？

王光明认认真真安排完路上的事，走进村街道，梁伟民跟着他说：我们是在王局长工作基础之上才能有动作的，路间做好后，我们的技术员上来定树距、刨坑。植树前的一两个小时，树苗运到。王拴娃说：街道两边有了县城的路灯了，我们也是县城了。王光明眼里的街灯已经亮了，夜色纷纷回缩到天幕了。梁伟民眼里街道与路两边是国槐，长了一年多的树，·米高，小娃胳膊粗，一两年后，黑山村风景一定迷人。

御杏基地，御杏苗子绿莹莹的，泛着耀眼的光亮。梁伟民蹲在地里，站起来说：长得没啥说的，但满地的杂草，可不行啊！发动群众一定要把这几台地的杂草除干净。猪圈蹲在梁伟民跟前，梁伟民握住猪圈的手说：这是硬仗。没等猪圈说话，王拴娃蹲下两只手拨弄着一颗杂草说：这事好办。猪圈翻了王拴娃一眼，王拴娃装作没看见，扭头望起了黑山。

太阳快升到头顶了，一股燥热在田野里翻滚，风一扬，四周扩散了。梁伟民站在地头，看着群众上地劳作才回去。康宏请梁伟民去看大棚基地，梁伟民说：大棚我看过几次了，我揪心的是御杏基地的杂草。

康宏盯着猪圈看，猪圈指示王拴娃在村子里召集群众，王拴娃不走，猪圈推王拴娃到一边去，说：一人一天十元，一天一结算。秋丰收核算出工群众人数，同时，督促群众勤快不偷懒。杜志谦不放心秋丰收，说：我也参加。他缓一口气说：一些群众拿脸沾钱呢，驴日的，饿死活该！

梁伟民蹲着拔杂草，康宏也蹲下拔杂草。猪圈拉梁伟民起来说：有我们呢。康宏指着地头说：看。

王拴娃领四五十名群众扛着锄头陆续进了地。

梁伟民脱下外衣，搭在左臂弯。王拴娃正骂一个小伙除草不带根，梁伟民向王拴娃招了招手，王拴娃扛着锄头过去了。梁伟民语重心长地说：咱就弄这片和上片地的杂草，别的地咱暂时不管。把这两片地锄下来的草，集中一起运出地。王拴娃点了点头。猪圈在地头大声喊叫王拴娃，王拴娃还没有走近他，猪圈骂：这里有人负责，你待在这儿，要吃屎啊？去大棚基地。王拴娃说：你满地找得下一堆屎？

猪圈笑了说：吃屎都吃不下热的。

人手不够，猪圈开着车和王拴娃去求救山下村村干部，一人一天十元，一天一结算，路间填土需要机动车，一辆机动车一天三十元。山下村村干部在村十字一说，呼呼来了一堆人，四五辆机动三轮车。范丽红在山下村生活过，她负责路间填土的工作。秋丰收反对范丽红在这一组工作，因和他的婚事范丽红得罪了争娃家的族人。这一批人里，有争娃的族人，怕和范丽红起事，影响工作不说，最怕滋生别的事。最后，将杜志谦用在这里了，杜志谦对数目粗心，吴德虎做了他的帮手。范丽红被老李、张一诺带到大棚基地了。王拴娃扑着要去路上劳动，猪圈说：还有更重要的事呢。

猪圈和王拴娃一前一后走进学校，康宏在操场转着圈圈。王拴娃一惊，康宏这样了，一定是有什么熬煎事了。

后来，老李告诉他俩，康宏接了个电话，就开始转圈圈了。电话是王少云打来的，三告别工程必须有响动，年凤应最关注的是三告别工程了。王少云最后说：三告别工程必须拉开，白书记反复叮嘱这事，丝毫不得马虎。

猪圈大声说：事好着呢。康宏立定了，说：天天喊事好着，嘴上的功夫。猪圈说：真的好着。康宏说：下午工队的头到村子来得了？猪圈说：没问题。

猪圈走到一棵树下，用手机打了电话，转过身说：马上到。康宏不转圈了，坐在教室里。吴德虎派两个学生给教室洒了水，清清爽爽的。猪圈、王拴娃在教室里各自坐了。

康宏涨红着脸说：以后不论做什么事，要刀下见菜。

阳光从窗口照进来，墙壁上一张人物画像，王拴娃小时还知道他是谁，现在怎么也想不起了。学校门口响一声小车喇叭，猪圈站起说：可能来了。

猪圈朝外头去了，王拴娃出门去看，猪圈领一位四十开外的人进来了。这个人走着，掏出一包烟打开，恭敬地给康宏散发。从猪圈嘴里得知，他叫胡志强，搞建筑有十年的历史了，某某大楼、某某酒店、某某小区都是他一手建设起来的。

康宏很高兴，脸色白净很。

第二天早上，工程车上来，处理地基，随后建筑队人员坐着两辆面包车到了黑山村。统一住宿在学校的几间教室里。

康宏让张一诺在车上取来苗一色绘的效果图，给了胡志强。

王拴娃多年后，在手机微信上读到一则群众反映猪圈错误的信息时，第一次接触了招标的概念，就这事他问了猪圈。

猪圈淡淡地说：每项上三十万元的工程必须进行招标的，我们这里不存在的。王拴娃没有多问，他一直对这事没有明了过。王拴娃心里一有事，喜欢坐在山顶母亲杜四婆的团蒲上，心境豁然开朗，世界上所有的事物，不及山顶一粒小小石头。

胡志强和每个人似乎混得很久很熟的样子，哈哈大笑，笑很感染人。王拴娃慢慢喜欢上胡志强，但王拴娃发现猪圈对胡志强不冷不热的。胡志强对猪圈畏畏缩缩的。王拴娃看不惯说：不怕谁了，这里有我。胡志强只是笑笑。

王拴娃想劝劝猪圈，学校操场两边杂草一人多高了，王拴娃追猪圈过去，猪圈却走出校门朝南望，脸色凝重得很，王拴娃很少见过猪圈这副脸色。他跑出去，和猪圈并肩，也向南望，一条道路静静在那里，什么也没有。

猪圈摸摸下巴说：拴娃这次得要你了。王拴娃笑说：我又不是猴。猪圈说：他们是猴，你要。王拴娃眼前全是问号，范丽红一跃，闪上了路。

猪圈说：有一身好衣服，这腰身也是百里挑一的了。

王拴娃平日里没有远看过范丽红，猪圈这么一说，再放眼于范丽红的身影上，不由暗暗惊叹秋丰收的眼力了，范丽红是猪圈捎话让她来的，两处工程的人工费需提前放在范丽红那里，一天结算了，就得付钱。现在的群众一听欠字，骂不说，第二天就没有了人影。以后，即使把钱放在地里，也没有人正眼来瞧一瞧的。

范丽红爱笑了。王拴娃问：你见我咋不见笑？范丽红说：你心里没有笑，咋能看到笑呢？王拴娃被噎住了，猪圈在车上取一叠钱给范丽红说：点点。范丽红没有清点，随手装进口袋里。

王拴娃提醒说：小心差几张。范丽红说：我愿意。

王拴娃又噎住了，范丽红咯咯笑着离去了。王拴娃望着范丽红的背影说：真是百里挑一。

猪圈已进入学校，和康宏在操场比划着什么，老李、胡志强在一旁笑着。

王拴娃想去地里看看，刚拐上水泥路。猪圈跑出学校喊他，他说：闲着也是闲着。猪圈怒气冲冲地说：你咋看不来事呢？

王拴娃愣了。猪圈唯一一次焦急地说：不要离开这里，不是说要猴吗？

王拴娃闷闷不乐地跟着猪圈进了学校。

王拴娃很操心猪圈给村子垫钱，这个穷村永远是还不了他的钱，怎么办？但每次话都咽下肚去。猪圈如一堵高大的墙，他，还有杜志谦、秋丰收、范丽红甚至老李都在墙里面，望墙圈出的一片天。久了，墙成了他们的依靠。王拴娃整个身心已经依偎起这堵墙了，心绪跌入县城衣服店里了，猪圈给王拴娃挑两身衣服，让王拴娃试试，王拴娃满头的汗，开始不买，最后不试，猪圈有些恼怒地将王拴娃掀进试衣室，出来后，王拴娃立即要走，被猪圈推到穿衣镜面前看。

两位女导购纷纷说：精干得很。

王拴娃要换了旧衣服走。

猪圈说：扔了。

王拴娃不敢出衣服店，猪圈拉他走，他死活不出去，猪圈硬是将他拉上了街。

走在街上，王拴娃不再扭捏了。

猪圈买了盒鞋油和一把鞋刷，坐在酒店的棋牌室，教王拴娃如何打鞋油，皮鞋油亮晃动人影了，王拴娃在棋牌室来回地走了几步。一步跨进了大厅，平日这里来来往往的人，还有好多服务员，可今日静悄悄的。王拴娃有些失落，推开门，已是深夜了，路灯都灭了。王拴娃回到客房，却没有一丝睡意，什么地方也不想去，床沿坐着。

门开了，猪圈提几瓶啤酒进来，对面坐了。

王拴娃说：喝不成。

猪圈说：啤酒养胃。

王拴娃用牙打开一瓶，抿了一口，试探肚子，猪圈仰脖子咕咚咚地半瓶没有了。

王拴娃连猪圈的肚子都羡慕了。

猪圈说：明天就指望你了。

王拴娃不解地问：咋了？

猪圈说：我们必须保证胡志强的工队在咱村建设。

王拴娃说：这不定了吗？

猪圈说：恐怕有人插手。

王拴娃说：谁插手呢？咱的事由咱呢。

猪圈说：我要白脸，你要红脸。

王拴娃站起喝一口啤酒说：你放心，我给扛着，谁都不行。

猪圈用酒瓶碰一下王拴娃的酒瓶，说：我信你能行。

王拴娃把猪圈的一席话没当什么，睡在床上也没有想猪圈说的话，他绝对想不出会冒出谁来。天都亮了，手机吵醒了王拴娃，王拴娃懒得动，昨晚喝了两瓶啤酒，肚子没有什么，却困乏得很。天花板上白莹莹的灯亮了一夜。一个早上，王拴娃脑海里一直亮着一盏白灯，他们一般在酒店不吃早饭的，爱吃羊肉泡。羊肉泡是我们这里饮食文化的领头羊，他的价格从三元、五元、十元，直到现在的二十多元一碗。说来也怪，干部的工资涨一次，羊肉泡的价格上调一次，从某种意义来讲，它是国民经济发展的晴雨表，但它从来没有下跌过。

王拴娃听说羊肉泡早了，但吃羊肉泡已经是二十元一碗了。但早上康宏不准吃羊肉泡，太费时间，改羊肉包子。王拴娃咬一口，好吃，里面有葱花。回去的路上，王拴娃还在回味羊肉包子的味道，羊肉里拌些葱花，正是适合胃口的味道。

人们赞美王拴娃的衣着装扮，他也不得不留意自己的形象了，外在东西改变有时会影响内在的变化，王拴娃意识到这种变化了，他的腰杆第一次挺直起来，面对从弯曲山路来黑山村各种大大小小的人物。

猪圈的目光充满支持和赞许，王拴娃更是有了劲头，坐在山顶享受和煦微风时，王拴娃突然有了莫名的悲哀，自己喜欢看猪圈的脸色，猪圈高兴他就高兴，猪圈不悦他就不安，他问了自己十万个为什么，可没有答案，但不由自己还要跟着猪圈跑。他把猪圈买的裤子脱下来，抱在怀里，山顶尘土很厚，他怕脏了裤子。

范丽红说：从背后认不出拴娃叔了。

王拴娃发现范丽红对他的笑和对猪圈的笑很接近了，但老李看他的眼神与猪圈的还有很大的距离，更不要说是康宏了。王拴娃有了压力，也有了一股火气在心底旋转升腾，随时要爆炸了一般。可就是爆炸不了，这种难受使他犹如拔光了毛好斗的山鸡。在山顶了，有了气球爆裂化为片片碎屑的快感，同时，又有了第一次和老婆干完那事后的茫然和空虚。

山里的夜是炊烟，从地面慢慢升华，村子一片朦胧了，山顶仍是依稀的光亮，看着夜色缓缓从天空降下来，等到四周被夜色笼罩了，头顶一片星光。

王拴娃坐在山顶了，星光亮着，自己似乎在燃烧着，母亲和杜四婆走了好长时间了，蒲团的温热消散了。有了孩子以后，王拴娃才知道山顶对山里人意味着什么。

是想去远方的灯火阑珊处呢？王拴娃问母亲。

母亲轻轻说：一次和杜四婆想哭没有地方，去了山顶，却不想哭了，心情也静了，也许是缘分了。

王拴娃闭目坐着，自己如同一柱星光，四周亮了，远处的灯火向着这里燃烧。

手机响了，王拴娃厌恶手机了。女人撕破嗓门地倾诉爱情，王拴娃理解不了女人的爱情，爱情有那么灼烧人么？睡一觉起来，爱情会是乏味后的空虚，但还是继续要睡。

女人停了又唱起，王拴娃笑了，他笑是知道猪圈、老李想他了。因为，这次他比高山水还二球。

第三十章　你能吃上　吃一摊　我看看

景松按照高山水的安排，先去镇政府见了张文，然后来黑山村找康宏。康宏正带着大家在地里同群众一道锄杂草，一辆小车停在了地头，张一诺眼快看到了，给康宏指，景松已向艾士光这里走来。

猪圈喊：拴娃、拴娃。王拴娃在他身后说：转过身。猪圈转过身，王拴娃拄着锄向他笑，猪圈摆了摆眼，王拴娃看到了地头的车和走进地的景松。

猪圈悄声说：红脸。王拴娃会意了，点下头，说：红脸。

康宏和景松认识，知道景松的背后是高山水。三告别项目主要实施者是扶贫办。但在黑山村，县委把一切压力给了镇村，胡志强的工队已经开始施工了，景松在路上已经看到了两台大型机械，也听到了大型机械的轰鸣声。干过工程的人，心里一下子明白了。他吃惊了，给高山水打了电话。

康宏把情况说给了景松。景松眯着一只眼说：这是我扶贫办的事，即使你要咋搞，也该给我们打声招呼吧。

康宏对景松的气势还是一肚子的火。猪圈看到了康宏肚里的火，给王拴娃使个眼色，王拴娃一笑说：红脸过去了。

王拴娃将锄把狠狠摔在地上，大声说：我村上盖房呢，给你扶贫办说球呢。景松红着脸说：你是谁？猪圈大声说：黑山村委会王主任，一把手。景松立即笑了，捏根香烟给王拴娃。王拴娃手一挡说：不会抽。

景松尴尬得脸红了。王拴娃铿锵有力地说：快回去，不要想这事了，连门都没有。景松突然怒了，把烟一摔说：你这回看有门没有。景松一边走回地头一边打手机。王拴娃在景松背后喊：你弄成了，我姓你姓。

康宏忧心地说：高山水有二病呢。

其实，高山水已在镇政府张文的办公室，烟不抽，茶不喝，只要一个说法，三告别工程已经开始实施，为什么他什么都不知道，这支建筑队有手续吗？有资质吗？能不能保质保量完成任务？你们把扶贫办夹在屁股里不当回事，建设的资金还要不要？

张文静静地看着高山水，一言不发，等高山水一通气散过后说：这事我还真不知道，是康镇长抓的，不过我想，黑山村的各项任务很急。没和扶贫办沟通，是我的失误和责任。高山水说：失误就完了，赶紧把工程队辞退，景松已上去了。张文笑说：这恐怕难了。高山水说：难也要辞。张文说：不是你我想的。

张文想了想说：我们上去看看吧。高山水同意了，路上高山水反复一句话，辞工程队。张文只是微笑着，车一拐黑山村在眼前了，看见两辆装载机在碾压地基。高山水暴跳起来，司机惊恐地停下车，高山水下了车，跑过去，大声吼叫，装载机声大，司机听不见，高山水站在车头，拦住车，司机下了车。

高山水喊立即停止施工，司机不听，要高山水给老板打电话，他们听自己老板的。高山水脸都青了，大骂起来。

张文从心底升起一股怒火，但他克制着自己，发作出来尴尬不说，后面一些事情无法回旋，他拦挡一下高山水说：康镇长在学校，我们去找。

也是从这一天起，张文对王拴娃刮目相看了，在任何地方，只要有人说起村干部，他第一个想到的是王拴娃。人人都在顾及和高山水的情面，尤其是张文和康宏。学校教室里，高山水指着康宏的鼻子大声呵斥，命令的口气说：立即辞退胡志强。

康宏无奈和恼怒在脸上交织着，默默地吸烟。

高山水拍打着桌面，吼道：辞不辞？

教室里死一般地静，高山水拍着桌面大声问：辞不辞？

不辞！人们一惊，是王拴娃吼了一声。

高山水惊后一脸的不快，说：你是谁？有你说话的权利吗？王拴娃站起来说：我是黑山村村长，你是谁？有啥权力在这里指手画脚。高山水被呛住了。王拴娃说：扶贫办是个球，是他妈的屌。说着，使劲地拍着桌子说：我就让胡志强弄呢，看谁咬球！

高山水脸上没有一丝血色，指着王拴娃半天说不出来话，跌坐在凳子上，目光求助于张文，张文回避了他的目光，低头抽烟。几口烟后，张文说：王主任，你咋能这样和高主任说话呢？

王拴娃说：我是主任，他也是主任，凭啥要对他客气，凭啥对他要认怂。张文突然想笑了，但憋住了，老李没憋住，哈地笑了一声。高山水的脸由蜡黄变为涨红，浑身上下摸烟，其实烟在桌子上放着。景松连忙递一支过去，给点着，高山水猛吸几口烟，脸色缓缓正常些，站起来，有气无力地对景松说：回。

王拴娃追出去喊：扶贫办是个球。

张文指着老李说：把咱的那货叫进来，好歹给人家一个台阶。

老李跑过去，一把撕着王拴娃进了教室，张文在王拴娃肩上重重地拍几下，走了。康宏仰头大笑了，大家跟着一起笑了。猪圈的笑最开心。老李说：杜书记，晚上弄几个菜，犒劳一下王主任啊！猪圈收住笑，一本正经地说：必须的。

晚上，去月光酒店的还多出了秋丰收和范丽红，杜志谦没去，猪圈遗憾了一路，坐在酒桌还唏嘘不已。

王拴娃说：回去给带两个肘子和一瓶酒。猪圈说：两瓶酒。窗外落下几声鸟鸣，王拴娃心里一颤，与山顶的鸟鸣一样悦耳，我会把鸟儿也带到城里来吗？母亲杜四婆没有了鸟鸣会寂寞吗？王拴娃不喝酒，遭到一桌人的谴责和嬉骂。

秋丰收两口在这样的场合还有些拘谨，只是跟着笑。

王拴娃不管他们说什么，只管往嘴里塞菜，酒始终没有启开，老李将酒放在桌下说：回去给杜书记和吴德虎带上。

王拴娃吃饱了，去街上转，听见有人叫他，一回头，范丽红追上他了。范丽红说：最喜欢县城的广场了。天一黑，那么多女的在跳舞。王拴娃说：还有男的。

广场到了，灯火辉煌的，他们找一个位子坐下。范丽红去一群女人那里，跟着跳着，姿势很滑稽。王拴娃笑一直没有停下来，几曲舞后，范丽红满脸是汗地回来了。王拴娃笑说：屁股扭得好看很。范丽红说：给啥地方看呢？坐定后，范丽红说：城里的女人才是女人。

王拴娃沉默了。如果是猪圈一定会说：都是女人。

王拴娃心冰凉了，黑山村怎么没有广场呢？王拴娃眼神恍惚了，白一民站在搬迁点边，他始终觉得心里空着。他来回走着，王拴娃、老李跟着来回走着。白一民背着手走到路上去，远看搬迁点，突然笑了，说：得有一个广场。

搬迁点住着两户人家，一户是六间庄基，家里有两个娃，已经成人，说是一户，其实是两户，六间大房。另一户三间厢房，全是砖瓦结构。走向却是南北方向，与东西走向的新街很不和谐。白一民说：在这里建广场和两委会办公室。王拴娃抓挠着腮，是梦吗？康宏跑过来，白一民明确指出，将这两户群众也纳入三告别里去。至于增加在哪个搬迁点，和工队协商。白一民说：当务之急是这两户的拆除工作，要给他们做思想工作，不要强来。

康宏笑着点头说：是。

白一民在笑看我吗？王拴娃脊梁渗出一层的汗珠。白一民笑说：黑山村文明了，王主任已穿上皮鞋了。王拴娃脸火烧一样，白一民又说：既然穿皮鞋，就把皮鞋打亮。王拴娃说：山风大，还是穿布鞋好。

康宏目送白一民的小车消失于远方，背部湿漉漉的，太阳升起好高了，半个天空火烧一样地亮晃。康宏蹲在地上，犯愁了，三告别增加三户，得多出九万元，还有建广场等项目都需要一定的资金。王拴娃要去问白一民。康宏连连摇手说：不用，我们先动员这两户人家搬走再说。

猪圈站在广场选址上，笑着说：村委会的对面、广场的南边，我建设一座食堂，名字起好了，太阳食堂。王拴娃觉得猪圈不是在开玩笑，黑山村建食堂，谁吃啊？猪圈笑了笑，老李给猪圈竖起大拇指。

王拴娃觉得很是蹊跷，但一直没有时间问，什么问题在王拴娃脑子里停留不住，一晃忘了。除非这个问题又跳到眼前了，王拴娃不由恍然。也有些问题，王拴娃不再去触及。但一个事情，王拴娃始终记着，广场建好了，体育中心将各种健身器材围广场安置了一圈。天快黑的时候，范丽红领一群女人在音乐的伴奏下跳着舞，那小屁股一扭一扭地，王拴娃忍不住一直看到结束。这样的女人才是女人，王拴娃想起范丽红今夜说的话。范丽红不想跳了，要回月光酒店去。

王拴娃想说还想看女人跳舞，但最终还是没有说，两人回到了酒店。

老李他们在棋牌室，秋丰收给几个人供茶水，他俩进去一会儿，猪圈也进来了，告诉范丽红要睡觉的话，客房部已安顿好了。范丽红坐在康宏和老李中间喝茶，没有走的意思。

猪圈向王拴娃抬一下手，两人来到猪圈的办公室，挺大，客厅似的，黑色的沙发，一张大的红色办公桌，后面是可以旋转的椅子，椅子后是一幅一堵墙大的山水画。

猪圈径直过去坐在办公椅上，王拴娃坐在对面的沙发上，一位女服务员跟进来给王拴娃倒满茶水退出去了，王拴娃喜欢看城里女人的脸色，白如雪，还有一股沁脾的香味，山顶这时在眼前晃动，王拴娃总是一副出神的模样。

猪圈故意咳嗽几声，王拴娃回过神来，猪圈一包烟扔进他的怀里。王拴娃抽着烟，斜靠于沙发上，看到茶几下放着鞋油，他索性打起了鞋油。

猪圈笑了说：还像回事啊！王拴娃说：白书记让没事就打鞋油，农民的形象也重要啊！猪圈笑说：高山水再来了呢？王拴娃说：吃屎的还能把拉屎的缠住？猪圈笑说：如真来了呢？王拴娃说：不会了。他还想丢人啊？猪圈笑说：假如真的来了呢？王拴娃想一会儿，说：骂死他。猪圈抽着烟，望着王拴娃，想说什么，喉结动了动，咽下去了。

第二天，张文电话让猪圈和王拴娃去他的办公室。

猪圈费脑筋想不出张文的用意，他担心的是有人插手三告别工程建设。胡志强工队承建事前和张文有过沟通的，且得到了张文的满口应诺的。会是什么事情呢？大棚基地建设已有了规模，雷劲松和刘江涛驻守那里。又是御杏基地杂草问题吗？

他俩在张文办公室椅子上刚坐定，张文开门见山地说到了三告别工程问题。这项工程按理是由扶贫办承建的，和镇村两级可以说没有什么关系，现在呢，咱黑山村已经请去了一支建筑队。事前，没有给扶贫办沟通过，是咱不对，但关系不能这样僵下去啊！僵下去，对我们不利，人家毕竟是主管单位，钱是从人家那里过的。

王拴娃抢着说：请的工队已经干开了，不能把人家辞了吧？张文笑说：你王主任还那样对待高主任，全县还没有谁那样骂过他呢。猪圈说：你领导的意思是什么呢？张文说：经过我反复考虑，咱搬迁点不是两个吗？把上面的五十八户让给景松去。这样大家面子上都好看，咋样？

猪圈看着王拴娃，嘴轻轻抽动着。王拴娃清楚地从猪圈的嘴解读出红脸两个字，但面对张文，王拴娃还是有些怯火的。猪圈再去看王拴娃时，王拴娃低头瞧自己的脚尖了。张文说：你俩考虑一下，如没有什么意见，我明早让景松上黑山村。

送他俩出办公室时，张文说：人啊，要往宽处走。

坐在车里，王拴娃看到猪圈眼里的怒火，掏出烟正要取一支出来，猪圈一把夺去，扔到了窗外骂道：抽球呢！王拴娃顺手把打火机也扔出去说：抽球呢！

车向县城方向飞奔，王拴娃说：我回去呀，去县上吃屎啊！猪圈骂：吃屎都吃不上热的。

到了月光酒店，两人一前一后进入猪圈办公室，猪圈躺在椅子里，王拴娃睡在他对面的沙发上，猪圈抽烟，王拴娃装睡。

这时，马桩推门进来了，后面跟着胡志强。胡志强给王拴娃一根烟，王拴娃坐起点着了烟，故意猛吸几口，故意长长地吐出去。猪圈笑了，摇头说：吃屎都吃不上热的。王拴娃笑说：你能吃上热的，吃一摊，我看看。马桩说：酒店里呢，文明些。

第三十一章　猪圈似乎不认识王拴娃了

王拴娃有梦了，这梦是猪圈给他的，王拴娃开机动三轮车要回去看媳妇了，猪圈也要回去看父母，要捎上王拴娃。

王拴娃说：你在家不停，我还要待一两天。过来，我步行啊？猪圈说：那你不会跟我一起过来。王拴娃说：地里的活多得很。猪圈说：你现在要想整个村子呢？怎么只想一个人？王拴娃说：我如果是你就好了。猪圈说：四组的地将归两委会管理耕作。

王拴娃听不懂了，发动着了机动车，大声说：做梦要媳妇啊！

猪圈没有搭腔，开车走了。

王拴娃回到家，母亲没在，媳妇也没在，母亲一定在山顶，眼睛望穿了，现在我们要实现她老人的愿望了，母亲的愿望是远方吗？媳妇呢？王拴娃信步来到自家的坡地，媳妇在锄杂草，果实已指头蛋大小了，平原灌区正是疏果的大忙季节，这里旱，果树本身坐果率就差，用不着疏的。御杏树棵棵都活着，地里的草也不太多，说是锄草，其实是几个人在地里聊天呢，山前午后阳光还有些毒，树荫下往往能找见人，可山后的风透着一股凉，王拴娃站在坡里，非常清楚地看见那条出山的弯弯路，猪圈的小车在爬行着，猪圈每次都是这么快就走了。这片土地归集体了，猪圈的话响在四周，王拴娃突然心窍开了似的，共同富裕啊！

媳妇看见了王拴娃，哎哎地叫他。

王拴娃朝媳妇喊：来了。

杜四爷寻王拴娃来了，句句不离骂猪圈，已快三十了，还没有老婆，害得马桩也要不了婆娘。黑山这里的民俗，哥哥没结婚，弟弟是不能结婚的。当然，也有弟弟先哥哥结婚的，人们就嘲笑说：大麦没黄小麦已黄了。

王拴娃说：瞎操心，人家猪圈媳妇多得很。

杜四爷骂：全是别人的老婆！

王拴娃笑说：管谁的老婆呢，抱怀里就是自己的了。

王拴娃脸上挨了一苹果蛋，是媳妇摔打过来的。有女的说了，拴娃出山时间不长，学坏了。说话间，暮色四起，王拴娃准备去山顶走走，媳妇拉住他的衣角，不准去，回到家，不做饭，也不看电视，推王拴娃上炕睡觉。

王拴娃说：肚子饿。

媳妇什么话也听不进去，先扒光王拴娃，后扒光自己。媳妇激情饱满，王拴娃迟迟进入不了状态。

媳妇说：你在外边有女人了。

王拴娃说：有屁呢。

媳妇说：你看那些电视演的，个个男人沾别人媳妇的腥。

王拴娃暗骂电视了，媳妇愈急躁，王拴娃愈入不了情节，他脑海尽力搜索月光酒店那些白脸女人，一扭一扭的小屁股和胸前一对挺立的乳房。媳妇呻吟了，王拴娃沉浸白脸女人的呻吟里，媳妇崩溃了。王拴娃希望继续享受白脸女人崩溃的过程，睁眼望见窑壁上昏黄的灯光了，失落和痛苦交织逃离里。但他无法逃离，他的思维传递不到四肢上去，四肢对土炕依依然依恋着。媳妇翻转过身，紧紧搂住他，他也紧紧搂住了媳妇，也许，年轻就是渴求两具肉体的燃烧成灰，电视里怎样的一位老师呢，把羞怯的女人可以教育成淋漓尽致风情万种的女巫，上下左右跳跃，围着情欲的篝火。

范丽红看电视很专注，王拴娃看见了，想不明白范丽红床上的风姿，有了从心底升腾起的渴盼。

王拴娃很少看电视，想到女人，他几乎有时间都要看电视。猪圈骂：驴日的和婆娘一样。

王拴娃再不看电视了，他怕和婆娘一样了，但心里始终不是味，他说不清楚。于是，更喜欢去山顶了。尤其喜欢晚上一人坐在山顶，星光静静泻下来。以前黑山村是一片黑的，现在也是点点的灯光了。猪圈有时陪同王拴娃在山顶坐。猪圈有难解的事情了，就对王拴娃格外好。猪圈说的，红脸，白脸。最后呢，王拴娃说他把人得罪完了。猪圈把人为完了。猪圈说：不管是哪一种，黑山村都是离不开的。

王拴娃什么也不想说了。

老李每晚睡前，出神地望着王拴娃说：你咋不按拳路来呢？王拴娃说：我有自己一套路数。老李呸了一声，王拴娃知道骂高山水已将老李几个，尤其是张文得罪了，因这王拴娃没少抱怨猪圈。相反他时常还有一种兴奋，他比任何人都看到黑山村的前景。秋丰收、范丽红曾说他是一支笔，但他从未在一张票据上签过一个字。

猪圈说：村上没有钱啊？花出的每一分钱都是我垫资的，但村上就要有钱了。那时，你的一支笔就有威力了。王拴娃懒得想什么威力，太阳食堂动工了，王拴娃吃了一惊，猪圈不是人，啥事在他的手里轻松翻掌似的。猪圈笑说：一定的时候，你就明白了。王拴娃蹲在太阳食堂建设现场，胡志强拿出太阳食堂的平面图，王拴娃的想象里，食堂大不了两间门面的样子，当他看到一座八间跨度五层楼的建筑效果图时，抹一把鼻涕，默默走到秋丰收家门前的沟边，做梦咧！王拴娃拍自己头一把。

其实，胡志强不是工程队的头，猪圈才是头，胡志强挂个名而已。景松要参与一部分工程建设了，猪圈揭开他是工程队头头的锅盖，王拴娃没有惊奇，惊奇的是猪圈给他算一笔账。建一户可以挣五千元，建完一百二十八户，可以给村上挣六十四万元。王拴娃被这个数目吓得一夜未合眼。

猪圈说：有这些钱，我们村富不起来吗？你放心，得来的钱，我猪圈一分钱不拿。我们黑山村穷，我们需要属于自己的钱。

在猪圈的怂恿下，王拴娃一大清早，去县委找白一民了。

白一民每次见到王拴娃都是满脸的微笑。

王拴娃没有喝一口水，按照猪圈教的，细说了高山水在黑山村以不给资金来压人的情况。白一民听了很气愤，在电话里狠狠批评了高山水和张文，明确告诉高山水，不要在黑山村的三告别工程上动手脚了，撤回一个叫景松的工队，由黑山村请的工队建设。

张文关了手机，听见康宏在政府院里说话，将康宏喊到办公室，劈头盖脸一顿骂。康宏来村上找见老李，劈头盖脸一顿骂：这驴日的王拴娃，有啥事，你先给镇上说啊。却直接去找白书记了。老李见到王拴娃了，一句话没说，在屁股上踢了两三脚，骂：吃了屎了。

康宏心里是高兴的，王拴娃这么一做，他可以给高山水交差了。但王拴娃爱往白一民那里跑，他还是心存芥蒂的，他几次单独和老李谈了这事，要老李一定把王拴娃抓在手中。老李满口答应没问题，但他看出老李心里没有底。

康宏约猪圈在县上吃羊肉泡，谈了王拴娃的事。

猪圈说：再也不会了。

康宏这才放下了心，但老李始终放不下心，一会不见王拴娃了，他就要询问，他要求王拴娃必须在他的视野里活动。那一天，王拴娃去了四五次茅厕，老李在茅厕外叫，王拴娃里面应了，他才松口气。猪圈说：打一条长铁链，将王拴娃拴在学校外的梧桐树上。

老李哈哈一笑说：拴娃，拴娃，狗日的就是拴的命。

王拴娃有空都要跑到太阳食堂边，拿一块砖垫在屁股下，老李爬上坡，与王拴娃对面坐下。谁也不说话。

风轻轻吹过去，老李的气息被风带到秋丰收家，秋丰收寻来说：老李，晚饭。看见王拴娃说：主任，晚饭。

王拴娃拉都不会去吃。秋丰收说：老李，走，我们吃。

老李指着王拴娃说：带上他放心。秋丰收笑了。

王拴娃走进太阳食堂了，范丽红穿着一身红西服迎接他，王拴娃猛然想起月光酒店的经理。突然，王拴娃飞在空中，远远望去，太阳食堂灯火辉煌，似一座金碧灿烂的城堡。王拴娃落下来了，踏上台阶，迈进餐厅，没有露出丝毫的怯弱。一楼主食是稀饭、馒头、灰灰菜，还有花卷、馍等。上二楼，五元自助餐，鸡蛋、醋溜白菜、青菜拌粉条。吃饱才要五元啊？他吃了两个鸡蛋。三楼，全国各地的家常饭菜，王拴娃问来回走动的女服务员，吃饱一顿多少钱。女服务员笑说：最多十元。王拴娃相信自己的耳朵没有听错。四楼，黑压压一片人，一位老人在唱秦腔戏，仔细一看是文老三。

王拴娃说，你能爬到四楼啊？

文老三将话筒离开嘴，悄声说：有电梯。

怎么我又飞起来了？还没有看五楼呢。五楼是住宿部，谁在说话？

王拴娃落在山顶了，哗得天地一片光亮，道道星光，从山顶向山脚飘来，又折回，什么东西撞击大地的咚咚声震天动地。王拴娃随着声音起伏。猪圈说：你睡着了吗？

王拴娃困惑了，怎么回到秋丰收家的？范丽红骂：是老李和丰收抬回来的。王拴娃想第二天起来要早，要赶上吃太阳食堂的免费早餐，王拴娃两胳膊疼得抬不起来了，穿裤子都是龇牙咧嘴的。

活该，谁让昨晚发狂呢。谁又在喊。早餐又有鸡蛋，王拴娃因双臂疼少吃了两个。猪圈笑他，农村娃还娇贵得和女人一样。老李说：不是说呢，王主任昨晚可真没少出劲。我飞来，怎么没有出劲呢？王拴娃想去医院让大夫看看，可他没好意思说。起来，我给你看。王拴娃睁开眼，秋丰收对他笑。王拴娃坐在炕上，怎么又做梦呢。

路肩整理好了，御杏树地的杂草也锄完了，大棚里各种作物已经栽植了，深机井天天哗哗抽水进大棚了。胡志强工队的建设速度还挺快，地基已经做好，开始回填，每天电夯咚咚地响。但建广场需要搬迁的两户迟迟不动，王少云天天来电话说，白书记要来亲自看，在白书记来之前，这两户必须拆除了。南边的户是一对年轻的夫妇，男的去外地打工，女的和两岁的儿子在家，从内心讲，是愿意住进搬迁点上去的。搬迁点每户投资三万元，自家房舍从里到外花费两万出点头，女的生怕村上要一万元的差价，故意扭摆不吐话。

老李说：北边的户一走，她自然就走了。

康宏说：群众穷，谁还给她要一万元呢，给她说明。

老李去她家做工作时，用一万元刺激过她，她记在心里了。北边的户，男的一语不发，一口一口吸烟锅，女的只是哭，止不住地哭。老李带雷劲松去了几次，悻悻而归，雷劲松气得在这家大门上踢了几脚。

康宏去吴德虎家休息，老李下了土坡，后面跟着王拴娃，他俩去秋丰收家了。猪圈说：我去看看。去了北边的户，男女都在，两人在争吵什么，很激烈。猪圈故意咳嗽一声，男的抽起烟锅，女的起身去灶房。

猪圈说：喝不了一口水啊？

女的转过身，指一下男说：死人啊！

猪圈拦住了女的，这个家是女的说话算数的，村上文姓的男人只有文会计性格强悍一些。

男的说：猪圈看不上吃旱烟。猪圈发根烟给男的。男的放在桌上说：不过瘾。女的回来坐在炕边，吧嗒吧嗒掉眼泪。

猪圈说：你是啥想法，说出来，村上这么大的事，不会让你一家吃亏的。女的眼泪更多了。男的说：一天马尿多得很。

女的抹一把泪，哽咽着说：净是瞎事寻我呢，日子刚见好，谁又知会来这一出，都有不想活的心了。猪圈说：这是对你们有利的事啊！女的说：对人家来说是好事，两万元换取三万元。猪圈明白，女的说的人家是指隔壁一家。女的说：为什么村上给我不找差价，我盖这房花了八万多。移下边去，两家合起来才六万元，谁给我们差价。猪圈说：你们是盖过房的，搬迁点上的一家，三万元是盖不起来的，我们下一步要重新核算，还要给工队钱呢。

女的不哭了。

猪圈说：工队的胡志强找过我，说他们大概算了一下，一户得五万。女的喃喃说：那人家把便宜占完了，哪似我，尽倒霉。猪圈说：你还占两万的便宜呢。女的说：没有人家占得多。猪圈说：要不这样，这房你们拆、这瓦、椽、砖都是你的，你们用这些东西还能在新院子盖几间房的，到时候，你们把料运下来，工队负责给盖好。女的眼睛一闪一闪地说：说话算数。猪圈笑说：一定算数。女的说：容我俩晚上商量一下，明早给话。

没等到晚上，女的四处找猪圈，没有找见，急得在门前哭，范丽红碰见了，问了情况，让女人在手机里和猪圈说上了话。女的原先住的窑洞裂了几条大缝，不敢住了，便去学校收拾了一间教舍，一个家搬起来不易，东东西西的。猪圈说：不急，在一个月之内拆房都行。

猪圈接电话时，王拴娃在床上趴着，两只胳膊仍是疼的，这样摆放，才舒服。王拴娃诧异很，难道自己真的飞来？怎么胳膊这么酸疼？

猪圈放下手机问：你忧愁不？王拴娃转过脸，瞅一眼猪圈说：愁死了。猪圈问：愁啥呢？王拴娃不看猪圈，也不吭气了，一会儿，王拴娃说：年前一定能搬进去的吧？

猪圈抽一支烟，吐了一口烟雾，走了。

王拴娃没有明白猪圈的心思，猪圈思虑的是钱的事，新增加的三户钱从哪里来，一户三万元呢。黑山村远，运料的车费是平原村的两三倍，同样的东西运到黑山村，价格高出山下村一大截的。他和胡志强底下细细算了一下，一户建起需要四万九千多元，多出的近两万，又在那里呢？现在不把这些资金落实到位，群众住进去了，找谁呢？猪圈想这事会有一个人操心和解决的，这个人就是白一民。

王拴娃一天一个姿势趴在炕上，哼哼唧唧地，没有人倒还罢了，有了人，王拴娃的呻吟声更响了。猪圈对范丽红耳语了几句，范丽红红着脸乐了，在扫帚上拔一根长须，在王拴娃的脸上、脚心、两手心转着圈地挠。任王拴娃怎么骂范丽红不停手。

王拴娃坐在炕上，说：谁家有娃媳妇跟他叔耍的呢。

范丽红咯咯地笑，王拴娃一倒下，范丽红还是转着圈地挠他。王拴娃叫唤了几声，下了炕。

院子里，阳光刺疼了王拴娃的眼睛，时光真快，转眼又要是夏季了，房子过了夏就可以搬进去住了，今年过年就在山前的大瓦房里了。

王拴娃走进了阳光里。

沟边传来猪圈的骂声：比猪都能睡。

王拴娃心里骂：你才是猪，知道我想啥吗？

沟边，猪圈说着他的困惑，王拴娃顺手摘低处的杏，杏青色里有一丝丝泛黄，有些成熟的味道了，正欲放进嘴里，猪圈一把过去，打掉了王拴娃手里的杏，骂道：说你是猪，你真是猪。

王拴娃说：早都想好了。

猪圈愣了。

王拴娃说：球大个事嘛。

猪圈不认识王拴娃了。

王拴娃说：不要忘了咱村是谁包抓的点。

王拴娃把杏扔进嘴里说：这回听我的安排。

第三十二章　散时　鸡都叫了

杏成熟了，风一吹，满树黄橙橙的，老李不爱吃杏肉，爱吃杏仁，杏肉把牙都吃软了，杏仁虽有些苦，但油油的，很有营养。路通了，山村第一次迎来了杏贩子，一对年轻夫妇，开辆五轮车，一斤一元，第二天，来了几个贩子，一斤一元五，没有一个礼拜的时间，个个树上几乎找不到杏了。群众个个脸上泛着笑。

其间，王拴娃把价钱抬高到两元，贩子争执了一时，屈服了，王拴娃睡在土炕上正高兴时，猪圈进来没好气的骂了他一顿。

王拴娃等猪圈骂完了，不紧不慢地说：你得是吃屎去了，一直不见人影。猪圈不做声了，坐在了炕边抽起了烟，王拴娃看着猪圈抽完了一根烟说：我在院里留一树杏，专等你回来呢。猪圈不信，转到后院去，果真有一树挂满了杏，笑了，说：还不是猪。

猪圈车的后备箱装有精致纸箱，两人小心翼翼地摘满了四箱杏，赶黑前进了市区，等到晚九点，年凤应家还是一片黑，敲门没有人应，猪圈怂恿王拴娃打年凤应留下的电话，王拴娃打了，接电话的是秘书长，说领导市委加班，就挂断了电话。

猪圈说：去白书记家。白一民爱人在，说什么不准留东西，白一民电话回来了，听是王拴娃，白一民笑了，说：留下吧，不留，他们也睡不着。

下了楼，两人坐在车里，正想咋办呢，秘书长来电话了，年凤应在市委办公室等他俩，他俩一人抱一箱杏，年凤应很高兴，让秘书长把杏发给加班同志。

王拴娃说：这是给你拿的，小心他们吃完了。

年凤应笑了，问了黑山村的进展情况说：我在下一礼拜抽时间去你村一次，好好看看。

消息当晚传到了镇上，张文、康宏不停地给猪圈和王拴娃打电话，猪圈和王拴娃故意不接，接着是老李的电话一个接一个，他俩也故意不接。

猪圈说：让他们也等咱们一回。

王拴娃说：明天，村上要热闹了。

猪圈想在市上让王拴娃见见世面，王拴娃喜欢县上的灯光，赶回来，街灯早熄灭了。王拴娃遗憾地说：只有在心里看了。

回到月光酒店，王拴娃思念大堂经理那白脸女子，但不好说出来。猪圈看穿了王拴娃的心思说：那个女子死了。

王拴娃大吃一惊，猪圈讲了他一周未在村上露面的根由，月光酒店住宿部经常来一些客人，要求特殊服务，一些服务员私下加入了这个行列，外面一些有模样的女子也进了酒店，打扮成服务员。我早知道就好了，猪圈说。王拴娃相信猪圈不会堕落那种程度的，黑山上有星光呢。来客人在二楼了，她们主动去探问。经理凭脸蛋，生意很好，同时，也招惹来了社会一些闲杂青年。听人说，他和一位闲杂青年在谈恋爱，马桩几次想辞退她，但她有一定的回头客，马桩还是忍了。结果，她和客人正在干那事，闲杂青年发现了，两人闹得很凶。晚上，闲杂青年杀死了她，案情很明了，可酒店死了人，老板得配合警察的调查，还得想法子消除社会上的恶劣影响，一忙就是十几天。

王拴娃晚上睡不着了，始终见那白脸女人站在床边，一会儿脸白，一会儿满脸是血，王拴娃不敢在房里待了，他去找猪圈。走廊的尽头是猪圈住的地方，门一拧开了，套间门开一条缝，灯还亮着，王拴娃看见一个女的赤裸着骑在猪圈身上。王拴娃悄悄退出来，歌厅人声鼎沸，王拴娃在歌厅的接待处的沙发上合衣睡了。接待处的几个服务员认得王拴娃，没有赶他，王拴娃还是睡不着，睡着时天也亮了。他不习惯睡时有亮光，睁开了眼，阳光将窗玻璃染成一片红。KTV 此时静悄悄的，没有一个人影，他回到住宿部，手机在床上响着，一看，老李打来不下十个电话。他接通了老李的手机，老李疯了似的一顿骂，骂完又唉声叹气，白一民就到黑山村了，猪圈的手机打不通，王拴娃的没人接，张文和康宏气得要吐白沫了。王拴娃跑去找猪圈，门关着，王拴娃拼命地捶门，门开了，女人头发凌乱地走了，猪圈躺在床上抽烟，王拴娃扑过去，夺过猪圈手里的烟，摔在地上。

猪圈说：小心地毯。

王拴娃说：小心球呢，白书记快到咱村上了。

猪圈立即爬起来四处找衣服穿，王拴娃在猪圈的白屁股拍了一把，骂道：光光地睡。

到了村学校，两人都是汗，猪圈车开得出汗，王拴娃急得出汗，张文和康宏在校操场转圈圈，老李、杜志谦、秋丰收、范丽红等集在一堆说悄悄话，吴德虎看见猪圈和王拴娃了，脸吊得有一尺长。

人们目光齐刷刷落在进校门的两人身上，老李迎上去，张口就骂，猪圈用烟堵他的嘴，张文和康宏脸吊得更长。

康宏不敢骂猪圈，指着王拴娃说：没看过你这货色。

汽车喇叭声传来，张文招一下手说：快，白书记来了。

大家跑出校门，不是白一民来了，是胡志强的车，他有事不是找王拴娃就是老李，胡志强从车里还未钻出来，老李过去就骂：驴日的咋没有一点眼色，你在这胡按的啥喇叭？

胡志强满脸愁容地说：工程停了。张文听见了这句，跑过来紧张地问：为啥？康宏说：下午千万不能停，白书记要来了！胡志强叹息一声，猛劲地抽烟，艾士光也来到胡志强跟前问：原因是什么？胡志强说：没钱了。艾士光问：得多少？胡志强说：还差两万，一户差两万。张文大声地说：胡弄啥呢？几乎差一半。胡志强说：你可以请专家来算啊！三万元在山下的村也许可以，黑山村不行，路太长，运费太高，同样是砖运到这里来，刚是山下村的两倍。

猪圈、王拴娃一同过来了，猪圈骂：这事，咋不早上说，节骨眼上丢人啊？胡志强指着王拴娃正要辩解，猪圈在王拴娃屁股踢了一脚骂道：咋不见你放一个屁！

王拴娃气得脸上有了紫色，指着胡志强正要骂，却瞧见了猪圈使来的眼色，他明白了，站着不吭声。张文说：这事，我今儿给白书记说，若真如你说的，绝对加钱，不可能让你赔，现在你必须让工程正常进行。

路上传来几声汽车喇叭声，顺路望去，有四五辆正朝这边驰来，张文失声说：白书记来了，你赶紧去安排正常施工。胡志强说：行。胡志强将车倒进一户的门前，等白一民的车辆过后，才缓缓开出来，去工地了。

白一民的后头紧跟着梁伟良、高山水和王光明，白一民出发时，王少云通知了这几位局长，他们从不同地方赶上来的。因此，一人一辆车，人不多，但车不少，白一民刚理过发，很精神，满脸地笑，尤其是看到御杏树长势与大棚之后，笑得合不拢嘴，梁伟良脸上的笑更加灿烂了，白一民说：要在全县的旱腰带地区都栽植御杏，做大做强御杏产业，如果仅是黑山村一个，也招来不了凤凰。大棚作物成熟了，怎么销售，怎么采摘？必须有一套可行的方案。

白一民的头发被风吹起，王拴娃想黑山在风中也是这样跳跃吗？

年凤应要来黑山村了，市委办电话已经通知县委办了。白一民眯起眼睛一会儿，路两边没有风景树。不知现在能栽植吗？梁伟民说：如果在平原肯定不能、不行了，但在山上还是可以的。白一民望着梁伟良问：真的吗？能活吗？梁伟良还没回答，王拴娃说：能活。白一民把王拴娃招到跟前来，笑问，你有经验吗？王拴娃说：去年夏季，我们还栽不少御杏树呢？长势好很。白一民立即做出指示，给道路两旁栽树，赶在年凤应来之前，必须栽植完。

白一民一行来到搬迁点，胡志强正指挥人员作业。白一民看了一会儿，说：还是慢。猪圈看着王拴娃，张文不停给老李使眼色，老李快速地站在王拴娃身后，一只手在王拴娃脊背拧了一下。王拴娃嘴咧开了说：主体即将完工，工队还没有领到一分钱呢。张文狠狠地盯了老李一眼，老李脸更黑了，手哗哗地抖动。

白一民眉头皱紧了问：高主任，怎么回事？高山水脸红了，看了王拴娃一眼。白一民皱着眉毛，说：一定要保证这里的资金准时足额到位。高山水说：一定。

猪圈和王拴娃对视一眼，笑了。张文见王拴娃似乎还要说什么，赶紧贴住王拴娃，在王拴娃的腰上使劲拧了一把，王拴娃疼得咧开了嘴，回头看见张文冷冷的目光，嘴巴紧紧地闭上了。

白一民一行的车辆刚拐向出村的山坡路面，张文把王拴娃劈头盖脸骂了一顿。一天臭嘴干得很，不说话臭嘴痒得死？明明高主任在跟前，你不给他留一点面子。还有，有什么事总喜欢往白书记、甚至年书记那里跑，一点规矩都没有。

王拴娃没有言语，看到了猪圈朝他笑，他明白自己的角色，更知道自己越是往白书记、年书记那里去，这些人越是恐怕他，越是拿他没办法。张文气咻咻的，带猪圈去了县城，汇报工地费用的问题，康宏去镇上安排明天植树的事，老李带其余人去了大棚基地。王拴娃阳光一照，犯困了，跟范丽红来到了她家，睡到了窑里。

王拴娃醒来，已是晚上，他以为是早晨，满窑洞的人，猪圈也在。老李在王拴娃的屁股拍了一把，笑说：你的呼噜太大，简直是猪。

王拴娃被范丽红捏住鼻孔，憋醒过来的。王拴娃盼能再睡去，靠坐于墙角。大家都烦闷的样，一口一口地抽烟，王拴娃半天明白了，扶贫办决定将三告别的款在年书记来之前拨下来了。按理应该直接打到工队的账上，但扶贫办说这不行，违反上面的相关规定，必须发放给每户群众手上，而且要每户代表签字画押。镇村干部犯了难，钱装进群众的腰包，要不出来，那咋办呢？不说全部群众是那样，就是有那么两三户，整个三告别工程非出现大麻烦不可。人们不由又骂起王拴娃，是他得罪了高山水。

猪圈说：不怪王拴娃，高山水的工队咱没要，一定会出这事的。

人们闷着抽烟了，王拴娃肚子咕咕地响，他一天没吃饭的确饥了，问：范丽红中午做什么饭，有剩下的没有？范丽红说：面剩了一大碗。王拴娃下炕了，却找不见鞋。

老李骂：和猪一样，就知道吃。

王拴娃在桌子底下看到了鞋，不用说是老李干的，他最喜欢把鞋踢得四处都有，王拴娃爬进桌底，摸出两只鞋，穿了站起来。猪圈让开道，王拴娃走到窑门口，转过身说：钱是用来给他们盖房的，谁敢把钱揣进自己腰包，扶贫办给一个，咱收一个，谁敢不给咱。

老李正要骂王拴娃，猪圈说：王主任说得有些道理。

王拴娃在灶房端一碗面过来，蹲在窑洞口吃，嘴里发出的动静很大，不像是在吃，而是将面条吸进肚里似的。

猪圈说：拴娃你一句话，我眼前忽地亮了。

王拴娃吃一口面条说：赶紧把房给每户分下去，群众知道咱给他们盖房呢。现在，群众心里没底。

窑背上有人叫老李，听声音就知道是张一诺，康宏让他们全部去吴德虎家里去。

吴德虎家，康宏坐在床沿，椅子上坐个女的，很年轻，很文静，戴着眼镜。老李几个吃惊了，不知发生了什么事情。康宏一介绍，大家都笑了，争着和女的打起了招呼，女子叫白云，是大学生，毕业于西北大学，是黑山村的大学生村干部，大学生村干部听得早了，但没有见来过，这回见了，大家心里有些惊诧。全镇有那么些村，也有好村，咋能把一个学生娃放在黑山村呢？不要说工作，就是吃和住，都没有处去。

事后，老李听康宏说，白云喜欢黑山，非要到黑山村来。老李说：图新鲜呢，时间一长，再看吧。王拴娃说：把娃放在村上，谁都不忍心啊！

桌子旁放两把椅子，白云坐了一把，另一把椅子，每次都有老李一把，康宏占去一边的床沿，没有特殊情况，没有人去和他并肩的，猪圈和王拴娃只好坐另一边的床沿，面对的是一面墙，说话了，要把头扭向大家，康宏宣布了镇政府对三告别资金如何管理的决定，这笔钱由镇政府管理，具体地说，是由白云管理，需要支出了，工队头儿申请，猪圈、王拴娃同意后，最后康宏签字了，白云这里才能付出现金。猪圈心里不高兴，甚至有些恼火，钱还没来，镇政府手就来了。

猪圈踢了一下王拴娃的腿，王拴娃站起来说：镇长，这事怕不行。康宏没有看王拴娃说：这是为村上考虑，也是为了保护村上干部的，我在这里保证，只要你和杜书记同意了，我百分之百同意。这也是给群众一个交代，不然，群众那里很容易出问题的。

王拴娃坐下了，猪圈站起来说：镇上和村上管理这钱都行，关键是如何将钱集中起来？老李说：群众一听钱在镇政府，估计没有谁不听安排的。

猪圈不说话了，他心里明白黑山村的后面有白一民、年凤应，一般人是不会出来阻扰什么的。

夜已经很深了，散会时鸡都叫了。康宏带白云回到了镇上，猪圈就在吴德虎家，老李和王拴娃睡在秋丰收家的土炕上。

第三十三章　高处必然看得远了

一大早，三告别的户代表集中在各自的搬迁点，四组的户代表是猪圈开车跑了几个来回拉过来的，他们采取抓阄的办法，来决定自己家的位置。康宏的话，群众早明白了，不但有利于稳定，更有利于监管工程的质量和进度。猪圈开始很烦康宏这样做，但看见群众个个兴奋和高兴的样，也轻松起来。王拴娃兴奋得狂了一样，申请资金也要他同意，一下子似乎和猪圈平起平坐了，不由想起秋丰收当初说的话，他是黑山村的一支笔呢。事情进行得顺利，抓阄完后群众各自在属于自己的家园来回地看，一边告诉工人要干好，王拴娃没有抓，剩下的一个阄自然是他的了，是路边第一户，恰巧和杜四爷是邻家。

杜四爷笑说：一辈子甩不掉拴娃这狗东西。

王拴娃正要和杜四爷玩笑几句，突然看见了文会计，手提一瓶白酒，冷冷地看着他们。王拴娃脊背有了一股冷气，他跑去学校找猪圈，扶贫办一位副主任带两名同志，来村付三告别搬迁费用。金额太大，一次付不完，计划分三次付清。猪圈和老李商定，将他们安排于学校吴德虎的办公室里，杜志谦和秋丰收负责串户叫人。四组来山前不易，猪圈将他们集中在一间教室里。吴德虎的办公室内，扶贫办的人员在一张桌子前坐好，一个发钱，一个对着名册经管领款人签字并按指印，吴德虎也坐在桌前，给扶贫办证明来人就是名册上本人。门外，放一张低的四方桌，坐着白云、范丽红，四方桌的外围是几条长凳，几乎将办公室的门堵着，坐着猪圈、老李、张一诺等四五个镇政府的干部。没让王拴娃来，他和扶贫办之间有过节，躲躲也好。搬迁户进办公室领钱出来，交到白云那里，老李几个才让条道出来。四组的搬迁户款快领完了，猪圈给杜志谦和秋丰收发了话，反复叮咛群众来了直接引到教室里去，领钱一个个来，千万不能挤堆堆。

杜志谦和秋丰收刚走，王拴娃就出现了，焦虑满脸写着，猪圈心里不安起来，一听是文会计回来了，猪圈一笑说：他只要敢放半个屁，我非打得他满地找牙不可，正想收拾这东西呢。

王拴娃心安稳了。杜志谦心毛了，文会计还有老李几万元呢。

四组的群众纷纷涌来围住猪圈了，让送他们回去。猪圈不能离开这里半步，王拴娃又不会开车。平时，村里要几辆机动三轮只是一张口的事，可今儿不行，全部被租去给路两边新栽的树苗浇水去了。猪圈说：十来里路不多，走回去吧。

杜四爷不答应，骂道：狗日的啥东西，有用时是小汽车，事一完就不管了，不是人弄的事。杜四爷骂着往外走着，群众跟着他。王拴娃想笑没敢笑，杜四爷一直骂回去了。

事情进展地很顺利，群众陆续地来了。中午饭了，老李和康宏通了电话，康宏在大棚基地，几间西红柿棚里都开出西红柿的花朵了。接了老李的电话，康宏走到路上。早上梁伟良指示林业站抽调二十名青年人，分为两组沿路规划树点，白灰为记号，屁股后是租用的两辆钻坑机械，再屁股后，将树苗一个坑放一棵。太阳露出脸庞了，植树队伍赶来了，一人栽五棵树，依此类推。在山下村也租了近二十辆拉水车，机井旁边，等待装水的车辆排好长长的队。吴德虎负责给水车发票，结束了，用水票和村上结账。

太阳在头顶了，康宏将人们喊到一起，商量午饭怎么办。一致认为，不能回去吃饭，一鼓作气，再有两三个小时就彻底完工了，回去再组织上来，赶天黑也完不了。派出三辆车，一辆去县上，一辆去相邻的镇，一辆就在本镇街上，一人两个肉夹馍，一瓶矿泉水，各自按人头去购买吃食。

老李清点人数时，忘记了王拴娃，张一诺给大家分肉夹馍了，老李看见王拴娃，不由在自己脑后拍了一把，幸亏张一诺买了多余的，怕饿了扶贫办的人。王拴娃知道老李忘了他的事时，已吃了两个馍，正喝矿泉水呢。张一诺几个笑呢，王拴娃突然有了一股气，是对老李的，但他发作不出来，去操场转去了。

猪圈给老李挤了一下眼说：他不在面前好，省得扶贫办的人心烦。扶贫办的人听见了，只是笑笑。一个男的说：和我们有什么关系呢？副主任说：现在一些领导也要群众骂骂的！

路两边的树栽植完了，村子和田野寂静了好多，学校里的工作也结束了，猪圈看看手表，不到下午四点，老李等镇上干部坐张一诺的车护送白云去镇信用社存钱，这么大的数目，人人担不起心！猪圈的车在后面跟着，车上有王拴娃、杜志谦和秋丰收。

王拴娃想找一个地方睡上一觉，或是去山顶上，放眼一望，心旷神怡，好像自己是一座山或者一道星光了，尤其是在夜里。但他左右不了猪圈，没有提出异议，便在车上睡起觉来了。

醒来时，四周一片黑，远处一片灯光，仰起头来，有几颗星光。王拴娃明白了，自己在山顶，怎么来这儿的，他不知道。机井那里有弱的光亮，满鼻的星光味，双腿有些麻木了。王拴娃站起来，揉揉腿肚子，盘坐蒲团上，双手伸向星空，双目微闭。王拴娃侧目一看，猪圈坐在跟前，杜四婆和拴娃母一定是这样的，两位老人家的心境是恬静的吗？满山遍野的坑坑洼洼里都落满了星光，熠熠发光，山顶的寂静多出一层清寒，尽管已是夏季了，但月快西沉时，那一层白雾如同一层白霜从天而降，万物不由紧缩起腰身来。

猪圈还不习惯此时刻的山顶，要下山去。王拴娃说：我想再坐坐。猪圈不好意思走了，说：有一天，一定在这里修建一座灯塔。

王拴娃没有理会猪圈，以为他在说梦话。五年后，猪圈真在这里建起了一座灯塔，仿唐式的，底座是一层层的台阶，与县城的报时大楼遥遥相望，来这里的男女喜欢晚上站在灯塔下。白云领着村上几个人将御杏和大棚里生产的果品，组成一个个图案，然后，在抖音直播间向全球各个角落进行推介。杜四婆和拴娃母坐在一旁，微笑着。王拴娃没有见过微笑竟能这样美，被星光穿透的微笑啊！灵魂与远方凝聚一道灯塔的光，王拴娃心中一片光明。王拴娃想起猪圈今夜的雨来，对猪圈的佩服变为敬畏了。

拨付第一笔三告别工程款，康宏丝毫没有阻拦，猪圈和王拴娃一说，他立即在领条上签了字，白云没停歇在信用社取出钱，付了胡志强。渠道的顺畅，使猪圈高兴万分，没喝酒猪圈当场吐了，趴在了桌下，这是没有过的事情，老李、王拴娃一时慌了神。猪圈摇摇摆摆到小车后备箱摸出一瓶酒，打开喝了一口，他希望能醉一次。王拴娃跑过去，抓住酒瓶，也没少喝，头不敢抬，抬了天旋地转的。躺床上不敢仰面睡，天地摇晃，胃往上翻东西，只有趴着不敢闭眼，不停地要嗷嗷地喊。

老李说：就像猪被杀前的叫声。

王拴娃嘿嘿地笑了，明天是礼拜天，老李几个要回去看看，家在农村，地里的活路这时节最多，媳妇一个人是忙不过来的。他们一走，王拴娃也想媳妇了，去找猪圈，猪圈还呼呼地睡着，王拴娃退回自己睡的地方，也睡了。

一阵手机铃声吵醒了王拴娃，是猪圈打来的，王拴娃没有接，拉开窗帘一看，已是下午了。他起身来到吴德虎家，茶几上是几道菜，上次王拴娃看见和猪圈睡一起的女人也坐在茶几旁的沙发上，她本来就很白，还穿件白色的连衣裙，整个人如泡在水里的白菊花瓣一般。王拴娃不敢多望一眼她，猪圈坐在椅子上，女人坐在床边，猪圈指着让王拴娃和女人坐在一起，说：我媳妇，领证了。山里人不能胡来！王拴娃挨女人坐了。

菜是凉拌的，酸酸的，适合醉酒人食用，王拴娃操了几筷子，满身出汗了，说：吃饱了。猪圈看透了他，笑说：这是我媳妇，都是自己人，没必要这么拘谨。

但王拴娃说什么也不吃了，拔腿一口气来到秋丰收的窑背，太阳往西天坠落着，但光热依然饱满。王拴娃看到县城大街上行人很少，三三两两，且行色匆匆。王拴娃透出几口气来，也有些凉爽，凉爽一晃没有了，燥热瞬间包围了他，他不由想回家了。家一年四季没有这样的燥热，王拴娃找猪圈，女人没有人影。猪圈坐椅子上喝茶，笑着说：肚子没填饱吧？王拴娃坐在女人刚坐的位子上，说：我想回。猪圈给王拴娃倒一杯茶说：想老婆了？王拴娃说：回。猪圈说：我想带你去一个地方。王拴娃喝一口茶，问：什么地方？猪圈望着王拴娃眼睛说：神秘的地方。

王拴娃突然什么也不知道，从床边倒在了地上。猪圈慌了，一抹王拴娃的额头，烫手。猪圈有些怕了，送他住进了镇卫生院，起初不想通知王拴娃的媳妇。老李说：这不行，万一有个三长两短，我们无法交代。

猪圈将王拴娃的媳妇接过山梁，送到医院来，媳妇进了病房，一直流眼泪，有时也哭出几声。猪圈担心拴娃母会来，谁也没有料到，拴娃母一句话也没说，上了山顶盘坐在蒲团上，三天没有下来。杜四婆一天送两顿饭。王拴娃出院了，没回家里。媳妇到山顶说给了母亲，母亲夜里回到了家里。

挂了三天吊瓶，王拴娃清醒了，烧也退了，媳妇还在哭。王拴娃眼睛闭上，这个下午，王拴娃眼里爬满了蛇，心好似蛇一样，在体内蠕动，五脏六腑也似蛇了，王拴娃在病床上蜷缩成一团。

傍晚时，猪圈和老李来了，王拴娃听见猪圈的脚步声，不想再睁眼了。猪圈摸一下王拴娃的额头说：好了，烧退了。老李说：烧退了，就好了。两人床边坐一会儿，走了。

四周出奇地静，灯兹兹地响，墙壁的白色如一片飞虫往眼里扑，王拴娃努力地紧闭眼睛，但一片白色纷纷扑过来，沉淀在心底的一切突然没有了，只有一片灯光了。

灯光里，王拴娃在飞，似坐在一木匣子里，两边的风景哗哗地向身后倒去，眼前始终那么开阔，眼前的亮色慢慢地扩大，整个天宇透亮透亮的，猪圈的车速很快，萨克斯的《回家》低回婉转，形成一个大的酸水缸，王拴娃的灵魂浸泡了一般，不能自已，一半是梦一半是现实。王拴娃不知自己往何处去，第一次飞驰于高速路上，山村被甩得很远，仿佛不存在似的。

一片高楼出现在眼前，王拴娃没见过有这么高的楼，问：这是什么？猪圈说：楼房。王拴娃惊奇地问：上面住人啊？猪圈说：是啊！王拴娃自语自言似的说：那么高，咋上去呢？住在最高处的那些人，不害怕吗？猪圈笑说：有电梯呢，怕什么啊？高处眼界才远呢。王拴娃说：不害怕楼倒了？跑都没处跑。

猪圈哈哈大笑。王拴娃一脸的莫名其妙，车转一圈后，眼前出现了绿的山峦，王拴娃惊愕不已。在他的心里，黑山是最大的山了，不想眼前的山，相互峥嵘，隔天蔽日，有一种天塌下来的窒息。王拴娃从惊愕的状态中还没有恢复过来，小车呼地钻进了隧道，王拴娃啊地一声，每根头发瞬间立起来。呼地小车出了隧道，又呼地钻入隧道，王拴娃彻底晕眩了，好像睡了一觉，被猪圈摇醒时，王拴娃睁眼一看，又不由惊愕起来了，两座高山之间三间茅草房立在中间。王拴娃努力地在记忆里搜寻，父亲狼剩饭三年祭日时，猪圈送来一架纸糊的亭子，模样和眼前的一样，阳光照耀下来，房顶上一片东西闪闪发光。走近了，发现是一块匾额。王拴娃望着闪金光的字，似三条盘踞一圈的蛇。门柱是圆形的，色鲜如血，王拴娃摸摸，光溜溜的，里面的景象将王拴娃的心拉扯大了。房间是通的，可以穿行而过，后面是一座青山，似乎有悦耳的泉水声，直扑下来，淹没进来的每个人。王拴娃坠入梦中，母亲和杜四婆的背影占据了整个眼帘。

猪圈对这里很熟，他走过通道，回头喊王拴娃过去，拉王拴娃走出通道，是一条弯弯的小路，小路走过去，绕到山的另一面，一片开阔的原野。王拴娃跟着猪圈继续绕山走，小道的尽头，是一间低矮的木房，红色的，飘拂着浓浓的星火味，很寂静，王拴娃能听见自己咚咚的心跳声。他是怎样跟随猪圈走入那间房间，后来怎么也忆不起了。

房间不大，很简陋，一床一桌、两把椅子而已。床很大，床边靠着铁锨锄头，还有一株满是绿叶树枝，看起来极柔软的样子。他俩进去时，一位瘦瘦的、白发白眉，连胡须都是银白色的老人，坐在床中间思考什么似的。猪圈悄悄地坐在老人身边，一动不动。王拴娃真想不到他能如此安静，真有些认不出他就是猪圈了。

王拴娃不知进还是退了，最终退出了房间。房间后有一棵一人能合抱住的古槐，古槐静悄悄的，一丝风也没有。生地方，他不敢胡溜达，几圈转过后，王拴娃腿有些乏了，于是坐在了槐树下，槐树的根部突出四十五度的陡坡，躺上去很舒服，一会儿王拴娃睡着了。

王拴娃被咕咕叫的肚子饿醒来了，太阳已经西斜了，猪圈出了房门，向王拴娃招手。王拴娃过去，跟猪圈进了房间，桌上摆着几碗面，老人擦完锄头，正在擦铁锨。老人的眼睛很大很亮，比房间的光还要亮，他看王拴娃的眼神极其柔和慈祥。

王拴娃吃一口面抬起头，发现老人正在看他，他有些慌张起来，面味道很淡，每顿饭必须有辣子的王拴娃，勉强吃完一碗，再不想吃了。

猪圈整理一下桌面，趴在床下，取一套茶具出来，王拴娃始终认为，这样喝茶是耽误工夫，瞎显摆。猪圈说：这茶是师傅亲自上山采的，很清香。王拴娃喝了，果然有股清香的味儿。

老人端盆水起来，门后有脸盘架。老人取下搭在门顶上的毛巾，王拴娃陡然有了敬意，老人极瘦，但精神饱满。王拴娃眼前突地闪过门前沟底的泉水，没有丝毫的世俗和丝毫超脱。

老人挽起袖子，一道光亮恰巧从门外照进，洒在老人的胳膊上，王拴娃清清楚楚地看到，老人的双臂尽是鱼鳞！王拴娃猛然全身寒冷彻骨，如坠入寒寒的冰窖。父亲狼剩饭迎面扑向王拴娃，瞬间又抽离出他的肉体，老人站在那儿，一边洗手，一边侧过头，静静地瞧着王拴娃。王拴娃是块消融不了的冰，迅速地向四周扩散彻骨的寒意。瞬间，王拴娃浑身冰凉，牙齿打颤。

老人出去了，每天下午从这个时间起，他要去原野，耕作那片望不到边的庄稼，往往要忙到上灯的时候。猪圈看到王拴娃不对劲，一摸王拴娃的手，冰凉冰凉的，猪圈惊得出了声，拉王拴娃来到槐树下，高大的树冠挡住了阳光，树荫幽静。猪圈目光四处找寻有太阳的地方，可惜没有，唯一的办法，走出去。王拴娃没走几步就晕倒了，猪圈不敢多停。他明白王拴娃的病因，把王拴娃塞进小车，匆匆回了。

第三十四章　院长心里喊　出事了

王拴娃住院的第二天，年凤应从市上直接来到了黑山村。不过县镇村早得到了消息。吴德虎电话给康宏说了，康宏站在村口，忧心忡忡地，说：你村的文会计有可能跳出来喊叫。猪圈轻蔑地一笑：他敢，打死他驴日的。

秋丰收慌慌张张跑来了，上气不接下气地说：要出事了。

康宏的脸唰地白了：快说！秋丰收喘一口气说：文会计在文老三门口，号召群众拦年书记的车。

一辆小车急急奔驰而来，在康宏身边戛然停下，白一民、张文下了车，康宏顾不上与白一民打招呼，跑到老李身边说：没时间了，立即让派出所现将文会计控制住。

老李朝人群喊了一声：老黄。康宏白了一眼老李说：悄悄地，小心白书记知道了？说完康宏急急地跑到白一民跟前去了。

老黄二十几岁就在公安系统工作，不过，当所长是前年的事，人们都说他大器晚成，他对此一笑，说：成球呢。老李还没有给黄所长讲完，听见有人喊：来了。老李心突然沉下去，一句话也讲不出来了。黄所长一笑说：小事，我会安排好的。

两个干警在村口，老黄挥挥手，两个干警一前一后跑过来了。老黄低声下达了命令，两干警其中一个手一招，从不同地方闪出几位干警，几个人百米冲刺的速度向村子里跑去。

街道静静的，偶尔一两声蝉鸣。王拴娃四周看，往年蝉还有半个月才叫呢。老李踮着脚朝村里望，静悄悄的。文会计敢来吗？这几天忙，有空了，他还要找文会计呢，这几年我怎么过的？

猪圈被张文叫到白一民面前，他们排成一排等中巴车爬行到村口来，年凤应笑着下了车，白一民率领大家围了上去。年凤应笑吟吟和大家一一握手，先去移民搬迁点，胡志强按照猪圈安排，今天多上了几个匠工，现场一派繁忙的景象。主体已经上去了，正在安装楼板。

走在新村的街上，年凤应很满意说：如果街道再硬化、美化、亮化起来，就是一个新农村啊！白一民说：我们一定会按照规划一丝不苟地执行到位。年凤应说：我们的眼里不要只见一个黑山村，全市全县类似黑山村的贫困村都要甩掉贫穷的帽子，大踏步地迈进新农村建设的队伍中来。

来到大棚基地，年凤应站在大棚边缘，看着忙碌的人影说：不打搅他们了。

穿过光溜溜的陡坡，往前走是沟了，年凤应没有停止脚步，站在沟边，沟壑裂开大地的胸膛，犹如一群黑色的骏马咆哮着奔向远方，风却迎面而来。年凤应说：如何将这条沟壑开发出来，成为群众致富的一条路径。白一民说：这也是我们思考的问题。

年凤应背着手，顺沟边往上走，一群人跟随着他，不大一会儿，他们踏上了御杏观光采摘路，一棵棵御杏树精精神神地立在土地里。年凤应突然记起什么似地问：老白，御杏树挂果要等三年时间，这三年群众的口粮如何解决啊？

白一民目光盯住了张文。张文目光盯住了猪圈。猪圈咳嗽一声，说：

年书记，我们准备在御杏树距间种豆子，豆子耐旱，在地面长，不会对御杏树有大影响。年凤应点了点头，突然记起什么似地问：你们那个王拴娃村长呢？小伙子憨厚，不错。猪圈说：他病了，在镇卫生院打吊针呢。年凤应沉吟一下说：一会儿去医院看看他。

康宏故意落在人群后面，给老李打去了一个电话，老李立即和白云乘坐张一诺的面包车，一溜烟来到镇医院。医院门口，院长叼根烟与一个熟人在聊天，老李一把将院长拽进院内说：赶紧准备，年书记要来了。院长烦躁地说：又是哪个村干部？老李骂：市委书记。

院长愣在了院里。

老李一把将院长推进门诊大楼。院长苦着脸拉长哭腔说：我咋办呢？老李说：一是打扫院内的卫生，二是叫医生、护士正规些，你听，聊天声吵得人耳朵疼。白云走进来，插话说：我刚看到，几个大夫工作服都没穿。老李继续说：三是把王拴娃的病房好好收拾一下。

院长醒了似的，跑进门诊室了。

病房，王拴娃和媳妇一人床的一头睡得正香。几天没见，王拴娃瘦了几圈，没等老李叫王拴娃醒来，门"咚"地一声开了，进来三位女护士，一人端着有满水的脸盆，一人提盛有一半水的桶，一人提着拖把。

三张病床，只有王拴娃一个病人，三个女护士先整理两张空床和床头柜，动静很响，王拴娃媳妇先醒，下了床，满脸的疑惑。王拴娃其实早醒了，却不想睁眼，这几日他始终不想睁眼，他想静静飘浮于空中，如一片鸡毛，但他有了落地即粉碎的恐惧，这种念头每天仅是一闪而已，更多的时候，喜欢躺在医院白色的床上，没有肉也没有骨头。

猪头。老李喊。王拴娃笑了，老李满脸的汗，外面一定很热，从蝉沙哑地叫唤声里能感知得到。

打起精神，年书记要来看望你。老李说。王拴娃全身的肌肉绷紧如一张弓了。年书记要看我，王拴娃瞄一眼老李，不敢信了。老李急了说：

骗你是猪。王拴娃笑了，还是不信。是真的，白云跺起了脚。

王拴娃突地坐起，惊慌失措地说：看我的啥呢？

突然，跑进来一位男大夫，结巴地对三位女护士说：快撤，来了。三位女护士旋风似地走了。

我也不敢停了。老李说着和白云跑出了病房。

王拴娃慌了，手脚不知往哪里放。猪圈领着年凤应、白一民进了病房，王拴娃和媳妇溜下床，王拴娃光脚在床边站着，媳妇光脚在墙角站着。

年凤应笑了，说：拴娃主任，这样迎接我吗？

王拴娃支吾起来，年凤应将王拴娃按倒于病床上说：瘦多了。猪圈说：三告别工程一拉开，拴娃几乎就没回过家。年凤应说：这样的村干部应该更多些才好！

年凤应将提的香蕉等水果放在床头柜上，坐在了床沿说：今年的除夕要搬迁户在新居过啊！王拴娃满脸的汗珠。

他几日后问猪圈：我当时的样子很难看吗？猪圈仰天哈哈一笑说：很好看！王拴娃满眼的星光飞溅，我的每滴汗珠是一道星光吗？猪圈说：擦了两条干毛巾，脸上还有汗珠。王拴娃没有笑，黑山挡住了北方的天空，他看不到起伏的漫坡地，常常一只野兔跑过去了，一只野鸡嘎地一声飞起。媳妇踢疼了王拴娃的屁股，王拴娃坐在地板上，护士进来扶起他说：院长也坐在地板上了。王拴娃摸一把脸，在山顶心把一切都能装进去，也感觉不到沉重。

院长瘫在办公桌前，长长地喘息。缓过神后，刚叼根烟在嘴上，还没等点着，院内一片嘈杂声，院长的烟从嘴上掉下去了，趴在窗口望外一望，一群人抬着一个人在院里大骂。

院长心里喊：出事了。

第三十五章　被一群人抬着的是文会计

被一群人抬着的是文会计。

派出所的内勤，除了所长就数他说话算数，内勤是位留小平头的小伙，一眼看去是个十分干练的干警。他带几名干警一拐上街，就听见了文会计怂恿群众拦车的大喊声。

文老三先瞧见了干警，用眼睛示意了文会计，文会计背对着街口，转过身一看，立即止住了声，他认识内勤。文会计毕竟在外面经见过世面的，心咚咚紧跳了两下，很快恢复了常态，扭过自己的脸，继续鼓动文老三门前的几名群众。

干警来了，群众附和得少了，只有邱枣比文会计的嗓门还高。内勤朝文会计喊：老文。文会计转过身。内勤说：过来。邱枣拦在文会计前面，说：不去。

文会计将邱枣一把甩在身后，过去了。内勤说：去你家坐。文会计说：有事就在街上说。内勤一字一板地说：去你家。邱枣大声喊：不到家里去了。

老李手里拿着墨镜匆匆走来说：文会计，去你家里！

文会计低下头走回家里。邱枣呼呼地小跑进了家门，老李和内勤将文会计家的大门关住了。村里传来几声汽车的喇叭声，文会计要出门，老李站在门口，不准他接近大门。邱枣一声紧似一声地骂。老李黑着脸，指指邱枣，邱枣不吭声了。

文会计向外扑了几次，老李拦住了几次，老李说：今后配合我的工作了，以前的事我不再提了。文会计坐在地上喘息着，眼睛四处乱瞅，看到墙角靠着一把铁锨，扑过去将铁锨拿在手里说：说话算数？老李说：我啥时放过屁？邱枣跃起一个飞脚，将文会计踢倒于墙角，脸和墙实实地撞在了一起，鼻子嘴都流出了血，骂道：你又干啥事了？让人家抓住话柄了？

文会计躺在地上破口大骂起来，邱枣将文会计压在地上，掐住脖子，狠劲往下摁，使脸全部贴在地面上，声音发不出来。文会计的屁股一蹶一蹶，想要翻过身。邱枣在他屁股上就是几脚。文会计双脚猛然挣扎着蹬地，想摆脱邱枣的控制。邱枣飞起踢去，一条腿一脚。邱枣早上刚穿上文会计给买的皮鞋，皮鞋头很尖，鞋底钉着铁掌，这两脚踢得实实在在的，文会计立即被抽取筋骨似的，趴在地上一动不动。邱枣站起来，扑打去身上的尘土，突然放声大哭：我咋打我老汉了啊！坐在地上，拍着两腿大哭。文会计趴着仍是一动不动。

老李与内勤愣了一下，老李有些担心，把文会计翻身过来，平躺地上。文会计双目紧闭，趴着时还好好的，平躺了，一嘎一嘎地，大量的白沫往出涌。老李摸了摸文会计的胸部，心脏还咚咚地跳呢。这狗东西爱演戏，不是装出来的吧？

邱枣不哭了，趴在文会计身边说：我怎么打你啊？文会计嘴上白沫还在吐，没有开始那么厉害了。老李摸摸胸，心脏仍是咚咚地跳。万一是真受伤了呢，出了人命，不得了的事情了。

老李跑到街上，碰见了杜志谦，说了情况，杜志谦捂住肚子说，疼。猫着腰向学校跑去。猪圈随年风应下山了，老李追到学校找杜志谦，杜志谦在厕所里面叫唤。老李在厕所外头等着，等不及了，老李大声骂了，杜志谦说：还是疼。

吴德虎进了校门说：你不走，他是不会出来的。我去看看文会计。

街上，碰见了秋丰收，吴德虎叫上了他。吴德虎一看文会计的模样，估计是装着，一次文会计给吴德虎讲过骑摩托进县城，被交警拦住，要检查驾驶证，没有驾驶证，要将摩托车扣在停车场，办了驾驶证，才能取走。办个驾驶证三百六十元，停车场一天二十元，是自己的摩托车倒还罢了，驾驶证迟早得有的，可文会计骑别人的。他与交警刚说两句，就顺势倒下去，口吐白沫，一群交警吓坏了，有给他喂水的，有给他抚胸口的，有说给医院送的。一位交警有经验，附在文会计耳边，悄悄说：起来，骑走摩托吧。文会计说：我有脑梗病，给我抽根烟，我缓缓。

文会计一定是装着，吴德虎想，但不敢说，万一呢？

秋丰收捏住文会计的鼻子说：把你驴日的憋死呢。吴德虎在秋丰收背上拍了一把说：不要胡来。邱枣还在地上坐着说：把他送到医院看看啊！

吴德虎回家开来三轮车，停在文会计家门口。文老三等人进了文会计家，在院子找了一扇门，把文会计抬上了三轮车。吴德虎、秋丰收几人上了三轮车，文老三说：把文娃的媳妇叫上啊，在医院谁经管呢。

吴德虎下了三轮车，跑进文会计家，邱枣不见了，打开了房门，邱枣在土炕上大字形躺着，呼呼地打着鼾声。

王拴娃听见文会计狂乱的喊叫声了，但他不知道发生了什么事。院长在发脾气，骂邱枣，邱枣停止了喊叫，医院安静了。一会儿，两名护士送文会计住进王拴娃这间病房，王拴娃望一眼文会计，光着脚去找院长，他要出院。

院长说：你的病没好。王拴娃说：不管你的事。院长说：药还没有打完。王拴娃说：我要出院。院长看了王拴娃一会儿说：黑山村啊！这个烂村，我现在惹不起了。

出了医院大门，阳光很强，王拴娃两眼流出了泪水。

拴娃叔。秋丰收站在王拴娃跟前说：文会计狗日的装死。

王拴娃说：把我拉回。秋丰收说：等等，他们几个在饭馆正在吃扯面呢。秋丰收要王拴娃也去吃碗扯面，王拴娃没有去，媳妇最后跟秋丰收去饭馆了。

王拴娃站在镇街上，望一望头顶的骄阳，脚底升腾无穷的力量，迅速蔓延至全身每一处，他不由自主做了几次伸展活动之后，有了飞奔向前的欲望。但他只能在原地转圈，怕秋丰收出来找不见他。好长工夫了，秋丰收还是没有影。王拴娃急了，心里骂起了秋丰收，还有自己的婆娘。

拴娃。王拴娃一看，是猪圈站在医院大门口，小车在大门外的东侧停着。猪圈看王拴娃的眼神亮亮的，他早上还思量，王拴娃最少在医院得住上十几天的，没想到王拴娃在他转过身的空儿出院了，而且精神空前的抖擞和饱满。奇迹似乎在王拴娃身上出现了，猪圈喜形于色，但突然眉间有了愁云，他想到了文会计。

送走了年凤应，猪圈到镇上羊肉泡馍馆来了。这几天，他几乎没有好好吃过一顿饭，事情一过，肚子才感受到扯肠般的饥饿了。镇上就这一家羊肉泡馍馆，平时人就不少，掰碎馍，再去排队，约莫三十几分钟，听见有女人喊牌号了。

一顿饭吃得大汗淋漓，猪圈站在公路上，风一吹，连喊几声“爽”。他没有回村上，他牵心王拴娃，一进医院大门，猪圈觉得什么地方不对劲，还没到王拴娃住的病房前，已经听见邱枣的驴嗓门在骂，他在窗口外听了一会儿，没有进去，找见院长一问，才知道拴娃出院了，文会计却住进去了。

狗日的要拦年书记的车，被邱枣打的。猪圈、王拴娃眼睛瞪圆了，邱枣打的？猪圈在几个人那里证实了是邱枣打的。猪圈突然对邱枣有了好感。半年后的秋天，雨唰唰地下，范丽红和邱枣在太阳食堂经管村上老人吃完早饭，两人收拾餐桌上的碗筷聊天，范丽红突然想起了这件事，邱枣出神地望着雨幕说：我也不知道。

一朵灰云飘到头顶，阳光黯淡了许多，风携着清爽穿过街道。秋丰收几人摇晃过来了，王拴娃两口和秋丰收坐在猪圈的小车回村了。到了村上，王拴娃指着媳妇对猪圈说：你送她回。猪圈笑了：听从王主任的安排。王拴娃说：酸得很。我会开车，还求你啊？说罢和秋丰收一前一后下了土坡，猪圈头顶后视镜里瞧一眼拴娃媳妇，自语道：把驴扔给我了。你骂谁呢？拴娃媳妇厉声地反问。猪圈乐了：耳朵还这么灵。一脚油门，车向前驰去了。

老李正在秋丰收家院子里的一棵杏树下大口地吃饭，范丽红中午做的是涮锅油饼，老李就爱吃涮锅油饼蘸辣子水水，辣子放得太重，老李吃一口，喝一口水。

王拴娃和秋丰收进了院子。老李用手指指面前的几个小板凳。秋丰收拍拍肚子说：饱着。王拴娃坐在了老李的对面，吃了几片涮锅油饼，他不敢蘸老李的辣子汁，太辣。

范丽红出了厨房说：村长，好了个快，我们说最少得半个月你才能出院呢。王拴娃笑说：都是些啥心思啊！

老李第一次发现王拴娃脸上映着一片亮光，有些神采奕奕了，前几日去医院探望时，王拴娃还是一副病恹恹的样子，难道是年书记看望的结果？

没有谁去关怀秋丰收心思，他经历了希望、失望和无奈的心路艰难历程。猪圈回村了，秋丰收知道没有自己的用武之地了，好在他和范丽红都在村上干部的行列，心里还有一丝丝的安慰。这几日，秋丰收又萌生了和范丽红举行婚礼的念头，虽每天都生活在一起，外人都认为他俩是两口子了，可没有那个本本，他心里始终悬空着，不踏实。急啥呢。每次他提起这事，范丽红总这么说。一时，他心里乱糟糟的，要知道，前几年，范丽红可比他心里急呢。

第三十六章　你在一旁哭声放　我在一旁痛肝肠

党建活动室前的广场竣工了，广场的四个角都亮起了太阳能路灯，夜一黑，黑山村灿烂一片了，村子大小的人都聚在这里，眼睛望得流出酸水。广场里还安置了一些体育器械，锻炼手臂的，锻炼脚腿的，还有两副单杠和几张乒乓球桌。文老三每天黄昏非拉一个人来广场打乒乓球不可。拉不到男人了，就找邱枣或范丽红，邱枣不会打，文老三耐心给她教。范丽红比邱枣强些，文老三见了秋丰收都露出了笑容。

白云最忙了，天刚黑，她到大棚基地，召集几个投资人的媳妇急匆匆来到广场，党建活动室门前，支好直播架子，开场几人合唱一首歌，接着介绍大棚出产的果品蔬菜。四周围满了村人，文老三扶着文二婆一过来，大伙将文二婆让到前面去。文二婆九十岁了，很瘦，头顶飘着几丝白头发，但眼不花耳不背。她坐在小凳上，爱看白云，说：每晚梦见白云唱歌呢。

猪圈和白云商量，先把党建办公室东边的一间规划为直播间，等太阳食堂建好了，再搬到那里的五楼。后来，直播间搬过去了，与物流中心合在一起了。王拴娃在远处望着广场，他想去山顶了，多少次，他在县城的夜晚，看见昏黄的路灯光，有说不出的卑微。歌声阵阵，王拴娃满脸的泪。

手机响了，猪圈在秋丰收家唤他，刚进门被范丽红叫住了，范丽红一手端一盘菜，让王拴娃把菜捎进窑洞。王拴娃闻到了菜香，山里的家常菜无疑是土豆丝了，王拴娃当然喜欢吃土豆丝了。

窑洞里，猪圈、老李和秋丰收外，还有胡志强盘坐在炕桌旁，王拴娃坐在了凉席上，才发现炕桌上有盘猪蹄，不用说是胡志强提来的了。

猪圈很高兴，一杯酒后，脸红光红光的。三杯酒后，猪圈说：志强说了，再有十天，如果天雨不打扰，上下两个搬迁点的房屋，街道的硬化还有路灯一切都建设好了，全村的路灯一亮，我们比城市还美，干！

王拴娃忘情地饮了一杯，猪圈放下酒杯说：我有个想法，等一切好了。我拿出五万元，请秦腔名家来，在村上唱三天三夜大戏！喝！王拴娃又忘情地举起了酒杯！老李不由感慨万千：几年天气啊？黑山村走出了黑色！不敢想啊！

猪圈说：我们现在要想呢，到时摆几十张桌席面，请全村人吃流水席。王拴娃说：还要请来年书记。猪圈笑着说：对，包括县上的领导，他们为咱村真的费了心血啊！

王拴娃出来尿尿，天很高，一颗星在闪，星光下是山顶，王拴娃转过身，面前的灯火很远，但很耀眼。王拴娃上了土坡，慢慢来到广场，路灯很明亮，萤火虫在飞舞，再有十天，再过一个有风雨的秋季，母亲、媳妇还有杜四爷他们都将永远生活在这灯光里来了，王拴娃两腮滚动着泪珠。

第二天天刚亮，胡志强去工地路过广场，见王拴娃坐在路灯下。昨晚，都喝得多了，胡志强以为王拴娃醉了，跑过去一看，王拴娃醒着，踢了王拴娃一脚说：在这里看日出呢。胡志强说着递一支烟过去。王拴娃说：还有打火机。胡志强笑了说：借球怯活，啥都没有。翻遍了身上所有口袋，没找出打火机，胡志强做了个无奈的动作走了。

王拴娃把烟放在鼻下闻，越闻越难受，爬起来找火去了。结果一直走到秋丰收家，才点着烟。

猪圈站在窑洞口说：回来的正好。

他们还不知道王拴娃昨晚在外面停留了一宿。

老李斜卧在炕上说：心里有事，二两酒就晕。

王拴娃猛抽了几口烟，心里清楚猪圈要谋划十天后的大戏了。他是反对唱大戏的，有五万元，给群众发了多好。虽说每一季度家家都有扶贫款，但黑山村还是黑山村啊！再有大棚占去地的群众，拿到了分红，那里没有地的群众满肚子的火气啊！群众要的是公平。最令王拴娃担心的即将要来临的棘手事，这事如爆发了，不会是小事。他想说，但怕水太冷，泼得猪圈受不了。他又想，是自己过于小心了吗？以前呢，王拴娃看不到前途中埋的地雷。现在呢，猪圈看不到了。王拴娃难受的是，猪圈看到了地雷且有能力排。他呢，看到了却无能为力，更使他抓心的，大家积极地往雷上踩，自己急得一身汗，只有无奈。他对自己说，一定要说给猪圈，但老李始终和猪圈在一起，等猪圈一个人了，已是晚上，事情已露出了麻烦。

文会计在镇医院住了三天就出院了，老李提一箱水果去看他。文会计急忙给老李找水杯。老李坐在炕沿说：不喝了。文会计嘿嘿笑着躺在炕头说：我不想闹，文二婆你惹得起吗？老李站在村街道，街上停了几辆小车，出现了许多年轻人的身影。老李去吴德虎家，吴德虎蹲靠在院子墙上打盹，听见脚步，一看是老李，站起来了。没等老李说话，吴德虎一把拉住老李的隔壁，拽到里面的窑洞里说：事大了！老李说：慢慢说。

文二婆每晚在院子哭，说是梦见文四婆了，一脸的血和泪。骂后人不要脸不争气。文老三被人喊到文二婆面前说：二姨，说话啊！文二婆说：没有一个争气的后人啊！我非碰死不可。说着，往墙上碰。文老三抱着文二婆说：怎么就给先人争气了啊？文二婆坐下来，抹着脸上的泪说：我们姓文的土地，绝对不给姓王姓杜的做庄基。他们害我们还不够吗？

姓王的是王拴娃，姓杜的是杜四爷。

文二婆哭着说：你们四婆哭得眼睛都看不见了。文二婆抓起拐杖，狠狠抽打一下文老三说：邱枣两口子不顾先人的脸面，你再不顾，我非死在这里了。

文老三抹着脸上的泪站起来，面对一院子的家族男女说：二婆的话大家听见了吗？今晚就打电话，把外面打工的后人叫回来。不要忘了咱先人受的苦啊！

事情传到杜四爷耳里了，杜四爷在山顶找见拴娃妈与杜四婆，骂道：人家要报仇了！捶捶自己的胸膛说：来啊！两位老人坐着看远方，一弯河水泛着粼粼的白光，一片白雾升腾着，在接近刺眼阳光的刹那，金光灿烂。杜四爷唉了一声下了山，蹲在家门口的杏树下，骂起来猪圈、王拴娃。羞先人哩，还是村干部。突然想狼剩饭了，他在，两人还能拉拉话。突然头上落什么东西了，手一摸拿到眼前一看是鸟屎。杜四爷跳出来要骂，一只鸟飞远了。杜四爷嘿嘿笑了，我稀罕山前吗？你的地给我都不要，我在这里多好啊！

猪圈第一次犯愁了，过去那些事掏出来，村子不是村子了，是荒草滩了。老李动员吴德虎去做文二婆的思想工作，吴德虎胆怯，看到康宏投来信任的目光，去了。文二婆与回家的孙子孙女说话，站在门口没进去。突然肩头挨了一巴掌，回头是文老三。文老三说：你不要掺和这事了。文二婆拄着拐杖出了门说：和谁都没仇，就是姓王姓杜的。吴德虎刚张嘴，文二婆哭着说：太惨了！吴德虎一肚子话卡在喉咙了。

吴德虎头低了下来，看着自己的脚面匆匆到了秋丰收家。猪圈、王拴娃去御杏基地了，老李躺在土炕上抱住头。吴德虎站在炕边想走，但老李回头看见了吴德虎，坐起来说：头疼很。吴德虎把事情说了一遍，老李躺倒，望着黑乎乎的窑顶说：不知道文会计行不？吴德虎摇头说：他在家族说话没分量。这回是文二婆，文姓家族辈分最高的。

老李爬起来下了炕，穿鞋时说：争取一个机会吧。

老李走到文会计家门口，文会计在院里唱秦腔，一腔一板地。院中央有两棵杏树，文会计坐在中间，面前还有一张小板凳，放一大瓷缸水，瓷缸上有一幅山水画。乡下人喜欢用它喝水，盛水多，解馋。文会计没有发现老李，正闭目摇脑吼秦腔《三滴血》里《虎口缘》的一段唱：

你二老霎时无去向
我的父不知在哪方
你在一旁哭声放
我在一旁痛肝肠
孤儿幼儿相依傍
同病相怜两情伤

好！没等文会计唱完，老李喊了一句。

老李来了。文会计取下板凳上的瓷缸，老李坐在上面。文会计给老李根烟，并点着。老李说：很逍遥啊！文会计慌张地说：你说的，过去的事不提了。老李笑说：没提啊！

文会计笑了，愁苦的脸舒展开了，说：老李仗义！

老李说：但你得回头啊！山村振兴了，也需要你出一把力气啊！文会计嘿嘿一笑说：现在啊！这么好，过去谁敢想，谁能想到。啥不干，口袋钱还鼓鼓的，比城里好。听说御杏基地村上统一管理经营了，群众每年光分钱呢？老李说：是啊！文会计端起大瓷缸喝了一口水，抹去下巴的水渍说：中午在我家吃饭。老李站起来说：没空。文会计端着大瓷缸站起来，望着老李。老李说：文二婆……

没等老李说完，文会计急忙说：不要说了，文二婆看见我就用拐杖打我骂我！我怕见她很！老李笑了：你知道我说什么吗？文会计叹息一声：自古以来，我们文姓啥时候不是鳖呢，啥时候斗过了他们那些土匪？旧社会在我们的脖子上拉屎拉尿，新社会也在我们的脖子上拉屎拉尿，我们文姓人可怜啊！文会计重重叹息了一声。

老李说：过去的事还要提说吗？

文会计嘿嘿一笑：我常常说过去了不提了，现在不是平等了吗？二婆不行啊！她经历过，看到过，还有文四婆常给她托梦呢。我认命了，斗不过土匪，我们文姓人就是只鳖！

老李笑道：你是鳖吗？

突然，门被踢开了，文老三带几个年轻人涌进来，文老三双手气得发抖：不公平，不公平！文会计叹息着说：三爷，咱文姓活该，都成鳖了，没有一个咬狼的狗！活该！

文老三大声说：谁说咱是鳖，就是鳖也要咬人的！

老李将眼镜拿在手里，静静看着文老三。文老三在文会计手里夺过大瓷缸，咕咚咚喝下去大半瓷缸的水：难道文姓只能认命吗？一个年轻人举起拳头说：这不是命，命在我们手里掌握着，只要我们团结起来，一定有活路的。

老李说：三叔，第三季度的扶贫款领了吗？

文老三身子往后一闪：给我送上门了，真好啊！突然明白了什么似的，说：我们只说姓王姓杜的，共产党对我们好的没法说。

街上响起了杜四爷的吼声：我还看不上那片地呢，给我出钱我都不在那里安家。老李头发立起来了，跑到街上抱住杜四爷到秋丰收家。村口，文老三骂：把我们叫爷都不行，什么货色啊！

文二婆拄着拐杖到了村口。秋丰收正在给几个人讲村上要唱大戏的事。文二婆一拐杖抽打在秋丰收的肩膀上，骂道：奴才，不成器。

文会计听见了骂声出了家门，站在街上看了一会儿，走到村口，把文二婆扶回自己的家里。文二婆举起拐杖要打文会计：为啥不学好啊？把先人的脸丢光了！文会计挡住文二婆的拐杖说：三爷，骂得好！

文二婆叹息一声：不争气啊！

文会计扶文二婆坐在院子的凳子上：二婆，你看吧，娃以后不丢你的人了。

文二婆哭了：我不敢想，睡不着啊！

杏树上一声鸟啼，文会计循声望去，一只尾巴很长的鸟儿也在望他，他再看去，鸟儿是在望文二婆呢。文二婆望着鸟儿，拐杖地上咚咚响：我死了，也不让他把家盖在文姓人的地里！

第三十七章　你就不是毛连长的孙子

秋雨淅沥，山村沉浸在一片雨幕里。

王拴娃期盼这份宁静很久了，可以睡在被窝里静静地听雨，或在雨声里心静地入睡，窗口发白好长时间了。王拴娃不想起来，天地间最幸福最惬意的事莫过于在雨声中睡觉了，尤其是疲惫的心需静怡的时候。有生以来，王拴娃第一次体验了心神的倦怠。肉体倦了表现在腿上，铅般沉重迈不动步，心倦体现在眼睛上，眼睛睁不开，一片黑暗，心比肉体倦还多一层紧张，大脑里总有一根弦绷得紧紧，连气都喘不过来。更可怕的是，随时都会有绷断的危机，但太紧了，却期待断裂。王拴娃问自己，断了又能怎样呢？猪圈的眼神告诉他，不能断，断了，你和我都断了。

王拴娃脑海里绷紧的弦是文二婆。

下着雨，文二婆能消停一些，王拴娃心安然多了，但怎么也睡不过去，这是母亲教给他的，狼剩饭食蛇，吓着王拴娃，整夜整夜睡不着，母亲的法子有些灵气的，山顶的世界辽阔且深邃。夜晚，星光倾泻下来，人犹如红色的蜡烛，被星光点燃了，静静地幻化在梦想里。

咚咚咚，一阵砸门声惊醒了王拴娃。

猪头、猪头。扯着嗓门喊的是张一诺，党员活动室建起后，中间五间是会议室，县组织部送来能照出人影的圆会议桌，以及十几张同样能照见人影的朱红色木椅，一面墙上是党旗，一面是入党誓词。猪圈将两盆花从月光酒店拉回，摆放在会议桌中间的空地上，左手的两间为文化室，图书馆送来一批图书，右手两间，一间为党支部办公室，一间是村委会办公室，村上的扩大机也搬进来了。猪圈将月光酒店淘汰的几张软床安放进两间办公室，老李、王拴娃有时还有猪圈等不再挤秋丰收的土炕了。老李和王拴娃常睡在这里，这几日老李的大儿子高考落榜，想补习，老李去县城找门路了。

王拴娃开了门，雨比他想的还要大，风一阵比一阵有劲。秋在山里很短命，刚感到了，就被冬代替了。

走，去张书记办公室开会。张一诺说。猪圈呢？王拴娃问。就差你一个。张一诺返身，已坐在门外停的面包车里了。

整个大地沉溺于一片雨雾里，唯有脚下的水泥路发着青灰的光，曲折地卧在大地上，黑山村犹如一条漂泊的木舟，水泥路犹如一条粗大的缆绳，将舟与码头紧紧连结在一起，但随时有风景把木舟召回避风的港湾。王拴娃真切地体验了路使黑山村融入流光溢彩的世界当中淋漓的快感。张一诺说：过去雨雪天人们不论有什么事，都忘记黑山村了。

王拴娃几次回首想望望雨里的黑山，可糊糊的玻璃挡着了视线。

镇街道少有的安静，张一诺哼一支曲调，车拐进政府的大门，一个转向，稳稳地停在张文的办公室前。雨太大，王拴娃飞跃进张文办公室。张文坐在沙发上抽烟，面前是一张茶几，茶几旁是一组长沙发。康宏、猪圈在座，进门的右边有把竹椅，王拴娃坐在竹椅上了。张文等王拴娃抹净脸上的雨水，扔一支烟过去，王拴娃站起在空中接住了，猪圈将手里的打火机扔给王拴娃，王拴娃冲猪圈一笑，猪圈没有看王拴娃，王拴娃望着张文抽起了烟。

张文低哑着嗓子说：这么大的雨把大家聚在一起，大家心里很清楚是为什么，近二十天来，文二婆被人抬着接二连三地赴县上访，县上领导很恼火，把我和康镇长批评五六回了，我们也采取了一些办法，不但没有制止住，相反，他们更嚣张了。黑山村要脱贫致富啊！

张文把沙发扶手敲得咚咚响：现在呢，搬迁点的房屋全部竣工，所有街道的硬化、亮化工程已完成了，绿化马上跟进，一切工作都进程良好！偏偏出了这事，把我们的脸抹得黑不溜秋的，天天如同是火上烤的肉鸡。现在呢，听王少云主任说年书记已将黑山村作为全市脱贫致富振兴乡村示范村，号召全市十三个县区来参观学习！咱目前的情况，上级敢下来看吗？文二婆他们已经放出狂话，一定要拦挡年书记的车，上一次，是文老三一人。现在是几十个群众呢！

张文歇了一口气，缓慢地说：不得了啊！

办公室静得能听到相互的喘气声，雨似乎更大了，还有风，偶尔又传来风刮起的哨声。猪圈说：我和王主任两家暂时不搬了。没等猪圈说完，张文说：是你两家的事情吗？这是压在文二婆心中的怨恨，随时会因啥事爆发出来。

猪圈不吭声了，抽烟起来。

雨声，偶尔的风哨声。

张文说：好在天下雨了，他们不可能冒雨上访的，给我们时间了，我们不要耽误时间了，老坐在办公室研究对策，应该去找文二婆，解决问题。康镇长对黑山村的情况比较熟悉，群众对他也很熟，有利于与群众交心，有利于做说服群众的工作。一句话，什么办法都能用。不多说了，你们出发吧。

康宏、王拴娃几个鱼贯而出，一个年轻小伙跑过来，给康宏撑起一把黑伞，康宏接过伞把，走向小车。王拴娃跟着猪圈两步并作一步钻进猪圈的车里。张文在办公室门口，举手想招，两辆车已经启动了，手轻轻垂下，自语道：黑山村、黑山村。

车刚驶出镇政府，猪圈骂道：驴日的。王拴娃惊问：骂谁呢？猪圈说：我也不知道骂谁呢？一肚子的火气，要爆裂了。王拴娃叹息一声说：文二婆啊！猪圈说：如果是年轻人，我一脚踢死她。王拴娃说：稳定。猪圈说：狗怂样子！就不是毛连长的孙子。王拴娃不高兴地说：你爷得是好人？

两人沉默了，到了村广场，康宏、老李在伞下等着，猪圈车上有伞，下车后，不让王拴娃来伞下，王拴娃在左边，猪圈将伞打在右手，王拴娃移到右手，猪圈把伞换到左手来。王拴娃一身的雨水。

康宏说：不要嬉闹了，办正事。杜书记和老李在办公室等，我带王拴娃去。老李说：我去好些，文老三排斥王主任。康宏说：按我说的办吧。老李不说话了。

猪圈害怕文老三住的一街人滋事，在两个搬迁点的街道未铺之前，先将文老三这条街的水泥路铺了，按照城建局总工苗一色的规划，这条街只有六盏路灯，猪圈几番争取，路灯增加到八盏。夜里整个街灿烂得如同仙境，文二婆文老三坐在门口看了一夜的路灯。

文老三的大门关着，王拴娃狠拍了几下门环，里面有应声了。门开了，文老三戴着草帽冷冷地说：有屁就放。

康宏下了车，文老三立即笑了：欢迎康大镇长。

康宏笑着进了门。

王拴娃一只脚刚跨过门槛，文老三一把将王拴娃推出门去：我们穷人家不欢迎土匪。

王拴娃十几年也没有想明白，他爷那么强悍，却没有遗传他一丝的霸气，常常一肚子的窝囊。文老三一次骂他：前世做了孽的，祸害过人家的，后辈都是二百五，要么头脑就缺少一根弦。

王拴娃更想不明白了，猪圈为什么出人头地呢？还有那个马桩，小时候，好得跟一个人似的，几次去县上，见了不爱理睬，媳妇时常跟在屁股后，还那么漂亮。

第三十八章　白总说的没错　黑山村有出路了

雨停了，天阴阴的，大片大片的云团向西飘去，风强劲得多了，有了冬的气息。早晨，上年纪的人已经穿上了棉袄。王拴娃一直没有回去，雨天，也回不去，他穿了秋丰收一件毛衣，毛衣旧了，不太保暖。一股风袭来，王拴娃不由得打了个寒战。猪圈和老李睡在隔壁的办公室，他俩嫌弃王拴娃的脚臭味。他俩可能聊得很晚，王拴娃起床了，还听见老李的鼾声一起一伏的。王拴娃站在广场，云团似乎压在头顶，心绪随着抑郁起来。这几日，大家的心情都不好，都认为文老三不管怎样地刁蛮，会给康宏一些面子的，可结果康宏进去没有多大工夫灰着脸出来了。

康宏说：不是文老三的事，文二婆思想转不过来弯。

康宏走进广场，在雨里站了近半个钟头，望望天说：天晴就是事。

猪圈异常烦躁，老李怕他做出出格的事，步步紧跟他，张文一夜嘴上生出几个大水泡。张一诺悄悄说给王拴娃的，王拴娃不由紧张起来。云团急急地西去，民谚说：云往西，水击击。意思云往西飘了，就有一场大雨来临。王拴娃怕晴了，但不可能永远是雨淋淋的。他抬起头，看见秋丰收突地出现在坡顶，朝他走来，王拴娃去广场边迎秋丰收，秋丰收穿的是泥鞋，广场有几片泥印很难看的。

秋丰收四面瞅瞅，压低声音说：要出事。王拴娃心头一紧。秋丰收说：文姓在外打工的男男女女都回来了。王拴娃说：有这事？秋丰收说：今早回来了三四个人呢，范丽红昨晚在山下村管两个娃，今早回来早看见的。

猪圈已经起床了，在办公室门口伸懒腰。老李也出了办公室，打着哈欠。秋丰收望见了猪圈和老李，跑过去站两人中间了。广场上两行泥脚印，王拴娃骂：这驴日的。

猪圈铁青着脸，来回地走。老李说：以不变应万变。猪圈大口地吐着烟，来回地走，摔了烟蒂骂道：驴日的。老李笑了：省些力气啊！

老李遇见什么事，都静静地，他经见得多了，火气在岁月的烟尘里一点点消磨尽了。王拴娃有时想，如果老李在县或县以上的哪个部门工作，一定是一个干什么工作都极精干的人，他的脸不会这么黑，也不会人多人少屁声那么响，也不会放了响屁，别人笑，他脸色没有丝毫变化。

走，去县城吃羊肉泡，猪圈说。猪圈经常以吃饭缓解精神上的压力。老李望着雨天说：还是想怎么办吧。猪圈不容老李说什么，将老李拉进小车前，推进小车里，王拴娃秋丰收已经坐车里了。

小车行驶在柏油路面上，车轮飞溅着雨水。猪圈吐出一口气说：路好走了，事多了。老李皱眉望着窗外，这里的一切都在他的心里，也许有一天，这里不再与世界隔离，与幸福隔离，与快乐隔离，而他老李还是黑脸老李。

县城吃了羊肉泡，去了月光酒店猪圈的办公室，猪圈开始沏起茶了。天凉了，喝红茶比较好。猪圈一边说一边给煮茶的器皿里放茶叶，马桩进来给大家一一发烟，在沙发角坐一会儿，没有说话，有些无趣地走了。

猪圈拉开窗帘,天放亮了,晃得人眼一眩一眩的,猪圈给每人的小盅倒满,也给自己倒上,端起,嘴唇刚触到茶水,手机响了,猪圈一看,说:是康镇长。

大家的目光齐齐地聚焦于猪圈手里的黑色手机上,猪圈接完电话,阴沉地说:文二婆被几个孙子拉着,坐在县政府大院里。文二婆上年纪了,小心身体出什么事情。康镇长指示我们立即将人领回。

沉默,手机又响了,一声紧似一声,猪圈看着手机,不想接通,但还是接了。康宏很恼火:县上领导都发脾气了,你们走没走?谁去了?

文二婆上访了,领的文老三好说话,让人揪心是邱枣,还有那几个婆娘,一窝蜂地围上来,动嘴动手,唾沫星子飞溅,手挖在你哪里是哪里。王拴娃和杜志谦远远看见她们就溜了。猪圈站在窗口自语:谁去呢?秋丰收要出去,老李问:有事吗?秋丰收一笑,尿!秋丰收出去了,猪圈摇头说:事一来,尿就来了。

猪圈坐回沙发里,望着手机发呆。秋丰收匆匆回来了,兴奋地说:太好了,天蒙起了雨。猪圈愣愣地看了秋丰收半天,回过神后说:我真想一手机砸死你!手机刚举起来,突地响了,猪圈说:又是康镇长。

王拴娃看出猪圈不想接,但还是按了绿键,王拴娃目不转睛地盯着猪圈的神色,想不到猪圈的脸色渐渐缓和了,最后完全舒展开来,等他合起手机,满脸的笑容了。老李急切地问:有救星了?猪圈笑说:有了!老李问:谁?猪圈说:白云。王拴娃重复了一句:白云。老李出了一口长气说:这个女娃能行吗?猪圈说:康镇长说,是白云自告奋勇要去的,已经坐张一诺的车上路了。老李忧心地说:刚大学毕业,没有农村工作经验,如何应对这几个老泼妇呢?王拴娃说:我以前看见老李,腿都抖,现在这些人竟然敢骂老李了。这些婆娘千万不要骂白云了,白云还是个女子。猪圈说：喝茶吧！白云肚子的墨水比我们喝的茶都多。

猪圈站在门口，喊一位男服务生，每人的茶水都凉了，倒了重新煮，重新倒满听到雨声了，猪圈站在窗口一望，天地一片雨水茫茫。王拴娃走近窗口，地面一片雨花连着一片雨花，很快大地一片雨花了。太沉重了，应该轻松一下。这是个紧张的插曲，也会很快过去的。猪圈离开窗口说：可不是吗？但他的心里一片迷茫。小时候下雨，什么地方也去不了，站在门口望雨，望雨中的山与沟，这就是他的世界，他不知道山外面还有一个天地，比他眼睛里的世界大得多。现在呢，窗外的世界一定也很大，他有了求知的理念，也有了渴求的理念，他第一次有了飞的感悟，仿佛血液翻滚了，整个人渐渐成了蒸汽，不断地升腾，消失于高远的四周，被太阳晒，被雨水淋。

马桩推门进来了，拿着一瓶白酒。秋丰收嘻嘻地说：弄两个菜。猪圈阴沉着脸说：今天没有菜，要喝干喝，人家白云替咱们受罪，咱有什么心情吃菜呢。

四个男人，围着一瓶酒，你一杯，我一杯，一瓶酒下去还挺快。马桩先后送进了三瓶酒，马桩的床底下有的是酒，每次宴席结束后，剩下的酒，凑成整瓶，都被他收拾着。雨雪天气最适合喝酒了，尤其是听着雨声，喝几口烧酒，惬意是超乎想象的。心绪开了，这些天也滴酒未沾，对酒已有了一种渴盼，酒量自然比平日里高些许多了。

平日里，唯王拴娃酒量不行，一喝酒，脸红、眼红，再喝，舌根僵了，再喝，尿裤子常有的事。可今日，王拴娃脸仅一丝粉色，额头沁出几颗汗珠。

猪圈就不同了，心底一直有一股闷气，多少年了，心情没有这么堵过，堵得实实严严的，没有一丝缝，几杯酒下去，头有一丝木然。

老李始终很平静，他坚持一个信念，时间过半，任务自然过半，任何事物经不起时间的消磨，喝酒也一样，时间在那里，就自然空空如也。

秋丰收酒量一般，但贪杯，碰见一个文气的酒桌，他喝不醉一定会急醉的。喝酒他高兴，但沉闷的气氛，如一块巨石压着他，一杯酒也没有多大的味道。

期间，猪圈手机响了几次，但都和白云无关。

猪圈说：如是白云的电话该多好！

白云电话真的来了，猪圈却去了厕所，手机在桌上一个劲地唱歌。

秋丰收说：又是他朋友的，不得错。

三个男人碰一下杯，各自干了。

猪圈回来落坐，也没有人提醒他手机来电的事。

来来，喝。猪圈举起酒杯说。

手机唱开了，猪圈喝了酒，把手机拿起来一瞧，跳起来说：白云的。

接通了，猪圈嗯嗯嗯不停，最后说：我们都在等你。

放下电话，猪圈笑着说：事成了。白云和张一诺已把文二婆几个人送回村上了，他们正往下赶，我让他俩来这儿，我们得好好感谢这位大学生，黑山村要弄好事，看来离不开这位大学生了。王拴娃半天说：真替她担心，不知怎么将文二婆哄回去了呢？

不是哄。白云坐在猪圈让出的位置上说：是和她交心，文二婆也不易啊，她老人家的心啊！比我们都痛苦都沉重，白天可以，晚上文二婆夜夜是哭醒的，过去给她心里留的阴影太浓厚了。其实，事情刚出现了端倪，白云已经在想对策了。文二婆的孙子孙女回来了，还有文姓的几个后人。杜志谦的外孙也卷在其中回到黑山村，白云喜欢找他们拉话，把他们带到广场，直播推销大棚里产出的水果与蔬菜。年轻人热情高涨，白云和大棚投资人谈好，一斤给年轻人提成多些。

不用外出打工也能挣钱了，而且每天的订单越来越多，晚上空闲了，直播唱歌。文二婆的孙女歌唱得好，天天跟在白云屁股后，喊姐姐。白云有意将年轻人组织起来，去找文二婆，一群孩子围着文二婆，文二婆喜得没有眼睛了。

文二婆经不起孙女孙子掉眼泪，一句话没说出了县政府。白云的脸红扑扑的，王拴娃想到每年四月的杏花。张一诺说：送她们回村，路过镇上，还给每人吃了一碗面。

猪圈立即掏出一百元给白云，白云坚决不要。猪圈火了：咋能让你掏钱呢，你不接，我撕了它。白云接了，在挎的小皮包里摸出四十元，递给猪圈：六个人，共花了六十元。

猪圈无奈地笑了。白云喝下一口水说：这次好说，下次呢，下下次呢！我们要从根本上解决这事。是啊，我们正为这忧愁呢。老李说。白云说：黑山村的根本问题现在不是穷了，而是怎么振兴。

老李挺直了脖颈，王拴娃茶水喝进嘴里又流出来，顺着下巴淌。猪圈拿四十元的手一层的细汗。秋丰收傻傻地笑看着白云。

白云说：我来到黑山村第一天起，就在思考这个问题。其实，我们黑山村有得天独厚的地理条件，我们的脚下有昭陵博物馆，身边有沟有泉，身后有黑山，黑山跨过石桥就是唐王陵，这些资源是多么丰富啊！

四个男人坠入迷雾之中。白云故意停住了，等他们的神回来。猪圈似乎明白了什么：发展乡村旅游吗？白云笑了：错了，留住乡愁，留住历史。

四个男人面面相觑。

王拴娃从未听过的词汇，不知道这两个字眼和词汇包容着多大的生存根源，在他的印象里，白云将这两个词汇变成黑山村的拐杖，黑山村艰难地立起了。在后来，这位年轻的女子，又将这两根拐杖变为黑山村的翅膀。

猪圈猛喝一盅白酒，说：具体咋弄？

白云笑说：我们走第一步，所有的搬迁后的窑洞保持原貌。群众赶年底全部就搬迁新居，旧居是什么呢？乡愁、历史。城里人来这里寻根，年轻人来这里走进历史的风烟。吃住在太阳食堂，我们的山坡上遍地是小蒜，雨后还有地软，沟里的鸡是土鸡，下的蛋是土鸡蛋，纯天然的绿色食品，相信游客会蜂拥而至。大棚，御杏起来了，我们组建销售与物流中心，推向世界呢。我们现在考虑的是怎么吸引年轻人啊！

窗外完全黑了，房间的灯光愈发显得亮了，白云的前额一片光亮，和头顶的灯光相辉映。王拴娃看着白云，感觉自己仿佛凌空而出，四周是什么，全然不知，只是在空中漂浮着，这种漂浮没有沉重之感。老李点着一根烟，吸了一口，烟雾从两只鼻孔浓浓地涌出。猪圈激动地整个脸通红通红的，他想喝一口水，结果把一盅酒喝了。王拴娃事后听猪圈说的，猪圈骂秋丰收，快给白云倒水。秋丰收手忙脚乱起来，白云笑着拦住了秋丰收，给猪圈倒了水。

猪圈说：现在我们愁的是文二婆啊！白云笑了，说：我给文二婆的孙子孙女说好了。我等会儿回去，到文二婆家去。她看到自己的后人这么幸福，再有，我们带上文二婆享受美好生活，文二婆会忘记过去的事情的。

猪圈拍一下茶几，说：好！

老李说：还等啥啊？立即组建队伍，趁村上这些年轻人回来了。他们走了，不好往回叫了。猪圈给白云倒满茶水，笑说：白云是我们黑山村的总设计师。老李说：白总说得没错，黑山村有出路了。

大家笑着你一语我一句夸白云，白云脸红了，说：知识与见识才是呢。猪圈大腿上捶一拳，说：大家一定饿了，我请大家，请白总。白云说：没有工夫吃饭，我得回村上去找文二婆。

第三十九章　是白云这娃改变了我们

王拴娃一大早站在广场等猪圈来接他，东方白亮里透着寒冷，太阳如同水里捞出的白玉，发着清寒的光。入冬了，已经开始冻脚了，王拴娃跺着脚望路的尽头。山下村在他眼里愈来愈小了，还有远处的泔河水，他脑海不由浮现出白云的样子。这个女孩子文静的手里，有一把斧子，三下五除二把王拴娃琢成一个活脱脱的人物了，别人也许没有意识到，王拴娃自己体会到了，他喜欢听白云讲话了。他发现猪圈也一样。猪圈总是一副驴脸，吊得好长，也许有钱人就那样，可他面对白云时，即使驴脸也露着笑。

路上出现猪圈的小车。每辆小车驶上这条路，头都高高扬着，似一匹飞奔的骏马。车上坐着老李和白云，王拴娃惊异地是白云坐在副驾驶的位置了，那里一直是老李的专座。只剩和猪圈两人时，王拴娃才能坐在那地方去。大家心情都很好，每人脸上都挂满了笑，王拴娃上了车，车子在广场转一圈，离开了村子。

王少云在办公室等着，白一民想见见黑山村的干部，领导的时间都是挤出来的,也是有限的。他电话催了二次,终于猪圈、王拴娃他们来了,王少云二话没说,将他们领进白一民的办公室。王拴娃从猪圈口里得知,自从年凤应在卫生院看望他之后,他在领导的心目中有了不可或缺的地位,这也是猪圈见任何领导带他的主要原因,领导的办公室大多一样的布局,一张办公桌,办公桌后面一张软椅子,然后是一圈沙发,几张茶几。白一民比其他领导多一样家具,就是后面有一架书柜,插满了书。通讯员跟随着进来,一人一杯茶水,然后悄悄退出去,带上了门。

白一民很高兴:听他们说了,村上矛盾化解了?

猪圈笑着说:化解了。白一民问:采取什么办法?

猪圈看着白云,白云将事态发展和黑山村发展的整体思路讲述了一遍。白一民笑了:真是找对了路了。部门与社会力量凝聚一起,我们的农村必然振兴。

白一民看着白云,笑着说:白总,你谋划黑山村的发展分几步走啊?白云脸红了,不好意思地说:分三步。第一片棚御杏基地,还有旧居统一村集体管理。第二筹建各种队伍,如物流组,太阳酒店管理组等。三是老年人的养老等。

白一民说:好,你写一份详细的报告,送来我看看。我要推广黑山村的做法。

王拴娃脊背哗哗流汗,山顶的星光也是这样溜下山体的吗?母亲杜四婆在山顶望什么呢?是白云说的这几步走吗?比远方的水面更能照耀眼睛吗?

王拴娃笑着给谁嗯了一声呢?他想说的很多,但此时,心里空空的,没有一个词了。常常他一个人躺在床上,一字词接一字词往外冒,一个词比一个词使人激动,一字词比一字词令他满意,一个人有时一说几个钟头。

高山水高大高大的，脸很白，眼很大，不是很熟悉吗？他的办公室坐有一男一女，王拴娃他们敲开门进去时，一男一女要走，王主任拦住了。

猪圈递烟过去，王主任笑了，王拴娃惊异地说：你不是姓高吗？王局长用手示意他们坐。他们坐定后，王拴娃一看不是高山水，怎么走在街上了，冬季的太阳在正午时分，一片光芒，四处闪着亮晃晃的光，但清寒的风轻轻在脚边打旋，肌肤紧缩住毛孔了。王拴娃狠劲地敲打自己的头，猪圈在第二天笑着说：你怎么把王主任喊高主任呢？王拴娃说：喊错了吗？

扶贫办和几个涉农单位组建成振兴乡村局了，高山水退居二线了，王伟担任局长了。好钢要用在刀刃上。是王伟说的吗？这么多年过去了，这句话还在飞着，落不在实处，现在像星光一样落在山顶了。

王拴娃敲敲自己的脑袋，猪圈说：敲碎啊！

街道往日样的平躺着，人流往日样的匆匆，王拴娃于是迷茫后痛苦，于是，觉得自己在纸上飞走，画出一幅有山的图画来。他找白云给白云看，白云笑说：文二婆喊我吃饭了。

饭桌摆放在院子里，中午是烙面浇汤，白云刚端起饭碗，文二婆笑看着白云说：我想看你吃饭。白云笑说：您也吃啊！孙子孙女哈哈笑了：我婆爱看人吃饭啊！过去是没有吃的，看别人吃惯了。

文二婆抹去眼角的泪花说：我又想起你们的文四婆了。

孙子喊：往前看啊！

文二婆叹息一声说：真是老了。起身，回自己窑洞了。

晚上，白云把二婆领到广场，教文二婆怎么直播带货。文二婆听一遍就会了，哼起了小曲，周围一片掌声。文老三手都拍红了。

猪圈、王拴娃、老李钻在办公室没有开灯，从窗口偷看外面。王拴娃脑海里飘起了一场大雪，封了山，雪很难融化。突然又是车轮沙沙地响，像一首歌曲，曲调极其柔松，如沙滩的风，暖暖地吹。老李轻声说：给谁说这是黑山村，谁信呢？路灯似乎更亮了，白云的脸更白了，闪着电的光亮。猪圈眼前是快到山下村的一片麦田，康宏忧心以后黑山村的游人多了，车辆停泊的地方。这里地势较为平坦，做停车场最合适了。于是，在麦田地边做了一个泊车的标记。

停。白云喊道。王拴娃一惊，车停了，白云下了车。王拴娃、猪圈以及老李也下了车。白云站在地边望着，一片焦黄的麦子起起伏伏在眼前，白云转过身，目光漫过三个男人的脸说：这里要做什么呢？老李说：一茬麦子后，建停车场。白云深吸口气：群众吃停车场吗？

三个男人摸起来头顶，猪圈不解地问：有钱什么不能吃啊？白云说：能吃停车场吗？王拴娃吃惊了，白云面前，他不敢说。白云说：这么长的山路，哪里不能停车。麦子是我们的命脉，我们不但要在这里种，而且在沟壑能利用的地方每年都要种麦子。把饭碗端在自己手里，才不慌啊！

白云打开车门，坐进了车里。三个男人望着眼前的麦地，猪圈有所思，老李有不解，王拴娃有惊诧。猪圈哈哈笑了，老李和王拴娃跟着笑了。

猪圈给他俩一人一根烟说：在车外抽够，小心在车上抽，呛了白总。王拴娃吸了两口烟扔了，这一片土地如同一块铅云落在他的双肩，他有意无意地就会想到这片土地。其实，猪圈也铭记着这片土地。当时光流转至第二年九月间，村委会换届时，王拴娃几乎全票再次当选黑山村村委会主任时，他脑海里翻滚的也是这片土地。几年后，麦浪翻滚，山顶的灯塔照射下来，村子如同一艘巨轮在海面上破浪前行。王拴娃咬一下手臂，不是梦咧。他去镇集市偷偷买一个小圆镜，没人的地方，照照自己，这是王拴娃吗？

猪圈说：我们想起的仍然是白云，这个娃改变了我们。

王拴娃扭头看见黑山闪耀绿色的光芒了，母亲杜四婆看见了吗？

第四十章　更好的还在后头

风充满了寒意，日光惨淡地西坠而去。秋丰收骑着自行车在这个街那个道的跑，才把村干部，还有文会计、文老三召集在会议室里。但吴德虎找不见，他老婆说吃过饭就出门了。学校也没有，最近三个学生被亲戚接到外村学校就读了，他很少去学校了。

文会计说：昨晚和我还喝酒了。秋丰收白一眼文会计，没好气地说：昨晚是几号，今日是几号。文会计被噎得脸苍白了，文老三拉了拉他，两人坐在圆桌会议旁了，白云在中央的位置，她有些不好意思，脸泛出一圈红晕，让了几次猪圈，猪圈不从，她又让王拴娃。王拴娃说：除了你，谁坐都头晕。

白云稳了稳情绪，不再推辞了。猪圈坐她的左边，右边是老李，老李过去是王拴娃，杜志谦的烟锅滋滋地冒着烟，呛得白云咳嗽几声。杜志谦意识到众人的目光看他，说：灭了。在会议室外弹灭了烟，重新坐下时，会议已经开了。

猪圈讲话，由于激动，声音很高，语速也快。目前，村上的任务很重，一是群众要搬新居的问题，搬以前必须每户通上电，镇电管站老李已经联系好了，电管站人手有限，将组织全镇各村的电工来我村施工，每户须缴三百元的电表等费用。现在入户收，时间来不及，村上先垫上，村上现在有收入了。王拴娃的笔从梦里出来，在黑山勾勒图画了。二是组织动员群众搬迁。一组秋丰收，二组杜志谦，三组吴德虎，四组王拴娃，等见了他，猪圈当面给他说。三是留住乡愁，走进历史，这工程几乎不动什么干戈，但一定要保持原貌，尤其是沟道里的那些窑洞。再有大棚与御杏管理，镇上雷劲松、刘江涛已经在抓了。太阳食堂胡志强加快建设，范丽红和邱枣落实，这里面还有物流中心等。村上成立了振兴黑山村领导小组，组长是老李，成员有猪圈、白云、王拴娃、杜志谦等。猪圈特别嘱咐把文会计、文老三加进领导小组里。

白云脸映出一片霞光，上次她给白一民汇报时，忘记了医疗站与学校。她从包里取出几张照片，大家相互看一下，未来的黑山村就是这样的。

白云说：我们要把黑山变成一座绿山。留住乡愁，走进历史，对应的是我们的产业做大做强的同时，还要通过网络与世界连接，我已经留住了村上的年轻人，组建网络带货等现代化营销队伍。

文老三咧开了嘴说：太阳食堂贵吗？

猪圈截铁地说：不贵，家常便饭，早餐吃饱四五元。老人不想在家吃饭了，可以去那里换换胃口。大棚、御杏、绿山，我们还有乡愁，肯定来客不少，食堂的价格不变，四五楼还给他们留有住宿呢。

文会计说：三爷，我说什么来，你一天还骂我软骨头，听信别人的话呢。文老三瞪圆了眼说：不说话，没人把你当哑巴。

王拴娃看着老李，老李也看着他，两人都笑了。老李笑起来脸不黑了。但他为啥不太笑呢？王拴娃想去山顶了，山啊！挡住母亲杜四婆的目光多少年了，现在山要在身后了，可身后是乡愁呢。王拴娃溜出会议室，拐向西沟边，一眼眼窑洞像巨兽的眼睛，恐惧地看着王拴娃。住在这里的人早搬迁进村子了。西沟沿线，共三个陡坡入口，时间长了，窑洞大多塌了，一片荒凉。必须将院落拓展出来，一户门前一盏路灯。乡愁里愁很少，更多的是怀念。但我们忘记怀念了，因为迟迟走不进属于自己的历史。

王拴娃回到广场，白云站在会议室门前，脸上一片绚丽的红霞。王拴娃想到六月阳光下山顶的花朵。

风刮过夕阳静默的红晕，那一片亮亮的清白，瞬间被淡墨遮挡了，山村烧炕升起的烟雾不经意成了淡淡的暮色。

文会计走在街上，逢见谁都要把白云给的照片拿出来，文老三快步追上他，手里也拿着照片，路灯亮了，集了一堆人，争相看照片。文会计笑出了声，这段时间他没少挨文姓人的骂，邱枣每晚在被窝里都要踹他几脚。

夜很黑，路灯愈亮，文老三骂几个人看完把照片还他。

拿上照片，文老三推开家门，一屋的女人，仔细一看，文二婆坐在中间，文二婆这几日被孙子孙女精心打扮了，年轻了二十岁。心里滋润了，不再骂这骂那，但见了文老三非骂几句不可。

文老三一笑，将一张照片扔进文二婆的怀里说：看，这将是我村将来几年的样子。

女人这个看了那个看，那个看了这个看。

文二婆说：骗人吧？

文老三坐在桌边的椅子上，滋滋地抽起了烟锅，在炕上坐的女人焦急地等他说话。文老三故意把烟锅咂得滋滋响了。一个女人说：如是这样，那不是好日子么。文老三说：更好的还在后头，女人啊！头发长见识短。

几个女人笑了，纷纷下炕，扶起文二婆回家了。这一晚，文老三睡得很香，也很实在，老伴的脚蜷曲着，怕碰了文老三，文老三误以为是她在踹他呢。文老三喜爱睡懒觉，尤其是冬季，为这老伴没少和他吵闹。

太阳已爬上墙了，文老三在被窝里还呼呼地睡着，老伴摇不醒他，在他屁股上狠拧一把，他忽地坐起，正要骂，却看见王拴娃笑嘻嘻地在脚底站着。

胡志强的工队已经来了，白总、猪圈和老李在你老屋那里等你和文会计呢。王拴娃说。

文老三穿好衣服，跑着去叫文会计。

王拴娃看着文寿山和文老三下了土坡，正想去找杜志谦，突然看见秋丰收从他们的土坡露出了头，秋丰收也看见王拴娃，朝王拴娃走来。

叔，还要栽电线杆呢。秋丰收说。

那是当然的了。王拴娃答。

秋丰收皱着眉说：得一个礼拜才能把每户的电接好。王拴娃没有接他的话，问：知道谁家有炕坯模子？秋丰收想了想，说：杜志谦或吴德虎家有。

山里人爱睡炕，尤其是老人，再说有的是柴火。秋后，背个背篓下沟去，一会儿就拾一背篓，落叶就满了，堆在门前晒好，冬季烧炕很实用，要盘炕，必须先打好炕坯。炕坯不易裂缝，不易折坏。炕坯模子是近一米的正方形木框，放在光地上，和泥倒进去，用泥抹平，轻轻取下模子，再打第二个。一个炕大约得用八个盘坯。盘炕是个技术活，会盘的人见烧炕就热了，烟筒吸烟利；不会盘的，不说炕热了，烧炕了，满屋子的烟，熏得人直流眼泪。盘炕的匠人来了，在主人指定的地方大概画好炕的长宽，然后，用砖砌起近一米的炕围，在炕内再立几个墩子，再把晒干的炕坯塌在上面。塌炕坯更是个技术活，炕坯间缝子要合好也要合端，有时，炕的宽度是两个半炕坯的，还要将一个炕坯用泥刀或什么家具一分为二。炕坯塌好了，用麦秸泥把炕坯全部泥好，一个炕一般留两个炕门，从这里往炕里添柴，点燃用扇子扇。山里人盖房时，把炕门烟筒已经留好，也有提前没留的，炕门就在屋内了，但必须外面有烟筒。

王拴娃去新居一看，头上出汗了。新居没有留炕门和烟筒。他打胡志强的手机问了，胡志强说：现在谁还睡炕，电热毯比烧的炕还热。

他关了手机。其实，建房时想到了，只是没做炕门。每间房外边的一角，有几个砖没有上水泥，一抽就完了。当时，想到的是厨房的烟囱，王拴娃在房外仔细一瞧，果真是胡志强说的。王拴娃来到街上，街上没有一个人，他去找杜志谦，问模子的事，远远看杜志谦门口有几个人影。他加快了步伐，没到跟前，就听见吴德虎的笑声，王拴娃一下土坡，杜志谦就看见了他，故意把脸一扭看沟了。

王拴娃笑了，杜志谦总是这样，像个小孩，走近了，王拴娃看清了，他们正在打炕坯。

王拴娃说：给我也打几个。

吴德虎问：几个？

王拴娃说：十六个。

吴德虎说：两个炕？

王拴娃说：是。

杜志谦说：年轻娃睡球的炕呢，现在不是过去，有电热毯，干净、适合年轻人，八个。

王拴娃说：十六个，我媳妇爱睡炕，再说，停电了呢？

杜志谦说：八个。

王拴娃见吴德虎朝他挤眼，意思给他打十六个，王拴娃不打搅他们了,他得回去,动员四组的人搬家呢。

王拴娃没有让谁用自行车或机动三轮送,他想走走,走在曲曲折折的山路上,王拴娃有说不出的轻快,身子轻飘飘的,如一片叶或一片云,或是一片羽毛。他想去山顶了,但转眼打消了这个念头。半山腰,朝村子望去,一排树一排人家,似乎有几只狗仔在街上晃动,王拴娃突然一阵激动,要从这里一间土窑洞里走出来了。夜晚头顶不再仅是月和星星,还有明亮的路灯。以前这条路很长,今天一转向已走在街上了。一年四季,门前永远向着阳光,夏季风从沟里拂来,冬季风从窑背后溜走。

杜四爷在窑洞前晒太阳,王拴娃过去,他从敞开门中看见了,他追了出去。

王拴娃在门外等着说:四爷,要搬迁了。

杜四爷说:不搬!死都要死在自己家门口。

王拴娃吃了一惊:搬到山前去啊!

杜四爷哼了一声:不是不给姓王姓杜的吗?给我也不要。杜四爷用烟锅指着王拴娃说:你和猪圈还是村干部,丢人死了!你俩给人家下,人家偏偏不要你俩。丢人啊!如果是我,拔个球毛吊死了。你把猪圈往回叫!

王拴娃站在沟边,手机给猪圈说了,猪圈说:他添什么乱啊?杜四爷知道王拴娃给猪圈打电话,追过来喊:我和你妈都不搬,拴娃他妈也不搬。你们没有骨气了,你先人有呢。

猪圈的小车在山道上疾驰,杜四爷看见了,站在沟边说:我等这不成种的后人。

小车停在杜四爷跟前,车上下来了猪圈和老李。

杜四爷冷冷地说:把先人脸踢完了回来了。

老李说:叔,新居的街道漂亮很。

杜四爷说：我就看这里漂亮。快去，快去踢先人脸去，我不搬，谁再叫我搬，我跳沟啊！

猪圈带老李进了自己家门，坐在窑洞里，喊了几声妈，没有回应。王拴娃在山顶看见猪圈的小车了，母亲、杜四婆坐在山顶望着远方。风呼呼地吹，王拴娃几次被风吹得趔趄。母亲、杜四婆眼里开满了迎春花。王拴娃说：下山吧！搬家啊！到山前了，一眼就可以望见远方。杜四婆说：我们不搬。王拴娃喊：为啥啊？杜四婆说：那时望山要转脖子呢。

风这么大啊！白云爬上来了，头发被风扯出一道一道闪光的飘带。杜四婆、拴娃母亲笑了，杜四婆说：冷很，下去吧。白云笑说：山顶这么好的风光，我舍不得下去呢。

王拴娃悄悄下山了，杜志谦、吴德虎和杜四爷蹲在沟边，杜四爷头抵着，杜志谦吸着烟锅，吴德虎两手在空中比画。猪圈、老李站在杜四爷家门口，几片树叶在空中飞舞，王拴娃跳起来抓一片叶子，叶子突地飞高了。

吴德虎站起来说：四爷同意了。

吴德虎好长时间不说杜四爷怎么会同意，王拴娃去问杜志谦，杜志谦吐一口烟说：不该操的心少操。一次，文老三说漏了嘴，王拴娃才知道了。杜四爷新居占的地是文老三的，吴德虎用自己挨着山下村的土地，兑换了这片地。杜四爷心情平稳了，气也通了。领情不领情，领吴德虎的情，和文姓人有什么关系呢？

猪圈、老李、杜志谦、吴德虎坐进小车里，小车屁股一股灰烟。一溜烟地爬上了山顶，转眼山道只有一股尘土，被风扬得无踪无影了。

王拴娃嘿嘿笑了：四爷，该叫村人了。

杜四爷的嗓门大，一吼，整个村的角角落落都听得清，当年，当过一段时间的队长，召集社员上地，不用哨子，一喊人就齐了。

杜四爷说:老了,不知还有过去的嗓子不?但他还是高喊了:出来啊!

三声刚过,街上满是人了。

家里的男人,今天就到新居去,屋里盘炕啊。锅盖头啊,还有走电线,看还要置办什么东西,搬个家哪,不能马虎啊!

王拴娃把村上的决定说了。

大家一脸的笑容,纷纷喊:是啊!

哗地散得只有杜四爷和王拴娃两个了。

杜四爷装着烟锅,两只手一拧一拧的,说:一个夏,一个秋,还经历了秋雨,你看新居的质量咋样?

王拴娃说:好着。

杜四爷望着天空,说:真不想搬,这儿最好了!

突然,一股心酸冲到眼眶,扭头看见媳妇在家门口站着,王拴娃不想说什么了,去了媳妇那里。媳妇笑着,王拴娃看到笑里有几丝羞怯,不由纳闷,新婚头几天,媳妇是这样的,这几年里,再没有出现过这种神态。王拴娃想骂媳妇骚情的话,突然看见母亲在院里,王拴娃更是一惊,母亲说:那个女孩子劝我和你四婆下来了,风大啊!

王拴娃走进院子,母亲掩饰不住喜悦,把王拴娃拉进她的窑洞,轻声说:你媳妇有啥了,两个月了。

王拴娃跳起来,媳妇冲着王拴娃露出女人特有的笑。

母亲笑着说:好啊!终于来了!有结果了。王拴娃故意轻描淡写地说:是女人都会生娃的。母亲大声呵斥:不要胡说,你怎么和别人一样呢?

王拴娃心咚地猛跳一下。

母亲说:你先人祸害太重也太多,我怕报应在你身上,我指望你大背走所有的报应，今日看来，也真是你大把一切债都背走了。要相信报应。

母亲流出了眼泪，告诉王拴娃，她是不会搬走的，这里离山顶近。王拴娃没有劝母亲。

山里的夜，冬季来得早，媳妇催几次王拴娃睡觉，王拴娃被媳妇火热的激情燃起了，两人光光的相拥着躺下了。

王拴娃却静不下来，眼前晃动着几间茅草房，他的心收紧了，他努力控制不使自己胡思乱想。杜四婆也不会离开这里的，年轻人走了，老人留下来了，她们牵心的仅仅是山顶吗？

一年后，拴娃母、杜四婆才搬到了新居，白云带着他俩村广场跳舞，抖音直播带货，品尝太阳食堂的美味。一次还把两位老人领到山顶望见一片水的甘河旅游。故意每晚结束的很迟，两位老人只能住在山前的新居了。两位老人有了要干的事情了，慢慢淡忘山后了，只是偶尔空下来才想起：山后留下的愁散不了，还想去愁一次。

今夜，全村的狗狂吠了一夜。

第四十一章　文老三说　你们值

奉承东蛮奴才以德报怨
我把你无义的贼啊
他将我推虎口进退两难
我怎忍把嫂嫂献去严府
莫奈何先把兄姓名周全
……

文会计吼唱声从沟里上了岸，文老三街头听到了，骂：驴日的，一高兴就是《周仁回府》里的《悔路》。跟前一个人说：这是悲戏啊！咋一高兴就唱？文老三说：驴日的，和人是相反的。文会计停止了高唱，黯然地说：我想到土匪这两个字。文老三扑打文会计，文会计一闪跑进村子。

文老三从这一天起，想忘记这两个字。电正常照明了，孩子给他买台大彩电，到了晚上，一屋子的人看电视。说也怪了，两三个台演打土匪的事，他不喜欢看，他的年龄，离土匪是最近的了。一说土匪，心就疼了，尤其是望见秋丰收了，心疼不由更厉害了。按文姓的辈分，他是秋丰收出了五服的大叔，在这小地方，也算是比较近的亲戚了。多余的娃，文老三看见秋丰收往往这样想。常常，他避开秋丰收走，他主要担心自己会心疼。上年纪了，心疼被什么焊住了一切，很难蠕动了，也不想心疼来烦躁人。他曾为秋丰收高兴过，尽管范丽红结过一次婚。但娃毕竟有了家，日子就有了盼头。

可昨晚得到实确消息，范丽红被公安局抓走了。争娃偷跑回来，在他父母那边。范丽红抽时间只有回去一趟。不知谁打了110，公安人员晚上将争娃堵在了房里。范丽红和秋丰收正睡呢，就被公安局抓了去，说是什么包庇罪，也有说窝藏罪的要判刑。猪圈和王拴娃在县上跑关系，希望相关部门查明实情，放回范丽红。秋丰收哭得像个小孩子。

文老三起来得早，想去看看范丽红的事情到底是什么程度，更担心秋丰收经不住打击，山里娃有一个媳妇不容易，不要说有一个投缘的人了。家和大队办公室没有发现秋丰收人影。碰见一位后生说，村上只有老李在，他正带着地下水工队在村上给水塔选址，在地冻以前把管道解决好，来年开春了，再建水塔。啧啧，黑山村的人们要吃上自来水了，文老三一肚子的感慨，突然想吼一段秦腔了，秦腔没有吼出来，却对猪圈和王拴娃有了一份喜欢。

老李领水工队过来了，文老三等老李走近问：能说几句悄悄话吗？老李笑说：走，去大队办公室，我送了县上人，咱好好说。

水工队走了后，老李从办公室提出两把椅子，放在办公室正对阳光的地方说：文老，坐下说。文老三坐下问：范丽红的事是真的吗？老李说：是真的。文老三急切地问：那咋办呢？老李抽着文老三递给的烟说：已经解决了。文老三急切地问：咋解决的？老李说：杜书记和王拴娃跑了一礼拜多，公安局通过进一步了解和调查，对范丽红取保候审了。

文老三问：那可以回来了？老李说：可以回来了，估计一时，他们就回村了。

文老三激动地连说了几个好，向家里小跑去了。近二十年来，文老三走路慢腾腾的，没有跑过一次，看见的村人没有不一脸惊诧的。老李在身后喊了几次他，文老三没听见似的，老李坐在椅子上晒太阳，夏季人们躲太阳，冬季人们欢迎太阳。

文老三手提两条好烟跑回了广场，这是儿子给他带回来的，他没舍得抽，一条要四五百元呢。老李站了起来，文老三说：给书记村长一人一条。老李开玩笑说：咋没有我的呢？文老三真诚地说：下回儿子带回了，一定是你的。

老李开心地笑了，一辆车已出现他俩的视野。

文老三认出了是猪圈的车，目不转睛地看着猪圈的车停在了广场，猪圈、王拴娃、秋丰收、范丽红相继下了车，秋丰收、范丽红脸上的泪痕闪光，范丽红显得异常地憔悴。文老三不知说什么了，猪圈让秋丰收、范丽红先回家休息，都太累了。

几个人目送着秋丰收、范丽红消失在陡坡顶，长长地吸了一口气。猪圈和王拴娃没有拒绝文老三的烟，猪圈闻着烟说：抽三爷的烟一定很香。文老三说：只要娃爱抽，我有了就给你们拿来。

猪圈把文老三扶进会议室，商量秋丰收的婚事了，范丽红刚开始积极地张罗与秋丰收的婚事，半道呢，秋丰收问起，始终敷衍。争娃偷跑回来了，争娃是暴脾气，又有人命在身，他对谁下手不可能轻。范丽红害怕争娃伤害秋丰收，争娃的父母都不知道紧闭的大门锁着争娃。争娃每天站在房里，从未出房门一步，怕两邻看见他，大小便在墙角和塑料桶里，范丽红抽空回来了倒。房间有苹果、梨，还有范丽红送来的馍，有时也有面条，开水喝完了，都要范丽红回来烧。一头是争娃，一头是秋丰收，范丽红是个女人啊！现在范丽红和争娃离婚了，我们得考虑她和秋丰收的婚事了。

文老三激动地说：两个娃都不错，这婚礼我张罗。猪圈说：抓紧搬家，群众入住新居了，我们给他俩举行婚礼。

杜志谦和吴德虎一前一后匆匆来了，范丽红的事村上传遍了，她回来了又似旋风般地刮过了全村。杜志谦在新居盘炕，吴德虎把他叫来的，杜志谦的烟锅在后腰插着，他一急说话就结巴了，他结巴了半天，说出的话没谁听懂。吴德虎翻译出来了：他说，他说他要当这两个娃的媒人。

王拴娃说：你没说过媒，谁认你呢？

杜志谦又结巴了半天，猪圈疑惑了。以前，杜志谦是爱结巴，但话语能听清，现在倒好，说的话像是外语。吴德虎说了，猪圈明白，给二组群众新居掏烟筒时，由于用力过猛，一块砖飞起打掉了杜志谦的两颗门牙，说话漏气得厉害。

猪圈仔细一看，杜志谦两颗门牙真没有了，说：叔，等忙过了这阵子，我带你去医院，装两颗烤瓷牙。文老三笑说：啃西瓜都没问题了。杜志谦故意笑时张大嘴，使大家看见一孔沟道的窑洞。

王拴娃欲拆开烟给大家散。猪圈拦住了他说：走，去慰问一下电工。

有路灯杆，走线省事多了，不然，栽电杆就得些日子，一二组走完了线，三组已经过了一半户。站长在街心大声地指挥，一行人走在他身后全然不知。

是村里的人发现了，问猪圈，站长转过身来，站长不敢接烟说：这么贵！猪圈说：你们值。站长接了说：今天，连我算一起，刚二十个，刚好一人一盒。老李说：想贪污一盒也不行啊！站长喊来一个电工，让把烟一人一盒分了，说：给大家说，这是村上来慰问咱了。

每户的线谁能走呢？不是平原的群众，自己买灯泡买线等材料，上一趟镇上或县城立马都回来了，找一两个朋友搭手，最多一天，家里的灯泡就亮了，可这里的人不行。猪圈给站长谈了自己的想法，一间房一只灯泡两只插座，每个家一个样，住进去了谁觉得哪里不合适，自己找人安装，每户的所有材料村上垫付。站长哈哈笑了，他正要找猪圈呢，他有个朋友是电工，也开一间灯具店，几次托站长给猪圈说情，想法和猪圈的一样。

秋丰收要准备结婚的事，吴德虎负责接洽站长的朋友了。吴德虎心细，猪圈放心，秋丰收多次干事毛毛草草，挠脸抓脑的。最后，出马的还是吴德虎。

小时候，父亲往往喜欢带猪圈，反而不喜欢带他，他吃蛇皮锅巴立即吐，猪圈吃了喜滋滋地，还要吃，猪圈的心大是因为出去早。以前心里装得最大的是黑山，慢慢地，装下了镇、县、市。三年后，御杏挂满果实了，黄澄澄的，来村购买的人络绎不绝，白云已是副镇长，但每晚组织的快递物流车队一趟趟运出村子。王拴娃站在山顶，望见了全国。

猪圈可能心里装得下全国。王拴娃对自己说。

村子上空烟雾缭绕是烧炕了，炕盘好后，要立即塞进柴火烧，一方面尽快将炕烧干，另一方面是发现炕哪里有缝隙冒烟。然后，用麦秸泥合着糊住缝隙，确保烟全部从烟筒跑去。这样，人坐在热炕上不会被呛着。

平时，家里似乎什么也没有，可搬起家来，东东西西的一堆一堆，在外打工的人都回来了，还有一些学生，人来人往的，三轮车突突地来又突突地去，屁股后的青烟一喷一喷的，马桩也回来了，带四个年轻人，开一辆客货两用车。可杜四婆不走，杜四爷也没办法。

猪圈回来了，当年整条街都能听见猪圈的喊声。

王拴娃支起耳朵，可没有一丝声音。

一会儿，杜四婆到王拴娃家来了，拴娃母和杜四婆坐在炕沿嘀咕了几句，拴娃母说：你们搬家了，但不准动我窑洞里的一件东西。

新居的炕拴娃媳妇烧得热热，将自己的一床被褥给母亲铺上，母亲摸着炕，笑着说：还是你们有福啊！媳妇说：妈，搬过来啊！多好啊！母亲笑笑，不说什么。

王拴娃有了哭的感觉，媳妇的肚子微微有些隆起，媳妇也愈发妩媚了，媳妇想早睡，王拴娃同意了，媳妇的肚子是母亲的希望。一天的劳累，媳妇很快睡去了，均匀地呼吸，王拴娃隐约听见门吱的一声，又吱的一声，他赖了一会炕，起来尿时，见母亲房门开着，进去拉亮灯，母亲不见了。刚门吱的一声，是母亲开门，又吱的一声，是母亲拉门。母亲和杜四婆两人借着月色回了老家。

第二天，王拴娃和猪圈对视了一下，彼此看懂了对方目光里的东西，他俩没有时间叙说。杜四婆回了老屋，但杜四爷没有过去，他习惯了一个人的生活。住进新居了，他有了新的任务，就是督促猪圈、马桩成婚，有了孙子，也许杜四婆会乖乖回来的。

猪圈说：领证了，等一切拉开了，举行仪式。

媳妇在哪里呢。杜四爷问。杜四爷相信猪圈有媳妇了，马桩悄悄对他说过。这两个娃，他还是比较相信马桩的。

猪圈和王拴娃去了学校，乡村振兴局的工作人员在等他俩，今日给三告别户发放最后一笔筹建款。猪圈给张文和康宏分别做了汇报，张一诺的面包车坐着白云，很快到了学校。范丽红在校门口接白云。老李指挥吴德虎将桌凳已经摆好了，一组一个村干部先将三告别户叫来集中于教室，然后，一个一个地办理，猪圈和王拴娃捏着一把汗，生怕出一丝差错，但出乎他俩的意料，进行得极为顺利，群众高高兴兴来，高高兴兴领款，高高兴兴把款交白云那里，高高兴兴走了，有几个还和他们开各种各样的玩笑。

快结束时,文老三慢慢踱进学校,背对手,猪圈给他发烟。他说:不抽。又说:放心,房都建好了,没有谁胡怪。又说:谁胡怪,我非骂驴日的不可。

猪圈和王拴娃都笑了,文老三又去发款的地方转了一圈,背着手,慢慢出了学校大门。

猪圈的目光一直在校门那里落着,他收回目光时,发现王拴娃出神地瞅着他,于是对栓娃说:村上有一定积蓄了,虽说胡志强那笔款来路有些阴,你一定要好好地保管这些积蓄,确保一分钱都要花在村上。王拴娃真诚地说:我们共同保管。猪圈笑了,突然问:你知道夜明珠吗?王拴娃说:听老人说过,很有价值。猪圈望着天空说:黑山村会是一颗夜明珠的。

猪圈还想说什么,老李过来了说:结束了。

送走了乡村振兴局的工作人员,白云想回镇政府去,猪圈留下去了秋丰收家,秋丰收和范丽红就要结婚了。

搬入新居,范丽红的爱好一下子显现出来了,她小时就喜欢花草,每次去县城都要在出售盆景的地儿转半天。老干活动广场的一侧全是盆景,花儿少,多半是绿树,绿得发光。她曾买过一盆摇钱树,放在家里什么地方都不适宜,在搬来搬去的日子里,她的心和摇钱树一起枯萎了。揣着和秋丰收的结婚证走出政务大厅,范丽红突然有了买几盆花回去的欲望。今天,秋丰收什么都依范丽红,平安树、君子兰等五六盆花往新居一摆,小院立即有了春的绚烂,前来帮助布置新房的人们,眼里无不亮闪闪的。

猪圈他们去的时候,新居已经装扮好了,喜字尤其显眼,床是猪圈送的席梦思,坐上去将屁股弹得老高。范丽红穿件大红棉袄,农村的新媳妇就是这样的上身，衬映出脸蛋红扑扑，似欲流出汁来的仙桃。

王拴娃笑说：没想到范丽红真漂亮！

范丽红脸更红了。

秋丰收笑说：哪有叔说他侄媳妇这话的。

王拴娃说：咱们这儿的乡俗，三天不论大小。

一屋子的人都笑了。

笑啥呢？杜志谦、文老三、吴德虎等一伙人涌进了屋，文老三说：我们查了，后天日子很好，婚礼就定在后天了。

人们纷纷向秋丰收和范丽红道喜了，结婚必须请娘家人的，范丽红没有回过娘家，嫁给争娃，娘家人伤透了心，父母发誓不与她往来，也不准姐妹走动。听人说，母亲为她哭瞎了一双眼，范丽红心里娘家这根弦早断了，不知去向。

这咋能行呢。文老三说。

我去你娘家说说。文老三对流泪的范丽红说。

猪圈开车，拉着文老三去了范丽红的娘家。猪圈想得多，走时叫上了老李和王拴娃，人多凡事有个照应。

范丽红的娘家在县南十里，这里属于平原灌区，群众的日子个个红火。文老三感慨，能想起范丽红父母的心。到了村子，东问问西问问，见到了范丽红的哥，细看眉宇间有些像范丽红。

听到范丽红的名字，她哥一脸的惊恐，赶紧把他们拉到家里，关住了门，家里没有人，也没让他们进屋，就站在院子里说。

范丽红她哥说：不要提说这事了，我大我妈因她一个瞎了眼，一个卧床不起，好不容易这几年我们忘了她，日子有了轻松。若再提她，我大我妈非死不可。

范丽红她哥长叹一声说：算了吧！

文老三说：范丽红日子现在好了，又是村上的出纳。

范丽红她哥说：她好我们高兴，也盼她好，但这事就点到为止了，我还想让我大我妈多活几天。

文老三看着猪圈，猪圈摆了一下头，文老三领会了，离开了村子。

车上猪圈说：如同一堆屎风干了，没有了臭味，如再刨开，就有臭味了，有时还是不刨的好。

范丽红站在村口等猪圈几人回来，她的心跳跃到几年后了。老人与游客在太阳食堂吃完早饭，纷纷走了，范丽红指挥几个服务员清理餐桌上的剩菜剩饭。范丽红突然觉得眼角有一道熟悉的阴影，不由转过头，哥一手搀着父亲一手搀着母亲站在食堂门口。多年了，父母与哥都苍老了许多，但范丽红一眼就认出他们了。范丽红手里的抹布滑落了，大喊：妈啊！大啊！哥啊！扑过去抱住了亲人。

现在，范丽红两眼的泪。

小车刚驶进山路，王拴娃指着村口的黑影说：那是范丽红。没有一个人有勇气面对范丽红。猪圈将小车倒进下山村，等天黑下来。

秋丰收家里，白云最忙了，她先用毛线在床靠的一面墙上绕出双喜，然后，用自己的化妆盒，把范丽红好好打扮了一番。

猪圈他们见了范丽红惊呆了，半天才认出是范丽红，他们不谈，范丽红也不问娘家的情况，她心里其实什么都明白的，照样兴高采烈地招呼来人吃瓜子，在新房参观。

猪圈、王拴娃把秋丰收招到另一间房里，闭了门，说了范丽红娘家的事。秋丰收忧郁地说：那咋办？猪圈说：放心！你婚礼照样热闹。

张一诺和白云回镇上了，猪圈把王拴娃、老李、文老三、杜志谦还有吴德虎集合于大队办公室，商量秋丰收、范丽红后天的婚礼怎么举办？

老李说：这回婚礼一定要办好！吴德虎说：我看村上回来的年轻娃

不少，再请山下村人，给他们教教扭秧歌，后天保证热闹。文老三说：没有了娘家客，酒席就少了，不收邻里的礼，我算算八桌就够了。

猪圈笑着说：老李要讲话呢。杜志谦看着猪圈说：你也要讲。猪圈说：王拴娃讲。王拴娃说：我人多了，就不会说了。猪圈说：非你不行啊！王拴娃笑着推给了杜志谦。

吴德虎从外边尿了进来说：下雪了。

昏黄的灯光里，飘飘洒洒着雪片，广场上王拴娃仰起面，片片雪花落在脸上，瞬间化为清凉。今夜，他不能睡大队办公室了，他要回家睡去。媳妇说了，新地方，一个人心慌得很，心不时的要从口里跳出来。主要的，媳妇肚里有了他的娃了。

第四十二章　感情超乎一切

早晨，年轻人是喜欢留恋被窝的。窗口白晃晃地亮了，王拴娃沉浸于被窝的温暖里，媳妇也不让他起来，山里的女人是很心疼自己的男人的。上了年纪的女人很早起来，收拾屋子，做好饭才叫男人。年轻的依偎男人怀里不想也不愿离开，冬季的夜很深的呢。

很响的敲门声惊醒了王拴娃两口子，两人趴起来静静地听。咚咚，很沉闷，但的确是自家的门在响，王拴娃趴在窗口问了两声谁？门又是咚咚地响，王拴娃有些恼了，但还是穿好衣服，下了炕，等打开头门一看，王拴娃大吃一惊，是母亲。

山道上的雪已有半尺厚了，母亲是怎么走过来的？

母亲看穿了他的心，说：腊月二十三了，是送灶的时日，家里就算灶爷最大，我不回来，怕你俩忘了。

王拴娃真忘了送灶这事了。

母亲急忙去了厨房，烙几个油锅盔的，她说：灶爷喜欢吃这个。

王拴娃来到街上，除了街道，四处全是白色的，雪充满温暖，片片轻盈地落下，阳光普照下来，整个天地犹如一面镜子，阳光穿不透雪层，空气里流动着寒寒的冰冷。

王拴娃记事起，一年的冬天不敢见几天雪，即使天晴了，雪停了，但天地凝固成一块冰似，一直存在着，要等到来年的春天，才渐渐消融。山峦褪去白色，露出青黑色，大地吸收了白色，露出勃勃的生机。每棵树消化了白色，张扬丝丝淡淡的绿色。

风一股一股往脖子里钻，王拴娃缩起了脖颈，街道和村里的大路，群众天天清扫，露着本来的面目。通往村的大道，被雪盖了个严实。王拴娃望着远处皑皑积雪，犯了愁。猪圈在电话里和王拴娃商量了，王拴娃和杜志谦、秋丰收，包括文老三、文寿山都一一沟通了，年马上就到了，却碰上了雪天，群众去采购年货不方便。村上今年给每户送两袋面粉，一百二十六户，一共二百五十二袋面粉，今日送到大队办公室。昨晚已挨家挨户通知了，广播一叫，群众上大队办公室来领。这样的路，如何送回来呢，王拴娃在广场转着圈儿想。

王拴娃的前面始终疾走一个人，是猪圈，王拴娃眼看追上了，但始终还是有些距离。王拴娃明白的时候，已经是第二年的秋季，他是和黑山村捆在一起的，他追上了猪圈，黑山村已经融入时代的节奏里了，甚至和大都市一起跳舞了。白云始终笑盈盈地，那是白云吗？山顶的雪闪闪发光，雪化了，绿色蓬蓬勃勃地扑下来了吗？

猪圈租了三辆中型客货两用车，四只轮胎都安装了防滑链，如蜗牛爬行，雪在轮胎下发出刺耳的呻吟声。

猪圈在第一辆车上坐着，给司机指路。卸下面粉，杜志谦、秋丰收和吴德虎给群众发放，广场涌满了人，熙熙攘攘的。平日走在街上，冷冷清清的。杜志谦说：外面打工的念书的全都回来了啊！

一群群的人在王拴娃心里像翻滚的花朵，还腾腾地冒着热气呢。猪圈把王拴娃拉到客货车一边，过年有雪了，山里人家过年没有快乐，为采购肉与蔬菜发愁。今年，大棚有的蔬菜不操心了，没有的村上租几辆客货两用车，到蔬菜基地和屠宰场去采购，便宜，给群众不加一分钱。

王拴娃激动得说不出来话了。

猪圈反复给王拴娃讲，时刻不要忘了关心我们的人，老李、康宏、白云、张一诺等。忘本的人我们不做，他考虑了几天，一人送一箱十斤的土豆。谁缺这个呢？一箱土豆几块钱，山里的土豆也要走出去，算了一下，得三十箱，纸箱他买回来了，王拴娃这几天把纸箱装好，放在大队办公室，三天后，装上土豆，我们一一给关心的人拜年！

没有风，四周的雪似乎在人们的身上汲取温暖的能量，王拴娃在广场站多久了，不知道；广场剩他一人多久了，不知道；目光是通村山道，猪圈什么时候消失于一片白色里的，不知道。他睡在炕上，熬煎年货，过年三十每家的锅里咋样才有肉，原来一切这么简单这么容易。

唉，只要一个做字。王拴娃想。突然有了广播讲话的冲动，村上的喇叭很少响的，当树上的广播响了时，全村人几乎来到街上听。

是拴娃主任。几个妇女听出了声音，王拴娃的声很大，讲话很流畅，没有一次结巴，他把今年如何过年，过一个好年，讲成一团火，放进每一个听的人心坎里去了。讲完了，关了广播，王拴娃脸上一摸，竟然是两行热泪，出了大队办公室，广场上一群人。

人群里，王拴娃发现了秋丰收，秋丰收也在望他，他一招手，秋丰收过来了，王拴娃附在秋丰收耳边说：广播你听清了没有？明早八点准时去采购年货。

秋丰收点了点头。

王拴娃悄悄地进了大队的办公室，关住门。不知为什么，他想大哭了，窗口雪花狂舞，王拴娃突然放开了声，痛快地哭了一场。广场里的男人女人，没有一个人听到王拴娃的哭声，也没有人知道王拴娃在大队办公室里痛哭。

王拴娃几十年哭了多少次，他记不清了，但记住了这次的哭泣。如果他老了，孙子缠住他讲故事，他一定会讲这次哭泣，如果有一天他要作古了，他一定会拉着儿子的手，笑着说：我有过一次哭泣，不是为我，是为黑山。

土豆八月底已经收获了，但几乎没有人卖过，储藏于窖里，供自己一家食用，山里人似乎离不开土豆了，有几户将苹果放入土豆堆，过些天数，土豆就散发出了苹果淡淡的清香味，做菜味道多了一份清爽。

杜志谦的三组存土豆的群众多，王拴娃打着手电下窖，每户都看了，将纸箱每户六个发了六户，反复叮咛，找些模样乖的，不大不小的，箱子要装实，面子要摆放整齐。一斤按市场价五毛钱计算。

群众说：白送，一箱才五元。

王拴娃往回走时，夕阳犹如老屋窑洞的10瓦灯泡，惨惨淡淡的，转眼沉沦了，身后一片升起的暮色，村子里零星的炮声传来。王拴娃拔腿向文老三家的小卖部跑去，每年有人去晚了，祭礼的东西就已售空了，还有人步行去山下村甚至镇上呢。

要是小卖部没有了，王拴娃还真要去山下村呢。母亲很在意这事的。文老三在广场说：雪前女婿送来了六大箱香、蜡，还有五大箱各种炮，连过年用的都预备好了。

王拴娃放了心，还多买了些，王拴娃想到了杜四婆。

王拴娃拐入街口，看见母亲和杜四婆在家门口站着等他，他把买的东西一分为二，杜四婆也不推辞，不过看到鞭炮时说：还要你放呢。王拴娃说：那还用说。

村子里的炮声更密集了，期间有几声大炮。

王拴娃在猪圈门口放了炮，再到自己门口放。

晚饭自然是母亲烙给灶爷的锅盔了，媳妇吃了两口，捂住嘴吐了，但没吐出来，早早睡了。王拴娃去摸母亲的炕，热热的，母亲今夜不会去老屋了吧？但母亲天没亮要走了。

王拴娃挽留母亲，快过年了，不要去老屋了，年过了，暖和了再去。母亲说：三十晚上，我会回来的。

天刚亮，王拴娃睡在炕上，听头门的开闭声。他知道，母亲和杜四婆走了。他睡不着了，今日要去县城给群众年购置年货呢。

五辆车准时到了，王拴娃站在第一辆车的车头，看见一位年轻人爬上了车厢。王拴娃想不起他是谁。秋丰收说：我三姨的娃，在外打工呢，不常回来。

黑山村留不住年轻人，男人也希望自己像女人一样嫁出去，敢算算吗？有多少男娃做了上门女婿。一片雪花飘到王拴娃的眼前，王拴娃伸手抓住雪花，他不想张开手掌，害怕雪花是一滴泪。

同样是泪，今日的泪浸透着一种喜悦。王拴娃抬起头，

白云将黑山村发展规划送到白一民办公室，王拴娃和猪圈在县委外等着，白云出来了，坐在车里，似乎在思考什么。半天，白云说：如果有一天黑山村的年轻人离不开村子了，就是大学生毕业了，也要回村实现抱负和理想，那这片土地才是真的振兴了。

有这样的时候吗？不是已经来临了吗？

王拴娃心轻轻飘浮上来，每每脑际响过白云这话语，王拴娃就放眼远望南边的天空或一片灯火。现在，他总要望望村子里的路灯。风飕飕地，但王拴娃没有感觉出寒冷，他要看那几家将土豆挑选够了没有。一阵嬉笑声飘来，王拴娃顺声望去，一个老头领着四个年轻人踏着积雪顺路走来，接近广场了，王拴娃看清了，三男两女，老头近六旬，年轻人二

十岁左右。

找谁呢？王拴娃问。找乡愁啊！老头一笑说。还有历史。一位年轻人说。还有雪山。两个年轻人争着说。

步行十几里雪路呢，王拴娃脑海不由滚过白云的那句话。

你们不敢上山啊，雪滑，沟深很。王拴娃说。他们笑了，一个女娃说：我们不上去，在山底欣赏呢。王拴娃说：想上去，等雪化了来，山上美得很。

老头笑了。翻过年后，老头领几个年轻人又来了，王拴娃才知道老头是画家，几个年轻人是他的学生。他和学生在黑山村待了三个月，还在王拴娃的旧居睡了两个晚上。走时，留下一幅画，王拴娃看不懂，山怎么被画成云彩了呢。再后来，陆续来了好多画家，乡愁文字好写，画笔表现就难了些。一位画家画了窑洞、沟与山，没有艳丽的色彩，一片水墨。

几辆车将最后一批购买的年货送回村子，猪圈跟着回来了。广场集市一样热闹起来，一张张笑脸，年轻、兴奋，充满迎春花的张扬。广场渐渐安静下来，猪圈和王拴娃将三十箱土豆装上车运到了月光酒店，放酒店的贮藏室。

山上是雪的世界，县城一片雪花也找不到，只是偶尔在墙角能看到一小片残雪。难怪画家的笔喜欢山里呢。王拴娃想。猪圈把老李等人的住处掌握很清楚，两人在小饭店喝了一碗稀饭，两人开始送土豆了。老李的家在乡下，老李还在村子忙，送土豆没给老李说，媳妇很热情很吃惊：记住了，你们是黑山村的。

康宏媳妇非给装包好烟不可。两包烟要四十多元，一箱土豆五六块钱，王拴娃出了康宏的家门说：亏领导了。猪圈说：感情超乎一切。

两人回了月光酒店，晚上十点多了，猪圈问：饿不？王拴娃说：快饿死了。

猪圈吩咐后厨炒两个菜，喊马桩弄一瓶酒过来。马桩的酒来了，猪圈却不喝了。王拴娃偷着笑，猪圈怎么不像过去的猪圈了。猪圈也笑了，想说闻不到蛇味了。

老李的电话来了。镇里明天召开两会，要他俩早九点准时列席，王拴娃对两会弄不明白，猪圈比画着给他讲了一番。列席呢，王拴娃不愿去了。猪圈说：胡说，一定得去，这不是你个人问题，你是代表黑山村。

王拴娃望着酒，说：明天有会，恐怕又喝不成了。猪圈把酒从桌底提出来说：喝！

两人没敢多喝。几杯酒后，就停止了，双眼泛出疲倦。猪圈的媳妇来了，脸比上次还白，也许是白色卷毛大衣衬映的。猪圈说：拴娃啊！你媳妇肚子都有娃了，我得举办结婚仪式了。王拴娃笑着喝一口说：你俩晚上就办。

王拴娃回到客房早早入睡了。一觉醒来，已早上七点多了，王拴娃睡不着了，想去叫醒猪圈，又怕见到那女人骑到猪圈身上，但不去会迟到的。王拴娃故意把脚步踏得很响，咳嗽声很大。

不要耍怪了。猪圈出了房门，朝王拴娃笑说。

一路，王拴娃朝猪圈不停地笑。猪圈说：昨晚是喝了喜娃他妈的奶了。王拴娃笑说：那女的脸真白。猪圈放声大笑说：以后就说我媳妇，不要说女人了。

王拴娃笑说：是真的啊？

猪圈说：山里人说话做事要像山一样实在。

田野一片白，黑山的方向白雾缭绕，雪化了，黑山还是黑的吗？猪圈看一眼王拴娃，穿过茅草屋是一位老人在耕作土地，他在救赎什么吗？太阳食堂建设里有他几十年的积蓄啊！猪圈几次想说出来，但自己摇起了头。心底压的也是岁月压的，白云说得对，我们留下乡愁，是怀念的忧伤与痛。现在我们需要这种忧伤与痛啊！

镇政府大院一边停满了摩托车，另一边零星停放几辆小车，猪圈将小车和几辆小车停在一起，还没熄火，张文急火火跑到车跟前来了，后面跟着同样急火火的康宏。

年书记今年要到你村过年呢。

猪圈和王拴娃惊得双腿失去了力量，下不了车了。

年书记今年要到你村过年。张文稳定住情绪说。

第四十三章　一路交警撒满了

雪停了，路面一层冰。猪圈、王拴娃、老李将广场的冰铲碎，用笤帚将碎片扫除到广场角上，张文康宏还有王少云在村里安排领导的住处，选来选去，定在了猪圈家。猪圈家没盘一个炕，有利于布置，大房间年风应住，搬出里面的一切家具，墙壁全贴上壁纸，灯泡换成六十瓦。县家具广场挑出一张席梦思床、一组沙发、床头柜和一个台灯。窗帘换成新的，相挨的房间住秘书，布局一样。

树上挂着点点的雪花，风吹过，哗哗跌落。

王少云醒悟似地说：一间房里两台电暖气，山里的确比较寒。白书记和县长不在猪圈家住了，住在大队办公室。

那怎么行呢？张文说。王少云说：这是白书记的意思。

王少云和张文连忙领着村干部到大队办公室，将办公室的一切东西搬出来。猪圈带人把这些东西放到秋丰收老屋的窑里了。从县上家具城拉上来单人席梦思床放进办公室，被褥床单也是从县床上用品店统一购置运到黑山村的。

王少云在会议室坐了一时，说：得有四台电暖器。

县长年纪不大，平头，戴一副眼镜，姓孙，王拴娃第一次见了县长，孙县长带领所有的县级领导在路上检查，指导及督促。县长在路上来回地跑，干部个个不敢怠慢，副县长有几个都拿起了锨，刨冰封路面的积雪。

张文悄悄问：我们晚上睡哪里呢？王少云说：你还想睡呢。王少云把被褥放在床头，抬头见张文望着他，于是说：你看副书记副县长都没想到睡，还说我们呢？

王拴娃悄悄走到大棚基地了，康宏几个人在棚里挑选各种水果，准备给会议室摆放。王拴娃又悄悄退到路上，一路的人影，王拴娃踩着泥泞来到秋丰收的窑洞，院子厚厚的雪，王拴娃踩着走进窑洞。炕光溜溜的，似乎老李还躺在那里，翻个身说：吃屎都吃不下热的。

王拴娃坐在炕沿，那棵树抖动着雪花，树下还有尿腥味吗？王拴娃爬上土炕睡下了。又做梦咧。白一民在广场抽一根烟，向猪圈家走去，王少云和张文跟着他，两台电暖器开着，房间暖融融的。白一民摸摸墙壁，有些潮湿。

白一民自语似地说：后天就除夕了。

猪圈电话叫醒了王拴娃，王拴娃匆匆赶到猪圈家，白一民去了厨房，看了看说：不行，环境不行，要知道，厨房卫生要是一流的。墙壁全部用白纸贴上，碗、锅、筷子全部换成新的。

白一民有事走了，猪圈风火火地跑到家说：我还没顾上建厕所。王拴娃笑说：啥地方不能尿啊？张文狠劲在王拴娃脊背打了一把。王少云叹息一声，在猪圈家的后院转来转去说：砌个新的。不要大，容两三个人的大小，里面放两个桶。张文一惊：天冷，无法砌墙。王少云想了想说：建个新的，必须的。

张文面有难色地看着康宏，康宏说：雇人动手啊！王拴娃说：我不会砌墙。康宏说：滚一边去，谁要你呢。

王拴娃头晕乎乎的，走在街上。几个群众跑来问要过年了，这么大动静，我们村要咋了？王拴娃糊里糊涂说：要在咱村过年了。群众问：谁呀？王拴娃眼一睁一闭说：是我。

群众嘿嘿一笑：球！

年书记要在黑山村过年的消息还是传遍了全村，人们集中在村口议论起来。文老三跑出来骂：得是吃了屎了，人家忙得放屁的空都没有。你们站在那里不羞吗？还不摸个家伙，拾掇拾掇门口。

人群散了。

王拴娃醒了，去了几个地方，却插不上手，第一次有了多余人的伤感。他想还是在办公室待着，万一有人用他，办公室是必找的地方。办公室被三台电暖器烘得春意盎然，猪圈、老李、白云也在，烟雾腾腾，白云在圆桌的一头写着什么，不时用手打散飘来的烟雾。王拴娃站在门口说：把白总熏美了。老李不好意思笑了：不抽了。将烟扔在地上，踩灭了。猪圈把烟弹出了办公室。这种情况，白云过年回不了家了，白云的家在宝鸡市，大年初一班车少。猪圈说：我开车送你，走高速也要五六个小时的路程。

老李和镇政府留值班的二十人也要在黑山村过年了，老李呵呵笑说：黑山村也不敢出名了，再出大名，我可能就落户在这里了。猪圈知道老李在调侃：真有哪一天，你老李真成黑山村人了。猪圈没有开玩笑，王拴娃看到猪圈眼神里的真诚，他说：到时把你一家都搬来。老李笑了笑，取出一根烟，要抽，望见了白云，把烟放在鼻子下滚动着闻。

这时，王少云、张文、艾士光进来了。张文说：外面忙得不亦乐乎，你们在这里清闲。康宏已站在白云的身后，说：就白云辛苦。王少云说：咱们坐隔壁吧，别打扰了白云。

隔壁的办公室除夕夜白一民和县长住，两台电暖器来回摆动，床和被褥在电暖器的光焰里闪耀得很，几个人站在床间，王拴娃靠门站着。现在有三个问题，必须村上配合解决，第一问题是灶夫，猪圈在月光酒店挑三个厨师上来，会做家常饭的，按四顿准备。第二个问题除夕夜我们要在广场放烟花，大约三万元的花炮，这钱由县上出。镇村抽调专人负责这事。第三个问题最关键了，年书记在村上要待两天，稳定工作一定要做好，不许出现一丝杂音。

王拴娃听完了，指头一算，不止三个问题呢。

张文说：还有一个问题，初一年书记要在办公室开一个座谈会，参加的人数初步定十个人，要求必须有群众代表，代表要选好选准。杜书记你们选好后，晚上我们先在会议室演习一下。我强调几点，一是从讲政治的高度认识这事，大家都看到了，白书记孙县长今天都在第一线从早忙到黑了，可见这事有多重要。二是从谋发展的高度认识这事，年书记在黑山村过年这是市上领导首次在基层过年，黑山村必将吸引全市人的眼球，为我们黑山村进一步发展奠定坚实的基础。三是必须零失误完成这次任务，这次任务最关键的是稳定，杜书记你们把存在隐患的人一一排查一下，该控制的必须控制，不该控制的有可能出事的也必须控制。老李在这方面有经验，必须把维稳工作抓牢。

康宏接着讲了几点，王拴娃脑海一片空白，看着康宏嘴在动，却听不见话语，出了办公室，他悄悄说给猪圈了。猪圈嘿嘿一笑，说：我也没听见。王拴娃不信。其实，猪圈真没听见。

开座谈会的人选定谁呢？猪圈和王拴娃想在了一起，少不了文老三和文会计，这两人还能说，别的群众见了领导变成哑巴了，也爱慌神，慌神了,就要说错话。一句话说错了,那是担不起的事。

老李坚决反对,文老三文会计是危险分子,应该控制起来。零失误啊,宁可信其有,不可信其无。王拴娃忧心地说:这两人若控制了,事后,黑山村就没有安宁日子了。老李说:我们也是没办法的办法啊!零失误。猪圈说:这两个人现在和咱是一条心了,再说,在咱们面前胡嚷嚷几句还行,可在那么大的领导面前,借他俩个胆一个屁也不敢放。

晚上,演习座谈会前,文会计和文老三闻听到了,没谁通知自己来到办公室,一人一把椅子靠墙坐了。老李额头出了汗,说:这明明是准备弄事的架势。

王少云焦躁地抽起了烟。

王拴娃说:他俩已经和咱一心了。王少云突然问:万一呢?猪圈说:看情形,不请他俩是不行的。张文问:咋不行?

猪圈说:若控制他俩,那得把整条街的人都控制了。王少云说:那根本不行。

几个人闭住村委会办公室的门,推敲来推敲去,反复权衡,个个说得口干舌燥,老李说了一个办法,大家一致赞同,文老三的儿子在市银行工作,还是副行长。给文老三说明,若在这次活动中说一个错字,市委书记年凤应将会撤销他儿子副行长的职务,甚至退回来当农民。文老三相信的。文会计曾坐过监狱,是有前科的人,提提这个,文会计走州过县的,什么不明白呢。

文老三那里王拴娃去,猪圈去了文寿山那里,分别将他俩叫出会议室,一个在广场的东边,一个在广场的西边,都是站着说。文老三火了,说:咋能把我看成是那样的人?我不参加了!文老三气吁吁走出广场,站在广场边骂:黑山村人不知道好歹啊?我看你们才不知道好歹,年书记让你们这样看扁群众啊?王拴娃一直把文老三追到家里去,反反正正给文老三说了半天，文老三把王拴娃往街道推。

半天不见王拴娃回来，老李走到街道，看见王拴娃被推到街上。文老三望见了老李，喊：我不参加了，说啥都不行。

老李快步跑去，把王拴娃推进门里。文老三气愤地说：你们是啥眼光啊？生活这样好，我还会胡说吗？以前，你们怕我说实话，是你们做的不好。我是胡说的人吗？老李笑着说：三叔，怪我，这主意是我出的，我给您赔礼。文老三说：你脸为啥黑的很？是你心太黑了，看啥都是黑的。老李嘻嘻笑着说：三叔，只要您高兴，怎么都成。文老三说：不敢老眼光看群众了。老李笑说：我错了，能原谅吗？文老三说：原谅不了。老李说：三叔，怎样做您能原谅？文老三院子转一圈，走到小卖部里，在货架上取下一瓶白酒走出门了，又退回来放下酒，在桌底下摸出一个装满黄色东西的瓶子，撕掉瓶子上的标签，走到院子说：把这喝干了我原谅你！

老李一把夺过瓶子，拧开瓶盖，仰头一口气喝完了。

文老三竖起大拇指说：原谅你了！你也不问是啥东西啊？老李抹一下嘴说：您给的，我啥都喝。文老三呵呵笑了，说：一条心了。

王拴娃牵心文会计那边，文会计火了，大喊：门缝看人呢，我会那样吗？猪圈抱住他，两人相拥着进会议室隔壁的办公室了。一时，两人笑呵呵地出来了。

老李走在街上了，头已经冒汗了。快到广场了，肚子往下坠，疾步跑去广场边的厕所，已经拉了一裤子。王拴娃跑到文老三买几卷卫生纸，给老李递进去。老李捂着肚子出了厕所，脸黄亮了。王拴娃给猪圈说了，文老三来了，猪圈悄悄问给老李喝了什么，他一趟趟给厕所跑。文老三哈哈一笑说：我娃带回来的蜂蜜。

演习开始了，王少云装是年凤应，坐在中心位置，白云先谈黑山村的整体规划，白云从包里取出本子。王少云说：要放弃资料，背。白云脸红了说：放在桌上，我不看行吗？我怕一紧张，忘完了。王少云板着脸说：行。

白云讲了半多个小时。王少云说：有些长，二十分钟足够了。接下来，猪圈、王拴娃、文老三、文寿山等一一做了发言。王少云很不高兴，有些乱，一人仅说一件事，比如文老三谈路，文会计谈水，还有那谁谈电，再有谁谈大棚御杏产业，杜凯谈全面建设，若忘了哪方面，王拴娃补充。

王拴娃说：如果猪圈谈全面了，我咋办？王少云脸拉长了说：谁是猪圈？不要叫小名了，谈全面了，你就不说了嘛！你还想说什么？

演习了三遍，王少云比较满意了，说：明天有时间我们还要演习。

夜已经深了，月光洒下来，黑山犹如小时堆的雪娃娃，一身圣洁地蹲坐在大地上。星光闪了，黑山也一身光亮，闪闪耀目。猪圈、老李跟王拴娃睡去，拴娃母房里炕大，再加两个大人都不成问题，但忙了一天，没顾上烧炕，老李到办公室去拿来给白一民和县长预备的电热毯，但房间只有一个插座。老李骂：光顾你和媳妇睡热乎呢。猪圈笑着说：和我挤挤。

猪圈睡不着，母亲三十晚上要回来的，给灶爷烧香的，杜四爷好说，马桩接去县上，他也乐意去，母亲固执起来谁也没办法。老李呼呼地睡了，猪圈翻来覆去的，鸡叫声把窗纸似乎撕烂了。

王少云来得很早，猪圈几人把群众代表基本聚齐了，张文、康宏、白云也到了。没有急着演习，王少云去猪圈家看了看，看得很细，厕所也去了。出了猪圈家，街上王少云转了转，王拴娃发现王少云的目光一闪一闪地亮，和一部看过的电视里的神探一模一样。街上年轻人多了，相互嬉闹着涌进广场。场面无疑很热闹了。

王少云把会议室的门关了。张文建议演习另换一个地方。王少云摇摇头，得熟悉这里的一切。他刚说“开会”手机抖动了。电话很长，王拴娃上了趟茅房回来，王少云仍在“对对”地接着。

放下电话，王少云苦笑了。停了一会儿，说：一切都白费气力了。

早上，白一民去年凤应办公室汇报接待工作，年凤应做出几点要求：一是不要影响黑山村人民过年，他是作为一位普通的群众身份在黑山村过年的，往年是什么样，今年也是什么样。二是没有陪同人员，只有他和秘书长两人。三是群众吃什么，他吃什么，不准搞特殊化。四是不准把外界的任何因素加入黑山村。

王少云脸上搓一把，对前期准备工作作以调整。一是取消燃放花炮，花炮运回。二是山下村的秧歌队撤回。三是月光酒店的厨师退回。在村上找两个会做饭的妇女，其他的不变。说完，王少云瘫在椅子上了。

猪圈、王拴娃把村上的妇女几乎想了一遍，最终推出两名人选，邱枣和范丽红。

除夕，村子的上空飘着一层肉香味，太阳红红地悬挂在东方，王拴娃面对太阳，太阳的涨红里有一丝微笑，王拴娃恍然明白了，是范丽红结婚时那张脸。王拴娃信步去大队办公室，街道如此洁净，天空如此洁净，每一位行人如此洁净。

自己一定也是洁净的。王拴娃想。

母亲和杜四婆回来得很早，杜四婆看到家的变化，没有吃惊，高兴地说：猪圈要结婚了。

两位老人很少笑，但她俩相视而笑了。

猪圈给杜四婆说明了情况。杜四婆一句话没说，在家门口站一会儿，说：我去山顶了。猪圈说：山道滑，你能上去吗？杜四婆说：一定能上去的。猪圈说：住县里去吧，我大等你呢。杜四婆静静地说：我等拴娃妈叫我呢。

猪圈蹲在门前了，心头罩着一片阴云。

王拴娃还没到广场，已经看见广场站着几十名警察，他看见了白云，白云昨晚一定没有休息好，很憔悴。白云低声对王拴娃说：从县城到黑山村一路交警撒满了。没有几分钟，警察坐上闪着警灯的面包走完了，广场静得王拴娃都不敢出气了。

第四十四章　男孩　九斤八两

下午三点多，一辆中巴车停在了黑山村广场，车上下来了年凤应和一个戴眼镜的年轻人，王拴娃从王少云嘴里得知他是秘书长。等候在广场的王少云、张文、康宏、猪圈、王拴娃等哗地围了过去。年凤应穿件黄色棉大衣，刚理过发的样子，精神格外抖擞，没有看见眼前一群人似的，向村子走去。王少云急了，挥一下手，小声说：跟上。

王拴娃嘴张着笑。猪圈捅了王拴娃的腰说：跟上。

王少云悄悄掏出手机，给白一民打电话，但白一民不接，急得他一头的汗珠。年凤应走到学校门口了，再走，是泥泞的土路了。王拴娃跑上去，说：路走不成。

年凤应笑了笑，站在学校门口说：路，怎么会难走呢？

王拴娃已经走到年凤应面前说：土路。

年凤应说：你们准备几天了，什么时候了，还这样啊？群众口袋鼓了，比什么都强。

年凤应卷卷胸前的大衣，向广场走去，王少云、张文、康宏笑了，急急地奔向广场安排了，广场的人们等着他们发话呢。年凤应匆匆走到中巴车前，秘书长已经打开车门，年凤应坐进车里，面包车闪了闪车灯，缓缓地驰去了。猪圈老李跑到路口，中巴车驶入山下村了。

王少云给白一民打电话，白一民还是不接，王少云叹息着说：怎么办啊？

猪圈、王拴娃、老李蹲在广场，王拴娃记着昨晚王少云、张文描绘今天的场景：广场的群众越聚越多，年凤应向群众频频招手示意。领导好！人群里响起了喊声。不用看，王拴娃听出是文老三的声音。文老三极力地往前挤。二十几个警察奋力阻拦群众接近年凤应。年凤应招手示意群众静下来，群众安静了，年凤应笑问：大家煮肉了没有？

正煮呢。

煮了。

人群嚷起来了。

年凤应笑说：我要去每户看看。

年凤应和猪圈、王拴娃走在前面，一群人跟着，记者在前面跑来跑去，王拴娃很不适应一闪一闪的闪光灯，几次故意慢下来，年凤应停下来，等他。

去的第一户正煮肉。年凤应问：可以揭锅看看吗？群众说：行啊！年凤应揭开了锅盖，吹散了热气，说：不错。

去的第二户肉已经煮熟了，在瓷盘放着，股股地冒着热气。

年凤应尝了一小块说：味道很好啊！在二组的一户，年凤应看到家里有三位年轻人，问：上着学吗？

两个说在外打工，一个说正念书。年凤应说：年轻人应该回村创业，你们村需要年轻人，也会给年轻人提供用武之地。

王拴娃不由去看记者。记者偷偷地对他说：不要看镜头了，放自然。

可王拴娃忍不住还是要看看镜头，记者无奈地摇头了。

村子稀稀拉拉地响起了炮声。家里的炮谁放呢？母亲一定在等他呢，天慢慢黑下来了，炮声更为密集了，广场响起了秧歌舞的声音。拐向四组那条街时，王拴娃看到远处的灯火，头顶的一片天空更是多彩。

邱枣和范丽红早把饭做好了，红芋糁子、涮锅油饼、一盆土豆丝、一盘辣子鸡、一盘回锅肉和一盘烧青菜。

白一民、孙县长、猪圈、王拴娃作陪。刚坐定，年凤应突然问：不是有个大学生村官吗？

王拴娃转身想去叫，白云已经出现在门口，她和王少云、张文、康宏一直跟着。秋丰收、杜志谦、吴德虎组织群众在广场扭着秧歌，文会计告诫大家，省些力气，等年书记来了使劲整。文老三反对他的话，声音年书记能听见，咱要用声音把年书记引来。

几个年轻人说：不用省力气，我们有的是劲。

那我们整吧！杜志谦大声说。

秧歌声音的波涛翻卷过来，整个黑山村都在阵阵浪花里一起一伏。年凤应吃得很快，他放下筷子了。王拴娃一碗稀饭还没有喝完，年凤应望着王拴娃有汗珠的脸说：吃慢些。他把一盘回锅肉向王拴娃那边推推说：这盘菜是你的。

年凤应的筷子几乎没有向菜盘伸过，四盘菜满满的。他把辣子鸡推向白云，笑着说：女娃，吃大肉影响身材，这个不怕。白云脸涨红了。白云这时的脸才是冬日刚出来的太阳呢。

去县城的机会多了，吃饭时，王拴娃总喜欢点回锅肉。

月光酒店的回锅肉不好吃，王拴娃几次对猪圈说。

年凤应到了广场，站在边上看。广场的群众没有人知道年凤应已经看着他们呢。但他们仍然精神百倍敲着扭着，天亮时一茬人睡去，另一批人接着干。前边的人们一觉醒来,胳膊还是疼的,当听说年书记看了他们的表演,个个精神百倍地跑到广场。

山里的夜晚虽寒,但寒里浸着恬静的美,尤其黑山隐隐地闪着白光,似乎与天幕上的星光对语。年凤应把饭桌上的人集于他住的房间,他要秘书长关了一台电暖器说:太费电,老白,村上今晚的电费你们县上要认呢。

白一民笑了,说:还有明天的,一定认。

王拴娃趁他们说话的空,跑回自己家里,母亲和杜四婆在炕上坐着,轻轻说话,她俩的话语一直是轻轻的。灶爷板上冒着香火。王拴娃放心了,回到猪圈家里,没有人留意他,他们正听白云讲述如何举办今年的杏花节呢。年凤应点头说:这个策划很好,黑山村的御杏很有发展潜力。

白云说出乡愁与留住历史,年凤应不住地点头说:也是一个教育阵地,只有不忘过去,才能面对未来。同时,也是群众增收的途径。

没有猜错的话,文会计要求登台演一折秦腔,得到同意后,他唱了折《周仁回府》,唱完了,蹲在戏台一角,哭得拉不起来。

夜很短,王拴娃出去尿时,天已经亮了。咋没有听见鸡叫呢。王拴娃提着裤子出了厕所,见猪圈在大门外向他招手。年凤应去了大棚基地了,两人急急地追上去。村口碰见老黄,黑黄着脸问他俩要烟。一晚没睡,在门口巡逻,冷得球蛋都上楼了。老黄吸着猪圈给的烟说。

田野的一片白连接着天际,年凤应踏着积雪走进一座大棚里,站在一棵挂满西红柿的藤蔓前说:我们冬季都能吃上新鲜的西红柿了?白一民站在树旁说:效益很好。

年凤应又进西瓜等大棚看了看说:大棚一年给群众带来多少利益呢?猪圈说:一百万。年凤应笑了:怎么分配呢?猪圈说:占地群众百分之三十,村上留百分之三十,百分之四十给群众分了。年凤应高兴笑看着猪圈说：共同富裕啊！

离开大棚基地，年凤应还不住地回头望了几眼。王拴娃也回头望了几眼，仿佛土地燃烧了，站在火样的土地里，王拴娃咂吧着嘴，心里西瓜般香甜。

大年初一再爱睡懒觉的人，也得早起。放了炮，聚在村口，有的跑到四组新居的街口，想多瞧瞧年凤应。

王拴娃又看见一闪一闪的镜头，他不再看镜头了。年凤应在村口和群众拉家长。文老三从家里赶来说：今天起，我们黑山村就钻进全市人的眼窝了。王拴娃知道，文老三是对他说的，突然全身沉重起来，常常在山顶，夜晚望县城的灯光，灯光钻进他眼窝时，他心生疼。现在，我们要钻进灯光的眼窝了，痛过后，是一种无法言说的舒坦。

村口人越聚越多了，干警被卷在人群里，张文、康宏指挥镇干部挤进去，在年凤应、白一民周围形成保护圈。年凤应看到了，有些不高兴了，指着身边的镇干部说：站在我身后。

马上要开春了，黑山村的黑仅仅是村名里的一个字，不代表黑山村永远是黑的了，农村不代表贫穷，农民不代表苦难，农业不代表落后。坚信，像一首歌唱的那样，我的未来不是梦。振兴乡村，农民的口袋会鼓鼓的。到时候，外出打工的娃们都要回来，在自己的土地上发展，不会再出现男娃没有媳妇，女娃嫁不出去的困境了。一条道路，黑山村发展为中国的最美乡村。

王拴娃耳际响彻雷鸣般的掌声，王拴娃眼睛模糊了，他一摸，一片雪花。人群里也有了哭声，王拴娃想找一个没有人的角落，大声哭哭，可周围全是人，挤不出去。年凤应几步走过去，站在雪堆上。这是粪堆，留了好长时间了，主人几次要拉去地里，被人拦住了。人们喜欢站上去，体验高处的一番心境。

年凤应说：不要急，一个说了一个说，现在有什么困难？人群更静了。年凤应笑了说：不要害怕，有啥说啥。文老三大声说：缺钱。对。人们跟着附和。年凤应笑着说：钱，谁都缺。但我们黑山村人不会缺钱的。我们黑山村有得天独厚的条件，在最美乡村的发展道路上，会吸引大量的资金流进来的，我们采取租赁、承包、合股等形式来吸引外资。有了梧桐树，何愁没凤凰。

王拴娃摸摸自己的脸蛋，又做梦咧。老李从厕所出来，黄亮的脸一晃一晃的，像八月十五的月亮，王拴娃笑着说：吃月饼了吗？老李脸突然黑了，说：年书记发火了，县上镇上领导都挨了批评。

张一诺的面包车停在广场边了，康宏下了车，王拴娃跟着走进会议室，电暖器的光芒一一刻在墙壁上，那么阳光，即使县委办公室的同志取走了电暖器，办公室仍热乎乎的。

猪圈说：没用。康宏说：我们不能走过去的老路了，啥时代了啊！康宏突然精神振奋起来：这是个好时代，一个最落后最贫穷的黑山村，现在是一个美丽的新农村了。

其实，年凤应回到县城后，白一民给换了一辆小车，又来到了黑山村，他一个人将黑山村御杏大棚、太阳食堂等走了一遍，还在大棚里买了二斤草莓。康宏坐在床沿，苦笑了。手机响了，是张文的。张文激动地说：年书记让白书记捎话给杜书记、王主任。村上的草莓很香，好好干！

康宏跳起来喊：年书记来咱黑山村了。

王拴娃跑到厕所边，给蹲在里面的老李说：年书记来咱村了！老李提着裤子跑出来，说：好好干啊！

白云捂住嘴笑了，但眼泪流出来了。

猪圈和老李要将白云送回家了，没有忘记给白云带两箱黑山村的土豆，特意给白云买了五斤牛肉。牛肉是这里的特产，方圆百里的牛肉，都没有这里的好吃，祖传的汤料，一斤要七十多元呢，逢年过节，一天过后，就没有货了。还有一箱烙面，猪圈要王拴娃一同送去，王拴娃没去，他眼睛红肿红肿的，始终想一个人静一静。

王拴娃望着山顶，真想上山顶去，有雪的山顶是否就是仙境？母亲和杜四婆在那里吗？那里的星光灿烂无比，六月的时候，母亲催他几次去山顶，他没有时间去。

三月杏花节后，突然来了四名青年，要租山脚五亩地，租金是一年三万，租期十年，租金一年一清，四名青年很洋气，一人手戴一枚金戒指，来回是两辆宝马。猪圈和王拴娃一合计，同意了，四名青年彻底将山脚改造了，摇身变成原生态烧烤园，三面用彩灯围做成栅栏，夜里七彩流溢，犹如繁星一片。

刚进栅栏，一小水池立一白石，血红的“烧烤园”刻在石上，两间小屋全部漆成白色，里面有三合板隔成单间，装潢得古香古色，进行了细致的装饰，一间是卡拉OK，一间是精装的大餐桌，可容纳三十人共餐。两间房外，青砖铺地，摆放十五张餐桌，靠近山脚，盖两间厨房。厨房紧挨的是八间木板简易房住人。

开张那天，炮放了几乎一天，车水马龙的。四名青年在外面拉扯大，朋友多。王拴娃也被邀请去了，王拴娃没吃过烤肉，学别人的样吃了几串还没解馋。四名青年过来敬酒，一人三杯，他推辞，但没有推辞掉，喝得忘了烤肉的味。

黑山村没有夜晚了。

邱枣的锅灶好，在留住乡愁走进历史面前恋念，然后前来太阳食堂，村上的老人几乎不做饭了，都按点走进这里。邱枣忙不过来，范丽红把几个娃叫回来了。

猪圈被记者围住了，《一个千万富翁的“反哺”情结》类似标题的文章在各大报刊都刊登出来了。猪圈说：这实质报道的是黑山村。王拴娃想起年凤应的话，这才是开始，路还很长，但我们已经走上了康庄大道。其实，王拴娃不明白康庄大道是什么道，但一定是宽得好的路，不然，年书记不会笑着说出这句话的。

广场冷清极了，王拴娃想抽烟了，摸摸口袋，空空的。他突然闻到了杏花与星光的香味，那么浓，每年杏花都开，但哪年的香味也没有今年的浓。一阵歌声传来，是谁的娃在歌唱，高亢、激情。

应该去山顶坐坐了。王拴娃想。

他知道，母亲让他去山顶的原因，是媳妇要生了，媳妇的肚子一天天隆起来，母亲去山顶的机会少了，杜四婆也不去了。母亲希望王拴娃能去，王拴娃没有去成。母亲没有丝毫责怪王拴娃的意思，有时，望着王拴娃的背影突然笑了。王拴娃一次回头发现了母亲的微笑，一惊，母亲的笑容竟然那样美丽。王拴娃提提裤子，对母亲也笑了笑。母亲笑说：什么时候想过你是现在的你啊？

王拴娃学猪圈那样将衬衣下摆塞进裤子，裤子提得好高，勒紧裤带，脚下的土地忽然耸成山顶，温暖的风是阳光的手，抚摸王拴娃翻滚的思绪，在我踩着而来的时光里，黑山是大地的花朵，我是什么呢？是花蕊吗？老李、猪圈、杜志谦、白云、文老三、邱枣，还有他与她，我们都是这片土地的花蕊。

一场雨后，太阳食堂的上空，闪耀一道色彩斑斓的彩虹，整个村子都亮了。

白云多次劝说无果的情况下，只好亲自把王拴娃媳妇送进县医院待产。王拴娃默默骂起了儿子，狗东西还没有出生呢，已在县城了。

当晚子夜，王拴娃媳妇分娩了，男孩，重九斤八两。

……